LENA KLASSEN

Caros Lächeln

Im Gedenken an Frieda Reimer

Die Deutsche Bibliothek verzeichnet diese Publikation in der Deutschen Nationalbibliografie; detaillierte bibliografische Daten sind im Internet über www.ddb.de abrufbar

Umschlaggestaltung: spoon design, Olaf Johannson
Umschlagbild: © ShutterStock®
Satz: David Neufeld, Schwarzenfeld
Herstellung: GGP Media GmbH, Pößneck

ISBN 978-3-937896-53-3, Bestell-Nummer 588 653

www.neufeld-verlag.de

NEUFELD VERLAG

Lena Klassen

Caros Lächeln

Roman

n
NEUFELD VERLAG

1

DER TAG BEGANN mild und vielversprechend. Im Westen zeichnete sich blass und rund der Mond am Himmel ab, bereits nicht mehr vollkommen. Einen Augenblick blieb Natascha am Fenster stehen, um ihn zu betrachten. Sie liebte es, den Mond tagsüber zu sehen, jedes Mal kam er ihr vor wie eine Verheißung von etwas, das auf sie wartete, etwas Rundes und Leuchtendes und Vollkommenes. Kopfschüttelnd wandte sie sich ab; jedes Mal brachte der Mond sie zum Lächeln. Und jedes Mal verspürte sie ein leichtes Schuldgefühl, wenn sie seinetwegen innehielt. Trödelte, würde ihre Mutter abfällig sagen.

Und genau dazu hatte sie keine Zeit. Die Großen mussten in die Schule. Sie saßen bereits am Küchentisch und verkleckerten ihre Milch. Die bunte Wachstuchdecke sah immer aus wie nach einer Überschwemmung. Wer hatte bloß behauptet, Mädchen wären sittsam und ordentlich? Ja, ihr Vater war davon überzeugt. Mädchen waren ordentlich, das war genetisch festgelegt, und wenn es ihr nicht gelang, ihre Töchter zur Ordnung anzuhalten, war sie es, die versagt hatte. Hastig machte Natascha die Pausenbrote fertig. Dick strich sie die Butter auf die Scheiben; sie hielt nichts davon, schon bei Grundschülern auf Fett und all die Sachen zu achten, die angeblich ungesund waren. Die Mädchen wuchsen so schnell in diesem Alter, und trotz ihrer rundlichen Gesichter waren sie nicht dick.

»Salami!«, rief Luna.

»Käse!« Das war Eva. Jeden Morgen schienen sie Angst zu haben, ihre Mutter könnte ihre Vorlieben vergessen haben. Eigentlich waren sie alt genug, um sich ihre Brote selbst zu schmieren, aber der Versuch, sie dazu zu bringen, sich selbst um ihre Verpflegung zu kümmern, war fehlgeschlagen. Wenn sie ihnen diese Aufgabe übertrug, nahmen sie gar nichts mit.

Irgendwo im Haus begann Wasser zu rauschen. Das musste Melissa sein, ihre Jüngste. Wenn sie ihr Gesicht wusch und sich die Zähne putzte, verbrauchte sie dabei mühelos eine halbe Badewanne voll Wasser.

»Dreh den Hahn zu!«, rief Natascha automatisch. Natürlich half das nichts, sie musste selbst im Bad nach dem Rechten sehen. Aber ein Blick auf die Uhr hielt sie davon ab. In drei Minuten fuhr der Bus. Höchste Zeit, die Großen aus dem Haus zu scheuchen.

Schnell half sie ihnen in Mäntel und Schuhe und zog die Reißverschlüsse zu, dann eilte sie zu Melissa ins Bad.

»Wie oft habe ich dir schon gesagt ...« Sie verstummte und sah sich entsetzt um.

Die Vierjährige hatte beschlossen, sich nicht nur das Gesicht, sondern gleich auch noch die Haare zu waschen, und sich dazu der duftenden Bodylotion ihrer Mutter bedient. An ihren strahlenden Augen sah Natascha, wie stolz die Kleine auf diese gute Idee war. Im ganzen Bad roch es nach Pfirsich, mit einer solchen intensiven Lieblichkeit, dass einem bald schlecht wurde. Es war ein Meer von Duft, in dem man sich verlieren und ertrinken konnte.

Während sie Melissa in die Wanne setzte und ihr die Haare ausspülte, unterdrückte sie ihren Ärger über die Verschwendung, aber später, als sie das Kind abtrocknete, sagte sie sehr ernst: »Du darfst keine von Mamis Flaschen nehmen, ist das klar?«

Sie wunderte sich selbst darüber, dass sie nicht die Beherrschung verlor, auch nicht, als sie beide danach den üblichen Kampf wegen des Anziehens ausfochten und die Vorstellungen von Mutter und Tochter über schöne und wärmende Kleidung weit auseinanderlagen. Als sie Melissa endlich in den Kindergarten gebracht hatte, atmete sie erleichtert auf. Der Mond hing immer noch am Himmel, von einem fast durchsichtig wirkenden Weiß, als wäre er nichts als eine Scheibe aus gefärbtem Glas.

Es war nicht die richtige Zeit zum Träumen. Sie fuhr mit ihrem Fahrrad zurück auf den Hof, wo ihre Mutter Greta am Fegen war. Die großen Eichen verloren zur Zeit ihre Blätter, jeden Tag aufs Neue, obwohl die Einfahrt doch stets peinlich sauber zu sein hatte. Darauf legte sie großen Wert.

»Du könntest ruhig mal wieder in die Beete gehen. Um diese Zeit müssten sie schon längst fertig für den Winter sein.«

»Ja, Mutti.«

Auch Unkraut war der älteren Bäuerin ein Graus, aber da sie sich nicht mehr so gut bücken konnte, überließ sie Natascha die Gartenarbeit. Ich sollte neue Blumen besorgen, dachte sie, während sie die Haustür öffnete. Die alten Sommerblumen in den großen Töpfen am Eingang waren längst vertrocknet. Irgendetwas Herbstliches, vielleicht schöne bunte Astern. Aber zunächst musste sie die Küche wieder auf Vordermann bringen und die Wäsche anstellen und dann war schon wieder die Zeit, das Mittagessen zu kochen.

Kurz vor sechs war sie zum ersten Füttern der Schweine aufgestanden. Die meisten der trächtigen Sauen hatten schon abgeferkelt, aber die Alte ließ sich Zeit. Natascha machte sich ihretwegen Sorgen; sie hatte schon mehrere schwierige Geburten gehabt. Sich um die Schweine zu kümmern, war ihre Aufgabe. Schon als Jugendliche hatte sie die Zucht nach und nach übernommen, ohne groß gefragt zu werden, ohne groß darüber nachzudenken. Ehe sie es sich versah, war sie diejenige, die die Verantwortung für die Tiere trug. »Wertvoller Tierbestand – Zutritt verboten«, stand an der schlichten Tür zum Stall. Sie erinnerte sich genau, wie Jost die Brauen hochgezogen hatte, als er das Schild zum ersten Mal sah.

»Warum das denn?«, hatte er gefragt.

»Du könntest irgendeinen Erreger einschleppen«, hatte sie geantwortet. »Schweinepest zum Beispiel. Oder eine Erkältung. Schweine sind empfindlich.«

Es hatte ihm nicht eingeleuchtet, dass ein Schwein empfindlich sein könnte. Selbst jetzt noch war er der Meinung, dass ein Wesen, das so empfindlich war, dass der kleinste Zug zu einer tödlichen Erkältung führen konnte, einfach an der frischen Luft abgehärtet werden sollte. Aber ihre Eltern ließen ihn nie ausreden, wenn er davon anfing. Jost war kein Landwirt und hatte keine Ahnung von diesen Dingen. Es war schon viel, dass er ihre Tochter hatte heiraten dürfen, aber aus den Belangen des Hofes sollte er sich raushalten.

Während Natascha die schweren Gummistiefel anzog, mit denen sie immer in den Stall ging, merkte sie, wie ihre Mutter sie beobachtete. Sie tat zwar, als ob sie fegte, aber in Wirklichkeit beobachtete sie sie.

»Bist du drinnen schon fertig?« Es klang ungläubig. Ihre Mutter konnte sich nicht vorstellen, wie es möglich sein sollte, den Haushalt so schnell zu erledigen. Natürlich hatte sie recht – es war auch nicht möglich. Betten machen, schnell durchwischen, den Tisch abräumen. Wenn irgendwo ein paar Krümel liegen blieben, musste man eben damit leben. Im Untergeschoss bei ihren Eltern sah es zu Nataschas Genugtuung nicht besser aus, auch wenn Greta versuchte, das alle glauben zu machen. Das Aufräumen fiel ihr mittlerweile immer schwerer. Obwohl ihre Ansprüche dieselben geblieben waren, war nicht einmal sie selber dazu in der Lage, danach zu leben.

Der Geruch der Schweine schlug ihr entgegen, als sie den Stall betrat. Natascha empfand ihn nicht als unangenehm. Er gehörte dazu, so sehr, dass sie ihn kaum noch wahrnahm. Noch einmal dachte sie mit Bedauern an die Pfirsichcreme, die Melissa so bedenkenlos im Waschbecken verteilt hatte. Gute Kosmetik war teuer, zu teuer. Wie sparsam war sie damit umgegangen! Aber sie wusste, wie wichtig es Jost war, dass sie gut roch, nicht nach Stall. Penibel achtete er darauf, dass seine eigene Kleidung keinen Bauernhofgeruch annahm, aber im Grunde glaubte sie nicht, dass es möglich war, das zu vermeiden. Sie lebten hier, er lebte hier. Da konnte er noch so gerne in seinem Büro verschwinden, es war eine Tatsache, dass er hier lebte.

Die Sauen grunzten, als sie an den Abteilen vorbeikam. Die neugeborenen Ferkel drängten sich unter die Wärmelampen oder turnten mit staksigen Beinen um ihre Mütter herum. Ihr aufgeregtes Gequieke war wie Musik in Nataschas Ohren. Sie liebte diese rosigen kleinen Geschöpfe.

Die Ferkel der alten Sau waren immer noch nicht da. Aber die Wehen hatten endlich eingesetzt. Das große Schwein lag auf der Seite und stöhnte. Natascha runzelte die Stirn. Hoffentlich ging alles gut, ohne dass sie eingreifen musste. Dass hin und wieder ein Ferkel verlorenging, war normal – manche waren einfach zu klein und zu schwach und wurden von ihren kräftigeren Geschwistern jedes Mal beiseite gedrängt, wenn es um die Zitzen der Muttersau ging. Andere hatten das Pech, unter den riesigen, schweren Körper der Sau zu geraten, wenn sie sich niederlegte. Aber einen ganzen Wurf oder gar das Muttertier zu verlieren, konnte sie sich nicht leisten.

Aufmerksam ging sie durch die Reihen und achtete auf Anzeichen von Krankheiten. Manchmal gerieten die Schweine in Schwierigkeiten und klemmten sich irgendwo ein Bein oder die Schnauze ein. Aber heute sah – bis auf die überfällige Sau – alles gut aus.

Als sie den Stall verließ, war der Mond verschwunden. Der Tag hatte eine graue Färbung angenommen, Wind kam auf und zerrte an den Eichen an der Auffahrt. Wenn es am Nachmittag regnete, würde sie es gar nicht mehr in den Garten schaffen. Kurz entschlossen schnappte sich Natascha die Hacke und widmete sich dem Unkraut, das ihre Blumenbeete verschandelte. Da es immer noch keinen Frost gegeben hatte, wuchs alles, was dort nicht hingehörte, munter weiter. Die Hühner hinter dem Zaun hatten sie bereits bemerkt und warteten darauf, dass sie ihnen die grünen Pflänzchen brachte. Es waren zehn braune Hennen, gute Legerinnen, allerdings nur für den Eigenbedarf. Zehn Hennen für sieben Leute, das war gerade so genug. Frische Frühstückseier, der Dotter so gelb wie eine kleine leuchtende Sonne, waren ein Genuss. Mit diesen Eiern gebackener Kuchen hatte eine satte gelbe Farbe, die Natascha überall sonst vermisste. Manchmal war sie schon darauf angesprochen worden, ob sie Eier verkaufte, aber sie blieb hart. Sie hatte wirklich keine Zeit, sich auch noch um einen ganzen Stall voller Hühner zu kümmern. Zehn waren genug.

Gierig stürzten sich die Hennen auf das Unkraut. Natascha sah ihnen eine Weile zu. Ja, sie würde heute Pfannkuchen backen. Teig anrühren ging schnell und die Kinder liebten Pfannkuchen. In einer halben Stunde musste sie Melissa vom Kindergarten holen; bis dahin konnte sie also noch das hintere Beet fertig machen.

Obwohl ihre Haut rau und schmutzig von der Erde wurde, zog sie nicht gerne Handschuhe an. Sie wollte nicht darauf verzichten, die Erde zu fühlen, krümelig und griffig. Manchmal dachte sie darüber nach, dass sie gerne Gärtnerin geworden wäre. Das hätte ihr gefallen: den ganzen Tag mit Pflanzen umgeben zu sein. Oder sogar Gartenarchitektin. Dann hätte sie Traumgärten entworfen, einen nach dem anderen ...

Träum nicht, schalt sie sich selbst. Es ist, wie es ist.

Oder Krankenschwester. Vielleicht wäre das vor allen anderen Berufen ihre erste Wahl gewesen. Sie hätte, davon war sie überzeugt, Freude und Menschlichkeit in den tristen Krankenhausalltag bringen können. Immer ein freundliches Lächeln. Wie geht es Ihnen heute? Oder fragten das bloß Ärzte? Aber ein Medizinstudium, nein, das hätten ihre Eltern nie erlaubt, nicht einmal dann, wenn einer ihrer Brüder sich dazu durchgerungen hätte, den Hof zu übernehmen. Einfach verschwunden waren sie ... Bert lebte in Hamburg und kam höchstens mal zu Weihnachten zu Besuch, Alex hatte sich nach Österreich abgesetzt. Landwirt? Nein danke. Natascha hatte lange Zeit, so wie ihre Eltern auch, geglaubt, dass einer der Jungen das Erbe antreten würde – war das nicht eine Selbstverständlichkeit? Aber sie waren aus dem Haus, bevor man es verhindern konnte, und zurück blieb Natascha. Die Jüngste. Noch ohne Ausbildung. Niemand hatte mehr gefragt, was sie werden wollte.

Ein bitteres Lächeln huschte über ihre Lippen. Gärtnerin. Krankenschwester. Hatte sie nicht immer davon geträumt, sich um etwas zu kümmern? Um Pflanzen oder Patienten? Nun, dafür hatte sie jetzt ihre Schweine. Und den Hof. Und den Haushalt. Und die drei Mädchen. Und Jost, nicht zu vergessen. Und die Eltern, die langsam in die Jahre kamen.

Manchmal schien es ihr so viel, dass sie nicht wusste, wie sie das alles bewältigen sollte, ohne zu schreien.

Aber, sie lächelte in sich hinein, für solche Fälle hatte sie ihr Geheimrezept. Sie hatte etwas, das sie brauchte wie die Luft zum Atmen, wie Brot oder Wasser oder die Liebe ihrer Familie. Sie hatte ihren Ort der Stille.

Jost hatte am Anfang überhaupt nicht verstanden, was sie damit meinte. »Stille Zeit?«, hatte er gefragt. »Du meinst doch Beten, oder?«

Sie fühlte, wie das Lächeln über ihr Gesicht zog, wenn sie sich an ihr erstes Gespräch darüber erinnerte. Er war ein wenig beleidigt gewesen. »Ich bete übrigens auch«, hatte er gesagt, vielleicht aus Furcht, sie, die fromme Christin, könnte schlecht über ihn denken.

»Es ist auch so ähnlich wie Beten«, hatte sie geantwortet.

»So ähnlich. Aha. Was soll das denn heißen, so ähnlich wie Beten?«

»Beten tu ich eigentlich ständig«, hatte sie gesagt. »Ich meine, dass ich so im Stillen mit Gott rede. Das mache ich eigentlich die ganze Zeit. Aber diesen Ort der Stille, den habe ich dann, wenn ich aufhöre zu reden.«

Jost hatte sich vorgebeugt und sie angesehen, und sie hatte gerätselt: Macht er sich jetzt über mich lustig oder weiß er, wie ich es meine?

»Es ist so schwer zu erklären«, klagte sie.

»Versuch es«, forderte er sie auf.

Sie konzentrierte sich, während sie versuchte, die richtigen Worte zu finden. »Der Ort der Stille ist ganz nah«, sagte sie. »Es ist wie die Gegenwart Gottes, die ich neben mir oder um mich fühle. Und dann weiß ich einfach, dass er da ist. Und alles andere verschiebt sich. Alles andere wird unwichtig.«

Jost runzelte ganz leicht die Stirn.

Aber sie beeilte sich nicht damit, ihm zu erklären, dass er natürlich niemals unwichtig sein würde in ihrem Leben. Sie richtete ihren Blick an einen Punkt irgendwo über ihm an der Decke. Als er unauffällig nachsah, konnte er dort nichts Besonderes entdecken, und bald wusste er dann auch, dass sie immer irgendwohin starrte, wenn sie versuchte, sich zu konzentrieren. Später versuchte er nicht mehr, zu sehen, was sie sah. Es tat ein kleines bisschen weh oder, wenn sie sich viele Gedanken darüber machte, sogar sehr weh. Aber auch davor konnte sie an ihren Ort der Stille fliehen. An diesem Ort wusste sie, dass völliges Verstehen zwischen Menschen ohnehin nicht möglich war.

»Ich beginne, alles aus einer anderen Perspektive zu sehen«, sagte sie. »Nein, das kommt später ...« Sie überlegte. »Nein, dass alles andere mir nicht so wichtig vorkommt, geschieht immer erst nachher. In dem Moment, wenn ich an diesem Ort bin, denke ich eigentlich überhaupt nicht.«

»Ich glaube, jetzt weiß ich es. Du hörst auf zu beten«, schlug er vor, »und dann beginnst du zu hören?«

Es klang plausibel, aber es traf nicht das, was sie meinte.

»Es ist, als würde ich mich in seinem Herzen befinden«, sagte sie leise. »In Gottes Herzen, verstehst du? Der Ort der Stille. Ich bin nur noch da und weiß, dass er da ist. Genau hier, wo auch ich bin. Und das genügt.«

»Das genügt«, wiederholte Jost lahm.

Und sie hatte sich vorgenommen, damals in ihrer Verlobungszeit, nie wieder mit ihm darüber zu reden. Aber wie so vieles, was sie sich vornahm, funktionierte es nicht. Sie musste immer über alles reden, was in ihrem Herzen und ihrem Kopf vor sich ging, und so hatte sie Jost noch öfter mit Gedanken zu ihrem Ort der Stille beglückt. Sie sprach mit ihm darüber und trotzdem, das war das Erstaunliche daran, fühlte es sich immer noch an wie ihr Geheimnis, wie etwas, das ganz und gar nur ihr gehörte, ihr allein.

Als die ersten Tropfen fielen, brachte sie die Hacke zurück an ihren Platz. Es war höchste Zeit, Melissa abzuholen, vorher musste sie noch mal in den Stall schauen, und dabei hatte sie kaum etwas geschafft. Ihre Mutter würde sie wieder so ansehen, mit dieser Frage im Gesicht: Na?

»Na?« Sie sagte es tatsächlich. Nein, es hatte keinen Zweck, sich über die eigene Mutter zu ärgern. Alles war so vorhersehbar, jedes einzelne Wort. »Man sieht ja kaum was.«

»Mutti, ich muss Melissa abholen.«

Die ältere Frau runzelte die Stirn. »Du hast sie doch gerade erst hingebracht.«

»Das war vor drei Stunden.«

»Hm.« Greta kniff die Lippen zusammen. »Es sollte anders sein«, sagte sie. »Wenn Jost sich um den Hof und um die Schweine kümmern würde, könntest du für den Garten und die Kinder sorgen.«

»Mutti, mittlerweile machen das fast alle so, dass einer arbeiten geht. Das weißt du doch.«

»Bert hätte ...«

»Mutti, ich kann nichts dafür, dass die Jungs weg sind«, unterbrach Natascha sie, innerlich aufseufzend, denn darum ging es bei fast jedem Gespräch, das sie mit ihrer Mutter führte. »Ich kann wirklich nichts dafür. Und dass Jost nicht für das Landleben geboren ist, auch dafür kann ich nichts. Es ist gut so, wie es ist.«

»Bert hätte bestimmt eine Frau mitgebracht, die tüchtig mit angepackt hätte ...«, behauptete Greta, wie sie das immer tat, wenn sie der Meinung war, dass alles zu schleppend lief.

»Bert hat überhaupt keine Frau. Jedenfalls nicht mehr.«

»Wenn sie hier wohnen würden, wäre sie bestimmt noch da.«

Wie konnte ihre Mutter glauben, dass diese Ehe noch Bestand haben würde, wenn er auf dem Hof geblieben wäre, statt sich in die Stadt zu verdrücken? Bert war nicht besonders zuverlässig, war es noch nie gewesen, und seine Frau Karin hatte das bald gemerkt. Um die Verantwortung für den Hof zu übernehmen, hätte er ein anderer Mann sein müssen, und in diesem Fall wäre Karin vielleicht tatsächlich bei ihm geblieben.

»Mutti, das hat doch keinen Zweck. Das ist Berts Angelegenheit.«

»Ich weiß schon. Mich geht sowieso nichts an, was ihr alle tut«, sagte Greta bitter.

Natascha kochte innerlich, aber sie sagte nichts. Sie wusste genau, wo das Problem lag und was der Grund für die ständige Unzufriedenheit ihrer Eltern war.

Jost war das Problem, Jost, der nicht einmal Trecker fahren wollte, wenn es irgendwie zu vermeiden war. Jost, der so gar nichts Bäuerliches an sich hatte ... und ohne den sie alle längst mit Mann und Maus untergegangen wären. Ohne das Geld, das er mit nach Hause brachte, hätten sie den Hof längst dichtmachen können. Das wussten sie natürlich und es fiel ihnen schwer, ihrem Schwiegersohn zu verzeihen, dass sie von ihm abhängig waren.

Die Geburt hatte schon begonnen. Zwei Ferkel waren bereits da, und die Sau hatte immer noch Wehen. Das nächste würde bald kommen. Natascha nickte zufrieden, als sie den Stall verließ. Jedes Mal war sie aufgeregt wie ein Kind, wenn sie die neugeborenen Tiere zu Gesicht bekam.

Natascha fühlte sich wie befreit, als sie losradelte. Sanfter Nieselregen legte sich in feinen Tropfen auf ihr dunkelblondes Haar. Sie löste das Haargummi und schüttelte es aus – und befreite sich von dem Geruch von Stall und Enge, der sich darin festzusetzen schien. Der Regen tränkte es mit einem anderen Duft, mild und frisch zugleich. Natascha hatte sich noch nie davor gefürchtet, nass zu werden, aber Melissa jammerte darüber, dass sie keinen Schirm hatte. Trotz ihrer Quengelei war Natascha glücklich, als sie durch den immer stärker strömenden Regen zurückfuhren.

Jost ist gar nicht das Problem, dachte sie. Das eigentliche Problem ist die Ansicht meiner Eltern, dass ein Mann den Laden schmeißen sollte und die Frau ihn dabei unterstützt. Der Bauer und seine Frau, wie es schon immer gewesen ist. Und stattdessen bin ich die Landwirtin und Jost ist einfach nur mein lieber Mann.

Sie würde ihre Eltern nicht ändern können, auch das wusste sie. Am besten ließ sich leben, wenn man es gar nicht erst versuchte. Sie kannte die Gefahr, die dahinter lauerte, wenn man sich in etwas hineinsteigerte und krampfhaft versuchte, für etwas zu kämpfen, das sich nicht erzwingen ließ. In den ersten Jahren ihrer Ehe hatte sie ihren Ort der Stille fast verloren, bis sie endlich gemerkt hatte, dass nichts diesen Verlust wert war. Und sobald sie wieder den Zugang gefunden hatte zu diesen Momenten, in denen sie die Gegenwart von etwas Größerem spürte, wurden ihre Probleme erfrischend unbedeutend.

»Wie kannst du das nur ertragen«, sagte Jost manchmal.

Manchmal wusste sie selbst nicht, wie es ging. Und dann wieder, als wären ihre Augen plötzlich verwandelt oder operiert worden, sah sie ihre Eltern nur noch als alte Leute, die langsam gebrechlich wurden und sich vor der Einsamkeit fürchteten. Und dann stieg sie aus aus Josts Traum von einem eigenen Haus, dann sagte sie: »Nein, hier ist mein Platz.«

2

NACH DEM MITTAGESSEN holte Natascha ihr Tagebuch heraus. Immer, wenn sie sich die Zeit dafür nahm, fühlte sie sich ein kleines bisschen schuldig, aber der Genuss, einfach nur bei sich selbst zu sein, entschädigte sie reichlich dafür. Dies bin ich, dachte sie, während sie das Buch aufschlug und ihre letzten Aufzeichnungen überflog. Die Essenz der vergangenen Jahre – hier landete alles: ihr Entzücken über die komischen Sätze, die Melissa mit kindlichem Ernst von sich gab, die Dankbarkeit über einen schönen Abend mit Jost, der Streit mit ihrer Mutter, auch ihre Gefühle über die toten Schweine, die sie eigentlich als Landwirtin gar nicht fühlen durfte. Ich weiß, ich bin nicht hart genug, dachte sie und schrieb hinein, was sie dachte. Ich müsste anders sein ... Aber letztendlich sind es nur meine Eltern, die das erwarten. Ich glaube, Jost ist zufrieden mit mir. Und die Mädchen lieben mich. Und ich?

Sie zögerte und spielte mit dem Stift. Zufrieden? Ach, ich wünschte ... Jost hatte unlängst gefragt, was sie sich zum Geburtstag wünschte. Seit Tagen dachte sie darüber nach. Von kleinen Dingen, die das Leben schöner machten – Kosmetik, einer neuen Tasche oder einer Orchidee für ihre Sammlung – war sie dazu übergegangen, ihren tieferen Wünschen nachzuspüren. Irgendwo dort, in der Tiefe, lag ihr eigener Lebenssinn und machte es ihr schwer, zu ihm vorzustoßen. Am Ort der Stille konnte sie ihn fühlen, aber an diesem Ort gab es keine Wünsche und keine Erwartungen und keine andere Aufgabe als die, es immer wieder mit dem Leben aufzunehmen. Ich wünschte ... Ja, es war schwer. Eigentlich war sie doch wunschlos glücklich, sie hatte alles, was man sich wünschen kann: ein Heim, einen Mann, Kinder, einen Beruf. Einen ernsthaften Beruf: Schweine. Sie lachte leise, während sie den Stift über das Papier führte. Das ist mein Leben: Ich züchte Schweine, die sterben müssen ... damit wir leben können.

Sie legte das Buch hin. Die Sau! Sie wollte doch noch nach ihr sehen!

Während einer Geburt ging sie jede Stunde in den Stall und sah nach dem Rechten. Bis das letzte Ferkel geboren war, konnten Stunden vergehen, selbst wenn alle zehn bis fünfzehn Minuten eins kam und sich nichts verzögerte. Immerhin konnten sich bis zu vierzehn Stück in dem runden Bauch des Muttertieres befinden.

Eilig warf sie sich die Jacke über und schlüpfte in die Gummistiefel. Mit großen, entschlossenen Schritten marschierte sie über den Hof und öffnete die Tür mit dem Verbotsschild. Beobachtet von unzähligen kleinen Augen ging sie zu der Abferkelbucht, in der die Sau immer noch damit beschäftigt war, ihre Kinder zu bekommen. Überwältigt von dem Wunder ihrer eigenen Geburt taumelten die Neuankömmlinge über den Spaltboden.

Die Sau lag da und sah recht entspannt aus, als wäre sie schon fertig. Aber das konnte nicht sein, denn die Nachgeburt fehlte. Außerdem waren sechs Ferkel mit Sicherheit nicht alles, was sie zu bieten hatte.

Natascha seufzte. Die Geburt war ins Stocken geraten. Sie hatte es ja geahnt, bei dieser Sau gab es immer irgendwelche Schwierigkeiten.

Ihr Vater trat neben sie. »Du solltest ihr was geben«, schlug er vor. »Damit die Wehen wieder in Gang kommen.«

»Ja, das muss ich wohl.«

Sie ging an den Medikamentenschrank und machte die Spritze mit dem Oxytocin fertig. Dann stieg sie zu der Sau in die Bucht und streichelte ihre schweißnasse haarige Haut.

»So, mein Mädchen. Du weißt, dass es noch weitergehen muss, nicht wahr?« Sie schob die Nadel unter die Haut und drückte das Hormon hinein.

»Ich hab ihnen das früher immer in den Muskel gegeben«, bemerkte ihr Vater. Jedes Mal sagte er das, aber sie nickte nur geduldig.

»Ja, Papa.«

»Das wirkt viel schneller.«

»Ja, aber dann werden die Wehen viel zu stark. Ich mach es halt gern etwas sanfter.« Im Gegensatz zu ihm wusste sie, wie Wehen sich anfühlten. Sie sah auf die Sau hinunter: Solidarität unter Frauen. »Gleich geht es weiter«, sagte sie zu ihr. »Gleich. Alles wird gut. Außerdem«, sagte sie, wieder an ihren Vater gewandt, »wirkt es länger.«

»Ich hab früher immer in den Muskel gespritzt«, sagte er noch einmal, um seine Meinung zu bekräftigen.

Wenn Hubert dabei war zu streiten, hörte er ungern auf. Er zeigte auf ein anderes Abteil. »Diese da hat sich was eingefangen, glaub ich.«

»Ich weiß, ich habe ihr schon was gegeben.«

»Doch nicht schon wieder dieses Homöopathie-Zeugs?«

Ihr Vater hielt nichts von Homöopathie. Alles Humbug, war seine Meinung. Für Menschen mochte es noch angehen – wenn sie fest an die Wirkung glaubten. Aber Schweine homöopathisch behandeln?

Natascha ging nicht auf das neue Thema ein. Sie beobachtete die Sau. Es dauerte eine Weile, bis das Mittel anschlug. Sie konnte an ihrem Atem hören, dass die Schmerzen wieder anfingen; das Tier krümmte sich, während es das nächste Ferkel gebar.

Natascha blieb noch eine Weile da, dann entschied sie, dass sie die Sau ruhig allein weitermachen lassen konnte.

Ihr Vater war schon gegangen. Auf seine Meinung hörte ja sowieso keiner.

»Wo willst du denn nun schon wieder hin?«, fragte Greta, als Natascha sie darum bat, nach den Mädchen zu sehen.

»Heute ist der Blutspendetermin. Das habe ich dir doch gestern schon gesagt.«

Dagegen gab es wenig einzuwenden; auch ihr Vater hatte regelmäßig Blut gespendet. Als sie achtzehn wurde, nahm er sie mit einer Selbstverständlichkeit mit, die ihr damals gar nicht aufgefallen war, und bis ihr bewusst wurde, dass es gar nicht ihre eigene Entscheidung gewesen war, war es bereits zu ihrer eigenen Gewohnheit geworden. Mittlerweile hatte er damit aufgehört, da er wegen seiner verschiedenen Wehwehchen regelmäßig Medikamente einnahm, aber sie ging natürlich weiter spenden. Zwischendurch dachte sie nicht weiter darüber nach, aber wenn sie wirklich dort war und ihr Blut in den Beutel floss, war es ein gutes Gefühl. Das Richtige tun. Es gab wenige andere Gelegenheiten, bei denen es so klar war.

Natascha beobachtete die anderen Leute. Alles lief so routinemäßig ab, so leicht. Die Nadeln, die Behälter, das Blut ... Ein Teil von ihr wollte nach Hause, denn gerade jetzt würde Jost ankommen, und sie liebte es, ihn zu begrüßen, wenn er von der Arbeit kam. Stattdessen würde er, wenn er Pech hatte, in das verkniffene Gesicht ihrer Mutter schauen ... Wenn er Glück hatte, waren die Mädchen allein in der Wohnung und liefen ihm freudig entgegen ... Natascha seufzte innerlich. Nun, man konnte nicht überall zugleich sein. Es war auch wichtig, einmal etwas für andere Menschen zu tun, außerhalb der Familie, für Leute, die man nie im Leben zu Gesicht bekommen würde. Manchmal wünschte sie sich, sie könnte dabei sein, wenn jemand ihr Blut erhielt. Ob dieser Jemand wohl dankbar sein würde, oder war es für ihn genauso eine Selbstverständlichkeit, Blut zu bekommen, wie für sie, hier zu sein? Nun, das würde sie nie wissen. Aber es war auch nicht entscheidend. Leute, denen geholfen wurde, waren selten dankbar. Das beste Beispiel war ihre Mutter. Sie würde nie begreifen, dass es ein Opfer war, dass Natascha dageblieben war, sondern sah wohl eher sich selbst in der Rolle der Geberin.

Nein, denk doch nicht schon wieder an Mutti ... Sie versuchte, ihre Gedanken zur Ordnung zu rufen. Du hast dir doch vorgenommen, nicht ständig an sie zu denken!

Als sie nach Hause fuhr, um einen halben Liter Blut erleichtert, dachte sie tatsächlich vor allem an Jost. Das Auto stand in der Garage, im Flur hing seine Jacke. Sie fand ihn in der Küche, wo er sich durch die Zeitung blätterte. Als sie eintrat, blickte er hoch und lächelte.

»Da bist du ja, meine Schöne.«

Nataschas Lächeln erhellte nicht nur ihr Gesicht, sondern die ganze Küche. Er nannte sie oft »meine Schöne« und sie liebte das.

Sobald er sie ansah, war sie nicht mehr Natascha, die Schweinezüchterin, Natascha, die Tochter, oder Natascha, die Mutter. Sie war die Schöne. Es tat unglaublich gut.

Sie setzte sich zu ihm.

»Kaffee?«

»Danke, nein. Ich hab beim Roten Kreuz schon was gekriegt.«

»Ach ja. Und wie war's?«

Er fragte das immer. Er fragte sie auch immer, wie ihr Tag war, aber viel zu erzählen gab es meist nicht. Alles wie sonst. Alltag. Stall, Haus, Kinder.

»Die Ferkel sind da.«

Er nickte. An diesem einen Punkt wünschte sie sich manchmal doch, er wäre ein anderer. Einer, der nicht nur nickte, sondern sich wirklich interessierte, dem dieser Hof etwas bedeutete. Er hätte aufspringen müssen, um sie sich anzuschauen.

»Möchtest du sie nicht sehen?«

Jost starrte gedankenverloren in seine Tasse und antwortete nicht.

»Papa kann einfach nicht begreifen, dass ich die Dinge anders handhabe als er«, seufzte sie.

»Hat er wieder Ärger gemacht?« Jost merkte immer gleich, wenn sie verstimmt war. Er lehnte sich an sie und küsste sie auf den Hals. Ihr Haar, dicht und glatt, fiel ihr glänzend auf die Schultern. Wenn sie arbeitete, im Haus oder im Stall, hielt sie es mit einem Haarband zusammen, aber abends, wenn sie beide müde auf dem Sofa saßen, löste sie das Band und ließ es offen. Jost liebte sie mit offenem Haar. Meine Schöne, meine Wilde. Meine Kriegerin. Er liebte es, wenn sie ihren Eltern Paroli bot. Wenn es nach ihm gegangen wäre, hätte sie das noch viel mehr tun können.

»Er würde alles anders machen. Und er kann es nicht haben, wenn ich ihnen Tropfen geben.«

»Du gibst einem Schwein Tropfen?« Er schüttelte den Kopf. »So was hab ich ja noch nie gehört.«

»Ich mache das schon länger«, sagte Natascha. »Und es wirkt. Du glaubst gar nicht, was wir dadurch an Tierarztkosten sparen.«

Jost lächelte. »He, ganz ruhig. Mach es einfach. Du brauchst nicht mit mir darüber zu diskutieren, ich bin nicht deine Eltern.«

Natascha entspannte sich wieder. »Manchmal bin ich es leid, mit ihnen zu diskutieren.«

»Wir könnten uns ein Haus kaufen«, flüsterte er dicht an ihrem Ohr, »irgendwo. Es muss ja nicht weit weg sein. Du könntest sie jederzeit besuchen.«

»Wir können hier nicht weg.« Wie oft hatten sie schon darüber gesprochen, wegzuziehen. Immer fing er damit an, immer würgte sie das Gespräch ab. »Du vergisst die Schweine.«

»Ich wünschte, du würdest sie auch vergessen.«

Es war nicht wirklich ein Streitthema. Es war sein Traum und irgendwie schien Jost zu glauben, es wäre auch ihrer – wenn sie nur den Mut hätte, es ihren Eltern zu sagen.

»Es sind meine«, hörte sie sich sagen. »Ich würde ja auch die Kinder nicht hier lassen.«

Er blinzelte verblüfft. »Du vergleichst die Schweine mit unseren Mädchen?«

Sie lachte über sein Erstaunen. »Meine Familie, meine Schweine.«

»Ihr Hof.«

»Unser Hof. Professor.«

Manchmal nannte sie ihn so, zärtlich und anklagend zugleich. Diesen Mann mit der Aktentasche und dem Anzug, der einer anderen Welt anzugehören schien, einer Welt der Computer und Schreibtische, trockener Büroluft und witzelnder Kollegen. Ihm gegenüber kam sie sich manchmal vor wie eine Frau aus der Steinzeit. Natürlich hatten sie einen PC – allein für die Buchführung war das nötig. Gegen den Widerstand ihrer Eltern hatte sie die handgeführten Bücher zugeklappt und sich von Jost ein passendes Programm erstellen lassen. Und trotzdem hatte sie immer das Gefühl, dass sie irgendwie nicht mitkam. Sie rächte sich, indem sie ihn mit »Professor« betitelte.

»Meine Kriegerin«, konterte er. Sie küssten sich. Immer wieder war es erstaunlich, wie gut ein Professor und eine Kriegerin zusammenpassten. Eine Schweinezüchterin und ein Software-Spezialist.

Auch wenn sie nicht in seine Welt hineinkonnte und er sich weigerte, ihre je zu betreten.

Er zog sie näher heran und kam dabei an ihren Arm; sie zuckte zusammen, als er das Pflaster berührte.

»Meine Kriegerin«, flüsterte er. »Sogar dein Blut lässt du für andere. Immer musst du alle retten.«

Immer musst du alle retten.

Sie dachte darüber nach, während sie ihr Haar bürstete, bis es sich seidig und glänzend um ihr Gesicht bauschte. Heute in der Elternversammlung würde es um die Einrichtung einer Ganztagsschule in der Gemeinde gehen. Sie stellte sich auf hitzige Diskussionen ein. Nun, darin war sie nicht die Schlechteste.

Schnell noch etwas Lippenstift auflegen. Sie hatte es eilig. Eva war mit ihren Hausaufgaben nicht zurande gekommen und Melissa hatte einen Tobsuchtsanfall erlitten, nachdem eine Verabredung mit ihrer besten Freundin geplatzt war. Deshalb war es mit dem Abendessen später als sonst geworden. Sie überließ Jost den Abwasch und zog sich schnell für die Versammlung um.

»Findest du wirklich, dass wir hier eine Ganztagsschule brauchen?«, fragte er hinter ihr. Er löffelte Schokoladenpudding, der von Mittags übrig geblieben war. Jost liebte Süßes.

»Wir vielleicht nicht, aber es gibt genügend andere, die wirklich darauf angewiesen sind, dass ihre Kinder auch über Mittag irgendwo untergebracht sind.«

»Die meisten haben sowieso eine Oma mit im Haus.«

»Vielleicht hat es diese Oma aber auch satt, immer als Babysitter herhalten zu müssen?«

Sie zog sich die Schuhe an.

Er strich ihr über die Wange und bot ihr einen Löffel Pudding an. »Noch eine kleine Stärkung vor der Schlacht?«

In diesem Moment tapste Melissa mit bloßen Füßen in den Flur. »Mami, mir ist schlecht.«

»Auch das noch!« Jost bückte sich und hob seine Jüngste auf. »Das gibt es doch nicht, sie hat Fieber.«

Natascha blieb unschlüssig stehen, die Hand schon auf der Klinke.

»Geh ruhig«, sagte Jost. »Ich mach das schon.«

»Ich will aber nicht, dass Mami geht!«

Natascha zögerte. Immer willst du alle retten ...

»Du wolltest heute Abend noch arbeiten.«

»Ja, schon. Dann mache ich das eben morgen Abend. Das geht auch noch.«

»Morgen habe ich Chor.«

Jost sah von ihr zu der fieberglänzenden Melissa und zurück. »Oder soll ich deine Mutter fragen?«

»Nein«, widersprach sie schnell. »Nein, dann bleibe ich lieber zu Hause.« Enttäuschung kroch in ihr hoch, während sie ihre Schuhe wieder auszog. Melissa streckte die Arme nach ihr aus.

»Mir ist schlecht, Mami.«

»Wir könnten wirklich ...«

»Du, es macht gar nichts«, sagte sie. »Dann bleibe ich eben hier. Dann müssen andere dafür kämpfen.«

Sie wusste von einigen alleinerziehenden Müttern, die inständig darauf hofften, dass die Schule längere Betreuungszeiten anbot; diese Mütter waren jedoch meist nicht auf den Elternabenden dabei, weil sie niemanden hatten, der abends auf ihr Kind aufpasste. Sie hatte sich so fest vorgenommen, für sie zu sprechen ...

Während sie ihre Tochter ins Bett trug, versuchte sie, ihren Ärger und ihre Enttäuschung hinunterzuschlucken. Du hättest ja auch auf den Chor morgen Abend verzichten können. Aber das konnte sie eben nicht. Heute hatte sie versuchen wollen, für andere zu kämpfen, aber das Singen war etwas, das für sie selbst war, eines der wenigen Dinge, auf die sie nur im äußersten Ausnahmefall verzichtet hätte, vielleicht im Fall eines Wirbelsturms oder eines Erdbebens.

Singen. Der Chor der Kirchengemeinde bestand aus etwa zwanzig Mitgliedern, vor allem natürlich Frauen. Mehrere Male hatte Natascha versucht, Jost zu überreden, mitzukommen und seine Stimme einzusetzen. Sie wusste, dass er singen konnte, besser als die beiden

Tenöre, die sich mehr tapfer als talentiert durch die schwierigeren Passagen quälten, aber Jost winkte jedes Mal ab. Er nutzte ihren Chorabend immer dazu, Arbeit mit nach Hause zu bringen. Wenn er das Bedürfnis hatte, sich um seine Seele zu kümmern, hörte er lieber Musik oder las ein Buch. Aber für Natascha war es, als führte sie ihre Seele zum Tanz aus, wenn sie sang. Wenn sie die Harmonie hörte und spürte und ihre eigene Stimme mit dazugab, war es ihr, als würde der Himmel sich öffnen. Alles in ihr wurde weit und leicht. Zur Zeit übten sie Gospels ein, und wenn sie in den Worten der Sklaven von Freiheit und Hoffnung sangen, war es, als würden Türen aufgehen und Wege sich auftun und als wären die Engel selbst bei ihnen. In solchen Momenten, wenn aus schlichten Worten ein Sturm von Gefühl, Hoffnung und Glaube wurde, war es ihr, als sei sie sogar bereit zu sterben – als könnte dieser Weg, der direkt nach oben führte, kein schwerer oder schlimmer Weg sein, sondern nur ein einziger großer Schritt ins Licht.

In den Gesichtern der anderen sah sie, dass sie genauso fühlten. Wenn es ihnen jetzt auch noch gelang, bei der Aufführung das gleiche Gefühl in die Herzen der Zuhörer zu tragen, hatte sich das stundenlange Proben mehr als gelohnt.

»Bei diesen Liedern«, flüsterte sie ihrer Nachbarin zu, der schwarzhaarigen Rosa, »müssten selbst hartgesottene Atheisten gläubig werden.«

Rosa lachte leise, damit die Dirigentin, die gestrenge Selma, sie nicht hörte. »Es sei denn, wir singen schief.«

Aber es konnte nichts schiefgehen. Wenn sie diese Lieder sangen, zogen sie den Vorhang auf, den dichten Schleier von Zweifel und Gleichgültigkeit, und dahinter war ein Schimmer von Licht ... Wenn sie ihr *Glory* schmetterten, stürzte alles andere ein, alle selbst gebastelten Konstrukte von Egoismus und Selbstgerechtigkeit. *Amazing grace* ... Als sie das erste Mal gehört hatte, dass dieses Lied nicht von einem Sklaven, sondern von einem Sklavenhändler verfasst worden war, hatte sie erschrocken zurückgezuckt. Die Bösen hatten nicht das Recht, solche Lieder zu schreiben. Sie hatten nicht das Recht, sie in ihrem Herzen so anzurühren ... Und doch, dachte sie dann, warum nicht? Vielleicht hatte auch dieser

Mann seinen eigenen Ort der Stille und an diesem Ort zählte es nicht, was er getan hatte, an diesem Ort war Vergebung mehr als ein Wort. Vielleicht hatte er dort diese schönen Worte bekommen, ein wunderbares Lied, und es mitgebracht in sein Leben, in dem er ein fürchterlicher Mensch war ... Warum kann Gott nicht benutzen, wen er will, um zu tun, was er will? Die Guten haben kein Patent darauf, andere zu retten.

Immer musst du alle retten. Seit Jost das zu ihr gesagt hatte, ließ es sie nicht los. Vielleicht war es das Schönste, was er je zu ihr gesagt hatte, auch wenn er das nicht so gemeint hatte. Während sie sang, stellte sie sich vor, wie irgendjemand, irgendein Mensch, der verzweifelt und traurig war, ihnen zuhören würde und getröstet ging. Oder wie irgendeiner, dessen Gefühle eingefroren waren, spürte, wie er auftaute, langsam, und wie ihm Tränen in die Augen traten ...

Sie blinzelte ihre eigenen Tränen weg. Irgendjemanden zu retten ... Wenn es nur einer war, nur ein Einziger, hatte sich alles gelohnt. Wenn dieses Lied irgendeinen Menschen ergriff und einen Schritt in die richtige Richtung schubste, hatte es sich gelohnt. Wenn irgendjemand in der Tiefe seines Elends anfing, die richtigen Fragen zu stellen ... Dass sie regelmäßig Blut spendete, schien ihr auf einmal nicht mehr genug. Dass sie sich bemühte, ihren Kindern eine glückliche Kindheit zu geben, schien ihr nicht genug. Was würde ich dafür geben, wenn ich jemanden retten könnte ... Alles, alles würde ich dafür geben ...

Selma gab dem Alt ein Zeichen und sie und Rosa setzten ein. Natascha legte ihr ganzes Gefühl, ihr Herz und ihre Seele in ihre Stimme.

Wenn ich nur irgendjemanden retten könnte ...

Sie wusste, dass sie ihren innersten Wunsch gefunden hatte.

3

CARO HASSTE KRANKENHÄUSER. Während sie durch den hell erleuchteten Flur ging, über den glänzenden Boden, der so aussah, als könnte man jederzeit ausrutschen – was natürlich keiner tat – empfand sie das Klacken ihrer Absätze als äußerst unangenehm, wie das laute Ticken einer Uhr, wenn man einschlafen will. Es schien unangemessen. Alles verlief gedämpft. Die Krankenschwester, die ein Bett an ihr vorbeischob, unterhielt sich in diesem merkwürdigen Flüsterton mit einem Pfleger – kein richtiges Flüstern, aber auch kein normales Sprechen. Es war eher wie ein Raunen, wie die Lautstärke, die angemessen für eine Beerdigung erscheint.

Aber dies war hier keine Beerdigung! Oma Milli war bloß krank. Und alt. Eine normale Kombination, dachte sie, wenn auch keine sehr günstige. Ihre Mutter hatte am Telefon sehr besorgt geklungen.

»Und du gehst da hin!«, hatte sie entschieden, als wäre Caro klein und jung genug, um ihr Befehle erteilen zu können. »Wer weiß, ob es nicht das letzte Mal ist, dass du sie siehst.«

»Sie ist erst vierundachtzig«, hatte Caro entgegnet. »Andere werden hundert. Oma kann noch sechzehn Jahre leben, wenn sie Glück hat.«

Ihre Mutter ging nicht auf ihre Einwände ein. »Sie hat nach dir gefragt. Und du gehst hin. Jetzt. Heute noch. Ich habe ihr gesagt, du kämst heute Nachmittag um drei Uhr.«

Sie hatte sich extra früher frei genommen. Während sie die nach Arznei und Desinfektionsmitteln riechende Luft einatmete, fragte sie sich, warum sie sich eigentlich immer noch so herumkommandieren ließ. War sie nicht in eine eigene Wohnung gezogen, um gerade dem zu entgehen? Aber stattdessen spielte sie natürlich weiterhin die brave Tochter, die nicht aufmuckte ...

Himmel, wo war sie eigentlich? Caro blieb stehen und sah sich um. Wenn sie Krankenhäuser nicht leiden konnte, dann erst recht nicht solche, die wie ein Labyrinth gebaut waren. Ihre Oma befand sich in Haus B, das irgendwo hinter Haus A, halb hinter D und schräg versetzt neben C lag ... Außerdem waren auch noch irgendwelche Umbauten im Gange, so dass einige Flure gesperrt waren, bestimmt genau diejenigen, durch die sie locker und entspannt an den falschen Häusern vorbeispaziert und geradewegs in Haus B angekommen wäre.

Jemanden fragen? Auf keinen Fall. Caro wusste jedenfalls, was Nils gesagt hätte, wenn er hier gewesen wäre: Na, brauchst du ein Navigationssystem? Es würde liebevoll klingen, aber auch ein bisschen herablassend.

Das fehlte noch, dass sie sich hier verlief! Es war bereits Viertel nach drei und Oma Milli wartete mit Sicherheit schon auf sie. Wenn sie nicht gerade schlief. Nein, bei ihrem Glück würde Oma nicht schlafen. Sie würde sich über die Verspätung so aufregen, dass sie keine Luft mehr bekam, aus dem Bett fiel und an Ort und Stelle verstarb. Und auf der Beerdigung würden alle die unglückselige Caro anstarren und flüstern: Du bist schuld ...

»Kann ich Ihnen helfen? Suchen Sie ein bestimmtes Zimmer?«

Ein Krankenpfleger! Blond, groß, gutaussehend, hilfsbereit! Sie kannte diesen Blick. Na, brauchst du ein Navi, Frauchen?

Einer weiblichen Pflegekraft, zum Beispiel einer älteren, rundlichen Dame, hätte sie ihr Herz ausgeschüttet. Aber vor diesem Mann konnte sie es nicht. Vielleicht war er ja sogar Arzt. Der sollte sie bestimmt nicht für so blöd halten. »Ähm, nein, ich warte nur auf jemanden.«

»Ach so. Dann ist ja gut.« Er blickte auf den Blumenstrauß in ihrer Hand, lächelte und ging.

Als er weg war, schlug Caro sich gegen die Stirn. Wie hirnverbrannt konnte man sich eigentlich benehmen? Nun hatte sie die einzige Chance verpasst, noch vor Mitternacht ihr Ziel zu erreichen. Vielleicht war Oma Milli ja noch nicht ganz tot ... Vielleicht lag sie keuchend im Bett und stöhnte: Caro, ach komm doch endlich!

Caro? Nein, das würde sie nicht sagen. Oma Milli sagte stets »Linchen« zu ihr; was sie auch tat, um ihr das auszureden, es funktionierte nicht. Für Oma würde sie immer das kleine Linchen mit den blonden Locken bleiben. Auch wenn ihr Haar mittlerweile so kurz war, dass man nach dem Haarewaschen nur zweimal mit dem Handtuch darüberrubbeln musste, um es trocken zu bekommen. Und es war rot. Nicht dezent dunkelrot. Auch nicht blondrot oder herbstwaldrot. Sondern richtig rot. Feuerrot. Eine Farbe, die zu Linchen nicht wirklich passte. Aber zu Caro passte sie wie die Faust aufs Auge. Wie Schnittkäse zum Brötchen. Wie die Tatsache, dass sie sich verlief und verspätete. Ja, auch das passte zu ihr!

Abrupt blieb sie stehen. Ein Schild mit einem Pfeil. Mit einem großen B. Sie hatte Glück! Tatsächlich, sie musste nur einmal um die Ecke gehen und durch eine Halle, in der ein paar Sitzbänke um eine unnatürlich grüne Pflanze gruppiert waren, und schon war sie im richtigen Haus. Ein Glück, dass sie den Pfleger oder Chefarzt oder was er gewesen war, nicht gefragt hatte. Den Herrn Professor womöglich.

Das Zimmer mit der richtigen Nummer zu finden, war selbst für jemanden, der an permanenter Orientierungslosigkeit litt, nicht mehr allzu schwer. Sie klopfte und öffnete die breite, orangefarbene Tür, ohne zu wissen, was sie erwartete.

Oma Milli lag in einem großen, weißen Bett, in einem rosa Nachthemd, das ihr rosiges Gesicht noch betonte. Sie sah nicht sterbenskrank aus, im Gegenteil, als Caro ins Zimmer trat, strahlte sie. Ihre Augen waren wach und funkelten wie immer.

»Linchen! Wie schön, dass du kommst!«

Caro reichte ihr die Hand, wurde hinuntergezogen und auf die Wange geküsst, und selbst dann ließ Oma Milli sie nicht los. »Du bist wirklich gekommen!«

»Ich habe doch versprochen, dass ich dich besuche. Das ist doch selbstverständlich.«

»Die schönen Blumen! Im Flur sind Vasen, wenn du vielleicht ...«

Caro traute sich nicht einzugestehen, dass die Chance, die Vasen zu finden und rechtzeitig wieder zurückzukehren, nicht besonders hoch war. Aber sie sagte nur: »Klar, ich find schon was. Kein Problem.«

Sie musste auch nur zweimal den Flur rauf- und runtergehen, bis sie das Schränkchen gefunden hatte, auf dem groß »Vasen« stand. Als sie zurückkam, war ein Arzt im Zimmer, der eine der anderen Patientinnen untersuchte, und sie wurde wieder hinausgescheucht.

Als sie endlich wieder zu Oma Milli durfte, dachte sie nur: Ich hasse Krankenhäuser, ich hasse sie wirklich!

»Gut siehst du aus«, sagte sie. »So frisch. Geht es dir besser?«

Während sie es sagte, wurde ihr erst bewusst, an wie vielen Schläuchen ihre Oma hing. In ihrer Nase steckte ein feiner, durchsichtiger Schlauch, der mit einer Flasche hinter ihrem Bett verbunden war und leise gluckste. In ihrem Arm steckte ein weiterer, irgendeine Infusion. Und am Bettrand hing ein mit gelber Flüssigkeit gefüllter Urinbeutel. Caro schluckte. »Du kommst doch bald wieder nach Hause, oder?«

»Ohne Sauerstoff kann ich gar nicht mehr richtig atmen«, sagte Oma Milli, aber sie lächelte, während sie sprach. »Meine Lunge schafft nur noch fünfzig Prozent, sagen sie.«

»Aber das wird doch wieder besser.«

»Ach, ich glaube nicht.« Oma Milli schüttelte den Kopf und drückte wieder ihre Hand. »Setz dich doch, hier, wenn du die Decke etwas beiseite schiebst ...«

Caro fiel auf, wie dünn die Handgelenke der alten Frau geworden waren. Ihre Haut lag in Falten über den Knochen. Sie sah so zerbrechlich aus. Wenn sie tatsächlich aus dem Bett fiel ...

Das Sprechen strengte Oma Milli an. »Erzähl doch, Linchen. Erzähl mir was.«

Aber sie konnte nichts sagen. Den ganzen Tag konnte sie reden, über dieses und jenes, aber hier fiel ihr nichts ein. Überhaupt nichts.

»Ich bin so selten im Krankenhaus«, sagte sie schließlich. »Das letzte Mal, das war, als Maja ihr Baby bekommen hat.«

»Das ist fünf Jahre her.« Oma Milli konnte nicht einfach schweigen und zuhören. »Mein drittes Urenkelkind ... Und bei dir? Immer noch nichts?«

Einer Sterbenden konnte man schlecht sagen, dass sie sich aus der Familienplanung herauszuhalten hatte. Caro verzog nur etwas das Gesicht. »Ach, nee …«

»Wenn du keine Kinder hast, wer wird dich dann besuchen? Majas Kinder? Da solltest du auch mal drüber nachdenken.«

»Oma, ich bin erst zweiunddreißig. Ich habe noch Zeit.«

»Das weiß man nie«, sagte Oma Milli weise. »Selbst in meinem Alter … Man denkt immer, man hat noch Zeit. Das zu tun oder jenes … Immer glaubt man, es reicht, wenn man es morgen tut … Und dann, auf einmal, hast du keine Zeit mehr.«

Caro wurde unbehaglich zumute. »Oma, du wirst dich wieder erholen. Dass du jetzt hier bist, das heißt noch lange nichts. Nils' Oma war zehn Jahre lang krank. Sie wollte schon sterben, aber sie konnte nicht. Siebenundneunzig ist sie geworden.«

Ihre Oma lächelte nur. »Ach, Linchen … Weißt du, wovor ich Angst habe? Allein zu sein. Wenn ich hier liege und keiner ist da, dann habe ich wirklich Angst. Dann schmeckt mir auch das Essen nicht. Ich habe gar keinen Appetit. Manchmal bringt deine Mutter mir etwas vorbei, was sie gekocht hat. Sie kann so gut kochen, deine Mutter …«

Caro, die selbst die Tiefkühlpizza im Ofen anbrennen ließ, nickte. »Ja, das kann sie.«

»Es ist so wichtig, Menschen zu haben, die einen besuchen. Familie, Kinder … Und jetzt bist du gekommen. Ich weiß, du hast viel zu tun …«

Als Caro sich frei genommen hatte – »wegen meiner Oma«, hatte sie gesagt –, hatte ihr Chef sofort eine betroffene Miene aufgesetzt.

»Zu einer Beerdigung?«, hatte er gefragt.

»Nein, sie ist im Krankenhaus.« Auf einmal hatte sie das Gefühl, sich dafür entschuldigen zu müssen, dass sie bloß eine alte Frau besuchen wollte, die krank war. Lungenentzündung? Andere hatten schließlich Krebs oder sonst was.

»Na gut«, hatte er gesagt. Gönnerhaft. So gönnerhaft, dass es auch wirklich jeder mitbekam, welchen Gefallen er ihr damit tat.

Um diesen vorzeitigen Feierabend zu rechtfertigen, musste Oma Milli eigentlich innerhalb der nächsten Tage sterben. Wenn sie es nicht tat, würde Caro sich ganz schön schuldig vorkommen, als hätte sie sich vor der Arbeit gedrückt, um es sich im Kreis ihrer Familie gutgehen zu lassen.

Und Oma Milli sah ja nun wirklich nicht sehr sterbend aus. Caro dachte an die Unterlagen, die auf ihrem Schreibtisch lagen und mit denen sie sich eigentlich hätte beschäftigen müssen. Die Werbekampagne für die Firma Reinhard sollte ein ganz großes Ding werden. Hier zu sitzen und Händchen zu halten, das konnte sie sich eigentlich überhaupt nicht leisten. Und doch saß sie da und lächelte ermutigend und suchte nach Worten.

»Sie wollen eine Lungenspiegelung machen«, flüsterte Oma Milli. »Davor habe ich auch Angst. Von unserer Nachbarin der Cousin, dessen Schwager ist mal an so einer Untersuchung gestorben ...«

»Wenn du das nicht willst, dann sag das doch einfach«, meinte Caro. Ihre Mutter hatte ihr erzählt, dass die Ärzte eine Bronchoskopie vorgeschlagen hatten, eine Spiegelung der Bronchien; das war es wohl, was Oma Milli meinte. Ihre Angst davor konnte Caro gut nachvollziehen.

»Sie meinen, es muss sein, weil die Antibiotika nicht anschlagen.«

»Du musst das nicht tun«, sagte ihre Enkelin eindringlich. »Wenn du es ihnen sagst ...«

Die Tür öffnete sich und ein junger Mann marschierte forsch ins Zimmer. »Guten Tag, Frau Daubert! Dann wollen wir mal aufstehen, ja? Sie können ruhig hierbleiben«, nickte er Caro zu, »es wird nicht lange dauern.«

»Ich kann eigentlich nicht«, protestierte Oma Milli schwach.

»Jetzt kommen Sie schon, wir machen das gemeinsam ...« Er schlug die Bettdecke zurück. »Geht es ohne Sauerstoff? Kommen Sie, wir versuchen es mal!«

Caro erschrak, als sie die mageren, fleckigen Beine ihrer Oma sah. Mit größter Mühe brachte die alte Frau ihre Beine über den Bettrand, während der muntere Therapeut die diversen Schläuche und ihre rollenden Ständer auf seine Seite zog. »Hier sind ihre Hausschuhe, ja. Gut so, Frau Daubert!«

Unendlich langsam stand Oma Milli auf und legte ihre Hände auf die Griffe des fahrbaren Gestells, das er vors Bett geschoben hatte. »Ein Schritt, ja, bis dorthin zum Tisch ...« Seine laute, fröhliche Stimme quälte Caro. Fasziniert und erschrocken sah sie den qualvollen Bewegungen zu. Ohne Sauerstoffzufuhr bekam Oma Milli kaum noch Luft. Laut keuchend atmete sie ein und aus ... Langsam. Mühsam. Eine Greisin. Das Wort schoss ihr in den Kopf und blieb dort sitzen, wie ein mit Widerhaken versehener Pfeil. Eine Sterbende. Warum lassen sie sie nicht in Ruhe!

Weil ihre Kraft nicht für mehr reichte, leitete der optimistische Therapeut seine Patientin rückwärts zu ihrem Bett zurück. Caro zog das Laken glatt und schob den Ständer mit der Infusion an seinen Platz. Sie rückte das Kissen zurecht und deckte ihre Oma zu. Auf einmal fühlte sie eine ungewohnte Zärtlichkeit in sich und sie erinnerte sich an unzählige Abende, wenn Oma Milli sie zu Bett gebracht, ihre Decke glattgestrichen und ihr etwas vorgelesen hatte. Es wird alles gut, wollte sie sagen. Sie wollte ihre Oma beschützen, vor all diesen Therapeuten und Ärzten, die sie nicht in Ruhe lassen wollten, die sie dazu zwangen, aufzustehen und so zu tun, als würde sie irgendwann wieder gehen können, obwohl sie doch gerade hier lag und starb. Aber Caro verstand auch, warum es so schwer war, sich gegen diese ganzen Untersuchungen und fröhlichen Therapiestunden zu wehren – wie konnte man sagen: Es reicht, ich sterbe gerade? Lasst meine Oma in Ruhe, es dauert eh nicht mehr lange?

Besser, man schwieg, besser, man ließ alles mit sich machen, als das auszusprechen.

Sie drückte die zerbrechlichen Finger. »Wird schon wieder alles gut, Oma«, sagte sie. »Du wirst sehen.«

»Ich soll nicht so viel sprechen«, sagte Oma Milli. »Erzähl mir einfach was ...« Sie schloss die Augen und lehnte sich zurück.

Caro stutzte. Einfach drauflos erzählen ... Wovon? Jetzt wäre es praktisch gewesen, Kinder zu haben, von denen sie der Reihe nach hätte berichten können. »Harald ... Mein Hund, du weißt schon ...

Du fandest ihn doch immer so süß mit seinen großen Ohren. Ich hab ihm jetzt beigebracht, Männchen zu machen, wenn ich ihm ein Leckerli gebe.«

Harald war ein Papillon, ein Wesen, das mehr einem Außerirdischen als einem Hund glich, mit langem Fell und riesigen Ohren. Ein Schoßhündchen. Als Oma Milli ihn das erste Mal gesehen hatte, hatte sie gesagt: »Soll das mein neuer Urenkel sein?« und die Brauen hochgezogen.

Ihre Oma lächelte und hörte zu, während Caro über Harald sprach, doch irgendwann fiel ihr auf, dass sie sich gar nicht mehr rührte. Für einen Augenblick fühlte sie Panik und beugte sich über die Kranke, aber Oma Milli atmete noch, wenn auch schwach.

Auf Zehenspitzen schlich Caro aus dem Zimmer.

An diesem Abend sang sie anders als sonst.

Sie merkte es selbst, dass ihre Stimme tiefer klang und ein wenig rauchiger. Der ganze Tag war da – Traurigkeit und Hilflosigkeit und ihr Entsetzen darüber, wie es war, so zu sterben. Sie sang und fühlte, wie die anderen sie überrascht anstarrten.

»Was ist denn mit dir los?«, fragte Willem verwundert. Er war der Bassist und konnte eigentlich überhaupt nicht singen, was ihn jedoch nicht daran hinderte, ständig mehr Gefühl von Caro zu verlangen. »He, etwas mehr«, sagte er immer wieder. »Zeig deine Wut! Lass es raus! Zeig's ihnen! He, das war jetzt aber nicht besser als die kleine Toni.«

Toni war seine Cousine Antonia, die auch Sängerin werden wollte und bei jedem ihrer Konzerte dabei war. Sie hatte es leider noch nicht geschafft, eine Band zu finden, in der sie singen durfte. Nicht besser als Toni, das war das Schlimmste, was man zu Caro sagen konnte.

»Weiter so.« Anja nickte ihr zu.

Caro fühlte, wie die Begeisterung der anderen sie mittrug und wie ihr eigenes tiefes Gefühl die anderen mitriss. Sie hatten noch nie so gut gespielt, jedenfalls nicht auf einer Probe während des letzten halben Jahres, nachdem ihr anfänglicher Enthusiasmus etwas abgekühlt war. Die schäumende Welle der Leidenschaftlichkeit, die sie alle mit sich riss, hatte sich in zähen Morast verwandelt, durch den man sich mühsam hindurchkämpfen musste. Caro hätte nicht sagen können, woran das lag. Singen war ihr Leben und im Gegensatz zu Willem fand sie eigentlich, dass sie immer genug Gefühl hineinlegte. Sie legte alles in ihren Gesang hinein, ihr ganzes Leben – aber anscheinend doch nicht genug davon, sonst hätte es jetzt nicht so einen Unterschied gemacht.

Am besten sang sie normalerweise auf der Bühne. Wenn ihr das Licht ins Gesicht schien wie ein Sonnenaufgang, war sie in der Lage, alles zu geben. Wenn sie ihre Fans da unten spürte, wenn sie in der Dunkelheit hinter dem blendenden Licht die vielen Köpfe wahrnahm, war das Leben herrlich. Sie brachte ihnen ihre Wut dar wie eine Opfergabe. Leider hatten sie noch nicht viele Fans, aber zu ihren Konzerten auf irgendwelchen Jahrmärkten fanden sich neben den Passanten, die vorbeischlenderten, auch immer wieder dieselben treuen Anhänger ein.

Sie waren eben die Nebelraben.

Es gab keine Band, die so war wie sie.

»Das war echt gut«, Jörg nickte ihr zu. »Heute ist wohl dein Glückstag, wie?« Jörg, der Schlagzeuger, spielte stets mit immens viel Gefühl. Seit seine Mutter an Krebs gestorben war, war sein Spiel härter und rockiger und zorniger geworden und manchmal geradezu verzweifelt. Er war der Meinung, dass niemand Musik machen sollte, der noch nie dem Tod begegnet war.

»Meine Oma liegt im Krankenhaus«, sagte Caro, obwohl sie ihnen eigentlich nichts davon hatte erzählen wollen. Aber es ging nicht anders. Sie teilten alles miteinander, Freud und Leid. Sie hatten mit Jörg um seine Mutter geweint, mit Anja ihre verpatzten Prüfungen durchlitten und Willems Liebeskummer zu erlesenen Songs umgewandelt. Simon, der Keyboarder, der Jüngste im Bunde, hatte ausführlich von der Scheidung seiner Eltern berichtet. (Caro hatte den leisen Verdacht, dass die kleine Toni seinetwegen so gerne mit dabei gewesen wäre.) Auch Caro hatte ihren Teil beigesteuert: zerbrechende Beziehungen, Jobverlust, Streit mit ihrer Schwester. Alles, was zum Leben dazugehörte.

»Ach, und deshalb hebst du hier ab? Konntest du sie nicht leiden?«

»Doch, schon.« Sie konnte es nicht erklären. Immer sah sie Oma Millis rosiges Gesicht vor sich. Ihre mageren, fleckigen Beine, die zittrigen Knie, als sie gedrängt wurde aufzustehen.

»Das tut mir leid«, sagte Anja.

»Es braucht dir nicht leid zu tun. Sie ist schon über achtzig, ich meine, das ist eben so.«

»Traurig, traurig«, meinte Willem, aber es klang recht munter. Auch für ihn lag die einzige Möglichkeit, Gefühle zu zeigen, in der Musik, die er machte.

»Sie ist ja noch nicht tot. Wahrscheinlich erholt sie sich wieder und lebt noch zehn Jahre fröhlich weiter.«

Es wird nicht besser werden. Sie spürte immer noch das Entsetzen, das die alte Frau darüber gefühlt hatte. Es wird nie, nie wieder besser.

Nein, dachte Caro, das wird nichts mit den zehn fröhlichen Jahren. Sie wird nie wieder richtig laufen können. Zehn Jahre bettlägerig? Hoffentlich geht es schnell und sie muss nicht lange leiden.

»Machen wir weiter?«, fragte Jörg. Seine Mutter war erst Ende vierzig gewesen. Eine alte Oma, die mit über achtzig starb, konnte ihn nicht beeindrucken.

Sie nickte.

Zwischendurch dachte sie, es würde ihr die Kehle zuschnüren, aber im Gegenteil. Sie schloss die Augen vor dem grellen Kellerlicht und stellte sich vor, dass es Scheinwerfer waren und dort vorne das Publikum. Sie wandte ihm ihr Innerstes zu ... Sie sang, aber merkwürdigerweise war in ihrer Stimme Kraft und die Lust zu leben, und nichts von dieser zerbrechlichen Gestalt im Nachthemd, die nach Luft rang.

4

IHRE WOHNUNG WAR dunkel. Sie hatte gehofft, dass Nils da sein würde, aber er war wohl doch nicht gekommen. Enttäuscht schloss sie die Haustür hinter sich. Erst als sie Harald rief und der Hund ihr nicht sofort an den Hals sprang, wurde ihr klar, dass Nils mit ihm rausgegangen war.

Caro lächelte. Endlich hatte sie mal jemanden gefunden, auf den Verlass war. Aber vielleicht war Nils auch einfach jemand, der Tiere mochte. Harald war jedenfalls begeistert von ihm. Wenn es nach ihm gegangen wäre, wären sie schon längst zusammengezogen.

Caro setzte sich in ihren Lieblingssessel und starrte ins Zimmer. Sie ließ den Blick über das Chaos wandern und seufzte. Jetzt noch aufräumen? Dazu war es zu spät. Außerdem hatte sie Hunger. Aber trotzdem blieb sie sitzen und bewegte sich nicht in Richtung Küche. Ein merkwürdiges Gefühl überkam sie, so fremd, dass sie es zunächst auf sich wirken lassen musste.

War sie nicht einfach nur traurig? Aber Oma Milli war doch noch lange nicht tot. Ihr wacher, klarer Blick ... Sie hatte so viel geredet, von diesem und jenem, herzlich, so froh, dass Caro gekommen war, ihr »Linchen« ...

Und trotzdem fühlte sich dieser Tag so anders an. Anders als bei jeder anderen Nachricht von Krankheiten, die die verschiedenen Familienmitglieder befielen. Grippe und Bronchitis und was ihre Eltern oder die Kinder ihrer Schwester Maja immer alles so hatten ... Vor allem die Kinder waren oft krank. Auch Lungenentzündungen waren schon dabei gewesen.

Oh Gott, lass sie nicht sterben, dachte sie auf einmal. Sie war von sich selbst überrascht, dass sie zu Gott betete. Und helfen würde es ja sowieso nicht. Lass sie nicht sterben, lass sie doch bitte nicht sterben ...

Aber es war mehr als das. Es war, als würde das normale, schöne Leben, das sie hatte, in Stücke springen. Oma Milli war ein Teil dieses Lebens, selbst wenn sie sich gar nicht so oft sahen. Es gehörte zu Caros Leben dazu, dass sie da war, irgendwo im Hintergrund.

Dass sie Geburtstagskarten schrieb und zu Familientreffen Streuselkuchen oder ihre unnachahmliche Mandarinen-Schmand-Torte mitbrachte ... Dass sie zu Weihnachten am Klavier saß und altmodische Weihnachtslieder klimperte, zu denen sie mit ihrer dünnen Stimme sang ... Hatte sie von ihrer Oma diese Liebe zur Musik geerbt? Erst jetzt fiel ihr das auf, als sie an diese Lieder dachte, die so unerträglich rührselig waren – ihre Oma hatte keinen einzigen Ton jemals schief gesungen.

Wie konnte eine ganze Welt zerbrechen, nur weil für eine alte Frau ihre Zeit gekommen war?

Sie hörte Harald zuerst, wie er vor der Tür hechelte. Dann Nils' schwere Schritte, der Schlüssel im Schloss.

Der Hund flog ihr fast auf den Schoß, während der junge Mann sich noch die Schuhe auszog.

»Du bist spät dran«, sagte er.

»Du weißt doch, Donnerstag ist Band-Tag.«

»Und Harald? Er saß völlig verzweifelt vor der Tür, als ich kam.«

Sie kämpfte gegen ihr schlechtes Gewissen.

»Das ist doch kein Leben für so einen lebhaften Hund.«

»Ich weiß ja.« Sie streichelte Haralds kleinen, harten Schädel. »Es war heut alles etwas viel.«

»So wie immer. Hunger?«

Nils hantierte bereits in der Küche, während sie immer noch dasaß und den Hund an sich drückte.

»So still heute?«, fragte er, während er mit einem Teller voller belegter Brote wieder ins Wohnzimmer kam. »Was ist los? Warst du bei deiner Oma?«

»Ja, war ich.«

»Und?« Er wartete.

Es war so schwer auszudrücken. Was wollte sie eigentlich sagen? Sie wusste ja selbst kaum, was sie fühlte. »Es geht ihr gar nicht so schlecht. Sie war wach und hat mit mir gesprochen. Aber sie ist sehr schwach. Die Lungenentzündung will nicht heilen.«

Nils, der aus einer Familie mit zahlreichen Altenpflegern, Krankenpflegern und Krankenschwestern stammte, nickte. Eigentlich hatte er Apotheker werden wollen, aber dann war er irgendwie bei der Zeitung gelandet. Sie hatten sich kennengelernt, als er ein Interview mit den Nebelraben geführt hatte und der Sängerin gehörig auf den Zahn fühlte – nein, fühlen wollte. Sie war so geschickt seinen Fragen ausgewichen, dass er um jeden Preis mehr von ihr erfahren musste. Mittlerweile wusste er so gut wie alles, was es zu wissen gab, dachte Caro.

Während sie zulangte, fühlte sie seinen Blick auf sich.

»Du hast gar keine Lust, über meine Oma zu sprechen, oder?«

»Doch, klar«, protestierte er.

»Lügner. Ich weiß genau, wie du es hasst, über Krankheiten zu reden.« Bei ihm in der Familie, hatte er ihr erzählt, bevor er sie das erste Mal mit zu seinen Eltern genommen hatte, wurde kaum über etwas anderes gesprochen. Und obwohl sie es nicht geglaubt hatte, hatte sie bald feststellen müssen, dass es stimmte. Es gab kein anderes Thema, das seine medizinisch ausgebildete Familie so glücklich machte. Obwohl sie sich stundenlang über das Gesundheitssystem und die Krankenkassen und die Gesundheitsministerin aufregen konnten, sahen sie danach alle rotwangig und glücklich aus, als wären sie nach einem blutigen Kampf siegreich nach Hause gekommen.

Nils wirkte zwischen ihnen leicht verloren. Trotz seines nordischen Namens war er dunkelhaarig, im Gegensatz zu seinem blonden Bruder und seiner rothaarigen Schwester. Seine lässig-sportliche Kleidung passte ausgezeichnet zu seinem Typ. Als sie das erste Mal seinen spöttischen Fragen ausgewichen war – sie hatte genau gespürt, dass er diese Newcomer-Band nicht ernst nahm – hätte sie nie gedacht, dass er so treu mit ihrem Hund Gassi gehen würde und so hervorragend Brote schmieren konnte. Ihr früherer Freund hatte zwar besser kochen können, aber Harald hatte ihn gehasst, weil er nach Katze roch.

»Worüber möchten Sie mich denn interviewen, Herr Reporter?«, fragte sie. Ihre Traurigkeit versickerte beim Streicheln, Essen und in der gewohnten Umgebung. Eben noch hatte sie das Gefühl gehabt, als ob alles zerbrach, alles, was sie kannte und liebte, ihr ganzes Leben. Wie eine Vorahnung hatte dieses schreckliche

Gefühl sie überfallen. Aber jetzt, wo Nils ihr gegenüber saß, wurde ihr Herz wieder leicht.

Nils holte seine Kamera aus der Tasche. »Zuerst machen wir ein Foto von Ihrem wunderschönen Gesicht, Frau März. Bitte lächeln.« Dann, nachdem es ein paar Mal geblitzt hatte und er zufrieden nickte, sagte er: »Und jetzt zeigen Sie mir bitte Ihre Wohnung. Ganz wichtig für meine Recherche. Ach, Sie haben auch ein Schlafzimmer? Darüber muss ich mehr wissen.«

Caro lachte. An diesem Abend dachte sie nicht mehr an Krankenhaus, Atemnot und Sterben.

»Du warst also da.«

Caro hasste diese Kontrollanrufe. Immer musste ihre Mutter sich vergewissern, dass alles so lief wie geplant.

»Ja. Ja, ich hab doch gesagt, dass ich hingehe!«

»Ist ja schon gut. Du brauchst nicht gleich so laut zu werden.« Die Stimme ihrer Mutter klang leicht gekränkt, aber nicht lange. Sie hatte noch nicht alles gesagt, was sie sagen wollte. »Oma war sehr froh darüber ... Gestern konnte sie noch aufstehen? Heute war sie zu schwach dazu. Du hast einen guten Tag erwischt.«

»Haben die Ärzte was gesagt?«, fragte Caro. Im Grunde wollte sie es gar nicht wissen, aber sie kannte ihre Mutter. Sie konnte sie nur loswerden, indem sie das mit ihr führte, was diese ein »vernünftiges Gespräch« nannte. »Ich meine, wie lange wird es noch dauern?«

»Zu mir haben sie gesagt, dass es jederzeit zu Ende sein kann. Sie wird bald heimgehen, Schatz.«

Caro erschrak. So viel Ehrlichkeit hatte sie nicht erwartet. »Was, aber ... Sie sieht doch noch so gut aus. Kann es nicht doch noch besser werden?«

»Sie hat keinen Appetit mehr. Hast du nicht gesehen, wie stark sie abgenommen hat? Sie wiegt kaum noch vierzig Kilo. Und sie hat mir gesagt, dass sie manchmal einfach nicht mehr will. Dass sie nicht mehr kann. Manchmal ist sie wirklich bereit, loszulassen. Doch dann auch wieder nicht. Dann hat sie noch so viel Zuversicht ... Sie kämpft um jeden Atemzug. Aber ...«

Caro unterbrach ihre Mutter. Sie war überrascht. »Sie hat Zuversicht?«

»Ja, natürlich. Sie will noch nicht sterben. Sie hängt so am Leben ... an euch Kindern ...«

Hin und hergerissen zwischen dem Wunsch, dass Oma Milli nicht lange leiden sollte, und dem Gefühl, dass sie unbedingt zu ihrem Leben dazugehörte und dazubleiben hatte, wusste Caro nicht, was sie sagen sollte. Sie will nicht sterben ... Würde sie wirklich so leben wollen, ans Bett gefesselt, abhängig von Atemgeräten und Infusionen? Was für ein schreckliches Leben!

Auf einmal hatte sie das dringende Bedürfnis, ihre Oma noch einmal zu besuchen. Auch davon war sie überrascht. Sie hatte heute länger arbeiten müssen und am Abend war wieder ihr Tai-Bo-Kurs, den sie dringend brauchte, um sich in Form zu halten: Diese Mischung aus Kampfsport und Aerobic war genau das Richtige für sie. Caro hatte überhaupt keine Zeit, noch einmal zum Krankenhaus zu fahren. Schließlich waren auch noch Harald und Nils da ...

Aber seit gestern war etwas in ihrem Leben anders. Sie hatte es genau gespürt. Irgendetwas war im Begriff, sich zu verändern, zu verschieben. All die Dinge, die sich so schön eingespielt hatten, fühlten sich auf einmal wackelig an. Und zugleich hatte Caro das Gefühl, dass dies alles absolut unfair war, dieser Sturm, der durch ihr Leben wehte, und nur wegen Oma Milli. Es hätte etwas anderes sein können, das ihr dieses Gefühl zu schweben vermittelt hätte – eine Beförderung zum Beispiel. Oder wenn Nils endlich vorschlagen würde, sich zusammen eine Wohnung zu suchen. Oder wenn ihre Band endlich von jemand wirklich Wichtigem entdeckt werden würde. Das waren die Sachen, die das Recht hatten, sie in Aufregung zu versetzen und ihr das Gefühl zu geben, dass das Leben aufregend und voller Möglichkeiten war. Aber nicht so. Nicht auf diese deprimierende Art, mit diesem drohenden Verlust.

»Tut mir leid, Harald«, sagte sie zu ihrem Hund. »Ich muss schon wieder weg.«

Harald blickte sie erwartungsvoll an, als sie sich die Schuhe anzog. In seinem pelzigen Gesicht stand bereits die Vorfreude auf einen Ausflug geschrieben.

»Nein, es geht nicht. Ich kann dich nicht mitnehmen. Geh, da auf deine Decke. Na los, geh schon.«

Als sie die Tür hinter sich zu zog, packte sie wieder das schlechte Gewissen. Sie kümmerte sich nicht gut um den Papillon. Er war so niedlich gewesen, dass sie ihn unbedingt hatte haben müssen, aber eigentlich hatte sie gar keine Zeit für ein Tier. Nun, andere hatten es wohl noch schlechter getroffen.

Auf dem Weg in die Klinik fiel ihr ein, dass sie vergessen hatte, Nils Bescheid zu sagen. Während sie ihm auf den Anrufbeantworter sprach, dass es später werden würde, nahm sie aus den Augenwinkeln etwas wahr, aber dann erhellte schon der Blitz die Straße.

Scheiße, dachte sie. Wie schnell war ich? Neunzig? Und mit dem Handy am Ohr, na toll. Das wird ein teurer Besuch, Omilein.

Dieses Mal verirrte sie sich nicht. Mit schlafwandlerischer Sicherheit – hatte sich ihr Leben wirklich so rapide geändert? – schritt sie durch die seltsam duftenden Flure und stand schließlich wieder vor der orangefarbenen Tür. Sie zögerte auf einmal und sah sich um. An der Wand hing ein Bild, das aussah, als hätte jemand Blut auf Leinwand gespritzt.

»Linchen?«

Oma Millis Gesicht war immer noch rosa. Aber es wirkte etwas mehr eingefallen als gestern, noch älter und knittriger. Bei jedem Atemzug blubberte es in der Flasche.

»Deine Mutter hat gar nicht gesagt, dass du kommst.«

»Nein, ich ...«

Sie wusste nicht, wie sie anfangen sollte. Sie schob den Stuhl an das Bett heran und freute sich darüber, wie leicht ihre Oma es ihr wieder machte. Obwohl ihr das Sprechen noch mehr Mühe machte als am Vortag, begann sie wieder munter drauflos zu plaudern.

»Oma, hast du – hast du Angst?« Jetzt war es heraus. Bevor sie es gefragt hatte, hatte sie nicht gewusst, dass es diese Frage war, die sie nicht losließ. Ich glaube nicht, dachte sie, dass Nils jemals eine so persönliche Frage gestellt hat.

Die alte Frau fasste ihre Enkelin ins Auge. »Ja«, sagte sie schlicht.

»Ich dachte, dass es vielleicht leichter ist, wenn man ...« Wie ließ sich so etwas sagen? »Wenn man schon so viele Jahre hatte ...«

»Und wenn man glaubt, dass der Himmel auf einen wartet, wolltest du das sagen?« Ihre Oma war schon immer sehr gläubig gewesen. Sie hatte ihnen biblische Geschichten vorgelesen, bis sie sie fast auswendig kannten. Sie hatte sie in den Kindergottesdienst geschickt, wann immer es ging, wo es dieselben Geschichten noch mal zu hören gab. Sobald Caro alt genug gewesen war, war sie nicht mehr zur Kirche gegangen – höchstens an Weihnachten – und hatte sich von allem Religiösen fern gehalten. Das war einfach nicht ihre Welt.

Oma Milli lächelte. »Lieber Heiland, mach mich fromm, dass ich in den Himmel komm ... Das habe ich immer mit euch gebetet, weißt du noch? Mit dir und mit Maja.«

»Ja.« Caro schluckte.

»Und doch«, ihre Stimme wurde immer leiser, »fürchte ich mich, viel mehr, als ich erwartet habe ... Davor, dass es wehtut. Und davor, dass ich euch alle nicht mehr sehe. Majas Kinder werden größer und ich bin nicht dabei ... Und deine Kinder werde ich wohl überhaupt nicht mehr sehen.«

»Ich glaube nicht, dass ich mal Kinder bekomme.«

Oma Milli achtete nicht auf den Einwand. »Jeder braucht eine Familie«, sagte sie entschieden. »Und ich möchte so gerne bei euch allen bleiben ...« Sie rang nach Luft und lag eine Weile nur da, atmend. Ihre abgemagerte Hand legte sich um Caros Handgelenk. »Ich werde das alles sehen – den Himmel, Gott ... August ... Ja, ich freue mich auf August.« Caros Opa war schon vor zwanzig Jahren gestorben, Caro konnte sich kaum noch an ihn erinnern. »Gott meint es immer gut mit uns.« Die alte Frau nickte, es klang, als spräche sie sich selbst Mut zu. »Ich weiß das, und doch, es ist manchmal so schwer, das wirklich anzunehmen, was er einem schickt.«

»Mmh.« Sie brachte nur ein zustimmendes Gemurmel heraus.

»Ich möchte Weihnachten zu Hause sein«, flüsterte Oma Milli. »Ich werde wieder meine Torte backen und Klavier spielen. Und Karten schreiben.«

»Ja«, versprach Caro, »das wirst du.«

Als sie ihr Auto auf dem großen Parkplatz suchte, war sie noch verwirrter als vorher. Sie war noch einmal gekommen, um vielleicht klarer zu erkennen, was sie sich eigentlich wünschen sollte: dass Oma Milli rasch »heimging«, wie ihre Mutter es nannte, und nicht in diesem Zustand leben musste, oder dass sie einfach so lange wie möglich durchhielt, trotz der Schmerzen. Es war komisch, dass ihr das so wichtig war. Was lag denn daran, was sie, Caro, für das Beste hielt? Niemand war da, um ihr ihren Wunsch zu erfüllen. Und beide Wünsche taten weh. Jemanden leiden zu sehen und das Sterben. Vielleicht schlief Oma Milli ja friedlich ein ...

Caro saß am Steuer und konnte nicht losfahren. Ihre Finger krampften sich um das Lenkrad. Was für ein Sterben, dachte sie. Dazuliegen und zu wissen, dass es bald zu Ende ist. Wenn man doch eigentlich noch leben wollte. Sich zu fürchten und doch gleichzeitig darauf zu vertrauen, in den Himmel zu kommen. Oma Milli wusste, dass sie keine Zeit mehr hatte, und träumte doch schon wieder von Weihnachten zu Hause.

Sie ist ja wie ich, dachte Caro. Sie weiß auch nicht, was sie will. Ich hab ganz schön lange gebraucht, um zu merken, nach wem ich geraten bin.

In den Himmel kommen. Gott meint es gut mit uns ...

»Wenn du es gut mit uns meinst«, sagte Caro leise, vielleicht zu Gott, vielleicht auch einfach in die Luft hinein, »warum lässt du sie dann sterben?« Aber vielleicht war es auch die falsche Frage. Vielleicht hätte sie fragen müssen: Warum lässt du sie dann so lange leiden?

Wie immer konnte sie sich nicht entscheiden.

Und wie immer wollte Nils nicht über Krankheiten reden.

»Ich hab was für deine Nebelraben«, sagte er. »Es ist zwar noch etwas hin, aber ihr könnt ja schon mal darauf hinarbeiten.«

»Raus mit der Sprache.« Nils machte es gerne spannend. Caro konnte es nicht ausstehen, wenn sie ihm die Informationen häppchenweise abluchsen musste.

»Der große Band-Contest. Nächstes Jahr im Mai. In der Stadthalle. Bewerbungen bitte jetzt einreichen.«

»Und ich dachte schon, du hast einen Produzenten für uns gefunden.«

»Immer schön langsam. Erst müsst ihr zeigen, was ihr draufhabt, richtig?«

»Wir haben's drauf«, sagte Caro mit Überzeugung. »Irgendwann schmeiße ich meinen Job und mach Musik. Von morgens bis abends. Nichts anderes mehr. Schau mich nicht so mitleidig an! Das ist gemein.«

Nils glaubte nicht an ihren großen Traum. Manchmal fiel es ihr ja selber schwer, wirklich daran zu glauben. Nur wenn sie sang, wusste sie, dass es der richtige Weg war. Dass es keinen anderen Weg für sie gab.

»Wenn ich einmal uralt bin und im Krankenhaus liege«, sagte sie leise, »möchte ich mich daran erinnern, wie ich meine Träume verwirklicht habe. An die Band und unsere Tourneen und die Aufnahmen im Studio ... Stell dir vor, ich liege da und kann mich an überhaupt nichts Aufregendes erinnern, nur an Arbeit ...«

»An mich wirst du dich doch hoffentlich erinnern«, meinte Nils beleidigt.

»Ja klar, an dich. Aber ich will nicht nur das, was alle haben ...«

»Mich haben nun wirklich nicht alle.«

»Das meine ich doch gar nicht«, versicherte Caro. »Ich wünsche mir nur, dass mein Leben etwas Besonderes ist. Dass ich Dinge erlebe, die nicht jeder erlebt. Dass ich Träume träume, die nicht jeder träumt.«

»Wie sehr du dich täuschst«, sagte Nils trocken. »Fast jeder träumt davon, berühmt zu werden. Wirklich jeder Trottel tut das. Alle wollen unbedingt ins Fernsehen oder wenigstens in die Zeitung.«

»Ich nicht! Ich will auf die Bühne.«

Nils schüttelte den Kopf. Er hatte ihr noch nicht verziehen, dass der Wunsch nach dem Außergewöhnlichen ihn nicht mit einschloss.

»Na gut. Dann liegst du also da und bist hundert Jahre alt und erinnerst dich daran, dass du mal auf der Bühne gestanden hast. Und? Wird es dadurch besser?«

»Aber ...« Er hatte das wieder einmal völlig falsch verstanden. »Darum geht es doch gar nicht. Sondern darum, dass man sich nichts vorwerfen muss. Dass man sein Leben gelebt hat. Ich meine, so wie Oma – sie hat Torten gebacken. Klavier gespielt, aber nichts Halbes und nichts Ganzes daraus gemacht, halt nur so für den Hausgebrauch ... Sie hat nie gesagt: He, hier komme ich. Immer stand die Familie an erster Stelle. Sie kann ja über gar nichts anderes reden! Die Kinder, Maja, die Kleinen, meine Kinder, die ich mal haben werde, wenn es nach ihr ginge ... Sie interessiert sich mehr für meine noch nicht geborenen Kinder als für mich selber ...«

»Aber sie ist doch damit zufrieden, wie ihr Leben war, oder?«

Gott hat es immer gut mit mir gemeint. Hatte Oma Milli das nicht gesagt? Und doch, wie konnte irgendjemand damit zufrieden sein?

»Ich will mein Leben anders«, sagte Caro. »Reich und angefüllt mit allem, was man so erleben kann. Ich will reisen und die Welt sehen. Ich will auf der Bühne stehen und singen. Ich will schauspielern. Ich will ...«

»Harald will jedenfalls raus«, meinte Nils. »Er kratzt schon die ganze Zeit an der Tür.«

5

WAS CARO AN ihrer Laienspielgruppe besonders störte, war die Unpünktlichkeit der anderen. Sie gehörte zwar nicht zu denen, die Punkt halb acht auf der Matte standen, aber wenn sie um Viertel vor acht in die Schulaula stürmte, in der die Theatergruppe sich traf, erwartete sie jedes Mal, die Letzte zu sein, ihr Kostüm schnell überzuwerfen und loszuspielen. Stattdessen war die Hälfte der Leute noch nicht da.

»Hast du den Text gelernt?«

Brigitte, die Regisseurin, kannte keine Gnade für diejenigen, die zu faul waren, um auswendig zu lernen. Sie riss ihnen die Zettel aus der Hand und zwang sie dazu, sich Satz für Satz mit Hilfe der genervten Souffleuse durch die Szene zu arbeiten, in der Hoffnung, dass es ihnen so peinlich war, dass sie bis zum nächsten Mal alles um so besser nachholten. Leider war diese Hoffnung meist vergeblich.

Caro ließ sich auf einen der wackeligen Stühle fallen und seufzte. »Ja, hab ich.« Das war gelogen, aber sie vertraute darauf, dass es ihr irgendwie einfallen würde, wenn sie erst dran war. Sicherheitshalber zog sie die zerknitterte Kopie von »Aschenputtel« aus ihrem Rucksack und überflog schnell noch die letzten Zeilen.

»Na, wie geht es unserer Prinzessin?«

Natalie setzte sich neben sie. Natalie war im Märchen die böse Stiefschwester. Sie konnte so garstig spielen, dass man kaum glauben mochte, dass sie zu einem freundlichen Tonfall in der Lage war. Aber das war sie. Man wusste allerdings nie, ob das nicht auch nur gespielt war. Caro fand, dass ihre Lippen zu schmal waren, um richtig zu lächeln.

Caro schüttelte den Kopf. »Die erste Szene im zweiten Akt. Ich kann mir einfach nicht merken, wann ich dran bin.«

Natalie lachte. »Ach, das kriegst du schon hin.« Natalie merkte sich mühelos jeden Text. Natalie schlüpfte ohne Probleme in jede erdenkliche Rolle. Eigentlich hätte Natalie das Aschenputtel spielen sollen, schon wegen ihrer blonden Locken. Warum Brigitte die

Rolle dann jedoch Caro gegeben hatte, war manch einem nach wie vor ein Rätsel. Für Natalie war es auf jeden Fall eins.

»Wir fangen an!«, rief Brigitte, als der Prinz durch die Tür stolperte. Erwin, einer der wenigen Männer, die sich in die Truppe verirrt hatten, hatte nicht viel von einem Prinzen. Aber wenn er eine Perücke auf seinem glänzenden Schädel trug und die Schärpe mit dem Theatersäbel durch seinen Bauchansatz geschnürt hatte, sah er ganz passabel aus. Sie hatten einfach sonst niemanden gehabt.

»Los, los, auf die Bühne!«

Caro hockte sich auf den Boden und begann die Dielen zu scheuern, während ihre Stiefmutter und die Stiefschwester über den Ball sprachen, zu dem sie nicht mitkommen durfte. Mit todtrauriger Miene blickte sie auf Brigitte und die übrigen Schauspieler, die gerade nicht dran waren. In dieser Szene fühlte Caro ein so tiefes Mitleid mit sich selbst, dass es ihr nicht schwerfiel, sich Tränen in die Augen zu zaubern. Die Kinder, die das Stück später sehen würden, würden mit ihr weinen, da war sie sich sicher. Es war so abgrundtief ungerecht, dass sie, die Tochter des Hauses, hier am Boden saß und Staub schluckte. Ihr Gesicht war so schmutzig, dass es kaum zu erkennen war. Mit einem solchen Gesicht konnte man nicht aufstehen und sich wehren ... Und doch, Aschenputtel stand auf.

»Ich möchte mit auf den Ball, Mutter.«

»Ach ja? Sie will mit auf den Ball. Sie hat wohl noch nicht genug zu tun. Hier – eine Schüssel Linsen. Wenn du die aus der Asche gesammelt hast, kannst du mitkommen.«

Aschenputtel beugte sich über die neue Arbeit. Aber sie seufzte nur, sie schluchzte nicht. Es war lieb, dieses schmutzige Mädchen, aber es war auch stark, tief in seinem Inneren. Aschenputtel öffnete das Fenster und rief die Tauben ...

»Noch mal, noch mal!«, rief Brigitte. »Das Letzte noch mal. Du musst ins Publikum schauen, wenn du am Fenster stehst, wie oft soll ich dir das noch sagen!«

Das Kleid für die Ballszene war so lang, dass es auf dem Boden schleifte und die restlichen Linsen aufwischte. Caro, die sich in Jeans am wohlsten fühlte, kam sich darin jedes Mal ungeheuer verkleidet vor. Aber das half ihr dabei, Erwin liebreizend zuzulächeln, während er ihr die Hand reichte. Er schwitzte so stark, dass seine feuchten Finger sie kaum festhalten konnten. Was bin ich doch für ein Schauspieltalent, dachte sie, während sie knickste und strahlte und dann, als die Uhr schlug, davonhuschte.

»Kommst du mit? Wir wollen noch kurz was trinken gehen.«

Caro stopfte ihren Text zurück in ihren Rucksack. Erwin blickte sie bittend an, als sei er tatsächlich ihr Prinz. »Ja, Aschenputtel?« Sie musste lachen. »Okay, ich bin dabei.« Dabei hatte sie eigentlich Sehnsucht nach Nils und sich auf einen schönen Abend mit ihm gefreut. Aber den konnten sie auch am nächsten Tag haben. Mittwoch war Theatertag. Die Probe hatte überraschend gut geklappt. Ja, es würde schön sein, sich noch mit den anderen zu unterhalten, nicht zuletzt, um nicht irgendwann außen vor zu stehen. Sie mit der Hauptrolle war geradezu verpflichtet, dabei zu sein.

Am Ausgang wartete Nils auf sie. Er hatte sie noch nie vom Theater abgeholt. Überrascht ließ sie sich von ihm umarmen.

»Nils, wir wollten gerade ...«

»Ich habe dich gesehen«, sagte er. »Du bist fantastisch.«

»Du hast bei der Probe zugeguckt? Ich habe dich gar nicht gesehen. Und wieso hat Brigitte dich zuschauen lassen? Das erlaubt sie sonst nie!«

»Der Presse schon.«

Caro schüttelte den Kopf. Manchmal benahm Nils sich merkwürdig, fand sie. Warum kam er hierher? Das hier war ihr Bereich, nicht seiner.

»Nur die letzte Viertelstunde«, schränkte er ein. »Ich war etwas zu früh dran.«

Hatten sie sich verabredet? Sie konnte sich gar nicht daran erinnern.

»Am liebsten wäre ich auf die Bühne gestürmt und hätte diesem fetten Kerl die Braut aus dem Arm gerissen.«

»Ähem ...« Erwin war hinter Caro aufgetaucht. »Kommst du jetzt mit oder nicht?«

»Nein, heute geht es nicht«, sagte Nils und zog sie weiter.

»Hör mal!« Caro konnte es nicht leiden, so überfahren zu werden. »Ich bin hier eigentlich noch nicht fertig, musst du wissen. Wir wollten noch kurz weg.«

Nils' Gesicht verdüsterte sich. »Ich dachte ...«

»Da hast du eben falsch gedacht!«

Ohne ein weiteres Wort drehte er sich um und ging.

Und Caro hatte das Gefühl, dass eine Wolke von Düsternis über sie fiel. Entschlossen schüttelte sie ihr Bedauern ab und wandte sich wieder den anderen zu.

»Na, dann wollen wir mal, was, Harald?«

Nils knüpfte die Leine an das Halsband und öffnete dem wild schwanzwedelnden Hund die Tür.

Natürlich hatte Caro ihn nicht darum gebeten, noch einmal mit dem Papillon rauszugehen. Sie hatte natürlich überhaupt nicht daran gedacht, dass nicht nur ihr Freund, sondern auch ihr Hund auf sie wartete.

Montag Tanzen, Mittwoch Laienspiel, Donnerstag Band, Freitag Tai Bo. Der Dienstag und das Wochenende waren das, was ihnen blieb.

Gut, das war fast die halbe Woche. Wenn Caro nicht noch irgendetwas fand, das sie sofort ausprobieren musste. Womöglich stürzte sie sich voller Leidenschaft in den nächsten Bauchtanz-Kurs oder sie bekam plötzlich die Gewissheit, dass sie eigentlich zur Malerin berufen war. Immerhin hatte sie im Frühling zwei Malkurse belegt. Bevor sie sie aufgegeben hatte, um Aschenputtel zu werden.

Grimmig sah Nils auf den Hund hinunter, der etwas Interessantes am Straßenrand gefunden hatte und ausgiebig daran schnüffelte.

»Wann sie wohl nach Hause kommt, was meinst du?«

Harald warf ihm einen liebevollen Blick zu, der sowohl heißen konnte: »Du reichst mir«, als auch: »Ich bin sicher, sie kommt bald.«

Harald war stets voller Vertrauen darauf, dass Caro bald nach Hause kommen würde. Seine kleine Hundewelt war voll bis obenhin mit Zuversicht.

Die Luft war erstaunlich mild; Wolken verdeckten den dunklen Abendhimmel. Regen lag in der Luft und die Straßen waren immer noch feucht vom letzten Schauer. Er musste sich mit dem Nachhausefahren beeilen; sein Scheibenwischer war kaputt und er hatte immer noch keinen neuen besorgt. Am besten, er war zurück, bevor es richtig losging.

»Nach Hause«, sagte er zu Harald, etwas schroffer als notwendig. »Komm, es reicht.«

Harald war enttäuscht. Der Duft der nassen Straße war herrlich. Es roch nach Laub und nach den anderen Hunden, die diesen Bürgersteig benutzten. In den Pfützen spiegelten sich die Straßenlaternen. Erinnerungen stiegen in ihm auf, an Stöckchen, die durch die Luft flogen und die man zum Frauchen zurückbrachte. Hoffnungsvoll blickte er Nils an und stieß ein kurzes, fragendes Bellen aus.

»Es geht nicht anders«, sagte der Mann, der nichts von Haralds Träumen ahnte. Für beide war es lang her, dass Caro ausgiebig mit ihnen gespielt hatte.

Am Straßenrand parkte bereits ihr roter Mini.

»Also ist sie doch schon da«, murmelte Nils. »Vielleicht geht sie ja noch ein Stück mit dir.« Er fragte sich, ob seine eigenen Hoffnungen so offensichtlich waren wie die des kleinen Hundes. Hoffnungen? Im Grunde hatte er keine Lust, Caro heute überhaupt noch zu sehen. Er hatte nicht erwartet, dass sie so bald schon wieder zu Hause sein würde; normalerweise, wenn sie mit ihrer Truppe wegging, kam sie so spät und so müde nach Hause, dass sie sofort ins Bett fiel. Schließlich war es mitten in der Woche; sie hatte schon zweimal einen Job verloren, weil sie, wenn sie unausgeschlafen war, die blödesten Fehler machte und alle gereizt anfuhr.

Nein, es war besser, wenn er Harald ablieferte und sich sofort aus dem Staub machte. Nicht zum ersten Mal fragte er sich, während er die Treppe zu ihrer Wohnung im zweiten Stock hochstieg, warum er sich nicht schon längst von ihr verabschiedet hatte.

Sie öffnete die Tür, bevor er sich entschieden hatte, ob er aufschließen oder klingeln sollte. Sobald er sie sah, wusste er es wieder. Selbst wenn sie schlechte Laune hatte und den Mund verzog, so wie jetzt, war da etwas, das ihn jedes Mal umhaute, wenn er sie nur ansah. Sie war nicht einfach nur hübsch. Nicht einfach nur etwas Besonderes. Irgendetwas war in ihrem Gesicht mit den vollen Lippen, der kleinen Nase und den grauen Augen, dem er nicht widerstehen konnte. Nils wusste genau, warum die Regisseurin der Laienspielgruppe Caro zu ihrem Aschenputtel auserkoren hatte statt die blondgelockte Natalie. In ihrem Gesicht konnte sich die ganze Welt widerspiegeln – mädchenhafte Hilflosigkeit, erwachsene Arroganz, Trauer, Verzweiflung, Fröhlichkeit, Begehren ... Manchmal kam ihr Gesicht ihm vor wie ein offenes Buch, in dem er lesen konnte. Und meistens hatte er das Gefühl, trotzdem nicht zu wissen, wer sie war.

So wie jetzt.

»Es tut mir so leid!« Sie schlang ihre Arme um seinen Nacken, bevor er über die Schwelle treten konnte, und zog ihn in die Wohnung. »Es war so süß von dir, mich abzuholen ...«

Gegen ihren geballten Charme war er machtlos. Trotzdem versuchte er schwach, sich zu wehren. »Das hörte sich vorhin noch ganz anders an.«

»Ach, da ... Ich konnte mich einfach nicht so schnell umstellen. Ich hatte ja nicht erwartet, dass du kommen würdest.«

Sie drückte die Tür hinter ihm zu und sperrte aus Versehen Harald aus, der noch im Flur die Fußmatte beschnüffelte.

Auf sein empörtes Bellen hin öffnete Nils schnell die Wohnungstür und ließ ihn herein. »Ich weiß auch nicht, warum ich das immer wieder tue«, sagte er. »Das ist dein Hund. Du solltest mit ihm rausgehen.« Er drückte ihr die Leine in die Hand.

»Was? Aber du warst doch gerade ...«

»Ja, aber ich will nach Hause, bevor es wieder regnet. Es war ein bisschen kurz für ihn. Er hat den ganzen Tag hier drinnen gehockt und gewartet. Es wäre wirklich schön, wenn du dich mal um ihn kümmern würdest.« Er trat einen Schritt von ihr zurück. »Am Anfang warst du so begeistert von ihm, dass du deinen Job aufgeben wolltest, um Hundezüchterin zu werden.«

Caro machte sich nicht die Mühe, auf diesen Vorwurf einzugehen. Sie schaute Nils entgeistert an. »Du bist mir immer noch böse? Das verstehe ich ja, Schatz, aber ... Du musst noch nicht gehen. Ich bin extra früher weggefahren als die anderen. Die sitzen da immer noch und machen schon Pläne für das nächste Stück. Nur deinetwegen bin ich da weg. Jetzt wird Natalie sich natürlich die beste Rolle reservieren lassen.«

»Das entscheidet sowieso ganz allein Brigitte«, widersprach Nils. Ohne darüber nachzudenken, war er bereits dabei, sich die Schuhe auszuziehen. Wie hatte er bloß erwarten können, Caro würde noch mal mit Harald rausgehen?

»Willst du was essen?«, fragte sie. »Ich hab noch was zum schnell Warmmachen in der Mikrowelle.«

»Na gut«, sagte er. Die ersten Regentropfen platschten bereits gegen die Scheibe. »Jetzt regnet es sowieso.«

»Dann kannst du auch hier bleiben.«

Es war unausweichlich gewesen. Was bin ich nur für ein Dummkopf, dachte er, als sie zusammen am Küchentisch saßen und er auf einem pappigen Baguette herumkaute. Es endet immer so.

»Du bist sowieso immer hier, wenn ich abends nach Hause komme«, sagte sie und sah zu, wie er aß.

»Wenn's dich stört«, begann er, aber sie unterbrach ihn sofort.

»Nein! Nein, es stört mich nicht. Die meisten deiner Sachen sind ja eh schon hier.«

Das stimmte nicht ganz. Er hatte keine Ahnung, was er am nächsten Morgen anziehen sollte. Aber er widersprach ihr nicht. »Und?« Würde sie ihm jetzt vorschlagen, ganz hier einzuziehen? An ihrem Gesicht war zu erkennen, dass sie darüber nachdachte.

»Möchtest du nicht ...« Aber bevor sie weitersprach, wusste er schon, dass sie es nicht tun würde. Immerhin hatte sie es ihm schon dreimal vorgeschlagen und es fast sofort danach wieder zurückgenommen. Seit die Sache mit ihrer Oma sie so mitnahm, war sie einerseits wild entschlossen, alle ihre Verbindungen zu anderen Menschen zu verbessern und zu vertiefen, und andererseits – ja, überall blickte die alte Caro noch durch, die sich einfach nicht festlegen konnte. »... was trinken?«

»Ja, bitte.«

Caro schaute nachdenklich, während sie ihm einschenkte. »Ich hab mich gefragt ...«

»Ja?« Es musste etwas Besonderes sein, wenn sie hier versuchte, fürsorglich zu sein. Caro war eine fürchterliche Gastgeberin; nicht, weil sie der Meinung war, dass er sich selbst etwas zu essen machen oder holen konnte, sondern weil sie einfach keinen Blick dafür hatte. Manchmal hatte er auch den Verdacht, dass sie faul war.

»Wenn du alle deine Sachen herholen würdest ...«

Nils war geradezu überrascht. Jetzt hatte sie es ja doch gesagt!

»Und was würde das ändern?«, fragte er. »Ich meine, an uns?«

»Dann brauchst du nicht mehr nach Hause zu fahren.« Ihre Stimme wurde unsicher. »Auch nicht, wenn es regnet ... Und bei Glatteis wäre es auch sehr praktisch ...«

Wenn sie ihm das nicht schon mehrere Male in Aussicht gestellt hätte, wäre ihm dies wie ein besonderer Schritt in ihrer Beziehung vorgekommen. So aber war er vorsichtig.

»Und morgen brauchst du wieder mehr Abstand«, prophezeite er ihr. »Morgen wünschst du dir, diese Wohnung ganz für dich allein zu haben und es ärgert dich, dass ich hier bin, wenn du müde heimkommst.«

»Ach, Nils«, sagte sie. »Das ist doch gar nicht wahr. Ich finde nur ... Ich meine, es ist so wichtig ...«

»Es wird dadurch nicht einfacher werden«, meinte er weise.

»Ich weiß«, sagte Caro leise und blickte auf ihren Teller. Er wartete darauf, dass sie wieder einen Rückzieher machte. Wahrscheinlich wollte sie ihn erst machen, wenn er sich schon in Gedanken damit beschäftigt hatte, wann er ausziehen würde und wo er seine Sachen unterbringen wollte.

»Manchmal weiß ich gar nicht, wer du bist«, sagte Nils und wunderte sich über diesen Satz, den er so oft dachte und noch nie ausgesprochen hatte.

»Der Prinz wusste es auch nicht. Ich meine, er hatte nur Aschenputtels Schuh in der Hand.« Sie lachte, als sie sein verwirrtes Gesicht sah. »Er hatte keine Ahnung, wer sie war, und hat sie trotzdem überall gesucht.«

»Sie hatte eben ein schönes Gesicht«, sagte Nils. »Ob das reicht?«

»Keine Ahnung. Sag du es mir.«

Er beugte sich über den Tisch und gab ihr einen Kuss. Es war eine Frage, auf die er keine Antwort wusste.

6

WENN SIE AM Schreibtisch saß und ihre Finger über die Tastatur hüpfen ließ, fragte sie sich, wie ihr Leben wohl aussehen würde, wenn sie ihr Studium beendet hätte. Sie hatte Kunst studiert, in der festen Überzeugung, dass die Kunst ihr Leben war, aber irgendwie war sie steckengeblieben. Irgendwie sprang sie von einem Job zum nächsten, einer langweiliger als der andere, und jedes Mal wusste sie, dass sie das hier bestimmt nicht bis zu ihrem Lebensende durchhalten würde. Vor ihren Freunden gab sie damit an, dass sie bei einer Werbeagentur gelandet war, aber in Wirklichkeit war sie hier nur Mädchen für alles. Zum Geldverdienen war es in Ordnung, aber wie lange? Sie wusste es selbst noch nicht. Sie wünschte sich eine Arbeit, in der sie ganz aufging, in der sie verschwand, so wie beim Singen oder Schauspielern, und wo sie nicht so erfreut und erleichtert war, wenn sie endlich nach Hause konnte.

Heute war sie etwas früher dran als sonst. Ihr Hund begrüßte sie überschwänglich, Nils war noch nicht da.

Caro griff nach der Leine. »Na komm, Kleiner.«

Er jauchzte, als sie die Treppe hinunterlief und die Haustür aufstieß.

Draußen war der späte Nachmittag grau und trübe und die Schatten des Abends lagen bereits über den Häuserfluchten. Sie hatte diese Stunde zwischen Tag und Abend noch nie gemocht. Wenn es richtig dunkel war, leuchteten wenigstens die Lichter der Stadt, waren die Fenster erleuchtet, die Laternen brannten, in den Häusern fand das Leben statt. Aber in dieser Zeit waren die meisten mit dem Auto unterwegs, steckten im Feierabendverkehr, drängten sich auf den Straßen. Es war eine Zeit, um unterwegs zu sein, obwohl die Müdigkeit nach dem langen Tag sich bereits schwer auf die Lider legte.

Caro gähnte. Sie musste nur über Müdigkeit nachdenken, um sie selbst zu spüren. Wenn der Hund nicht gewesen wäre, hätte sie es sich jetzt auf dem Sofa bequem gemacht, eine nette Vorabendserie geschaut und auf Nils gewartet, während sie sich zu erinnern versuchte, was sie noch im Kühlschrank hatte. Vielleicht sollte sie einkaufen, wenn sie wieder zu Hause war. Oder aufräumen. Über eine aufgeräumte Wohnung würde Nils sich genauso freuen.

Harald bellte.

Der Hund auf der anderen Straßenseite war groß, ein Schatten in der Dämmerung, wie ein Wolf. Ein Schäferhund. Von seinem Herrchen war weit und breit nichts zu sehen. Eine böse Ahnung überfiel sie, ein Wissen, das sie sich im Nachhinein nie würde erklären können. Sie würde auch nie erklären können, warum sie nicht in den nächsten Hauseingang floh, warum sie stehen blieb und abwartete. Vielleicht war es das: Solche Dinge geschahen nicht. Unfälle, Unglücksfälle, Überfälle – sie geschahen nicht wirklich, nicht ihr. Selbst als die Angst bereits nach ihr griff, hielt sie diese Angst für einen Irrtum, für etwas, das unmöglich gerechtfertigt sein konnte. Man versteckte sich nicht in der Wohnung, nur weil es draußen dämmerte. Man schloss sich nicht drinnen ein, weil es böse Menschen gab, die es auf einen abgesehen haben konnten. Man lief nicht vor Hunden davon, denn Hunde taten normalerweise niemandem etwas. Ruhig streicheln, der tut nichts, der hat noch nie jemandem was getan. Man lief nicht weg, das wäre das falsche Signal gewesen. Man lief nicht einmal dann weg, wenn die Angst einen packte, wenn man diesen großen Schatten von Hund über den Bürgersteig huschen sah, ein Raubtier auf der Jagd.

Caro sah sich nach dem dazugehörigen Menschen um, um ihn rufen zu können, falls es Ärger gab. Seit sie Harald hatte, waren ihr fremde Hunde suspekt, vor allem Rüden. Vor allem freilaufende Hunde, die sie nicht kannte.

Ein paar Menschen gingen vorbei, Taschen oder Aktenkoffer in der Hand. Der graue Schatten war wieder verschwunden. Sie zögerte. War er weitergelaufen oder steckte er vielleicht hinter einem der parkenden Autos?

Sie fühlte Angst, aber Angst um Harald, nicht um sich selbst. Sie bückte sich, um ihren Liebling vorsichtshalber auf den Arm zu nehmen, und als sie sich aufrichtete und hochsah, sah sie den Schäferhund auf sich zuspringen. Sie hielt Harald zur Seite, ohne zu überlegen, und vielleicht geschah es deshalb. Vielleicht war es nie die Absicht dieses Hundes gewesen, sie anzugreifen, vielleicht verfehlte er seine Beute nur, und während sie sich aufrichtete, geriet sie unversehens zu seinem Ziel.

In diesem Moment konnte sie nichts denken. Entsetzen schlug über ihr zusammen, als sie die Zähne dicht vor sich sah, und sie schrie. Etwas in ihr flehte: Nicht jetzt! Noch nicht jetzt! Das war, als er sich in ihr Gesicht verbiss, als sie glaubte, sterben zu müssen. Der Tod sprang sie an, unverhofft, an einem harmlosen grauen Tag, und während sie stürzte und schrie und die Welt unterging in Schmerz und Schrecken, war nur ein einziger klarer Gedanke da, wie ein Stempel, der sich in sie eingeprägt hatte, und den sie wusste, auch wenn sie ihn nicht mehr denken konnte: Nicht jetzt! Oh Gott! Oh Gott! Noch nicht jetzt!

Blendende Lichter. Stimmen. Hatte sie das Martinshorn überhaupt gehört? Dunkelheit. Und in dieser Dunkelheit war sie nicht allein. Sie schlief und schlief doch nicht. Etwas in ihr erwartete, dass ihr Leben nun an ihr vorbeiziehen würde. Doch da waren nur Bildfetzen, Geräusche, wie bei einem Radio, bei dem jemand einen Sender sucht und den Knopf zu schnell hin- und herdreht. Ab und zu ein Wort oder ein paar Takte eines Liedes, zu schnell, um es zu erkennen, dann wieder nichts.

Aber sie war nicht allein.

Jemand war da, in diesem Chaos. Es war, als stünde sie mitten in der Großstadt auf einer mehrspurigen Fahrbahn und alles rauschte an ihr vorbei. Scheinwerfer, Hupen, dieses nervtötende, immerwährende Piepen. Rauschen. Tief in ihr dieses Wissen: Es hat mich erwischt. Nun ist es zu Ende.

Ich sterbe.

Sie war nicht allein in der Dunkelheit.

Jemand war da. Er hielt sie. Er flüsterte ihr Dinge zu, nicht in ihr Ohr, das zurückzuckte vor all dem Lärm, sondern in ihr Herz: Ich bin da, bei dir.

Sie lehnte sich zurück. Sie überließ sich diesem Gefühl, dass er sie hielt. Sie fragte nicht: Wer bist du?, denn er war kein Fremder.

Immer schon war er da gewesen, bei ihr, so nah, dass es unter die Haut ging ... Und nun war sie hier, bei ihm, in der Dunkelheit, und das Entsetzen löste sich auf wie Schnee, der in der Sonne schmilzt. Sie war hier, bei ihm.

Nichts sonst zählte.

Halte mich.

Sie fiel, rücklings durch ihre Haut, durch die Matratze und das Bett und das Haus und die Straße, fiel und fiel, im Dunkeln ...

Nein. Jemand war bei ihr, jemand hielt sie fest, jemand trug sie und sie war leicht wie eine Feder in seinen Händen. Er hielt sie über das schwarze Wasser, in dem sie ertrank, über die schwarze Flut des Schmerzes, die ihr durch Nase und Mund in den Rachen floss ... Er hielt sie hoch über die schäumenden Wellen, über die Brandung, über die schwarzen, scharfkantigen Klippen. Sie würde nicht ertrinken. Er hielt sie hoch über die Untiefen, in denen es vor Albträumen wimmelte, in denen sich mit kalten Fingern Entsetzliches nach ihr ausstreckte... Schmerz lag über ihr wie eine schwere Decke, unter der sie sich nicht rühren konnte, die sie hinabdrückte ...

Er war da und hielt sie fest und sie fiel nicht. Sie ertrank nicht. Sie lag in seinen Armen, leicht wie eine Feder ...

Jemand war da.

Sie tauchte aus Träumen auf, die wirr durch sie hindurchzuckten. Schwere lag auf ihr, durch die sie sich nicht hindurcharbeiten konnte. Dumpf, schwarz, schwer. Irgendwo tropfte es. Sie konnte es genau hören, wie es tropfte, wie der Zeiger einer Uhr: Tropf, tropf, tropf. Tick, tick, tick. Und wieder versank sie.

Und tauchte auf. Sie konnte die Augen nicht öffnen, zu schwer lag die Nacht über ihr ... Stimmen ... Vielleicht war sie auf dem Jahrmarkt, in irgendeinem Karussell, das sich drehte, das sich immerzu drehte ... Ihr war schwindlig.

Stimmen. Mama? Mamas Stimme. Sie wollte die Augen öffnen und fragen, was los war, ob sie vielleicht verschlafen hatte. Sicher musste sie gleich zur Schule und hatte verschlafen, aber irgendwie kam sie nicht aus dem Bett ... Sie war zu müde. Sie hatte sich unter der Decke verkrochen. Atmen war mühsam unter der dicken Decke. Sie musste sie anheben und darunter hervorkommen ... Es ging nicht. Sie war zu müde, sie konnte sich nicht bewegen. Ihre Arme – wo waren ihre Arme? Sie konnte sie nicht finden.

Irgendwann merkte sie, dass sie in einem Krankenhaus lag. Sie hörte die Schritte der Ärzte, der Krankenschwestern. Sie hörte auf das endlose Piepen der Geräte. Wenn sie die Augen öffnete, sah sie weiße Wände, eine weiße Decke und Lampen. Sie konnte den Kopf nicht bewegen, um sich umzusehen. Direkt vor ihren Augen war eine niedrige Mauer aus Verbandsstoff, dick und weiß.

Sie wunderte sich darüber, aber es war in Ordnung, solange ihre Träume sie noch so festhielten, solange sie noch irgendwo schwebte, an einem anderen Ort, an dem sie eine Feder war, leicht auf einer starken, warmen Hand.

Es war verwunderlich, was sie alles zur selben Zeit sein konnte, aber sie hatte keine Kraft, sich groß Gedanken darüber zu machen. Sie machte sich nur etwas Sorgen, dass sie zu spät zur Schule kommen könnte.

Mama?

Sie sah ihre Mutter. Sie war es, soviel sie, die hier lag, mit ihren schmerzenden, lichtempfindlichen Augen sehen konnte. Ich bin schneeblind, dachte sie, sie erinnerte sich ans Skifahren, an Schnee. An Nils, der die Abfahrt vor ihr nahm, an das Gefühl des Stolzes, während sie ihn beobachtete.

Ich bin alt, dachte sie. Ich gehe gar nicht mehr zu Schule. Wie alt ich wohl bin? Sie konnte sich nicht rühren. Es fühlte sich an wie neunzig oder hundert. Sie hatte keine Ahnung, was sie hier eigentlich tat.

»Caro«, flüsterte ihre Mutter. »Caro, bist du wach? Kannst du mich hören? Wie geht es dir, meine Kleine?«

Ihre Mutter sah aus wie immer. Vielleicht, überlegte sie, bin ich doch nicht hundert. Vielleicht bin ich immer noch – Moment, wie alt bin ich? Ihr fiel keine Zahl ein. Sie dachte an ihr altes Zimmer zu Hause, an die Poster, an Harald. Nein, Harald kam später. Ein anderes Zimmer. Ein schwarzes Sofa. Im Kühlschrank war Joghurt und sie hatte vergessen, Butter zu kaufen.

»Caro? Es wird alles gut. Glaub mir, Kleines. Es wird jetzt alles gut. Es wird alles gut.«

Wer hatte das noch mal gesagt? Alles wird gut. Oma Milli? Stimmt. Sie war ins Krankenhaus gegangen, um Oma Milli zu besuchen. Warum war sie dann hier geblieben? Vielleicht hatte sie sich verlaufen?

Ich möchte nach Hause, dachte sie. Nein, ich möchte schlafen.

Das Gesicht ihrer Mutter sah alt aus. In ihren Augen standen Tränen. Ob Oma Milli doch gestorben war? Zu schade, dass sie zu müde war, um aufzustehen und nachzusehen.

Die Hunde.

Sie wusste immer noch nicht so recht, was passiert war. Anscheinend war sie nicht gestorben.

»Sie haben schwere Verletzungen erlitten«, sagte der Arzt zu ihr. Er sah besorgt aus, während er sprach. War es so schlimm? Sie lebte. Sie lag hier im Krankenhaus und lebte und sie war wieder zweiunddreißig Jahre alt, nicht mehr hundert. Sie war Caro. Nils gehörte zu ihrem Leben. Und Harald, ihr pelziger Außerirdischer.

Was war mit Harald passiert?

Sie wollte fragen, aber sie konnte nicht sprechen. Warum konnte sie nicht sprechen?

»Ganz ruhig«, sagte der Arzt zu ihr, vielleicht konnte er die Panik in ihren Augen lesen. »Alles wird gut.«

Warum sagten sie das alle? Sie vermisste Nils. Warum kam er sie nicht besuchen? Er würde nicht sagen: Alles wird gut. Er würde ihr irgendeine spöttische Frage stellen. Er würde ihr Vorhaltungen machen, dass sie hier lag, anstatt sich um Harald zu kümmern.

Wann würden sie ihr sagen, was mit Harald passiert war?

Und wann würden sie ihr sagen, was mit ihr passiert war?

Sie konnte nicht fragen. Sie konnte nicht aufspringen und sie dazu zwingen, ihr zu sagen, was eigentlich los war und warum sie hier war und warum sie schon wieder so müde war. Vielleicht gaben sie ihr irgendetwas? Aber warum? Sie lebte. Schlafen konnte sie auch zu Hause.

Nils war da. Er saß an ihrem Bett und weinte. Was tat er hier? Sie wusste doch, wie er Krankenhäuser und Krankheiten verabscheute. Aber sie war ja auch nicht krank, nicht wirklich.

Nils sprach zu ihren Augen. Seine Stimme klang merkwürdig abgehackt. Das war nicht seine professionelle Stimme, mit der er sonst Fragen stellte und bohrte und dann mit einem kleinen Lächeln Notizen in sein Buch schrieb. Es war eine andere Stimme, und sie wunderte sich darüber, dass alle sich verändert hatten, ihre Gesichter und ihre Stimmen, so dass sie kaum wiederzuerkennen waren.

»Harald geht es gut«, sagte er zu ihr. »Mach dir keine Sorgen um ihn. Er hat nichts abbekommen. Ich hoffe, du hast nichts dagegen, dass ich ihn zu mir in meine Wohnung geholt habe. Meine Nachbarin geht viel mit ihm spazieren, sie hat auch zwei Hunde ...« Er brach ab, als wäre das Wort »Hunde« etwas Unanständiges, das man im Krankenhaus besser nicht erwähnen sollte.

Hunde ...

Ein grauer Schatten, der über die Straße kam.

»Er hatte zunächst Angst vor ihnen, aber gerade deshalb fand ich es wichtig, dass er sich gleich daran gewöhnt, dass ...« Er brach wieder mitten im Satz ab. Es schien keine Sätze mehr zu geben, die man gefahrlos sagen konnte.

Nils schaute auf die Frau in ihrem weißen Bett. Die Frau, deren Gesicht ... Er konnte nicht hinsehen. Er sah ihr in die Augen, er versuchte, nichts anderes zu sehen. Aber ihre linke Hand lag auf der Bettdecke, schmal, eine vertraute Hand. Sonst hätte er fast glauben können, dass er am falschen Bett stand, denn nichts sonst an dieser Patientin erinnerte ihn an die rothaarige Frau, die er liebte. Seine wunderschöne Caro ...

Er murmelte noch irgendetwas, dann hielt er es nicht länger aus und floh, zurück in eine Welt, die ihm bestenfalls vertraut vorkam, die schon seit Tagen nicht mehr die Welt war, in der er vorher gelebt hatte. Sie war grau geworden. Sie hatte alles verloren: Farbe, Duft und Klang. Etwas war mit seiner Welt vor sich gegangen, von dem er nicht gewusst hatte, dass es möglich war. Seit er an jenem Abend zu ihrer Wohnung gekommen war und den Krankenwagen auf der Straße hatte stehen sehen, war nichts mehr so wie vorher.

Er hatte sie nicht gesehen – man hatte sie bereits auf die Trage gelegt und in den Wagen geschoben – und er war froh darüber. Er wollte sich nicht vorstellen müssen, was unter diesem Verband war, der ihr ganzes Gesicht verhüllte. Damals, an jenem Abend, als seine Welt in Stücke brach, hatte er nur Harald gesehen. Er hatte sich über den kleinen Hund gebeugt, der ihm völlig aufgelöst entgegengelaufen war. Kleiner als sonst. Blutig. Später erst hatte Nils gemerkt, dass er unverletzt war und nichts davon Haralds eigenes Blut. Und in diesem Moment war nicht nur Harald der Außerirdische, sondern er ganz genauso, jemand, für den nichts mehr einen Sinn ergab.

Jemand war da.

Er war da, während sich die Fremden über sie beugten. Während die Lichter sie blendeten, während sie auf einem harten, kühlen Bett lag.

Ihr Herz war wie ein kleines Tier in einem engen Käfig, gelähmt vor Entsetzen. Es kann nicht sein, dass dies mit mir geschieht ... Ich träume ... Oh Gott, gib, dass ich träume ...

Und er war da und sprach die Worte mitten in ihr Herz, das furchtbar erschrockene: Ich bin bei dir.

Sie kam sich vor wie eine Frucht, die jemand geschält und entblößt auf dem Obstteller liegen gelassen hatte, wo sie nun langsam vor sich hinschrumpelte. Alles tat ihr weh. Ihr rechter Arm trug einen Verband, ihr linker nicht. Mit der linken Hand versuchte sie, über sich selbst hin zu tasten, sich wiederzufinden in diesem Bett, in dem sie lag; irgendwie festzustellen, ob das wirklich sie war. Nadeln steckten in ihrem Arm, so dass sie ihn kaum über das Laken hinausheben konnte. Aber sie sah ihre Hand und versuchte sich daran zu erinnern, ob es ihre war. Denn irgendetwas an dieser ganzen Situation musste auf einem Irrtum beruhen. Caro war nicht krank. Caro war nie im Krankenhaus. Caro hasste Kliniken und diesen Duft nach Arznei und Desinfektionsmitteln. Caro würde sich niemals in so ein Bett legen und sich all dem hier ausliefern.

Sie versuchte zu sprechen. Ein gequälter Laut drang aus ihrer Kehle. Sie konnte ihren Mund nicht bewegen. Hatten sie ihn ihr zugeklebt? War dies eine Entführung? Es ergab alles keinen Sinn.

Jemand sollte kommen, um ihr zu erklären, dass dies alles nur ein Traum war, ein böser Albtraum. Eine Halluzination. Es ging nicht an, dass es wirklich passiert war. Der Hund ... Nein. So etwas geschah immer nur anderen Leuten, niemals einem selbst.

Sie rief. Die Person in dem Bett machte ein merkwürdiges Geräusch, ein gequetschtes Ächzen. Die Sängerin in ihr wunderte sich über diesen Laut. Schließlich kam eine Ärztin. Eine Frau mit einem runden Gesicht, das Haar im Nacken zusammengebunden. Sie blickte ihr in die Augen, sie sprach ruhig und mit Nachdruck.

»Versuchen Sie nicht, zu sprechen. Wir werden Ihr Gesicht langsam wieder aufbauen«, sagte die Ärztin. »Aber das wird dauern. Wenn Sie uns dabei helfen wollen, müssen Sie einfach versuchen, ruhig zu bleiben und Kraft zu sammeln.« Sie versuchte zu lächeln. Ihre Lippen waren schmal und streng. »Alles in allem haben Sie noch Glück gehabt, Frau März. Ihr Körper braucht Zeit, um sich zu erholen.« Sie nickte ihr gnädig mit ihrem professionellen Lächeln zu und wandte sich ab, und Caro sehnte sich mit ihrem ganzen Herzen nach Nils.

7

NILS GING ÜBER die regennassen Straßen. Der Winter hatte ihnen schon einige Male Schnee gebracht, aber seit einer Woche regnete es nur noch. Er wich einer großen Pfütze aus, stieß gegen einen Schotterstein und kickte ihn ins Wasser.

Seine Gedanken waren bei Caro. Er hätte dort sein müssen, bei ihr, das wusste er. Aber er ertrug es nicht, sie so zu sehen. Wenn er sie besuchte, saß er an ihrem Bett und wusste nicht, was er sagen sollte.

Am Anfang, als sie noch nicht das Bewusstsein wiedererlangt hatte, als die Ärzte sie so mit Medikamenten vollgestopft hatten, dass sie kaum die geschwollenen Augen aufbekam, war es merkwürdigerweise leichter gewesen. Er hatte an ihrem Bett sitzen können und war einfach nur traurig gewesen. Traurig und bestürzt und wütend. Auf sie, auf sich, auf Harald, auf alle, auch auf das Krankenhaus, das ihm wie ein Gefängnis vorkam, in dem sie eine Strafe absitzen musste. Besuche waren erlaubt, aber es war unmöglich, hier Wärme zu empfinden. Er wusste nicht einmal mehr, ob er noch Liebe empfand zu diesem entstellten Wesen, das ihm vor kurzem noch vorgegaukelt hatte, es wäre eine hinreißende Frau. Er hatte nie gedacht, dass ihnen etwas Schlimmeres bevorstehen könnte als vielleicht ein heftiger Streit und eine hässliche Trennung.

Es hätte ihn zu ihr ins Krankenhaus ziehen müssen, um bei ihr zu sein und ihr Beistand zu leisten. Aber er empfand nur Entsetzen und schämte sich gleichzeitig dafür. Tapfer leugnete er seine Abscheu gegen alles, was mit Krankheit zu tun hatte, und besuchte sie, und jedes Mal fühlte er sich schlechter als vorher.

Er hatte den Arzt gefragt, was von ihrem Gesicht überhaupt noch übrig war.

»Die Augen«, hatte der Doktor gesagt. Wie seine Kollegen versuchte er immer, etwas Menschliches in seine Stimme zu zaubern, etwas Mitfühlendes, Tröstendes. Je schlimmer die Botschaft war, desto sanfter klangen ihre Stimmen. Die Augen. Er sagte es so zärtlich, dass Nils schon ahnte, dass er den Rest lieber gar nicht hören wollte.

»Nur die Augen?«, fragte er trotzdem. »Was soll das heißen? Ich meine, sie kriegen sie doch wieder hin, oder?«

»Dieser Köter hat ihr das ganze Gesicht zerfetzt«, sagte der Arzt. Nils konnte das Namensschild merkwürdigerweise kaum lesen, als wäre auch mit seinen eigenen Augen etwas passiert. Dr. Gunther? Professor? Er betrachtete die Buchstaben, während seine Ohren auf sich allein gestellt zuhörten. »Die Nase, die Lippen, die linke Wange ... Es tut mir sehr leid, Herr Wegener. Ihre Verlobte wird ... Nun, es ist noch ein langer Weg, das wiederherzustellen.«

Auf einmal war sie seine Verlobte. Caros Mutter war daran schuld. Sie hatte ihn als den Verlobten ihrer Tochter vorgestellt, als würde ihm das das Recht verschaffen, sie öfter zu sehen. Es machte ihn zu einem Teil der Familie, vertrauenswürdig genug, um mit Wahrheiten wie dieser konfrontiert zu werden.

»Du stehst das durch«, hatte er nachher an Caros Bett gesagt und damit auch sich selbst gemeint. »Du schaffst das, Caro. Es wird alles wieder gut.«

Doch nun, da sie ihn hören, ihm aber nicht antworten konnte, wusste er nicht mehr, was er sagen sollte. Sie hatte ihr Gesicht verloren. Ihre Schönheit. Und er saß an ihrem Bett und rang um Worte, die er dieser missgestalteten Kreatur, zu der sie geworden war, sagen konnte.

Ein zweiter Stein platschte in die Pfütze. Nils sah, wie die trübe Wasseroberfläche sich langsam beruhigte. Schwaden von braunem Schlamm legten sich langsam wieder. Wenn nur, dachte er, wenn dieser Unfall auch so wäre ... Zuerst brodelt alles und gerät durcheinander und dann kehrt Ruhe ein und alles ist wieder wie vorher ... Aber es würde nie wieder so sein wie vorher.

Während er die Stufen zu Caros Wohnung hochstieg, versuchte er das ganze Unglück, das in ihm war, irgendwie herunterzudrücken, damit es ihn nicht überschwemmte. Er hob den Kopf, er versuchte, seinen Schritten den gewohnten elastischen Gang zurückzugeben. Als er nach dem Schlüssel fingerte, sah er, dass die Tür nicht abgeschlossen war.

Erstaunt trat er ein. Für einen Moment war ihm, als müsste Harald an ihm hochspringen. Caro würde auf dem Sofa sitzen und nichts tun und dabei unendlich verlockend aussehen. Aber nur ihre Mutter Margot trat ihm entgegen.

»Nils?«, fragte sie überrascht. »Was tust du denn hier?«

»Ich vermisse nur ein paar Sachen«, sagte er rasch. »Ich wollte nur kurz nachsehen, ob ich sie hier vergessen habe.«

»Du siehst ganz blass aus«, fand sie. »Ich mach dir einen Kaffee, ja?«

Er wollte ablehnen – Caro konnte es nicht ausstehen, wenn er sich bedienen ließ – aber dann kam ihm der Gedanke, dass Margot das vielleicht sogar gerne tat. Er sah ihr zu, wie sie in der Küche hantierte, die ihrer Tochter gehörte. Caro war nicht tot. Sie war nur im Krankenhaus. Auf einmal kam es ihm ungehörig vor, dass sie sich hier versammelten und in ihren privaten Gegenständen wühlten. Die Sehnsucht hatte ihn hierher getrieben. Er war auf der Suche nach etwas, das nach ihr aussah, nach ihr roch, das ihm das Gefühl wiedergab, dass er sie liebte und sie sich irgendwann, nachdem alle Schrecken ausgestanden waren, wiederfinden würden. Hier.

»Ich habe ihr versprochen, dass ich mich um die Wohnung kümmere«, sagte Caros Mutter und kam mit zwei Tassen ins Wohnzimmer. »Lüften, Blumen gießen, Staub wischen. Wenn sie wiederkommt, soll sie ein gemütliches Zuhause erwarten, keine Bude, in der wochenlang nicht gelüftet wurde. Meinst du nicht auch?«

»Das kann ich doch machen«, sagte er. In diesem Augenblick wünschte er sich, dass er längst hier eingezogen wäre. Dass dies hier ihre gemeinsame Wohnung gewesen wäre.

»Ich weiß«, sagte sie. »Aber du hast ja schon den Hund genommen. Es tut mir gut, wenn ich das Gefühl habe, ich helfe ihr wenigstens ein bisschen.«

Er nippte an seinem Kaffee. Sie schwiegen.

»Wie geht es Oma Milli?«, fragte er, um ihr zu zeigen, dass er ihre Familie kannte, dass er dazugehörte.

»Oh, besser. Ja, tatsächlich. Ich hatte mich schon auf das Schlimmste eingestellt. Und als das mit Caroline passiert ist, dachte ich, dass dieser Schlag sie völlig umwirft. Aber das Gegenteil ist eingetreten.« Wenn sie lächelte, erinnerte etwas in ihrem Gesicht an Caros Lächeln. »Sie haben sie bereits entlassen. Sie wollte nach Hause, aber allein geht es doch nicht mehr. Sie ist jetzt zu ihrer Schwester Anna gezogen, an den Stadtrand.«

Er trank seinen Kaffee. Er war schwarz, aber süß. Caro musste ihr gesagt haben, wie er ihn trank. Irgendwann früher, als sie noch hatte sprechen können.

Auf einmal beugte er sich nach vorne und weinte. Er spürte den Arm von Caros Mutter auf seinem Rücken, ihre beschwichtigenden Worte plätscherten an ihm vorbei.

»Schsch, ist ja gut, es wird alles gut, sie kommt wieder zurück zu uns ...«

Nils hob den Kopf. »Es wird gut?«, fragte er. »Glaubst du das wirklich, Margot? Wie könnte es wieder gut werden? Hast du den Arzt nicht gehört? Alle behaupten, es wird wieder gut, aber das ist nur zum Trost, oder nicht? Sie hat sich nicht das Bein gebrochen oder ein paar Rippen ... Wie kann es jemals wieder gut werden?«

Margot wischte sich ihre eigenen Tränen aus den Augen.

»Meine Mutter sagt immer, es geschieht alles so, wie Gott will.«

»Ach, dann will er also, dass Caro so leidet? Dann wollte er, dass sie von einem Hund zerfleischt wird?« Er blickte sie an, als erwartete er tatsächlich eine Antwort von ihr. »Was ergibt das für einen Sinn? Macht es ihm Spaß, unser Leben zu zerstören?«

Sie öffnete den Mund. Einen Augenblick lang glaubte er, sie würde mit einer Predigt beginnen, aber dann schloss sie ihren Mund wieder. Sie seufzte. Es würde keine Predigt geben, nicht von ihr. Trotzdem konnte er seine Frage nicht zurücknehmen.

Nils stand auf. »Ich muss los.«

»Du wolltest doch noch deine Sachen suchen.«

»Das mache ich ein anderes Mal.«

Er hatte keine Kraft, sich noch mehr als ein paar Minuten dieser Wohnung auszusetzen und all dem, was sie in seinem Leben bedeutet hatte. Caros Wohnung. Das hieß: Caros Leben.

Er floh hinaus, erst im Treppenhaus fiel ihm ein, dass er den Kaffee nicht ausgetrunken hatte. Manchmal hatten sie aus einer Tasse getrunken, Caro und er. Sie hatten sich in die Augen gesehen. Seine braunen, ihre grauen.

Die Augen sind das Einzige, was ihr geblieben ist ...

Er rannte über den Bürgersteig, nicht wie jemand, der für seine Fitness joggt, sondern wie ein Gehetzter, ohne auf die Passanten zu achten, die ihm mit überraschten Gesichtern nachblickten und sich fragten, ob er vielleicht ein Dieb war und sie die Pflicht gehabt hätten, ihn aufzuhalten. Er rannte, bis er nicht mehr konnte, bis ihn Seitenstechen und Atemnot zum Anhalten zwangen. An eine Straßenlaterne gelehnt, japsend, wirkte er wie ein Betrunkener, und so fühlte er sich auch, schwindlig und durcheinander und wie in einem Rauschzustand aus seinem normalen Leben herausgehoben.

»Warum tust du es dann, Gott?«, rief er. »Warum zerstörst du unser Leben?«

Er horchte, er gab Gott die Gelegenheit, ihm zu antworten. Er wartete auf eine Predigt, auf strenge Worte: Glaubst du wirklich, du könntest Gott verstehen? Findest du es nicht etwas dreist, ihm so zu kommen? Jahrelang kümmerst du dich nicht um Gott und jetzt ist er plötzlich für alles verantwortlich?

Stille.

Gott schwieg. Wenigstens streckte er ihn nicht mit einem Blitzstrahl nieder. Vielleicht war er auch gar nicht da.

Sein Kummer füllte ihn so aus, dass er kaum die Kraft hatte, weiterzugehen. Alles zog ihn nach unten, als wären seine Kleider nass, vollgesogen mit dem bitteren Wasser von Leid und Zorn.

Sie wollte die Schläuche nicht mehr. Sie wollte den Geschmack von Essen im Mund spüren. Das Aroma von frischgebackenem Brot mit Butter, die Süße von Honig, die Würze von Käse. Sie lag da und träumte von Baguette mit Tomatensalat. Mozarella, Balsamico-Essig, Basilikum. Hefekuchen, dick mit Zucker bestreut, noch warm. Weihnachtsplätzchen, Stollen, der Duft von Zimt, der durchs Haus zog. Erinnerungen an ihre Kindheit, an Oma Milli und ihre Torten, durchmischten sich mit den Abenden, an denen Nils Brote geschmiert und sie die Gurken für den Salat gehobelt hatte. Essen gehen beim Italiener, ein Glas Rotwein, Pizza mit Thunfisch. Da war sie noch nicht Vegetarierin gewesen. Milchhörnchen, Rosinenbrötchen, Erdbeermarmelade ...

Ich habe Pizza bestellt. Wann kommt die denn?

Sie konnte natürlich immer noch nicht sprechen, aber sie hatte einen Notizblock bekommen, auf dem sie mit der linken Hand herumkritzelte, bis sie es einigermaßen leserlich hinbekam. Dr. Gunther hatte ihr versprochen, dass ihr rechter Arm bald wieder funktionsfähig sein würde. Unter dem Verband waren keine weiteren Bisswunden, sondern einige tiefe Kratzer, die der Hund ihr mit seinen Krallen zugefügt hatte. Caro hatte den Ehrgeiz, auch mit links zügig schreiben zu lernen. Wenn es sogar Fußmaler gab, warum sollte sie nicht mit der linken Hand schreiben können?

Die diensthabende Krankenschwester hieß Yvonne. Sie lächelte, als sie die Nachricht mit der Pizza las. »Ach ja, darauf hätte ich auch Appetit.«

Alle waren so freundlich zu ihr. Das Krankenhaus war ein Ort, an dem anscheinend besonders gerne witzige Menschen arbeiteten, die Renate oder Yvonne hießen. Wenn sie zu ihr ins Zimmer traten, fiel ihr Blick immer zuerst auf das Foto auf ihrem Tischchen, und dann wandten sie sich ihr zu und taten so, als wäre sie diese Frau auf dem Foto, als wäre sie es immer noch. Ihr waren diese Blicke nicht entgangen. Alle, die hereinkamen, vom Arzt bis zur Putzfrau, die den Boden wischte, schauten zuerst auf das Foto.

Nils hatte es ihr gebracht. Es war das letzte Bild, das er von ihr gemacht hatte. Sie lachte darauf, fröhlich, rothaarig, jung, frech, wunderschön. Manchmal ertappte Caro sich dabei, wie sie selbst dieses Bild anstarrte und sich nicht davon lösen konnte. Sie schaute darauf, nicht wie in einen Spiegel, sondern als wäre dort eine Fremde, mit der sie dennoch etwas verband. Sie war in dieses fremde Gesicht verliebt, das dort Tag und Nacht bei ihr war und dem Personal etwas zum Hingucken gab, etwas, das sie vor Augen haben konnten, wenn sie sich der gesichtslosen Patientin zuwandten, dem entstellten Monster.

Aber natürlich waren sie in dieser Klinik daran gewöhnt, an Patienten, die schlimm aussahen. Sogar ihre Eltern hatten sich daran gewöhnt. Ihre Schwester. Und Nils. Seit sie schreiben konnte, kam er wieder etwas öfter. Er erzählte ihr kleine Geschichten von der Arbeit, von den Leuten, die er traf. Er saß bei ihr und lächelte freundlich, aber irgendwie spürte sie, dass er nicht wirklich bei ihr war. Er kam ihr durchsichtig vor, wie jemand, dem man plötzlich mitten ins Herz schauen kann, und dort drinnen sah sie sein Unbehagen. Aber sie ließ es nicht zu, dass dieses Wissen ihr die Stunden verdarb, in denen er bei ihr war. Sie ließ es nicht zu, dass sie es wusste, sondern verbarg alles, was sie womöglich darüber fühlte, irgendwo in den tieferen Schichten ihres Seins, irgendwo bei dieser anderen Caro, die nicht wirklich hier war und immer noch glaubte, dass alles gut werden würde.

Nils hatte es auf sich genommen, Caros Freunden die Nachricht zu überbringen, wenige Tage nach dem Unfall. Er hatte nicht sofort daran gedacht. Erst als auf ihrem Anrufbeantworter eine Anfrage nach der anderen auflief, wo sie denn bitteschön sei, die Proben, und ob sie die vielleicht vergessen habe, erst dann machte er sich schweren Herzens auf den Weg. Er kam sich vor wie ein Verräter. Es widerstrebte ihm, Caro, seine wunderschöne Caro, als jemanden zu beschreiben, der verletzt im Krankenhaus lag. Es passte so wenig zu ihr wie zu ihm. Krankheiten, Krankenhäuser. Während er seinen Mut zusammennahm und sich gleichzeitig darüber wunderte, für diese Aufgabe Mut zu benötigen, war es ihm, als seien Caros Verletzungen etwas viel zu Intimes, um zu irgendwelchen anderen Leuten darüber zu reden. Es gehörte ihr allein, dass sie dort lag und dass sie deshalb nicht zu ihren Proben kommen konnte, ihr und auch ihm und eventuell noch ihrer Familie. Aber sonst, so fand er, brauchte niemand davon zu wissen.

Es hatte in der Zeitung gestanden, ein Artikel im Lokalteil. Nicht er hatte ihn geschrieben, sondern seine Kollegin Petra; Nils hatte sich gehütet zu erzählen, dass er die Frau, um die es ging, kannte.

Er hatte sich unsichtbar gemacht, aber genützt hatte es nichts, erschienen war der Bericht doch.

»Frau von Hund angefallen. 30-Jährige liegt mit schweren Verletzungen in der Uniklinik. Beim Gassigehen mit Chihuahua von wilder Bestie angefallen. Arabische Asylanten retten junge Frau. Zwei junge Nachbarn, 25 und 36 Jahre alt, haben mit ihren Aktenkoffern auf den Schäferhund eingeschlagen, der der Spaziergängerin an die Kehle wollte.«

Sie schafften es nie, alles richtig zu schreiben. Caro war zweiunddreißig, nicht dreißig, und Harald war kein Chihuahua. Es waren auch keine Nachbarn gewesen, geschweige denn arabische Asylanten, sondern ein deutscher Staubsaugervertreter, trotz seiner sechsundfünfzig Jahre kräftig und entschlossen, und ein Türke, der in dem türkischen Laden gegenüber gerade Zigaretten kaufte. Nils hätte einen anderen Bericht schreiben können. Er hätte darüber schreiben können, dass er an diesem Abend zu spät gekommen war. Dass er absichtlich so spät gekommen war, weil er diesmal nicht mit Harald hatte rausgehen wollen. Er hatte es satt gehabt, dass ihn in ihrer leeren Wohnung immer nur Harald mit großen, hoffnungsvollen Augen begrüßte, mit diesen riesigen schwarzen Augen, wie ein Besucher von einem anderen Stern, der bitteschön etwas mehr Aufmerksamkeit erwartet hat. Sie sollte selbst mit ihm rausgehen, Ordnung in der Wohnung schaffen und sich dann freuen, wenn er sie besuchen kam. Für seine vorherige Freundin war es kein Problem gewesen, sich nach der Arbeit umzuziehen und sich um ihren eigenen Kram zu kümmern, statt alles auf ihn abzuwälzen. Es war möglich, also sollte Caro doch bitteschön auch endlich mal damit anfangen, für ihre eigenen Sachen und Tiere selber Verantwortung zu übernehmen.

Fühlte er sich deshalb so schuldig? Weil er längst angefangen hatte, sich für alles verantwortlich zu fühlen, was sie betraf?

Es hätte sein Spaziergang sein sollen, so wie immer, mit ihrem Hund, der irgendwie schon fast seiner geworden war durch Zuneigung und die vielen gemeinsamen Spaziergänge zur Wiese und zu dem kleinen Wäldchen, die beide in der nächsten Seitenstraße lagen und wo sämtliche Hundebesitzer sich im Laufe des Tages einfanden.

Er wäre mit Harald unterwegs gewesen. Er wäre es gewesen, den der Schäferhund angegriffen hätte. Aber vielleicht wäre auch gar nichts passiert, vielleicht hätte der Hund überhaupt nichts getan. Nils hätte ihn abgewehrt. Er wäre ihm entgegengetreten und hätte ihn angeschrien, so dass er geduckt davongerannt wäre. Nils hätte sich nicht so wehrlos, so hilflos, diesen mörderischen Zähnen ausgesetzt.

In seiner eigenen Geschichte war er zu spät gekommen, sogar zu spät, um ihr zu helfen. Er hatte es Fremden überlassen, einzugreifen und den Schäferhund von ihr wegzureißen. Sie hatten ihn verprügelt, bis er endlich sein Opfer losließ und das Weite suchte. Sein Besitzer hatte sich bis jetzt nicht gemeldet. Diese Helfer, der Türke und der Vertreter, hatten den Krankenwagen gerufen. Sie hatten Caros blutendes Gesicht gesehen, als sie da lag, obwohl sie nicht das Recht dazu hatten, obwohl es sie doch gar nichts anging, was mit ihr war. Er hätte da sein müssen, nur er, sonst niemand. Aber er war zu spät gekommen.

Dafür war er rechtzeitig eingetroffen, um sich Haralds anzunehmen. Die Helfer und die wachsende Anzahl Schaulustiger hatten den kleinen Hund gar nicht beachtet. Sie hatten ihn nur daran gehindert, Caro in den Krankenwagen zu folgen. Ob Tiere Albträume haben konnten? Ob er Caro vermisste?

Brigitte, die Laientheater-Regisseurin, war schockiert.

»Also war das Caro? Dieser Hundeüberfall, ich hab davon in der Zeitung gelesen. Müssen die nicht einen Maulkorb tragen oder so? Schrecklich.« Sie schüttelte den Kopf, ganz Betroffenheit. »Ich hab dabei gar nicht an Caro gedacht, die hat doch einen Papillon und keinen Chihuahua.« Sie fasste ihn ins Auge, ob er ihr auch wirklich die Wahrheit mitteilte, dann fragte sie: »Und wie lange wird das dauern, bis sie wieder rauskommt?« Damals war er sich nicht einmal sicher, ob Caro überhaupt lebendig aus dem Krankenhaus herauskommen würde. Aber Brigitte dachte gleich praktisch. »Und wird sie danach wieder spielen können? Ich meine, mein Gott, diese Bestie ist ihr ans Gesicht gegangen, nicht? Das wird man doch sehen, oder?« Sie drehte sich um und rief: »Natalie! Kannst du mal schnell herkommen! Natalie!«

Er hatte sich umgedreht und war gegangen.

Bei den Nebelraben fand er mehr Traurigkeit. Dies waren ihre langjährigen Freunde. Er hatte es ihnen lieber persönlich sagen wollen, als bei ihnen anzurufen, vielleicht weil er nach Trost suchte, nach einer Solidarität der Trauernden, nach jemandem, der zu ihm sagte: Oh Gott, wie schwer muss das für dich sein. Oder jemand, der ihm auf die Schulter klopfte, der sagte: Ich bin sicher, du tust alles für sie, sie kann froh sein, dass sie dich hat.

Anja wurde blass. Willem hielt sich die Hände vors Gesicht. Simon riss die Augen auf. Jörg, der Schlagzeuger, hielt seine Stöcke in der Hand, als wüsste er auf einmal nicht, wohin damit.

»Aber sie wird doch wieder gesund?«

Er hatte damals noch nicht mit dem Arzt gesprochen. Caros Mutter hatte ihn nur angeblickt, mit so einem merkwürdigen Blick, voller Mitleid, ein Blick voller Fragen, ob er das war, was sie sich von ihm versprach. Er wartete darauf, dass sich auch noch etwas Anklagendes mit hineinmischte, der Vorwurf, den er sich selbst machte: Warum warst du nicht da? Warum hast du sie nicht beschützt, warum warst du nicht an ihrer Stelle, warum hast du sie nicht gerettet, warum hast du sie nicht genug geliebt? Aber Margot klagte ihn nicht an. Sie setzte nur ihre Hoffnung auf ihn.

Er zögerte. Das Zögern fiel ihnen auf und steigerte ihr Entsetzen.

»Oder etwa nicht?«

»Es ist schlimm«, hörte er sich sagen, »sehr schlimm.«

Sie fragten ihn nicht nach Einzelheiten. Natürlich hatten sie es in der Zeitung gelesen, von dem zerbissenen Gesicht, natürlich hatten sie nicht an Caro gedacht, denn Caro hatte einen Papillon, keinen Chihuahua, Caro war auch nicht dreißig Jahre alt und sie hatte noch nie etwas von arabischen Nachbarn erzählt. In ihrem Viertel wohnten außer Türken nur wenig Ausländer.

Sie saßen da und schwiegen und er sah fast mit Genugtuung, wie getroffen sie waren.

Schließlich sprach Anja. »Wird sie denn ... ich meine, wird sie wohl zum Band-Contest im Frühling wieder auf den Beinen sein?«

Er konnte es nicht fassen. Caro lag auf der Intensivstation, zwischen den piepsenden Geräten, umgeben von huschenden Krankenschwestern und kopfschüttelnden Ärzten, und sie dachte an ihren verdammten Wettbewerb?

»Bis dahin ist noch ein halbes Jahr«, meinte Willem, seine Stimme klang beruhigend. »Da kann sie längst wieder singen.«

Aber er, Nils, dieser Verräter mit dem schwarzen Herzen, der er plötzlich geworden war, sagte nur: »Singen? Es geht darum, ob sie lebt, und ihr redet von Singen?«

Sie schämten sich ein bisschen. Aber dann fing Jörg wieder an. »Aber ich dachte ... ich meine, es sind doch nur ein paar Bisswunden, oder? Ihr macht ja ein Gesicht, als ob sie schon gestorben wäre. Sie hat ja auch nicht Krebs oder so etwas.« Seit Jörgs Mutter im vorletzten Jahr an Krebs gestorben war, besaß er das Recht, alle anderen Krankheiten für heilbar zu erklären. Er war ein Experte für schlimme Fälle geworden: Krebs war schlimm. Alles andere wog dagegen gar nichts, Hysterie um Unwichtiges. Wenn er auf sein Schlagzeug eindrosch, kämpfte er gegen die Schmerzen seiner Mutterlosigkeit, gegen das Leid, das sie ertragen hatte und mit dem sie ihre ganze Familie infiziert hatte. Er war nicht gewillt, den schwarzen Biss des Krebses mit dem Biss eines gewöhnlichen Hundes gleichzustellen.

Nils wandte sich zum Gehen, bevor sie damit anfingen, über eine Ersatz-Sängerin zu diskutieren.

»Kann man sie besuchen?«, rief Anja. »Können wir zu ihr?«

Er drehte sich noch einmal um. »Nein«, antwortete er, »nein, das geht noch gar nicht.« Er wusste nicht, wann das jemals gehen würde. Sie würden sie sehen und entsetzt sein und dieses Entsetzen würde in ihren Augen liegen. Wenn Caro Brustkrebs gehabt hätte oder einen anderen bösen Tumor, hätten sie sie ausgiebig bemitleiden können, sie hätten ihr Mut zusprechen können. Du schaffst das. Du hältst das durch, die Operationen, die Chemo, das wird schon wieder. Aber er wusste damals schon, dass die Caro, die dort in der Klinik lag, nie wieder dieselbe Caro sein würde wie vorher. Eine Brustprothese konnte man unter der Kleidung verstecken. Niemand, der nichts davon wusste, würde auf die Idee kommen, dass da etwas entfernt worden war. Aber ihr Gesicht ... Es sollte Caros Entscheidung sein, wem sie dieses entblößte, entstellte Gesicht zeigte.

Die Nebelraben schickten einen Blumenstrauß. Eine Karte, auf der sie alle unterschrieben hatten, und ein Porzellanschaf. Nils grübelte darüber nach, was dieses Schaf zu bedeuten hatte. War dies ein Hinweis darauf, dass Caro sich leichtfertig zum Opfer gemacht hatte, dass sie eine Beute gewesen war, die der Wolf zerrissen hatte? Oder dass sie vorhatten, Caro zum Opferlamm zu erklären, und sie einfach aus ihrer Band rauswarfen, weil sie nicht unersetzlich war? Aber Caros Stimme war die Stimme der Nebelraben, er konnte sich nicht vorstellen, dass sie wirklich versuchen würden, sie zu ersetzen, so wie sie es in der Theatergruppe vorhatten. Ohne Caro waren die Nebelraben überhaupt nichts. Ihre Stimme war das Einzige gewesen, was diese Band für ihn überhaupt interessant gemacht hatte.

In der Tai-Bo-Gruppe war Caro nicht unersetzlich. Er hatte mit der Trainerin gesprochen und dort zu seinem Erstaunen echte Anteilnahme gefunden, obwohl Caro den Kurs erst seit drei, vier Monaten besuchte. Aber die Tai-Bo-Tänzer oder Sportler – Nils hatte immer noch nicht so recht begriffen, was für eine Sportart das eigentlich war – schienen wirklich erschrocken zu sein. Sie schickten Caro ein wunderschönes Gesteck und eine große Schachtel der edelsten Pralinen. Natürlich konnte sie sie nicht essen, noch nicht, und er brachte sie nach Hause in ihre Wohnung und legte sie auf den Tisch, wie ein Versprechen, dass Caro eines Tages hier sitzen und alle aufessen würde, womöglich an einem Abend. Sie konnte sich schlecht beherrschen, wenn es um Süßigkeiten ging. Mühelos würde sie die teuren Pralinen in weniger als einer Viertelstunde vertilgen, statt, wie er es tun würde, sich jeden Abend eine einzige zu gönnen und den Genuss zu strecken, solange es ging. Aber so vernünftig war Caro einfach nicht. Sie war wie ein kleines Kind, das immer alles auf einmal haben musste. Er lächelte, während er an sie dachte.

Von der Tai-Bo-Gruppe kamen sogar regelmäßig nette Briefchen mit Genesungswünschen.

So, dachte Nils, zeigt jeder sein wahres Gesicht. Diejenigen, die sie nicht brauchen, zeigen wahre Zuneigung. Denn, sowenig er von dieser seltsamen Mischung aus Kampfsport und Aerobic auch verstand, er hatte doch begriffen, dass es hier auf einen Teilnehmer mehr oder weniger nicht ankam. Sie übten, um fit zu werden. Sie hatten keine Auftritte geplant und mussten weder sich noch sonst jemandem etwas beweisen. Die Trainerin war eine herzliche Frau, die nur auf den ersten Blick mollig wirkte. Auf den zweiten merkte man, wie muskulös ihre Arme waren; was man zunächst für ein Gewichtsproblem halten mochte, war nichts weiter als ihre gewaltige Oberweite, für die sie schließlich nichts konnte und mit der sie sicherlich ihren Mann recht erfreute. (Dass er auch immer an so etwas denken musste!) Ihr Lächeln war ehrlich. Und sie hatte es bestimmt nicht nötig, immer wieder bei Nils anzurufen und sich nach Caros Wohlergehen zu erkundigen. Sie fragte nicht: Wird sie jemals wiederkommen? Wird sie ihre Kursgebühr bezahlen? Wird sie unsere Gruppe verstärken? Sie fragte nur, wie es Caro ging.

Mit der Zeit gewöhnte er sich an ihre Anrufe. Er fing an, sie Roswitha zu nennen. An einer Stelle, an der er es nicht erwartet hatte, fand er Trost.

Es war etwas, was er Caro erzählen konnte. »Roswitha hat wieder nach dir gefragt«, sagte er. »Und sie hat diese Karte geschickt, siehst du, mit den Sonnenblumen.«

Caro lag in ihrem Bett. Sie schien abwesend zu sein. Er fragte sich, was los war, ob er vielleicht etwas verpasst hatte, etwas Wichtiges.

»Hast du Schmerzen?«, fragte er besorgt.

Sie schrieb auf ihren Zettel.

Dr. Gunther hat mit mir darüber gesprochen, wie es weitergehen soll. Eventuell Eigenhauttransplantation. Wie bei Brandopfern.

Er las die Worte, einmal, zweimal. Er versuchte zu lächeln. »Aber das wäre doch wunderbar, oder?«, fragte er. »Sie tun, was sie können.«

Sie hatten ihr eine Gesichtsprothese angeboten, für tagsüber, wenn Besuch kam. Eine Art Gummimaske mit Löchern für die Augen. Aber Caro wollte nichts davon wissen. Er hatte es nicht verstanden, bis er das Ding gesehen hatte, wie eine Maske für einen Weihnachtsmann. Eine groteske Verkleidung, die alles noch schlimmer, noch gruseliger machte.

»Es gibt so gute plastische Chirurgen«, sagte er. »Sie kriegen das bestimmt hin.«

Er hatte das Gefühl, dass sie ihm gar nicht zuhörte. Er versuchte, in ihren Augen zu lesen. Angst? Seine eigene Angst kroch in ihm hoch und durchsetzte die Hoffnung mit der Furcht vor Blut und Schmerzen und Narkose und dem Ausgeliefertsein.

»Alles wird gut.« Er versprach es und hatte doch nicht die Macht, dieses Versprechen zu halten. Alles wird gut. Sie wird wieder meine Caro, diese Caro, die ich vermisse.

8

WIE SEHR ER sie vermisste, merkte er oft erst dann, wenn er das Krankenhaus verlassen hatte und nach Hause fuhr. Er holte Harald bei seiner hundefreundlichen Nachbarin ab, einer dunkelgelockten Frau Mitte Dreißig. Es war gut für den Hund, nicht den ganzen Tag allein zu sein, und doch empfand Nils jedes Mal so etwas wie Eifersucht, wenn er ihn dort ablieferte. Der kleine Hund begrüßte diese Maren, die sich um ihn kümmerte, mit unverstellter Herzlichkeit, und Nils dachte: Verräter.

Aber abends nahm er Harald mit in seine eigene Wohnung, wo sie beide zusammen auf dem Sofa saßen. Seine Hand ruhte auf dem Fell des Tieres. Er seufzte. Wie bei einem Brandopfer. Er dachte an rote, verbrannte, blasenübersäte Haut, die vor jeder Berührung zurückzuckte. Er versuchte nicht daran zu denken, dass Caro keine Haut mehr hatte. Er versuchte, nicht an dieses Wesen im Krankenhaus zu denken, sondern an das Bild, das ihm von ihr geblieben war, in seinem Herzen, diese Frau, in die er sich verliebt hatte. Sie hatte über seine Fragen gelacht, damals bei ihrem ersten Interview. Sie hatte ihn ausgelacht und sich nicht davor gefürchtet, dass er einen bösen Artikel schreiben könnte, um sich zu rächen. Vor nichts hatte sie sich gefürchtet, und er hatte nicht gewusst, ob das Mut war oder Leichtsinn oder einfach nur Naivität. Oder ob sie wirklich in einer Welt lebte, ihrer eigenen Welt, in der egal war, was andere von ihr dachten. In einer Welt, in der es nur zählte, zu singen und das Gesicht ins Scheinwerferlicht zu halten. Sie hatte es gewagt, ihre Gefühle zu zeigen, ihr Inneres, dieser anonymen Menge im Dunkeln, während das Licht sie blendete. Jeder, der auf der Bühne sang, tat das, das wusste er. Jeder, der in eine Rolle schlüpfte und eine Figur auf einer Bühne darstellte, tat das. Zugleich mit der Verkleidung, die sie dort anlegte, legte sie alle anderen Masken ab und machte sich verwundbar und angreifbar. Sie hatte Aschenputtel nicht nur gespielt. Er hatte zugesehen, er wusste das. In diesen Momenten auf der Bühne, selbst bei dieser misslungenen Probe, war Caro Aschenputtel gewesen, ein Mädchen, das dazu bestimmt war, eine Prinzessin zu sein, statt in der Asche ein kümmerliches Leben zu führen und von allen herumgeschubst zu werden.

Sie hatte es gewagt, vor alle anderen hinzutreten und ihr Gesicht zu zeigen.

Es war so ungerecht, dass ausgerechnet jemand wie sie dort in der Klinik lag und mit wackeliger Handschrift Worte aufs Papier kritzelte.

Er weinte in Haralds Fell, mit kurzen, abgehackten Schluchzern.

Warum, Gott, oh warum, warum gerade Caro ...

Mach, dass alles gut wird. Er betete schon wieder zu diesem Gott, der nie antwortete. Mach, dass es gut wird. Gib ihr ihr Gesicht zurück, bitte ...

In der Nacht hatte Nils einen Albtraum. Er schrak hoch, schweißgebadet, und lauschte, aber da war nichts als die nächtliche Stille. Der Kühlschrank summte, irgendetwas knackte und wisperte in der Heizung. Harald lag in seinem Körbchen und atmete leise.

Caro war auf ihn zugegangen in seinem Traum. Sie hatte die Hände nach ihm ausgestreckt und versucht, ihn an sich zu ziehen. Er hatte sich in diesem Traum nicht darüber gewundert, dass sie wieder da war. Seine Liebe war warm und selbstverständlich in seiner Brust, als wäre nie etwas passiert. Er sah in ihr Gesicht, auf den Schwung ihrer Augenbrauen. Merkwürdigerweise, selbst im Traum fiel ihm das auf, richtete er seinen Blick auf ihre Stirn und vermied es, tiefer zu blicken, als könnte ihn das erschrecken, was dort auf ihn wartete.

Küss mich, sagte sie. Es war tatsächlich ihre Stimme, ihr Tonfall. Aber er war der Prinz und dies war Aschenputtel. Als er in ihr Gesicht sah, konnte er es genau erkennen. Es war schwarz von der Asche, in der sie tagsüber lag, schwarz, als hätte sie sich damit eingerieben.

Soll ich mich waschen?, fragte sie, und aus irgendeinem Grund klang das wie eine Drohung. Hilflos sah er zu, wie sie sich ein weißes Taschentuch aus dem Kleid zog und sich damit über das Gesicht wischte. Aber sie wischte nicht nur den Schmutz weg, sondern das ganze Gesicht, wie etwas, das jemand mit Kreide an die Tafel gemalt hat und das verschwindet, wenn man mit einem Schwamm darüberwischt. Sie rieb an ihrer Nase, bis sie keine mehr hatte, und rubbelte sich die Wangen ab und machte dann bei ihrem Mund weiter, so dass ihre Lippen verschwanden und nur noch ihre Zähne zu sehen waren, lang und weiß, wie bei einem Totenschädel.

Hör auf, rief er. Bitte, hör auf, hör auf. Lass den Dreck dran, bitte, Caro, lass ihn dran!

Aber sie hörte nicht auf, an ihrem Gesicht herumzuwischen, und er riss sich gewaltsam heraus aus dem Entsetzen und erwachte. Mit klopfendem Herzen saß er da und horchte in die stille nächtliche Wohnung.

Harald seufzte im Schlaf.

Nils legte sich zurück in sein Kissen und versuchte wieder einzuschlafen, aber er konnte die Bilder nicht zurückdrängen, dieses fürchterliche Gefühl, als Caro ihr Gesicht fortwischte.

Auch auf seinem Nachttisch hatte er ein Foto von ihr stehen, das gleiche, das er ihr ins Krankenhaus gebracht hatte. Er schaltete seine Lampe an und betrachtete es lange und konnte stundenlang nicht mehr einschlafen. Wieder merkte er, wie die Gedanken, die in ihm herumwirbelten, sich zu einem Gebet hin formten, zu einer endlosen Litanei von immer denselben Worten.

Gott, hilf ihr, bitte hilf ihr, bitte gib es ihr zurück ...

Der Arzt sprach zu ihr, mit einer besonders tiefen, beruhigend klingenden Stimme. »Wir könnten eine Gesichtsrekonstruktion mit Eigengewebe versuchen. Wie bei einem Brandopfer, verstehen Sie, aus Ihrer eigenen Haut, zum Beispiel den Oberschenkeln. Allerdings geht Ihre Wunde viel tiefer als nach einer Verbrennung, Sie haben einen Großteil der Muskulatur verloren. Falls wir es auf diese Weise tun, werden Sie Ihr Gesicht nie wieder so wie vorher bewegen können.« Er sprach zu ihr über die Schwierigkeiten, die sie mit ihrem Mund haben würde, mit ihren Lippen. Die Fähigkeit, den Mund zu bewegen, zu sprechen, so simple Dinge wie Sprechen oder Küssen oder Lachen ... Er konnte ihr nicht versprechen, dass sie all das wieder würde tun können.

Sie hörte ihm zu und hörte doch nicht zu. Sie versuchte, seine Worte zu begreifen, aber irgendetwas in ihr sperrte sich dagegen, den Sinn seiner Sätze zu verstehen. Nicht mehr küssen? Nicht mehr fühlen und bewegen und sein, was sie gewesen war ... Sie versuchte, sich auf das zu konzentrieren, was er sagte, aber es war wie eine Wand vor ihren Augen, wie Watte in ihren Ohren. Sie fühlte sich wie abgeschnitten von allem, was um sie herum vorging.

»Aber es gibt noch eine Alternative«, sagte er schließlich, als sie sich nichts so sehnlichst wünschte, wie dass er sie allein ließ.

Riskant und schwierig und ungewöhnlich, aber dennoch eine reale Chance, wäre eine Gesichtstransplantation.

Was?, wollte sie fragen. Gesichtstransplantation? Was um alles in der Welt ist denn das?

Aber sie konnte ja nicht. Ihre Hand suchte nach dem Notizblock, der Stift fiel herunter und kullerte über den frischgewaschenen Fußboden.

»Ich kann Ihnen keinerlei Garantien geben«, sagte der Doktor und sah dabei nicht sie, sondern ihr Foto an, das ihn von ihrem Tisch aus anlächelte. »Es wurde bereits einige Male versucht, aber es ist ein sehr schwieriger Eingriff. Vielleicht erinnern Sie sich an den Fall in Frankreich, im Jahr 2005? Dort ging es ebenfalls um einen Hundebiss, die Patientin hat ein neues Gesicht bekommen, vielleicht haben Sie die Bilder in der Presse gesehen?«

Was? Sie konnte sich an nichts erinnern. Sie wünschte sich, er würde ihren Stift aufheben, aber Professoren bückten sich noch seltener nach heruntergefallenen Sachen als Doktoren. Sie dachte darüber nach, ob Ärzte vielleicht besonders schlimme Rückenschmerzen hatten oder steife Knie, so dass es eine Qual für sie war, sich mehr zu bewegen als nötig. Schließlich trugen sie die Last der ganzen Welt auf ihren Schultern, das ging todsicher auf die Gelenke.

»Seitdem gab es noch einige Fälle, aber von einer Routineoperation sind wir natürlich noch weit entfernt. Wir haben im Kreis der Kollegen darüber diskutiert und sind überein gekommen, dass wir es versuchen sollten. Allerdings müssen Sie sich darüber im Klaren sein, dass Risiken damit verbunden sind. Damit Ihr Körper die neue

Haut nicht abstößt, werden Sie Medikamente zur Unterdrückung einer Immunreaktion nehmen müssen. Sehr starke Medikamente. Lebenslang.« Er ließ seine Worte auf sie wirken. »Ich will Ihnen nicht verschweigen, dass damit ein erhöhtes Krebsrisiko einhergeht. Und es gibt trotzdem keine Garantie dafür, dass das Gesicht nicht doch abgestoßen wird.«

Das ist mir egal, wollte sie sagen. Hauptsache, ich bekomme ein Gesicht. Was zählte es, wenn sie Krebs bekam, aber bis dahin wenigstens wie ein normaler Mensch gelebt hatte? Sie wollte niemand sein, der seinen Mund nicht bewegen konnte.

»Sie werden wieder eine Nase haben. Und Lippen. Natürlich müssen wir auf ein geeignetes Spenderorgan warten. Wir haben auch einen Spezialisten im Haus, der sich sehr gerne an diese Operation wagen würde.« Professor Dr. Gunther lächelte bescheiden. Nur an diesem Lächeln erkannte sie, dass er sich selbst meinte. Von ganzem Herzen beneidete sie ihn um dieses Lächeln, mit dem er ausdrücken konnte, was in ihm vorging. Alles, alles wollte sie geben, um wieder so lächeln zu können.

Sie nickte. Ihr war, während sie sein Lächeln betrachtete, durchaus klar, dass er sich auf diese Operation freute, dass ihn dieser Fall auf seiner Karierreleiter weiterbringen konnte und dass Ehrgeiz und Wagemut vielleicht nicht unbedingt die besten Ratgeber waren. Aber obwohl er ihr die Risiken auseinandersetzte, zählte das alles nicht.

Sie wollte nur ein Gesicht.

Erst als er fort war, gestattete ihr ihr Verstand langsam, zu begreifen. Seine Worte hingen immer noch im Raum.

Sie versuchte, es sich vorzustellen. Sie würde ein anderes Gesicht bekommen. Ein neues. Eine fremde Nase, eine fremde Wange. Vor der Vorstellung, einen fremden Mund zu haben und mit fremden Lippen zu sprechen, zu essen, zu küssen, zuckte sie am meisten zurück. Sie erschrak, Entsetzen machte sich in ihr breit. So würde es also ausgehen? Dass sie das Gesicht einer Toten bekam, dass sie mit einem fremden Gesicht weiterleben musste? Es klang unmöglich. Es musste unmöglich sein, irgendwie musste es den Professoren doch gelingen, ihr eigenes Gesicht wieder herzustellen, ihr all das zurückzugeben, was zu ihr gehörte, was sie war, sie, Caro, sie selbst, von Kopf bis Fuß. Sie hatte immer daran geglaubt, dass alles gut werden würde. Wenn sie hier lag und man ihr sagte, wie tapfer sie doch war, wie gelassen sie alles hinnahm, hatte sie innerlich leise gelächelt. Dies war nicht ihr Leben. All dies, dieses Liegen in dem fremden weißen Bett, die Schmerzen, das mühevolle Erringen so einfacher Dinge wie Essen oder Lachen, war nichts als ein Zwischenspiel. Es war wie ein Traum, der ihr passierte und den sie einfach bis zum Ende durchträumen musste, um irgendwann wieder in ihr altes Leben zurückkehren zu können. Die Ärzte würden sie heilen und sie kam nach Hause zurück. So war das. So lief das, immer, es sei denn, man hatte vielleicht Krebs und war dazu auch noch neunzig Jahre alt. Alle anderen kehrten nach Hause zurück und machten da weiter, wo sie aufgehört hatten.

Sie werden es hinkriegen. Es gibt nichts, was sie nicht hinkriegen könnten, sie haben mir versprochen, dass alles wieder gut wird ...

Sie klammerte sich an dieses Versprechen. Sie hatten es gesagt und Caro hatte sich daran festgehalten. Sie hatte nicht darüber nachgedacht, ob es glaubwürdig war oder nicht, sie hatte sich darauf verlassen, weil sie keine andere Wahl hatte, als zu verzweifeln oder daran zu glauben. Alles wird gut. Alles kommt ins Lot, alles wird heil, und dies wird nichts als eine Episode in deinem Leben sein, auf die du später zurückschauen wirst, verwundert und erleichtert.

Ein fremdes Gesicht? Sie wollte kein fremdes Gesicht, kein anderes als ihr eigenes! Sie schaute auf das Foto, auf diese geduldige Zuschauerin, diese rothaarige Caro, diese vertraute Fremde. Wie sie sie beneidete! In dem Moment, als dieses Foto entstand, war dort eine andere Caro gewesen, eine ahnungslose, fröhliche Caro. Ahnungslos wie eine Ehefrau, die nicht ahnt, dass sie betrogen wird. So hatte sie damals geglaubt, dass alles in Ordnung war, dass das Leben ihr so viel Glück bescheren würde, wie sie in Anspruch nahm. Damals hatte sie noch geglaubt, dass sich ein Tag an den nächsten reihen würde wie eine endlose Kette schimmernder Perlen. Sie hatte Nils angelacht, in dem Wissen, dass sie gleich mit ihm schlafen würde. Froh und ein wenig verlockend und so sicher, dass alles so kommen würde, wie sie es wollte. Ihr Leben war perfekt. In diesem alten Leben konnte es keinen Schmerz geben, der nicht gelindert wurde, keinen Zerbruch, der nicht heilen würde, keinen Verlust, der nicht verarbeitet werden konnte und zu irgendetwas nützlich war. Selbst Oma Millis Krankheit hatte sie dazu gebracht, herzzerreißend schön zu singen. An dieser Bruchstelle des Lebens, angehaucht vom Tod, hatte sie den Zugang zu ihren Liedern gefunden ...

Ich will das alles zurück, dachte sie und versuchte, nicht zu weinen. Ihr Gesicht war kein Gesicht mehr, mit dem man weinen konnte, das ihren Gefühlen gehorchte und sich passend verzog und nach dem Ausbruch wieder glättete. Hier gab es nur den Schmerz, der auf jede Gefühlswallung folgte, wie eine bleierne Maske, die sich über sie gelegt hatte und gegen die sie nicht ankam.

Ich will Haut, die mit mir lebt, und eine Nase, die mit mir atmet, und einen Mund, der mit mir lacht. Immerhin habe ich noch ein Kinn, das mit mir Stärke zeigt ... All das will ich. Ein Gesicht, mit dem ich lebe.

Träum davon. Ein Gesicht, mit dem du wieder weinen kannst.

Ich will es nicht!, schrie es in ihr. Ich will wieder ich sein!

Träum davon. Wie eine warme Stimme, wie ein Arzt, der sich zu ihren Ohren hinabbeugte und ihr Versprechungen ins Ohr flüsterte. Träum davon. Alles wird gut. Ein Gesicht, mit dem du lachen kannst. Ein Mund, mit dem du Worte formen kannst. Ein Ausweg aus der Stummheit, aus der Gefangenschaft der Isolation, eine Hoffnung auf Rettung, auf Normalität ...

Normalität? Sie hätte gelacht, wenn sie es vermocht hätte. Wie denn? Mit dem Gesicht einer Toten, einer Fremden? Monster! Du wirst nie wieder sein, was du warst. Vergiss deine Freunde, deine Familie, deine Träume, vergiss sie alle. Du wirst in ihrer Mitte jemand sein, der fremd ist.

Träume? Die Stimme war immer noch da. Welche Träume meinst du? Davon, wie du im Scheinwerferlicht der Bühne stehst und singst? Davon, wie du, in ein Kostüm gezwängt, das dir nicht richtig passt, eine Märchenfigur verkörperst?

Nein, antwortete sie. Einfach nur leben. Leben wie alle, mehr nicht.

Dann nimm es, dieses Gesicht. Nimm es an. Leben wie alle, mehr nicht.

Es ist zu schwer, weinte sie, zu schwer für mich. Ich kann nicht. Es ist zu schwer.

Einfach nur leben.

9

DER WINTER WAR so mild gewesen, dass bereits die ersten Krokusse ihre Köpfe nach draußen steckten, um nachzusehen, was los war. Aber es war erst Februar; noch viel zu früh, um sich auf den Frühling zu freuen. In der vergangenen Woche hatte es einige Male leicht geschneit und im Radio hatten sie ein Tiefdruckgebiet angekündigt, das Regen oder Schnee bringen würde oder sogar beides. Es konnte gut und gern noch ein paar Wochen Winter geben. Und trotzdem lächelte Natascha bereits ihr Frühlingslächeln, voller Vorfreude auf die Wärme und die Sonne und die Blumen, während sie über den Hof zum Stall ging, um nach den neugeborenen Ferkeln zu sehen.

»Das hast du gut gemacht«, lobte Natascha das riesige Schwein und bückte sich, um die Ferkel zu zählen. Acht, neun, zehn – da war noch eins, also elf. Und dort lag eins, schwach und schlaff ... Sie hob es vorsichtig auf. Nein, es war nicht tot. Es schnappte nach Luft und quiekte leise. Das kleinste im Wurf, kümmerlich und kaum in der Lage zu stehen. Natascha versuchte, es hinzustellen, aber nur kurze Zeit stand es mit wackeligen Beinen da, dann fiel es um. Das kleine Schweinchen blickte sie verwirrt an und versuchte, sich wieder aufzurichten.

Die anderen waren munter und kräftig und drängten sich an die Zitzen der Sau. Nur Nummer Zwölf lag auf dem Boden und schien darauf zu warten, was als Nächstes passieren würde.

Auch das noch, dachte Natascha. Ihr Mitleid für das neugeborene Geschöpf verwandelte sich in Ärger. Diese Problemfälle waren es, die immer so viel Zeit und Mühe kosteten, mit zweifelhaftem Ausgang. Sie hielt das Ferkel an eine der Zitzen und melkte einen Schwall der kräftigen, energiespendenden Milch in sein Maul. Dann setzte sie ihr Sorgenkind unter eine der Wärmelampen und beobachtete es noch eine Weile.

»Ach, Schwein«, sagte Natascha. Wenn sie tot waren, waren sie tot. Das war eben so. Aber so ein Tier wie dieses, nicht stark genug zum Leben, nicht schwach genug zum Sterben ... Gib ihm eine Spritze, und das war's dann, würde ihr Vater sagen. Da lohnt sich die Mühe nicht. Und natürlich hatte er recht. Das hier war kein Zoo, in dem man kleine Tierjunge aufpäppelte, weil sie so entzückend ausschauten, weil die Besucher sich die Nase an der Scheibe plattdrückten, um Schimpansen- und Löwenbabys zu bewundern. Schweine waren nicht schön. Ihr einziger Vorteil war, dass sie gut schmeckten. Wer würde denn schon sein Herz an ein Schwein hängen?

Sie dachte all das, weil ihre Vernunft es ihr eingab, aber ihr Herz hing bereits an diesem kleinen rosa Wesen, das zitternd unter der Lampe lag. Hoffentlich war sein Überlebenswille stark genug. Das winzigste Ferkel konnte es schaffen, wenn es ein mutiges Herz besaß.

Sie drückte dem Ferkel die Spritze ins Maul. Es blickte sie überrascht an und blieb ganz ruhig auf ihrem Schoß sitzen.

»Du musst trinken, Glückspilz«, sagte sie zu ihm. Sie hatte nun doch Ersatzmilch angerührt. Luna hielt die Flasche erwartungsvoll in ihren kleinen Händen.

»Glückspilz wird doch nicht sterben, Mama, oder?«

»Nein, mein Schatz, wir werden sie retten.«

»Wie denn, Mama? Nehmen wir sie mit in mein Zimmer? Sie kann in meinem alten Puppenwagen schlafen.« Sehr bestimmt fügte Luna hinzu: »Sie ist ein Mädchen, also darf sie auch ins Mädchenzimmer.«

Natascha lachte. »Nein, Schatz. Wir lassen sie hier, bei den anderen. Ab und zu soll sie mal ruhig leckere Schweinemilch trinken. Aber zwischendurch helfen wir ein bisschen nach.«

Während sie es aussprach, erwachte ihr Kampfgeist. »Ja«, sagte sie entschlossen, »das Ferkel kriegen wir schon groß.«

Luna streichelte das kleine Tier, während sie ihm den Sauger zwischen die Kiefer schob. »Sie trinkt«, flüsterte sie ehrfürchtig.

Natascha nickte. »Ja«, flüsterte sie zurück. »Siehst du?«

Sie lauschten beide dem Schmatzen des Schweinchens. Es hätte in diesem Moment kein schöneres Geräusch geben können.

Natascha hatte das kleine Ferkel zu einer anderen Sau gesetzt, die nur acht Ferkel geboren hatte, damit seine Chancen größer waren, etwas abzubekommen. Nur auf die Flasche zu setzen wäre ein Aufwand gewesen, der ihre Möglichkeiten überstieg: zwei Wochen lang alle ein, zwei Stunden, Tag und Nacht, ein Ferkel zu füttern – das ging einfach nicht. Aber sie konnten ihm tagsüber alle paar Stunden die Flasche geben, um sicherzugehen, dass es genug bekam. Mehr konnte auch ein schwächliches Ferkel nicht verlangen.

Zufrieden verließ Natascha den Stall, ihre Tochter an der Hand.

Im Hof traf sie ihren Vater, der gerade den Traktor durch das große Tor in die Scheune gefahren hatte. Er schüttelte nur den Kopf, als seine Enkelin ihm aufgeregt von Glückspilz erzählte.

»Muss das denn sein? Die ganze Arbeit kannst du dir sparen.«

»Ich hab Luna doch versprochen, dass wir es retten.«

Der alte Mann schüttelte den Kopf.

»Ja«, sagte Natascha, »nenn es ruhig gefühlsduselig. Aber nur lebendige Schweine können verkauft werden, das weißt du auch.«

»Entweder will ein Schwein leben oder nicht«, sagte er. »Da kann niemand etwas machen.«

»Aber ich will, dass Glückspilz lebt!«, rief Luna. »Und deshalb wird sie auch leben!«

»Das ist doch Schwachsinn.« Er hatte keine Hemmungen, seine Meinung zu äußern. Seine Tochter musste das abkönnen.

Und Natascha konnte das. Sie nickte ihm freundlich zu und ging mit Luna hoch in ihr eigenes Heim.

Sobald Jost die Wohnung betreten hatte, erfuhr er alles, was es über das kleine Ferkel zu erzählen gab, einschließlich Lunas Bereitschaft, es in ihrem Kinderzimmer zu bemuttern.

»Warum um alles in der Welt habt ihr es Glückspilz genannt?« Er hob die Brauen. Natascha las darin die Verwunderung darüber, dass sie ein Tier, das zum Sterben verdammt war, so nannten, dass sie ihm überhaupt einen Namen gegeben hatten. Aber es würde nicht sterben. Nicht unbedingt. Und den Namen hatte Luna verlangt. »Mama, es braucht einen Namen.«

Landwirte gaben ihren Schweinen keine Namen. Wie hätte man, wenn die Ferkel geholt wurden, sie den Fremden mitgeben können, wenn sie Namen gehabt hätten? Ein Schwein hatte kein langes Leben. Es wurde beim Züchter geboren, im Alter von elf Wochen abgeholt und beim Schweinebauern gemästet, weitere drei bis vier Monate lang. Dann kam der Transporter ein zweites Mal, um es zum Schlachter zu bringen. Wenn ein Schwein Glück hatte, wurde es eine Zuchtsau und gebar dreimal im Jahr einen Schwung Ferkel, drei Jahre lang, bis es sich nicht mehr lohnte, ihm einen Platz im Stall zu geben. Schweine bekamen kein Gnadenbrot auf der Weide wie betagte Reitpferde. Sie waren zu nichts nütze, außer zum Essen.

»Weil sie leben wird. Ich ...«

»Sie?«

»Es ist ein Mädchen«, warf Luna eifrig ein. »Glückspilz ist ein kleines Mädchen!«

»Du bist eine Kämpferin«, sagte er stolz, während er seine Frau umarmte.

Natascha lachte. »So kann man es auch sehen. Lass mich los, ich muss wirklich zu meinem Ferkel.«

»Ich hoffe, du holst es nicht in die Wohnung.« Er rümpfte die Nase.

»Nur, wenn es nicht anders geht.« Sie lachte über sein Gesicht. »Ach, hoffentlich schafft es das!«

»Es ist nur ein Tier«, sagte er leise. Es gab so viel, was er ihr noch sagen wollte, aber das musste warten, bis sie alleine waren.

»Ja«, stimmte sie zu, »nur ein Tier.«

Natascha lag in Josts Armen. Sie lehnte ihren Kopf an ihn und spürte seine Wange an ihrer. Kratzig.

»Morgen ist die Aufführung«, sagte sie.

»Ich weiß.« Dann schien ihm bewusst zu werden, dass sie ihm nicht nur einen Termin mitgeteilt hatte, und er fragte: »Und, bist du aufgeregt?«

»Ja«, antwortete sie. »Hätte ich gar nicht gedacht. Ich meine, es ist doch ein Chor. Ich muss nicht alleine vor allen stehen. Und trotzdem bin ich total nervös.«

»Du machst das schon.«

Sie wollten die Mädchen mit ins Konzert nehmen. Auch das machte Natascha unruhig. Wenn sie störten? Wenn sie vielleicht mitten während eines Liedes nach ihr zu rufen begannen? Außerdem waren sie noch nie abends in der Kirche gewesen – außer zu Weihnachten natürlich – und ungewöhnliche Situationen forderten unpassendes Benehmen geradezu heraus.

»Oder lassen wir sie bei meinen Eltern? Aber die wollten dieses Mal auch mit. Hat Mutti jedenfalls gesagt.« Ob sie es wirklich taten, musste sich noch herausstellen. Ihre Eltern waren eifrige Kirchgänger, aber Konzerte waren nicht so sehr ihr Ding.

»Deine Mutter hat mich vorhin nicht gegrüßt«, sagte Jost.

»Was?« In Gedanken war Natascha ganz woanders. Sie ging ihren Text durch, sie stellte sich die beleuchtete Kirche vor und wie ihre Knie zittern würden. Zuerst jedenfalls, so wie auch ihre Stimme, leicht zittrig, bis sie, ungefähr nach der ersten Strophe, vergaß, wie viele Ohren ihnen lauschten. Ja, sie würde es einfach vergessen und nur noch wissen, dass sie sang. So war es immer. Es war ein berauschendes Gefühl, das süchtig machen konnte. »Meine Mutter grüßt dich immer.«

»Nur, wenn du dabei bist.« Jost wusste selbst nicht, warum er Natascha das jetzt erzählte. Er trug es schon so lange mit sich herum, wie ein kleines, defektes Elektrogerät, das ihm jedes Mal, wenn er es berührte, einen Schlag versetzte.

Natascha stützte sich auf ihren Ellbogen und schaute Jost an. Ihr empörtes Gesicht ließ ihn wieder an eine Kriegerin denken. Aber er wollte nicht, dass sie für ihn gegen ihre Eltern kämpfte. Das hatte er noch nie gewollt. Nein, das stimmte jetzt nicht, manchmal hatte er es sich schon gewünscht, dass sie sich von ihnen verabschiedete und mit ihm zusammen, mit ihm und den Kindern, ein Haus baute, so dass sie eine Familie nur für sich waren. Manchmal wünschte er sich nichts sehnlicher, als eine kleine Familie zu sein, ohne seine Schwiegereltern nebenan. Aber wenn Natascha ihre Mutter wegen des Grüßens zur Rede stellte, wäre er sich vorgekommen wie ein Schuljunge, der gepetzt hat.

»Mutti grüßt dich nicht? Was soll das heißen? Vielleicht hat sie dich nicht gesehen.«

Er verdarb ihr nur ungern die Laune. Aber jetzt war das Thema auf dem Tisch und er konnte nicht zurück. Er sah Greta wieder vor sich. Sie hatte Schnee gefegt – gefegt, nicht geschippt, denn es lag kaum ein Zentimeter Schnee – und als er in die Garage fuhr, hatte sie sich auf den Besen gestützt und zugesehen. Als er herauskam, starrte sie immer noch. Sie starrte ihm nach, wie er zur Haustür ging, und ihr Gesicht verzog sich nicht zu dem leisesten Lächeln. Er wusste genau, dass sie ihn nicht ausstehen konnte. Nur Natascha mochte das nicht glauben, Natascha, die immer das Beste von allen dachte, trotz aller gegenteiligen Hinweise.

»Sie hat mich gesehen.« Manchmal konnte er es nicht lassen. Dann konnte er einfach nicht aufhören damit, den Gekränkten zu spielen. Vielleicht war seine Schwiegermutter tatsächlich mit Blindheit geschlagen. Oder mit Stummheit. Oder, dachte er, vielleicht hat sie eine besondere Art von Herzfehler, der es ihr unmöglich machte, ihn zu mögen. »Sie muss mich ja nicht mal ins Herz schließen«, sagte er. »Aber sie könnte wenigstens so tun, als ob.«

Natascha war immer noch verwundert. Hinter ihrer Stirn arbeitete es. Er fragte sich, was das für ein Plan sein konnte, den sie da entwarf. Wahrscheinlich ging es so aus wie sonst auch: nichts würde sich ändern. Sie würde mit ihren Eltern reden, aber das würde nicht dazu führen, dass sie auszogen.

»Vielleicht hat sie ja versucht, mich mit ihren Blicken dazu zu zwingen, ihr den Besen abzunehmen und weiterzufegen«, überlegte er und versuchte, dem Ganzen etwas Heiteres abzugewinnen. »Aber es hat leider nicht funktioniert. Ich finde, sie macht sich die Mühe ganz umsonst, das bisschen Schnee taut sowieso.« Er beugte sich vor und küsste sie. »Mach nicht so ein Gesicht. Stirnrunzeln steht dir nicht. Tut mir leid, dass ich dir die Laune verdorben habe.« Er seufzte. »Jetzt bist du unglücklich.«

»Nein, bin ich gar nicht. Ich bin glücklich.«

Das fand er auch merkwürdig. »Deine Mutter behandelt mich wie Luft und du bist glücklich?«

Sie legte sich auf den Rücken, tauchte ihren Kopf ins Kissen und schloss die Augen. »Ja, stell dir vor. Ich bin glücklich. Das Leben ist ...« Sie suchte nach Worten. Vollkommen? Perfekt? Das alles traf nicht zu. Und doch sagte sie schließlich: »Es ist schön.«

Er war nicht davon überzeugt. »Aha. Aber für mich ist es vielleicht nicht so schön.«

Sie lachte leise. »Hör dir doch zu. ›Oh, deine Mutter hat mich nicht gegrüßt. Sie behandelt mich wie Luft. So eine böse Schwiegermutter aber auch.‹«

Er konnte es nicht leiden, wenn sie ihn nachmachte, aber es klang genauso, wie er sich eben gefühlt hatte: beleidigt. Ein Junge, der petzte: Mama, die anderen mögen mich nicht, die ärgern mich immer.

»Ich werde mit ihr reden«, versprach Natascha. »Aber nicht jetzt. Es ist so schön warm hier unter der Decke. So kuschelig. Findest du nicht auch, dass das Leben wenigstens ein bisschen schön ist?«

»Du bist schön.« Wenigstens daran hatte er keine Zweifel. Er konnte nicht genug davon bekommen, sie anzusehen. Sanft berührte er ihr Gesicht mit den Fingerspitzen.

»Ich muss jetzt schlafen.«

»Dass du auch immer so früh aufstehen musst.« In seinem Traum waren sie eine ganz normale Familie. Ohne Schweine, die früh morgens schon nach Futter schrien. So normal wie bei seinen Kollegen, deren Frauen höchstens einem Halbtagsjob nachgingen. Aber er verdiente genug, auch das wäre nicht nötig gewesen. Sie würde sich ohne Abstriche den Kindern widmen können. In seinem Traum hatte er sie ganz für sich alleine, ohne Eltern und Verwandte oder sonst irgendjemanden, der sie beide stören konnte.

Seine Kriegerin. Es war ein Traum, der nie in Erfüllung gehen würde. Natascha würde nie im Leben nur zu Hause sitzen und darauf warten, dass er von der Arbeit kam.

Sie sah auf die Uhr. »Sorry, das hab ich ja fast vergessen! Ich muss das Ferkel noch füttern.«

»Was?«, fragte er entsetzt. »Jetzt?«
»Wir retten es, Luna und ich.«
»Aber Luna liegt schon im Bett.«
»Eben. Deshalb bin ich dran.«
»Ich wünschte, ich wäre auch mal dran«, klagte er. »Immer musst du alle retten. Warum rettest du nicht mal mich?«
Sie gab ihm noch einen Kuss. »Dich rette ich auch noch«, versprach sie. »Gleich, nachdem ich mein Schwein gefüttert habe.«

Sie hatten die Mädchen mitgenommen. Wie immer war es kurz vor dem Losfahren hektisch, viel zu hektisch. Weil Natascha zum Einsingen im Gemeindehaus eine Stunde früher da sein musste und sie nur das eine Auto hatten, musste die ganze Familie schon jetzt mit. Die Kinder zu früh fertig zu machen, brachte nichts, weil sie sich, sobald sie draußen waren und bevor die Erwachsenen sie im Auto festschnallen konnten, sofort an die Aufgabe machten, die letzten Schneereste zusammenzukratzen, um Schneebälle daraus zu machen, mit denen sie sich gegenseitig bewarfen. Und wenn man zu lange wartete, war es unmöglich, rechtzeitig loszufahren. Die eine musste noch zur Toilette und kam nicht wieder, die zweite weinte über einem Fleck in ihrem Kleid, den nur sie sehen konnte, von dem sie aber genau wusste, dass sie ihn selbst mit Orangensaft verursacht hatte, und die dritte zog sich fünfmal an und wieder aus und konnte sich nicht entscheiden, was sie anziehen sollte. Sogar Natascha, die ruhige, geduldige Natascha, begann herumzuschreien und fuhr nicht nur die Kinder an, sondern auch Jost, der immer im Weg herumstand und nicht begriff, wie er ihr am besten helfen konnte. »Kannst du nicht endlich Melissa abwischen? Eva, da ist kein Fleck, glaub mir doch endlich! Dann zieh eben deine Jeans an, das soll mir auch recht sein, ich glaube, das wolltest du auch die ganze Zeit, wie? Luna, jetzt entscheide dich doch endlich! Jost, ist Melissa immer noch nicht fertig?«
Als sie schließlich alle im Auto saßen, war von feierlicher Konzertstimmung nichts zu spüren. Jost war gekränkt, die Kinder hatten verheulte Gesichter und Natascha selber konnte sich nicht vorstellen, wie sie in der Lage sein sollte, zu singen.

Jost fuhr schnell, weil sie schon spät dran waren, aber er war kaum auf den Parkplatz gefahren, als Natascha ausrief: »Oh nein!«

»Oh nein, was?«, fragte er gereizt.

»Ich habe meine Noten vergessen.«

»Wie, das fällt dir jetzt ein? Kannst du nicht bei den anderen reinschauen?«

»Nein, ich hab mir doch Notizen gemacht, wegen Pausen und so ... Es hilft nichts, ich muss noch mal zurück.«

»Soll ich fahren?«, fragte Jost. »Dann gehst du schon mal ins Gemeindehaus zu den anderen und bist nicht so gehetzt.«

»Nein, und wenn du sie zu Hause nicht findest? Steigt ihr aus und sucht euch schon Plätze, ja? Ich fahre schnell noch mal.«

Jost schüttelte den Kopf. »Du wirst Ärger mit Selma kriegen.«

»Ich weiß. Aber die kurze Strecke, das schaffe ich schon. Jetzt raus mit euch, los!«

Sie zerrten die Mädchen von der Rückbank, damit es schneller ging, und während Natascha sich auf den Fahrersitz setzte, blickte sie noch einmal zu Jost hin, der die Kinder über den Parkplatz führte. Auch er schaute noch einmal zurück, wie sie losfuhr, einem langsam auf den Parkplatz einbiegenden Wagen auswich – er schüttelte den Kopf, denn das hatte ziemlich knapp ausgesehen – und dann auf der Hauptstraße davonbrauste.

»Kommt, Kinder«, sagte er. »Die Kirche ist noch fast leer. Suchen wir uns einen guten Platz. Wollt ihr nach vorne?«

»Ich möchte lieber hinten sitzen«, meinte Eva. »Können wir für Oma und Opa etwas freihalten?«

»Natürlich, Schatz.«

Die Kirche füllte sich, während sie auf den Beginn des Konzertes warteten. Er nickte seinen Schwiegereltern zu, die ihn und die Kinder liebenswürdig begrüßten.

Sie sangen. Sie sangen so himmlisch, dass sein Herz schmolz. *Glory*. Er blickte verstohlen zu seiner Schwiegermutter hinüber und sah auch auf ihrem Gesicht ein Leuchten, das ihm Hoffnung gab. Sogar die Mädchen lauschten gebannt.

»Wo ist Mami?«, flüsterte Eva in sein Ohr.

Er konnte Natascha nicht sehen. Der Alt stand immer hinter dem Sopran und seine Frau gehörte nicht zu den größten. Trotzdem versuchte er zu erraten, wo sie stand. Von seinem Platz aus waren einige Sängerinnen nur halb zu sehen, nur ihr Haar oder ein halbes Gesicht, aber welche davon Natascha war, konnte er nur raten. Zwischendurch erfasste ihn eine seltsame Unruhe, er verrenkte den Kopf und versuchte besser zu sehen, durch die Leute hindurch, die vor ihm saßen. Aber immer noch war er sich nicht sicher, wo sie war. Er war so fest davon überzeugt, dass sie in diesem Chor sang, dass er meinte, ihre Stimme herauszuhören, tief und warm und voller Timbre. Keinen einzigen Augenblick kam er auf die Idee, sie könnte nicht dort sein.

Die Musik umfing ihn. Die Freude der Sänger steckte ihn an und es schien das Natürlichste der Welt zu sein, Gott zu loben und ihm die Ehre zu geben. *Glory Halleluja*. Immer wieder: *Glory*. Es gehörte zu diesem Leben dazu und war doch nicht von dieser Welt, als würden gewöhnliche Menschen ein wenig näher an die Engel heranrücken, sobald sie anfingen, nach oben zu schauen und Gott etwas zuzurufen.

In dieser Stunde, während er in der Kirche saß, die sich durch die vielen Zuhörer spürbar erwärmte, wurde auch sein Herz warm und weit und groß und frei. Auf einmal konnte er verstehen, warum Natascha so gerne sang und so sehr an ihrem Chor hing, dass sie jeden anderen Termin dafür verschob. Er konnte verstehen, warum sie danach verändert zurückkam, ruhig und gelassen und leuchtend.

Es war nicht nur die Musik, nicht nur die schönen alten Melodien. Nicht nur die Stimmen, die Inbrunst und die Freude, die aus allem sprach, eine in der Kirche fast ungewöhnliche Leidenschaft, die selbst ihn, den Computermenschen, mitriss. Es war auch nicht der Text, der an ihm vorbeiglitt wie ein Strom, so dass nur einige Brocken an ihm hängenblieben. Sein Englisch war recht gut, aber trotzdem verlor er hin und wieder den Faden. Doch das tat nichts zur Sache. Es war alles zusammen, es war eine Einheit, und durch sein Hiersein, durch sein Zuhören, war er ein Teil davon. Er war ein Teil dieser Lieder, allein dadurch, dass er hier saß und lauschte, ein Teil von Leidenschaft und Hingabe. Und die Worte wurden zu seinen eigenen, gesungen von seinem eigenen Herzen.

Der Mann in der Bankreihe vor ihm senkte plötzlich den Kopf und Jost sah direkt auf die Sänger, auf ihre aufgerissenen Münder, ihre Bewegungen im Takt der Musik. Eine Frau setzte zu einem Solo an und er wünschte sich, es wäre Natascha. Er wünschte sich, sie zu sehen und zu wissen, dass dieser Engel ihm gehörte und er ihn mit nach Hause nehmen konnte.

Wo war sie? Der Besucher vor ihm versperrte ihm wieder die Sicht, und er hatte sie nicht erblicken können. Wieder fühlte Jost, durch den Konzertgenuss hindurch, wie ihn Unruhe ergriff. War es normal, dass er Natascha nicht sehen konnte?

»Bleib hier bei Oma«, flüsterte er in Evas Ohr und erhob sich. Irgendjemand zischelte etwas, während er sich durch die vollbesetzte Bank schob.

Er wollte nur kurz auf den Parkplatz und nachsehen, wo das Auto stand. Wenn es da war, dann musste sie schließlich im Chor sein, auch wenn er sie nicht sehen konnte. Dann war alles in Ordnung.

Draußen schlug ihm eiskalter Wind entgegen. Winzige Schneeflocken wehten im Licht der Laternen vorbei. Weiter hinten auf dem Parkplatz war es stockdunkel, kein leichtes Unterfangen, hier ein silbergraues Auto zu suchen.

Eilig, um nicht zu viel vom Konzert zu verpassen, schritt er die Reihen der Fahrzeuge ab. Als sie gekommen war, konnte der Parkplatz doch noch nicht voll gewesen sein?

Jost spähte die Straße entlang. Auch hier am Graben standen zahlreiche Fahrzeuge. Er seufzte innerlich. Je länger er hier draußen herumsuchte, um so mehr verpasste er vom Konzert. Er stellte sich vor, wie Natascha ihn später kopfschüttelnd zur Rede stellte. Warum bist du mittendrin rausgegangen? Alle haben das gesehen. Was war denn los, hat es dir nicht gefallen? Du hast mein Lieblingslied verpasst, ist dir das klar?

Er konnte sie nicht einmal anrufen, um zu sehen, wo sie steckte. Natascha hatte nie ein Handy dabei. Und selbst wenn, wäre es fatal gewesen, wenn mitten im Konzert etwas läuten würde. Wie unglaublich peinlich!

Er hatte die rechte Straßenseite abgeschritten und sah sich jetzt die Autos auf der linken Seite an. Es war zwar unwahrscheinlich, dass er seinen eigenen Opel nicht erkannt hatte, aber besser war es, er sah noch einmal nach, schließlich war es dunkel.

Auch hier nichts. Wo hatte sie bloß geparkt? In seinem Kopf arbeitete es. Noch weiter draußen, vielleicht hinten bei der neuen Siedlung? Aber sie hatte ihre besten Schuhe an und der Weg dorthin war schlammig. Hinterm Gemeindehaus, fiel ihm plötzlich ein. Da waren auch noch ein paar Parkplätze, eigentlich für die gehbehinderten Gemeindemitglieder reserviert. Er traute es Natascha zu, sich in einer solchen Situation auch mal auf einen Behindertenparkplatz zu stellen, warum auch nicht!

Erleichtert kehrte er rasch zur Kirche zurück und umkreiste sie, um zum Gemeindehaus zu gelangen. Auch hier standen einige Wagen, teilweise sogar zugeparkt. Ihrer war nicht dabei.

In diesem Moment gestand Jost sich erstmals ein, dass er sich Sorgen machte. Wo hatte sie bloß geparkt?

Er stellte sich vor, wie sie lachte. Ich singe hier, was ich seit Monaten geübt habe, und du suchst draußen im Dunkeln nach unserem Auto? Er schämte sich ein bisschen für seine übertriebene Sorge um sie. Aber immerhin war es bereits dunkel und die Straßen waren teilweise auch schon recht glatt. Er fuhr mit der Schuhsohle über das Parkplatzpflaster. Die Luft war kalt und frostig.

Wärme und Licht schlugen ihm entgegen, als er die Tür der Kirche wieder öffnete. Er nickte den wenigen Leuten zu, die keinen Sitzplatz mehr gefunden hatten und hier am Eingang der Musik lauschten. Bei ihnen blieb er stehen; von hier hatte man einen guten Blick auf die Sänger. Jost suchte die Gesichter ab, wieder und wieder. Natascha war nicht dabei. Wie er es auch drehte und wendete, sie war definitiv nicht in diesem Chor. Aus irgendeinem Grund hatte sie das wichtigste Ereignis dieses Jahres verpasst.

Es musste ein sehr wichtiger Grund sein.

Er sah sie vor sich, wie sie sagte: Ich hätte dir ja Bescheid gegeben. Ich hab mir schon gedacht, dass du dir Sorgen machst. Aber als ich zu Hause angekommen bin, konnte ich nicht wieder weg. Das Haus ... die Schweine ... Vielleicht Glückspilz?

Er versuchte sich zur Ruhe zu zwingen. Die Schweine. Mit Sicherheit war irgendetwas mit den Schweinen. Vielleicht musste sie bei einer Geburt helfen? Oder sie musste dieses kleine Ferkel füttern, wiederbeleben oder sonst etwas? Wenn er nach Hause kam, würde sie im Stall stehen, erschöpft, und sagen: Du wirst es kaum glauben, aber ich habe gerade ein Schweineleben gerettet. Das Konzert? Oh nein, habe ich das etwa verpasst? Und er würde sie trösten müssen und ihr versichern, dass es halt Entscheidungen gab, die getroffen werden mussten. So war das, wenn man verantwortlich war. Jeder hatte Verständnis dafür.

Applaus brandete auf, ging auf ihn nieder wie Regen. Ungeduldig wartete er am Ausgang auf seine Schwiegereltern und die Kinder. Eine der Sängerinnen schob sich zu ihm durch.

»Was ist denn mit Natascha los? Ist sie krank?«

Er schüttelte nur den Kopf, er bahnte sich den Weg durch die nach draußen strömende Menge. Wo blieben sie nur so lange?

»Papa!« Eva klammerte sich an ihn, damit sie ihn nicht wieder verlor. »Wo ist denn Mama?«

Er blickte in das gestrenge Gesicht seiner Schwiegermutter, die es nicht fertigbrachte, zu lächeln.

»Lasst uns sofort nach Hause fahren«, sagte er, ohne zu merken, dass er ihr ins Wort fiel. »Natascha ist nicht gekommen. Unser Auto ist nicht da. Ihr müsst uns mitnehmen ...«

»Was?« Greta hatte noch nichts begriffen, noch überhaupt nichts. »Wir können euch nicht mitnehmen. Im Auto sind nur fünf Plätze.«

»Das ist doch egal!«, schrie er und wunderte sich gleichzeitig, dass er schrie. Dann wandte er sich an seinen Schwiegervater. »Gib mir die Schlüssel, bitte. Ich muss nachsehen, ob etwas passiert ist.«

»Aber ...«, begann Greta wieder, aber Hubert nickte und reichte ihm den Autoschlüssel, ohne weitere Fragen zu stellen.

»Kann ich mit, Papa?«, fragte Eva.

»Ja, nimm sie mit, dann passen wir anderen wenigstens ins Auto, wenn du uns holst.« In Gretas Gesicht war zu lesen, wie sehr es ihr gegen den Strich ging, dass Jost mit ihrem Auto fahren wollte, noch dazu ohne sie.

Er bahnte sich wieder den Weg nach draußen. In der Luft lag der Geruch von Schnee, die Konzertbesucher standen dichtgedrängt in Grüppchen zusammen und redeten. Er nahm sie alle nur als Hindernis wahr. Dort war das Auto.

»Papa, jetzt hab ich ja keinen Kindersitz.« Er hatte nicht gemerkt, dass Eva ihm gefolgt war. Jetzt blieb ihm nichts anderes übrig, als sie mitzunehmen.

»Setz dich rein und schnall dich an«, sagte er schroff. Er versuchte, sich zur Ruhe zu zwingen. Bestimmt ist irgendetwas mit den Schweinen. Eine schwierige Geburt oder so etwas. Bestimmt ist sie im Stall und ärgert sich, dass sie das Singen verpasst hat. Bestimmt.

Aber hätte sie dann nicht wenigstens den Dirigenten angerufen oder sonst irgendjemanden aus dem Chor?

Mit quietschenden Reifen fuhr er los. Erst auf der Hauptstraße merkte er, wie glatt es war. In Schneckentempo fuhren die Ersten gerade los. Er hatte nicht die Geduld, hinter ihnen herzuschleichen, und überholte.

»Wow«, sagte Eva von der Rückbank her. »Fährst du hundert?«

Er antwortete nicht, sondern konzentrierte sich auf die Straße.

Die Unfallstelle war schon von weitem zu sehen. Lichter, bunt und pulsierend. Polizei. Krankenwagen.

»Was ist denn los da?«, fragte Eva neugierig. »Ist da was passiert?«

Ein Polizist regelte den Verkehr. »Hier ist kein Durchkommen«, rief er in Josts geöffnetes Fenster. »Es gab einen schweren Unfall. Kehren Sie um.«

»Was für ein Wagen?«, rief Jost. »Herrgott, was für ein Wagen war es?«

Er konnte nichts sehen. Lichter und Dunkelheit. Irgendjemand sagte: »Der Hubschrauber wird jeden Moment hier sein.«

Hinten auf der Rückbank stieß sein Kind einen kleinen, kurzen Laut aus, wie ein ersticktes Lachen.

10

AUF DEM WEISSEN Kissen wirkte Nataschas Haar dunkler als sonst. Es war nicht mehr aschblond, sondern braun. Ein paar vereinzelte silberne Haare ringelten sich darüber wie Lamettafäden.

Ihr Gesicht war weiß. Weiß und kühl und ein wenig bläulich, als wäre es aus Marmor gemeißelt oder aus Schnee geformt. Sie sah aus wie ein Engel, so weit, weit fort. Nicht wie jemand, der sich warm anfühlte und ein warmes, glühendes Herz besaß und einen in seine Arme schloss, liebevoll und froh. Sie sah aus wie eine Schneekönigin, die in einem fernen Land lebt, in einem Palast aus Eis. Sie sah auch ein wenig wie Schneewittchen aus mit dem dunklen Haar und der weißen Haut. Nur ihre Lippen hätten roter sein müssen, rot wie Blut, nicht so bleich und farblos. Wie Schneewittchen lag sie in ihrem weißen Bett und schlief, während die Zwerge um sie her weinten und die Vögel des Waldes sangen. Aber es waren keine Zwerge da. Die Kinder hatten sie kurz sehen dürfen und waren längst wieder fort. Das nervtötende Piepen der Apparate hatte nichts von romantischer Waldatmosphäre. Und trotzdem lag Schneewittchen da und schien auf den Kuss zu warten, der sie erlöste. Nein, überlegte Jost. Dornröschen war wachgeküsst worden. Bei Schneewittchen war es anders gewesen. Der gläserne Sarg war zu Boden gefallen und umgekippt. Auf ganz brutale und alles andere als romantische Art war Schneewittchen ihren vergifteten Apfel losgeworden.

Wenn er Natascha ansah, war ihm auch, als müsste er irgendetwas unternehmen, um sie zu wecken. Sie bei den Schultern fassen und schütteln. Ihr Bett gegen die Wand knallen lassen, damit das Wunder geschah. Irgendetwas musste er doch tun können, um sie von dort, wo sie war, zurückrufen zu können.

»Herr Maler, gehen Sie doch schlafen.« Die Krankenschwester nickte ihm freundlich zu. »Es ist schon wieder so spät geworden, Sie brauchen doch auch Ihren Schlaf. Hier können Sie sowieso nichts tun.« Sie sah ihn an, als wäre auch er ihr Patient. Aber ihre mitfühlende Stimme konnte ihn nicht erreichen.

»Nein.« Er schüttelte den Kopf. »Vielleicht ... vielleicht wacht sie auf. Dann muss ich doch da sein.«

»Dann rufen wir Sie doch sofort. Gehen Sie jetzt.« Es klang wie ein Befehl. Mit sanfter Gewalt nahm sie seinen Arm. »Gehen Sie schlafen.«

Er stand auf. Natascha lag immer noch da, sie schlief schon längst. Wenn es eine Möglichkeit gegeben hätte, ihr in diesen Schlaf zu folgen, hätte er sie ergriffen, sofort. War das nicht ihr Trauspruch aus dem Buch Ruth, den sie sich ausgesucht hatten, um damit auszudrücken, was sie füreinander empfanden und was sie füreinander tun wollten? »Wo du hingehst, da will ich auch hingehen. Wo du bleibst, da bleibe ich auch. Dein Volk ist mein Volk und dein Gott ist mein Gott ...« Er murmelte es vor sich hin, während er sich widerstandslos zur Tür führen ließ. »Wo du hingehst, da gehe ich auch hin. Ich bleibe bei dir. Dein Volk ist mein Volk und dein Gott ist mein Gott ...«

Er wankte durch die verlassenen Flure des Krankenhauses. Die Nacht draußen war sternenklar und kalt und hatte die Autos mit Reif überzogen. Er machte sich nicht die Mühe, die Scheiben frei zu kratzen. Er kroch auf die Rückbank, wickelte sich in eine Decke und wartete darauf, dass der Schlaf kam, eine eisige Gestalt, schön und mitleidslos wie die Schneekönigin in einem Land aus Kristall.

»Es kann Wochen oder Monate dauern. Oder auch nur noch ein paar Stunden. Wir wissen es nicht.«

Der Arzt, auch so eine weiße Gestalt, wirkte fast zu lebendig für einen Schneekönig. Jost starrte ihn an und versuchte zu verstehen.

»Sie liegt doch im Koma«, sagte er. »Richtig? Das heißt doch, sie kann wieder aufwachen. Sie kann wieder gesund werden.«

»Ihre Frau wurde sehr schwer verletzt, wie Sie wissen«, begann der Arzt vorsichtig. »Die inneren Verletzungen, dazu das Schädel-Hirn-Trauma ... Ich kann Ihnen wirklich keine Hoffnung machen.«

Aber er hatte genug Hoffnung für alle. Er hatte das Bild vor Augen, wie Schneewittchen hustend zu sich kam und sich aufsetzte und den Prinzen anstrahlte. Er war der Prinz. Und sie war schon immer sein gewesen. Sie hatte nicht das Recht fortzugehen, ohne ihn mitzunehmen.

»Sollten Sie nicht nach Hause gehen, zu Ihren Kindern?«, fragte der Arzt.

»Meine Schwiegereltern kümmern sich um die Kinder«, sagte er.

»Vielleicht brauchen sie gerade jetzt ihren Vater.«

Das mochte stimmen, aber es zählte im Moment nicht. Die Mädchen waren in ihrer gewohnten Umgebung, bei Oma und Opa. Aber Natascha war hier, allein, in der Fremde. Sie lag da auf ihrem weißen Bett und träumte vom Schnee. Er war der Prinz, der den gläsernen Sarg durch den Wald geleitete, auf den wunderschönen Pferden. Ritt der Prinz einen Schimmel? Er wusste es nicht mehr, wusste nicht einmal, ob das Märchen es für nötig hielt, dieses Detail zu erwähnen. Aber in diesem Traum, der sich so unvermutet über ihn geworfen hatte, in diesem Märchen, in dem jedes noch so unwahrscheinliche Wunder möglich war, ritt er ein Pferd aus Schnee. Die Kälte kroch durch alle seine Glieder, während er darauf saß. Der Winterwald raschelte und knisterte um ihn her.

Was hatte er, Jost, Computerfachmann, Büromensch, Zahlenmagier, mit Märchen zu tun? Und doch befand er sich plötzlich in einer Geschichte, die einfach nicht wahr sein konnte, die irgendjemand erfunden haben musste, eine uralte und schreckliche Geschichte von einer Prinzessin, die in einem Sarg lag und doch nicht wirklich tot war, sondern nur so aussah. Er blickte in Nataschas Gesicht und dachte: Wo bist du? Wovon träumst du?

Er saß an ihrem Bett und blendete die Geräusche der Apparate aus und das Hin und Her der Pfleger und Schwestern und Ärzte. Er sah sie an, durch dieses Dickicht an Lärm und Unruhe hindurch, und fand sie in der Stille, ohne ihr dahin folgen zu können.

Wo du hingehst, da will ich auch hingehen. Dein Volk sei mein Volk ...

Merkwürdigerweise konnte er nicht beten. Er saß an ihrem Bett und rang die Hände und konnte sie nicht falten. Seine Gedanken waren leer. Wenn es möglich war, das Wunder herbeizuzwingen, so konnte er es jedenfalls nicht. Er fand nur einen einzigen Ruf in sich: Oh Gott, oh Gott, oh Gott ... Immer nur dasselbe, ohne andere Worte formulieren zu können, irgendwelche kunstvollen Sätze, mit denen Gott sich hätte bezwingen lassen müssen. Nein, er fand nur das: Oh Gott. Oh Gott. Oh Gott.

Er saß an ihrem Bett und wartete auf das Wunder.

Es musste geschehen, dieses Wunder. Es konnte gar nicht anders sein. Wie in jedem Märchen würde die Prinzessin irgendwann ihre blauen Augen aufschlagen und lächeln. Sie würde sagen: Meine Güte, was habe ich nur geträumt! Er würde weinen, wenn Natascha nach dem Konzert fragen würde. Wieso bin ich im Krankenhaus? Ich habe doch nur meine Noten geholt. Ich schätze, ich bin etwas spät dran?

Nein, mein Schatz, würde er antworten. Immer noch früh genug. Bestimmt nicht zu spät. Mach dir keine Sorgen.

Auch er würde lächeln, mit diesem bleichen Gesicht, in das sich die Falten hineinfraßen. Du siehst nicht gut aus, Jost, würde sie sagen, bist du krank? Und er würde antworten: Jetzt nicht mehr.

Vielleicht war dies die einzige Möglichkeit, ihr zu folgen: Indem er sich ihr gleichmachte. Indem er fror und nicht aß und kaum schlief, indem er ihren Traum mit ihr teilte, diesen Traum vom Schnee.

Vielleicht träumte sie ja auch vom Himmel? Aber daran wollte er nicht denken. Luna hatte ihn das gefragt. Wenn Mama so lange schläft, träumt sie dann vom Himmel? Er wusste nicht, woher sie so etwas hatte. Zu einer anderen Zeit hätte er diese Vorstellung schön gefunden. Wie sie dort lag und schlief, seine Liebste, seine Einzige, und vom Himmel träumte. Aber hier und jetzt war es eine unerträgliche Vorstellung. Natürlich träumte sie. Natürlich schlief sie. Aber er konnte nicht erlauben, dass sie sich so weit von ihm entfernte, dass er sie nicht mehr einholen konnte. Wo du hingehst, da will ich auch hingehen ... Er konnte es nicht zulassen, dass sie so weit weg ging.

Irgendwo war ein Ort der Stille und des Friedens. Er wusste das. Er konnte es nicht fühlen, nur erahnen, dass es irgendwo diesen Ort gab, an dem alles gut war. Es war nicht der Himmel, es war hier, neben ihm, fast greifbar. Ein Ort, zu dem ihn ein einziger Schritt hätte hintragen können, wenn er ihn nur hätte gehen können. Er wusste – und hätte sich doch nicht erklären können, woher – dass dieser Ort ihm ganz nah war, diese große Stille, der einzige Ort, an dem Trost auf ihn wartete. Es würde sich anfühlen wie Tod, aber es war kein Tod. Es würde sein, als würden Hände ihn halten und der Atem eines anderen für ihn atmen; und wie ein Teich, in dem er versank, würden Geborgenheit und Ruhe ihn umgeben.

Es war nah, ein Herzschlag neben seinem Herzen, ein Atemzug neben seinem Ein- und Ausatmen, wie eine Hand, die er nur zu ergreifen brauchte.

Und doch, es war merkwürdig – er konnte nicht. Natascha lag bleich und stumm in ihrem Bett, Schneewittchen, das auf die Erlösung wartete. Und er saß neben ihr und wartete mit ihr auf das Wunder, das geschehen würde, das unweigerlich geschehen musste. Er hatte immer geglaubt, dass Gott ihr Leben in der Hand hielt und ihnen gab, was sie zum Leben brauchten. Gott hatte ihm Natascha gegeben und würde nie so ungerecht sein, sie ihm wieder wegzunehmen. Von ihm kam das Gute, nicht das Böse, und was konnte schlimmer sein, als wenn eine so schöne junge Frau, Mutter dreier Kinder, aus dem Leben gerissen wurde? Jost konnte sich nichts Schlimmeres vorstellen.

Irgendwo war ein Ort der Ruhe. Man konnte dort eintreten, aus all dem, was das Leben einem an Schwierigkeiten und Mühe brachte, und war daheim. Wie ein Bad in Gottes Atem.

Er saß an ihrem Bett und blickte auf sie herab und wollte nicht, dass sie vom Himmel träumte, hätte alles dafür gegeben, wenn er sie auf die Erde hätte zurückzwingen können. War sie da, an ihrem Ort der Stille? War sie da und alles andere, was ihr Leben ausmachte, wurde unwichtig?

Ich komme dorthin, wenn das Beten aufhört, hatte sie gesagt.

Aber ihm, der nicht einmal mit dem Beten beginnen konnte, gelang es nicht, Ruhe zu finden. Oh Gott, oh Gott, oh Gott ... Er warf sein wortkarges Flehen diesem Gott vor die Füße. Er wartete auf das Wunder. Er wartete nur auf das Wunder, das einfach kommen musste, so wie der Winter aufhören *muss* im Frühjahr, so lange er sich auch noch bis in den April hineinschleppen mag. Der Schnee *muss* tauen. Der Frühling *muss* kommen. Und so musste Natascha erwachen, unbedingt, sie hatte keine Wahl. Nicht einmal Gott hatte die Wahl, sie sterben zu lassen oder nicht. Gott konnte sie nicht sterben lassen. Sie musste aus ihrem Koma erwachen und wieder seine, Josts Natascha, sein.

Aber warum war seine Angst dann so groß?

»Gehen Sie schlafen«, sagte jemand zu ihm. Immer wieder. Krankenschwester, Ärztin, wer auch immer, ständig sagten sie es zu ihm. »Gehen Sie nach Hause, zu ihren Kindern.«

Aber er ging nicht nach Hause. Er verbrachte einen Tag nach dem anderen bei ihr. Wenn sie ihn aus dem Krankenzimmer schickten, wanderte er durch die Flure. Er lebte von dem, was es in der Cafeteria gab. Er fuhr nicht nach Hause, er konnte nicht. So wie Natascha aufwachen musste, musste er bei ihr bleiben.

Wie hätte er eine Wahl gehabt?

Wo du hingehst, da will ich auch hingehen. Wo du bleibst, da bleibe ich auch. Dein Volk ist mein Volk und dein Gott ist mein Gott. Wo du stirbst, da sterbe ich auch.

11

ALS SIE IHM sagten, dass sie gegangen sei, glaubte er es nicht. Er glaubte es nicht einmal, als er vor ihrem Bett stand und auf ihr helles Gesicht hinuntersah. Sie sah genauso aus wie gestern und vorgestern, wie an jedem dieser qualvoll langen, dunklen Tage seit dem Unfall. Jede Stunde war für ihn wie eine Woche gewesen und jeder Tag wie ein Monat und alles zusammen stand für ihn jenseits der Zeit, als hätte er in einer Welt gelebt, in der es weder Tag noch Nacht, weder Essen noch Schlafen gab, weder Arbeit noch Kinder noch sonst irgendetwas anderes.

Nur Natascha.

»Ihre Frau ist heute Nacht von uns gegangen.«

Es klang nicht einmal nach Sterben, es klang, als wäre das Wunder letztendlich doch noch geschehen. Wie dieser Mann in der Bibel, den Jesus geheilt hatte: Nimm dein Bett und geh. Er war aufgestanden und losgegangen. So klang es, als hätte Natascha ihre Sachen gepackt und wäre gegangen. Einen langen Moment lang klammerte Jost sich an die Möglichkeit, dass dies ein Missverständnis war oder ein Irrtum der Ärzte, wenn schon kein Wunder. Es lag ein Fehler vor und er musste sich jetzt die Mühe machen, die Sache aufzuklären.

»Natascha? Das kann nicht sein.«

Sie war zu jung zum Sterben. Sie hatte ihn geheiratet und versprochen, bei ihm zu bleiben; sie hatte nicht das Recht, sich so früh davonzumachen. Von uns gegangen. Nicht Natascha. Sie war so verantwortungsbewusst, so vernünftig, niemals würde sie einfach davongehen.

Er sah auf ihr Gesicht hinunter und war jetzt erst recht davon überzeugt, dass es sich um einen Irrtum handeln musste. Sie war nicht tot. Die Apparate waren immer noch eingeschaltet. Ihr Herz schlug immer noch. Niemand war tot, dessen Herz noch schlug. Mit aufflammendem Ärger fragte er sich, warum sie ihn so erschreckt hatten, obwohl doch alles in Ordnung war. Sie schlief immer noch, dort an ihrem Ort der Stille, und immer noch bestand Hoffnung, dass sie von dort zu ihm zurückkehrte.

»Ihre Gehirnfunktionen sind erloschen«, sagte Dr. Pfeiffer. Unverhofft fiel Jost sein Name wieder ein, vielleicht, weil das Pfeifen und Ticken um ihn her das Gegenteil von dem bewies, was er sagte. »Es tut mir leid.«

»Aber ...« Jost verstand es nicht. Sie war nicht tot. In seinem Inneren fühlte er, dass sie nicht tot war. Plötzlich fiel ihm ein, dass nun alle von ihm erwarteten, sie zu beerdigen.

»Wir erhalten die Körperfunktionen nur aus einem ganz bestimmten Grund aufrecht«, sagte Dr. Pfeiffer. »Haben Sie sich jemals zu ihren Lebzeiten über Organspende unterhalten? Können Sie mir sagen, ob Ihre Frau vielleicht einen Organspendeausweis hat?«

Natascha lag da und er konnte nicht glauben, dass sie tot war, und es war ihm unbegreiflich, wie dieser Mann es wagen konnte, in ihrem Beisein über so etwas zu reden.

»Ich tue das wirklich nicht gern«, versicherte der Arzt. »Nicht in dieser Situation, aber die Zeit läuft. Ich würde Sie liebend gern in Ruhe damit lassen, aber ...«

»Natascha hat so einen Ausweis«, sagte Jost. »Sie will immer alle retten.«

Dr. Pfeiffer konnte seine freudige Überraschung kaum verbergen.

»Aber ihre inneren Verletzungen sind doch so schwer«, fiel ihm ein, »sind« sagte er, nicht »waren«. »Ich dachte ...« Es war ein Thema, über das sich fast unmöglich sprechen ließ. Natascha lag da und hörte zu und er konnte nicht glauben, dass sie tot war, obwohl er hier stand und sich mit ihrem Arzt unterhielt. Wie Schneewittchen in ihrem gläsernen Sarg wartete sie auf die Erlösung.

Ein Satz schlich sich in seine Gedanken, den sie ihm unlängst gesagt hatte, vor Ewigkeiten, als seine Welt noch heil gewesen war: Ich bin geborgen im Atem Gottes ... Er versuchte, es zu fühlen, während er dort stand und die Welt sich um ihn zu drehen schien. Geborgen im Zentrum, in Gottes Hand, geborgen im Atem Gottes ...

Dr. Pfeiffer wand sich unter der unerfreulichen Situation.

»Vielleicht sollten Sie sich erst einmal mit dem Gedanken vertraut machen ... Andererseits gibt es einfach keinen guten Zeitpunkt, um diese Frage anzusprechen.« Es klang wie eine Entschuldigung, vielleicht war es sogar eine. »Es tut mir leid.«

Auf einmal hatte Jost nur noch den Wunsch, nach Hause zu fahren. Als könnte er Natascha dort finden, wenn sie hier nicht mehr war. Als könnte er die Tür öffnen, wo ihm seine Kinder um den Hals fallen würden und wo Natascha ihm entgegenkommen würde ... Und wenn nicht, konnte er sich immer noch vorstellen, dass sie gerade im Stall war, dass sie jeden Moment herauskommen würde, vielleicht in Gummistiefeln, und sich eine Haarsträhne aus dem Gesicht blies, weil ihre Hände schmutzig waren ...

Dr. Pfeiffer sagte noch mehr, aber in Gedanken war er bereits zu Hause. Dort würde sie sein. Ihr Lächeln, ihr warmer, vertrauter Geruch ...

Fahren Sie nach Hause. Das sagten sie doch ständig zu ihm. Also würde er es tun und sie würde dort sein. Geborgen im Atem Gottes, in seinen Armen.

Es war merkwürdig, dass in dieser Zeit der Trauer die Frage nach der Organspende im Raum lag, dass sie wie ein steinerner Pfeiler aus der Flut ragte, so dass alle Wellen sich an ihr brachen. Natascha hatte sich bereits entschieden. Und doch, da es, wie sich unvermutet herausgestellt hatte, um ihr Gesicht ging, wollten die Ärzte sein Einverständnis haben. Seine Schwiegermutter funkelte ihn an, wütend, mit bleichem Gesicht, in dem ihre Augen wie glühende Kohlen zu glimmen schienen. Sie verbrannte ihn mit ihren Blicken.

»Wie kannst du uns das antun«, zischte die Frau, die Natascha geboren hatte, vor neunundzwanzig Jahren. Er hatte nie geglaubt, dass Natascha je wie sie werden würde, mit grimmig zusammengezogenem Mund und verkniffenen Augen, verbittert und feindselig. Damals, als er noch davon ausgegangen war, dass sie über sechzig werden könnte, eine schöne alte Dame mit einem großen Herzen.

Er hatte nicht die Zeit, sich alles in Ruhe zu überlegen, das Für und Wider abzuwägen, seine Meinung und die der anderen durchzudiskutieren und sich sachlich zu entscheiden ... Es gab keine sachliche Entscheidung in dieser Frage. Greta, von Entsetzen erfüllt, vermutete, dass die Ärzte nicht genug getan hatten, um das Leben ihrer Tochter zu retten, damit sie an ihre kostbaren Organe kamen. Sie sah eine Schändung der Totenruhe darin, einem leblosen Körper irgendetwas abzuschneiden oder herauszuschneiden.

»Das ist widerlich, unnatürlich und gottlos!«, sagte sie, aber Hubert legte ihr beruhigend die Hand auf den Arm und schüttelte den Kopf. »Lass Jost das entscheiden«, bat er.

»Aber ...«

»Mach, was du für richtig hältst«, sagte Hubert zu Jost. »Wir werden damit einverstanden sein. Natascha können wir ja jetzt nicht mehr fragen.«

Doch Jost, der durch die Wohnung lief und Nataschas Abwesenheit spürte, wo er ihre Gegenwart hatte fühlen wollen, wusste, wie sie darüber gedacht hätte. Wie sie in allen Dingen gehofft hatte, dass etwas Gutes daraus entstand. Er wusste – selbst in dieser Stunde, als seine Trauer ihn lähmte und durchschüttelte und er nichts von Hoffnung hören wollte – dass Natascha immer irgendwo Hoffnung gesehen hatte. Sie hätte jetzt da sein müssen, um ihm zu sagen, was er tun sollte, wie er sich entscheiden sollte. Und hatte sie das, als sie den Spenderausweis ausfüllte, nicht bereits getan? Er wollte ihr ihren letzten Wunsch erfüllen und war sich dessen bewusst, dass dies das Letzte war, was er für sie tun konnte, was er jemals für sie würde tun können.

Er stellte sich vor, wie sie auf dem Operationstisch lag, wie die Chirurgen die Messer zückten ...

Geborgen in Gottes Atem. Er wusste, dass kein Schmerz sie mehr berühren konnte, keine Entweihung ihres Leichnams sie stören würde. Dieses Körpers, der bald unter der Erde lag, wo es kalt und dunkel war. Er musste sie loslassen und dort hinuntergehen lassen. Wo du hingehst, da will ich auch hingehen. Aber er konnte nicht mit, noch lange nicht. Er saß da und wartete darauf, dass sein Herz brach und er ihr folgen konnte. Aber es schlug immer weiter, es hörte nicht auf. Er hatte ihr Nachthemd unter der Decke gefunden, in diesem Bett, in dem er seit mehreren Nächten nicht geschlafen hatte, und hielt es in seinen Händen und roch daran, ob nicht noch etwas von ihr zu riechen war, etwas Wärme, ein Hauch von Pfirsich ...

Dieser dunkle Ort unter der Erde. Und auf einmal schien es ihm wie ein Hoffnungsschimmer, dass ein Teil von ihr weiterleben sollte, dass ihre Schönheit nicht mit ihr ins Grab gehen würde, sondern im Licht bleiben durfte, und dass irgendjemand dieses wunderbare Gesicht in die Sonne halten würde. Als wäre Natascha dadurch nicht ganz verloren, dass ein Teil von ihr verschont blieb.

Und in diesem Moment, als er sich vorstellte, dass ihr Gesicht dieser Welt und dem Licht und der Hoffnung erhalten bleiben konnte, wenn er zustimmte, traf er seine Entscheidung.

In Schwarz sah Melissa noch kleiner aus als sonst. Ihr blondes Haar, schulterlang und glatt, steckte halb in ihrem Kragen, halb hing es darüber. Greta zupfte unablässig an ihr herum. Sie hatte Evas lange Haare geflochten, aber Luna war ihr entwischt. Ihre schwarzen Schuhe sahen braun aus, so schlammig waren sie. Sie wandte ihr Gesicht trotzig ab und ließ die Ermahnungen ihrer Oma über sich ergehen. Seit ihre Mutter verschwunden war – zunächst ins Krankenhaus und jetzt in diesen blumengeschmückten Sarg –, war nicht mehr vernünftig mit ihr zu reden. Alles, was man zu ihr sagte, prallte an ihr ab.

Eva war da ganz anders. Still stand sie am Grab und weinte. Greta fragte sich, ob es richtig gewesen war, sie zur Beerdigung mitzunehmen. Sie war so zart und empfindlich und machte seit neuestem auch wieder ins Bett. Jeden Morgen hatte Greta die Bettwäsche gewechselt und dabei geseufzt.

Sie sah zu Jost hinüber und fühlte, wie ihre Kehle sich zuschnürte. Sie würde ihm nie, nie verzeihen, was er getan hatte. Mit ihrer Tochter, mit ihrem eigen Fleisch und Blut. Sich vorzustellen, wie Natascha da in ihrem Sarg lag ... Es war unvorstellbar.

»Weißt du eigentlich«, hatte Jost zu ihr gesagt, »wie der Rest von ihr aussieht nach diesem Unfall? Da ist sowieso nichts mehr heile an ihr.«

Sie wunderte sich darüber, wie er fähig war, so etwas zu sagen. Wie er ihr in die Augen blicken konnte, nachdem er gegen ihren Willen den Ärzten erlaubt hatte, Natascha zu töten. Sie hatte mit Hubert zusammen Ja gesagt, aber er hätte doch wissen müssen, dass sie das nicht ernst meinte. Denn tief in ihrem Inneren war sie davon überzeugt, dass es immer noch Hoffnung gegeben hätte, dass Natascha irgendwann zu sich gekommen wäre. Solange das Herz schlug, solange das Blut durch den Körper strömte – und wenn es auch Hilfe dazu benötigte, was zählte das, viele alte Leute brauchten auch Hilfe zum Leben –, war ein Mensch lebendig. Jost hätte nie, nie, nie seine Zustimmung geben dürfen, dass Natascha wie eine Tote behandelt wurde, obwohl sie noch lebte.

Da stand er und starrte auf den Sarg und fühlte sich hoffentlich schlecht dabei. Man sah es ihm nicht an. Die ganze Zeit hatte man ihm kaum etwas angesehen, er hatte ja kaum geweint. Leichten Herzens hatte er Gretas einzige Tochter geopfert und nun stand er da, in Schwarz, und spielte den Betroffenen. Diese einzige, über alles geliebte Tochter.

Sie hatte ja von Anfang an gewusst, dass Natascha einen Fehler gemacht hatte, als sie ihn heiratete.

Ihre Hand schnellte nach vorne und packte Luna an der Schulter, damit sie sich nicht zu weit über die Grube beugte.

Arme Waisen. Mutterseelenallein auf der Welt. Und sie fühlte sich zu alt, um sie zu erziehen. Uralt fühlte sie sich, aber sie würde ihre Pflicht tun. Man stahl sich nicht einfach aus der Verantwortung.

Sie warf Jost einen wütenden Blick zu. Aber der hatte natürlich nicht einmal gemerkt, dass seine Tochter fast auf den Sarg gestürzt wäre. Der bekam nichts mit, was in seiner Familie vor sich ging, aber hatte ihn das denn jemals interessiert?

Ihr Blick wanderte weiter, zu ihren beiden Söhnen hin, die sie schon so lange nicht gesehen hatte. Der eine mit Frau, der andere alleine. Sie standen da, die Köpfe gesenkt. Alex‘ Frau Barbara tuschelte mit einer Nachbarin. Bert war älter geworden. Warum war Karin nicht mitgekommen? Auch wenn sie geschieden waren, hatte sie Natascha doch gut gekannt und immerhin jahrelang zu dieser Familie gehört; es wäre anständig von ihr gewesen, der Toten die letzte Ehre zu erweisen. Aber anscheinend war es heutzutage üblich geworden, das eben nicht zu tun.

Alex hatte fast keine Haare mehr, obwohl er noch keine vierzig war. Vielleicht hätte er das Leben doch ruhiger angehen sollen. Auch in der Stadt war das Paradies auf Erden bestimmt nicht zu finden.

Greta blickte auf diese beiden Männer, die ihr so fremd geworden waren, ihre beiden Buben. Die Einsamkeit fiel auf sie herab wie ein dickes, schwarzes Tuch und verschlug ihr den Atem.

Es war alles misslungen. Greta stand am Grab ihrer Tochter und wurde überwältigt von diesem schrecklichen Gefühl. Ihr eigenes Leben war schon fast vorbei, aber alles, wovon sie jemals geträumt, worauf sie jemals gehofft hatte, war misslungen. Ihre Söhne wurden bereits alt und Natascha war tot und sie hatte nichts.

Zitternd lag ihre faltige Hand auf Lunas Schulter.

Jost stellte sich beim Duschen vor, dass er im Regen stand, dass die Tropfen die Friedhofserde von ihm abspülten, die sich durch seine Schuhe und seine Kleidung bis in seine Haut gefressen hatte. Er nahm die hellgelbe Flasche mit Nataschas Duschgel vom Bord und seifte sich mit etwas ein, das nach Frühling und Blüten duftete. Er roch ihren Duft auf seiner Haut. Sie war fast wieder da. Sie war ihm so nah, so nah wie niemand sonst auf dieser Welt. Er versuchte zu vergessen, dass er zugesehen hatte, wie der Sarg in das klamme Erdloch herabgelassen worden war. Dieses Gefühl, sie dort lassen zu müssen, sie im Stich zu lassen, ganz allein unter all den anderen Toten, von denen jeder für sich allein vor sich hinmoderte. Ohne sie nach Hause zu fahren. Ohne sie in dem riesigen Bett zu schlafen.

Sie war nicht dort. Sie war hier bei ihm.

Er hielt sein Gesicht in den Regen. Frühlingsregen.

Irgendwo hielt irgendjemand Nataschas Gesicht in die Sonne. Irgendwo war sie, eine Frau mit Nataschas Gesicht ...

Er versuchte es sich vorzustellen. Eine Fremde mit Nataschas Gesicht. Aber er konnte es nicht. Er sah nur Natascha vor sich. Meine Schöne. Meine Kriegerin. Immer musst du alle retten.

Jost hielt sein Gesicht in den Regen. Irgendwann stellte er das Wasser ab und starrte durch die beschlagene Duschwand in das nebelfeuchte Badezimmer, ohne es zu sehen. Er stand nur da und starrte und merkte nicht, wie er fror.

Seine Bewegungen waren langsam, sehr langsam. Er setzte sich vor den Fernseher und blieb vor der schwarz glänzenden Scheibe sitzen, ohne ihn anzuschalten.

»Papa!« Luna zerrte ihn am Arm. »Papa, komm schnell!«

»Was ist?« Er versuchte, seine Aufmerksamkeit dem Kind zuzuwenden, das aufgeregt neben ihm stand.

»Papa, das Ferkel! Glückspilz! Ich glaube, sie stirbt!«

»Was?«

Er hatte dieses Ferkel völlig vergessen, um das Natascha sich so gekümmert hatte. Wie hätte er an die Schweine denken können oder an sonst irgendetwas anderes?

»Komm mit, Papa«, flehte Luna. »Glückspilz darf nicht sterben.«

In dieser Welt, in der er jetzt lebte, dieser merkwürdig stillen, fremden Welt, einer Welt-nach-der-Beerdigung, in der nichts eine Bedeutung mehr hatte, war das ohne Belang. Aber ebenso einfach war es, nachzugeben. Er zog sich an und folgte seiner Tochter in den Stall, wo ihm der Geruch entgegenschlug, den er normalerweise so verabscheute. Aber heute, in dieser Welt, in der nichts zählte, war dieser Geruch willkommen, gerade weil er so stark war. Eine unmissverständliche Erinnerung an das Leben. An Natascha. Denn dies hier war Nataschas Welt.

»Mama hat es zu dieser Sau gesetzt«, erklärte Luna. »Damit es selber trinkt. Aber ich glaube, es trinkt nicht genug. Schau doch, Papa!«

Er sah das kleine Tier und wusste, dass es vergebens war. Während die anderen frisch und rosig umherstrolchten, hockte es schwach und klein unter der Lampe.

»Mama hat die Lampe angelassen«, sagte Luna. »Und ich glaube, Opa hat vergessen, sie wieder auszuschalten. Aber keiner hat es gefüttert. Und ich kann das doch nicht alleine! Es kriegt nicht genug bei der Sau. Lass es mich füttern, Papa, bitte!« In ihren Augen standen Tränen.

»Deine Mutter ist tot«, sagte er schroff. »Und du weinst hier wegen einem Schwein?«

Sturzbäche quollen aus ihren Augen. Er erwartete, dass sie heulend wegstürzen würde, wie sie es sonst auch tat, aber sie blieb stehen und kämpfte.

»Papa, bitte! Bitte hilf mir, es zu füttern! Ich werde mich auch darum kümmern, ehrlich! Bitte, Papa!«

Kriegerin. Meine Schöne. Luna hielt stand und kämpfte heulend um das mickrige Ferkel.

Welchen Zweck hat es, ein Schwein zu retten, das am Ende doch geschlachtet wird? Das wollte er sagen, aber er sah in ihre Augen und konnte nicht. So hätte Natascha gekämpft, genauso.

»Hast du Opa schon gefragt?«, wollte er wissen.

»Ja. Und Oma auch. Aber sie sagen, es stirbt sowieso. Sie haben einfach keine Lust. Bitte, Papa, bitte!«

In dieser Welt, in der er sich befand, war alles egal und alles möglich. Er konnte das Ferkel hochnehmen, ohne einen inneren Widerstand überwinden zu müssen. In seinem Arm fühlte es sich erstaunlich lebendig an dafür, dass es so klein geblieben war und nicht richtig wuchs.

»Die Milch«, erinnerte Luna ihn. »Du musst sie anrühren.«

»Warum rührst du sie nicht an?«, fragte er.

Luna wusste, wo alles war. Sie las ihm die Anweisungen auf der Packung mit ihrer selbstbewussten Grundschülerinnenstimme vor.

»Wir sollten es wiegen, vorher«, schlug sie vor. »Oder? Papa?«

»Ja«, stimmte er zu. »Wiegen wir es.«

Das kleine Ferkel war leicht. Erstaunlich leicht. Luna schüttelte die Flasche. »Halte es«, wies sie ihn an. »Und ich geb ihm die Flasche. So.«

Er hatte nicht erwartet, dass das kleine Schwein tatsächlich trinken würde. In Josts stiller Welt spielte es keine Rolle, ob man aß oder trank, ob man schlief oder wachte. Es war eine Welt, in der nicht einmal mehr wichtig war, ob man lebte oder starb, und ihm war, als müsse auch das Tier darüber Bescheid wissen. Man konnte das Essen verweigern und einfach sterben. Wo du hingehst, da will ich auch hingehen. Dein Volk sei mein Volk. Vielleicht war den Tieren dieses Wissen eigen: dass es sich nicht lohnte, um jeden Atemzug zu kämpfen. Dass man auch gehen konnte, so wie Natascha. Ihre Frau ist von uns gegangen. Und nun würde er niemanden aufhalten, der denselben Weg nehmen wollte, diesen verheißungsvollen Weg, der ihm selbst versperrt war.

Aber Luna kämpfte um das Schwein und das Schwein kämpfte um sein Leben. Es trank so durstig, als hätte es die ganze Zeit Angst gehabt, verhungern zu müssen. Erstaunt sah Jost zu, überrascht fühlte er, wie es in seinen Händen vor Gier zitterte.

»Jetzt wiegen«, befahl Luna. »Los, Papa, setz es auf die Waage.«

Sie lächelte ihm zu, stolz. Und er ertappte sich dabei, dass er zurücklächelte. Wie können wir lächeln, jetzt, dachte er und fühlte sich unerwartet schuldig. Sie ist kaum unter der Erde und wir lächeln.

»Guten Morgen. Was habt ihr denn da?«

Auch die Städter waren aufgestanden. Robert hob die Brauen, als er sie mit dem Ferkel sah. »Was wird das – Spanferkel?«

»Das ist Mamas Ferkel«, sagte Luna ernst.

»Oh.«

Mehr fällt ihm dazu wohl nicht ein, dachte Jost verächtlich. Aber Robert wusste noch mehr. »Dem wollte mein Vater doch heute die Spritze geben, damit es nicht leidet. Aus dem wird sowieso nichts.«

»Nein!«, rief Luna. »Nein, das erlaube ich nicht! Sie ist meine Freundin!«

»Sie?« Immer diese Frage. »Wieso sie?« Als würde das Ferkel dadurch fast zu einer Person.

»Glückspilz ist ein Mädchen«, erklärte Luna wichtig. »Ich habe ihr versprochen, dass ich mich um sie kümmere.«

»Dann würd' ich aber gut drauf aufpassen«, riet ihr Onkel. »Der Opa meint es ziemlich ernst damit.«

Jost fühlte, wie Luna ihn entsetzt anstarrte. Auf einmal erinnerte er sich daran, dass er für Eva und Melissa Frühstück machen musste. Oder hatten sie wohl schon bei der Oma gegessen? Er hatte keine Ahnung, wo sie waren.

»Keine Angst«, sagte er zu Luna, »wir werden gut auf Glückspilz achten.« Aber er konnte ihre Angst spüren. Wie ein Wachhund witterte sie nach allen Seiten, ob ihr Opa schon unterwegs war, das Tier zu töten.

»Was wollt ihr denn machen?«, fragte Robert und lachte. »Eine Wache vor den Stall stellen?«

Am Ende nahmen sie das Ferkel mit ins Haus und setzten es in eine mit Stroh gepolsterte Kiste.

Greta schüttelte nur den Kopf, als sie davon erfuhr. »Dann müsst ihr es beinah jede Stunde füttern«, sagte sie. »Wollt ihr das wirklich?«

Aber Luna war eine Kriegerin. O du meine Schöne. Und es war Nataschas Schwein, ihr Projekt, ihr zu Rettendes.

Sie gaben dem Schwein seine Milch. Es war wie ein Kind, klein und hungrig. Und während Jost seine eigenen Kinder aus den Augen verlor – wo trieben sie sich herum? – beugte er sich über das kleine Tier und fühlte den Wunsch in sich erwachen, es dem Tod zu entreißen.

Er lebte in dieser Welt, in der nichts zählte, aber das hier begann, Bedeutung zu entwickeln; es fühlte sich an, als würde es diese Bedeutung mit Macht an sich ziehen. Das Ferkel blickte ihn an und bohrte einen Tunnel durch seine Stille und seine Dunkelheit, durch den es ihm direkt in die Augen schauen konnte. Es quiekte dabei. Und er schaute zurück, denn schließlich war es nur ein stinkendes kleines Vieh. Schließlich war es Nataschas Projekt, dieses Schwein zu retten. Und so wurde es zu seinem Projekt, seiner Aufgabe, der einzigen, die ihm noch etwas bedeutete. Wenigstens das konnte er für sie tun, indem er ihr Werk fortsetzte. Nichts Bedeutendes. Immer hatte sie alle retten wollen, aber sie hatte kein Waisenhaus in Indien errichtet und keine Krankenhäuser in Afrika gebaut und keine Stiftung gegründet, um Aids-Waisen ein paar gute Jahre zu ermöglichen. Sie hatte nur ihre Arbeit getan. Sie hatte nur diesem Schwein die Flasche gegeben und dabei Luna getröstet.

Und vielleicht war es manchmal auch einfacher, ein Schwein zu lieben, das sowieso zum Sterben verdammt war, als die eigenen Kinder, deren Verlust einem das Herz zerreißen würde.

Glückspilz tobte durch die Wohnung. Jost hatte die Miniatursau für arm und schwach gehalten und daran geglaubt, dass sie brav in der Kiste sitzen würde. Aber das Ferkel dachte nicht daran. Mit einer beachtlichen Geschwindigkeit raste es von einem Zimmer ins nächste und wieder zurück. Aber wenn es die Flasche sah, kam es sofort zu ihm.

Jost aß recht gerne Schweinefleisch, obwohl er einen Onkel hatte – keinen richtigen Onkel, sondern den Vetter zweiten Grades seiner Mutter –, der Siebenten-Tags-Adventist war und mit Juden und Moslems einer Meinung war: Schweine gehören nicht gegessen. Während Jost Glückspilz fütterte, überlegte er, ob er vielleicht auch Adventist werden sollte. Kühe gaben wenigstens noch Milch. Hühner legten Eier. Aber ein Leben, das nur auf den Tod hinauslief, erschien ihm auf einmal unerträglich tragisch. Er hielt das Ferkel im Arm und die Tränen liefen ihm über die Wangen. Er wusste nicht einmal, dass er um Natascha weinte. Er merkte nur, dass die Lähmung, die ihn seit ihrem Unfall befallen hatte, allmählich von ihm wich. Seine Tränen tropften auf das rosige Schwein und liefen über das kurze Fell.

»Ach, Glückspilz.«

Was konnte verrückter sein als dies? Hubert hatte nur den Kopf geschüttelt. »Du bist doch verrückt. Ihr seid alle verrückt. Kein Mensch nimmt ein Schwein mit ins Haus.«

Hier saß er und hielt ein Schwein auf dem Schoß. Und das erste Mal seit Tagen formte sich ein Gebet in seinen Gedanken, ein Gebet, das schon unzählige Menschen vor ihm gebetet hatten, hilflos, wütend, verletzt, traurig, ratlos – »Warum, Gott? Sag mir doch, warum. Warum ausgerechnet Natascha.«

Er schloss die Augen und fühlte nur noch das kleine Tier, das auf seinem Schoß unruhig wurde, nur noch diese Verbindung zur lebendigen Welt.

Irgendwo, das wusste er, war ein Ort der Stille. Irgendwo war Gott und mit ihm die Antwort, irgendwo gab es Stille und Trost und die Gewissheit, dass alles gut war. Ich tauche ein in den Atem Gottes ... Aber noch blieb ihm dieser Ort verschlossen. Er wusste von ihm, aber die Stille, in der er sich befand, war eine andere, eine Stille nicht der Gegenwart Gottes, sondern der völligen Einsamkeit. Kein Mensch konnte ihm dorthin folgen, und falls Gott irgendwo in der Nähe war, konnte er ihn jedenfalls nicht fühlen. Hier, wo er war, gab es keinen Trost. Und doch war es wie das Öffnen eines Fensters, als er es aussprach: »Warum, Gott?«

Er hielt das Schwein im Arm. Es war wie eine Brücke nach draußen, ein Blindenhund, der ihn durch die Dunkelheit führte. Klein und unbeholfen, ungeschickt und tollpatschig, aber mit der Treue und Anhänglichkeit eines echten Blindenhundes leitete es ihn Stück für Stück näher an die Wohnungen der Menschen.

12

ES WAR KÖSTLICH, alles zum ersten Mal zu tun. Caro fühlte sich wie ein Kind, das sein Leben gerade erst beginnt. Alle diese ersten Male: mit dem neuen Gesicht aufstehen. Mit dem neuen Gesicht umhergehen. Mit dem neuen Gesicht essen. Mit dem neuen Gesicht ein Gesicht haben.

Sie hätte gelacht, wenn sie gekonnt hätte. Ihre Mundwinkel hingen schlaff herab und lächelten nicht mit. Ihr Kopf war immer noch schwer, als hätten sie ihr ein Gewicht unter die Augen gehängt. Ihr Gesicht fühlte sich schwer an. Und trotzdem sollte sie damit trainieren, lernen, es zu bewegen, es zu ihrem eigenen machen.

Ein fröhlicher Physiotherapeut namens Thorsten versuchte ihr dabei zu helfen. Seine munteren Sprüche waren so simpel wie voller Wahrheit. Am Anfang war er ihr nur auf die Nerven gegangen, mittlerweile freute sie sich über die Abwechslung, die er in ihren tristen Alltag brachte. Trist? Nein, das Leben im Krankenhaus war mehr als nur routiniert und gleichmäßig, mehr als das Trappeln der Krankenschwesterschlappen, als das Rollen von Betten, das Piepen von Instrumenten, mehr als die besorgten Blicke weißhaariger älterer Professoren und rundgesichtiger Ärztinnen hinter goldumfassten Brillengläsern.

Es war ihr Leben.

In einer Zeit, die so weit zurücklag, dass sie wie ein Traum schien, hatte sie ein anderes Leben gehabt. Aber diese Gegenwart nahm zur Zeit ihre ganze Aufmerksamkeit, ihre ganze Kraft in Anspruch. Dies hier.

»Gut«, sagte Thorsten zufrieden, obwohl sie selbst keinen Unterschied feststellen konnte. »Bald schneiden Sie allen hier Grimassen.« Der einzige Thorsten, den sie vorher gekannt hatte, war in ihre Klasse gegangen und hatte sie immer geärgert. Sie beschloss, ihre vorgefasste Meinung über Leute namens Thorsten zu ändern.

Dr. Gunther hatte sie darauf vorbereitet, dass sie ihren Mund nicht richtig schließen konnte. Dass sie beim Kauen Schmerzen haben würde. Er hatte nicht untertrieben, und doch war es ein

Fest. Schwester Yvonne half ihr dabei. Yvonne hieß ihre Lieblingsfriseurin daheim; es war ein Name für Haarstylistinnen, nicht für Krankenschwestern, aber diese Yvonne erledigte ihren Job trotzdem tadellos und ermunterte Caro mit witzigen Sprüchen.

Essen.

In ihrem ganzen Leben hatte sie nichts Vergleichbares erlebt.

Es war ein Wunder.

Eine Psychologin mit glänzenden schwarzen Haaren, die Caro stets an Kleopatra erinnerte, versuchte ihr dabei zu helfen, dieses Wunder zu akzeptieren.

Die Ärzte hatten Caro erzählt, was alles nötig war, um einen passenden Spender für sie zu finden. Es ging gar nicht allein um die Blutgruppe, wie sie bisher immer gedacht hatte, sondern um weitaus mehr. Alle Gewebemerkmale mussten übereinstimmen, aber anders als bei einer der üblichen Organverpflanzungen wie Nieren oder Herz musste das Gesicht noch viel mehr bieten. Es musste einer Frau gehören, deren Gesicht größtmögliche Ähnlichkeit mit ihrem hatte – Hautfarbe und Größe mussten übereinstimmen, auch das Alter musste natürlich passen. Mit zusätzlichen Silikoneinlagen war es dann möglich, ihr Gesicht so zu rekonstruieren, dass sie wieder so ähnlich wie vorher aussah.

Vielleicht gab es im ganzen Land viele Frauen, die sich geeignet hätten, aber zu guter Letzt musste diese Frau, deren Gesicht für Caro taugte, auch sterben, und sie musste auf eine bestimmte Weise sterben, damit eine Übertragung vorgenommen werden konnte. Natürlich durfte sie keinen Unfall haben, bei dem sie Gesichtsverletzungen davontrug, aber sie durfte auch an keiner Krankheit dahinsiechen. Und schließlich und endlich musste sie auch noch eine positive Einstellung zum Organspenden gehabt haben, und wer hatte die schon? Wer machte sich denn überhaupt Gedanken über so etwas? Von meiner Generation, dachte Caro, wohl niemand, denn vorher, in ihrem normalen Leben, hatte auch sie nicht einen einzigen Gedanken daran verschwendet, dass ihr irgendetwas zustoßen könnte, bevor sie siebzig war.

Es war ein Wunder. Ein Wunder, als man ihr sagte: »Wir haben das Gesicht.« Dr. Gunther strahlte wie der Weihnachtsmann. Und Caro lächelte hinter ihrer Wunde.

Nach einer langen Operation, in der das fremde Muskelgewebe sowie Nerven und Gefäße mit ihren eigenen verbunden wurden, war es nun ihres.

Während der Operation war Nils unruhig wie ein Tiger. Er wartete nicht im Krankenhaus; man hatte ihm gesagt, dass es sehr lange dauern würde. Noch immer hatte er sich nicht so recht an Krankenhäuser gewöhnt; einen ganzen Tag zu warten, ohne dass seine Anwesenheit irgendjemandem nützte, war nicht sein Ding. Aber er war unruhig. Er konnte nicht stillsitzen, nicht arbeiten, er lief umher und wusste nicht, was er tun sollte. Harald schlug vor, draußen herumzulaufen, und so taten sie das, der Hund vorne und der Mann hinterher. Manchmal blieb auch der Hund stehen, um zu schnüffeln, und der Mann eilte voraus. Es war draußen kalt und feucht; in der Luft lag noch nicht einmal die entfernteste Ahnung von Frühling. Und doch fühlte es sich an wie März oder April, wie dieser Moment, an dem einem bewusst wird, dass etwas Neues anbricht, etwas Unvergleichliches. Es war ein Tag, an dem es alle nach draußen hätte ziehen müssen, in die Cafés und in die Parks und überallhin, wo einen die Strahlen der Sonne erreichten. Kalt war es und nass und doch fühlte sich jede einzelne Minute dieses langen Tages nach Aufbruch an und dem Aufbrechen von Knospen aus der Erde, nach Beginn und Leben und Hoffnung.

Er versuchte, nicht an Schmerzen zu denken und an Blut. Er versuchte alles, um sich nicht vorstellen zu müssen, wie es geschah, und natürlich musste er doch daran denken. Wie sie einer Toten das Gesicht abnahmen und es auf Caros Kopf legten. Diese Bilder waren da, aber seine Vorstellungskraft reichte ohnehin nicht weit, wenn es um Ärzte und Operationen und Krankenhäuser ging. Er machte nicht den Fehler, sich seiner medizinbegeisterten Familie auszusetzen; seit Caros Unfall, wie er es nannte, machte er sich dort so rar wie möglich. Vor zwei Wochen hatten sie alle gemeinsam den Geburtstag seines Vaters gefeiert und seine Geschwister hatten ihn mit ihrer Vorliebe für Details auszufragen begonnen. Was genau ...? Und wo genau ...? Und er war geflohen, um nicht mehr wiederzukommen. Er konnte sich nicht einmal vorstellen, mit Caro, wenn sie alles überstanden hatte, zu seiner Familie zu gehen und mit ihr auf dem abgenutzten Sofa zu sitzen. Er konnte die Blicke förmlich sehen, jetzt schon, wie sie auf ihrem Gesicht haften würden. Und dann die fachmännischen Fragen. Wie genau ...? Sie würden sie betrachten wie etwas, das entweder gelungen war oder verbesserungsbedürftig.

Seine eigene Angst davor, dass die Operation misslingen könnte, kam wieder in ihm hoch. Wenn sie es verkorksten ... Wenn das Gesicht doch nicht das passende war ... oder wenn Caros Körper es abstieß ... Wenn es nicht heilte, nicht zusammenwuchs ... Wenn ...

»Ach, Harald«, murmelte Nils. Der kleine Hund, gänzlich unberührt von sämtlichen Sorgen, bellte. Ihm war kalt, er hatte genug vom Spazierengehen, so selten das auch vorkam. Ein Nils, der stundenlang vor sich hinmurmelnd die Straße entlangstürzte, kam ihm befremdlich vor.

In dieser Nacht konnte Nils lange nicht einschlafen. Er versuchte an Caro zu denken, aber er wusste nicht mehr, wie er sie sich denken sollte. Die alte Caro? Er betrachtete ihr Foto und versuchte, sich an diese Frau zu erinnern, die so unverhofft aus seinem Leben verschwunden war, wie sie hineingetreten war. Sich daran zu erinnern, dass sie dieselbe war wie die Patientin in dem weißen Bett, die er hin und wieder unter Qualen besuchte, war manchmal kaum möglich.

Aber jetzt wird alles wieder gut, sagte er zu dem Foto. Jetzt bekomme ich sie zurück. Jetzt wird alles wieder gut ...

Es war schwer. Das war ihr erster Eindruck: die Schwere dieses neuen Gesichts.

Der schräge Blick nach unten verriet den einst vertrauten, schon fast vergessenen und deshalb zunächst erst einmal ungewohnten Anblick einer Nase.

Zeit. Zeit des Wartens, des Bangens, der Schmerzen. Manchmal wünschte sie sich, zu verschwinden und einfach fort zu sein, nicht mehr in dieser Gestalt, die das alles aushalten musste. Hätte sie sich nicht einfach mit einer Maske anfreunden können, statt all das hier durchzumachen?

Ihr Foto auf dem Tischchen. Es war wie ein Gruß aus einer vergangenen Epoche. Wie eine Postkarte, die ihr jemand, den sie nur flüchtig kannte, aus einem fernen Land geschrieben hatte. So sah sie ihr altes Gesicht: wie einen Gruß aus einem fernen, fernen Land, während auf ihr etwas lag, eine neue Verpflichtung, die zur Heilung. Schmerzhaft. Sie begann, dieses Wort neu zu entdecken – Schmerz und Haft, sie, die Gefangene der Schmerzen. Und manchmal konnte sie sich nicht vorstellen, dass es jemals wieder gut werden würde.

Aber Dr. Gunther nickte. »Sieht gut aus.«

Zu einer Zeit, als es sich noch lange nicht gut anfühlte.

Ihre Eltern kamen und machten ihr Mut. Sie hatten ihre Augen längst an alles gewöhnt, nichts konnte sie mehr schockieren.

»Wie geht es Oma Milli?«, schrieb Caro auf einen Zettel. Immer noch konnte sie nicht sprechen. Aber sie wünschte sich, dass die Unterhaltung sich nicht um sie drehte, sondern sich zu anderen Themen hinbewegte, zum Wetter oder zu Leuten, die sie kannte, notfalls auch zu Leuten, die sie weder kannte noch jemals kennenlernen würde. Hauptsache, ihre Mutter fragte nicht zum vierten Mal, wie es ihr ging.

»Oma Milli?« Ihre Mutter lächelte freundlich. »Besser. Mit der Lunge geht es besser, obwohl sie das wahrscheinlich abstreiten würde, denn das Atmen fällt ihr nach wie vor schwer. Aber sie ist ansonsten recht gut bei Kräften und isst auch wieder. Aber für Tante Anna ist es auf Dauer doch eine zu schwere Belastung. Wir haben Oma Milli angeboten, zu uns zu kommen, aber sie will nicht. Sie will niemandem eine Last sein, du kennst sie ja. Mal sehen, wie lange es gutgeht mit den beiden alten Frauen.«

Caro hatte Tante Anna, Oma Millis zehn Jahre jüngere Schwester, nie kennengelernt, sie wusste nur, dass diese in einem kleinen Häuschen am Stadtrand lebte, schon fast in der Wildnis.

Da war noch etwas, Caro spürte es.

»Nun ja«, sagte ihre Mutter schließlich, »Tante Anna sieht immer schlechter. Körperlich ist sie noch recht fit, aber ich frage mich wirklich, wie lange das überhaupt noch geht, dass Oma Milli dort wohnt.«

Mit Oma Milli hatte alles angefangen. Wie seltsam, dachte Caro, dass wir nun beide fast auf dem gleichen Stand sind – unserer Sinne beraubt, abhängig, das Atmen fällt schwer ... Merkwürdigerweise gab es ihr Hoffnung, dass die alte Dame so zäh war. Du, ihre Enkelin, wirst doch nicht kapitulieren, bevor es an der Zeit ist?

»Sie lässt dich herzlich grüßen«, sagte ihre Mutter. »Und sie würde dich natürlich besuchen, wenn sie könnte.«

Ja. Ich würde sie auch besuchen, wenn ich könnte. Caro lächelte innerlich. Ich würde zu ihr kommen und ihre Hand halten und wissen, wie es ist, einen Schritt vor dem Dunkel zu stehen.

Manchmal – nein, ständig – fragte sie sich, wer die Spenderin war, die für diesen Versuch, ihr ein neues Gesicht zu geben, gestorben war. Für die Chance, wieder Haut zu spüren und Lippen und Nase, echt und lebendig und irgendwann mit ihren Muskeln und Nerven so verwoben, dass es sich anfühlen würde wie eigene Haut. Noch war alles Wunde, aber schon jetzt fragte sie sich, wessen Haut sie da trug, wessen Wunde sich mit ihrem wunden Gesicht verbunden hatte. Sie erinnerte sich an die alten Indianerfilme aus ihrer Kindheit: Winnetou und Old Shatterhand, die ihre blutenden Hände aufeinander pressten und dadurch zu Blutsbrüdern wurden. Aber ihre Blutsschwester war tot.

Manchmal schien das so unfair. Diese Person, mit der sie so etwas Intimes wie ein Gesicht teilte, hätte da sein müssen. Sie hätten sich darüber unterhalten können. Na, wie lebt es sich mit meinem Gesicht? Danke, gut, es sitzt noch nicht so richtig, aber ich bin voller Zuversicht.

Ihr Körper, geschwächt von den Operationen und Medikamenten, war sich noch nicht schlüssig, was er mit dieser fremden Haut tun sollte. Er war wie ein fremdes Wesen, das darüber entschied, ob Caro das neue Organ behalten durfte oder nicht, ein strenger, misstrauischer Wächter, der von ihren Hoffnungen und Ängsten nichts wusste oder sich nicht darum kümmerte. Ihr eigener Körper schien ihr in dieser Zeit, in der sie nichts so sehr fürchtete wie eine Abstoßung, fremder als dieses Gesicht einer Fremden, das schwer und geschwollen auf ihr lag.

Gib mir diese Chance, bitte, lass es mir ... Sie flehte ihn an wie einen Fremden, der über ihr Schicksal entschied. Immer hatte sie sich und ihren Körper für eine Einheit gehalten und der Gedanke, etwas von ihm zu verlieren, war genauso entsetzlich wie die Vorstellung, etwas Fremdes könnte dazukommen. Doch nun war er wie ein Erwachsener, der eigenmächtig darüber entschied, was sie tun durfte und welche Geschenke sie behalten durfte. Er kam ihr vor wie eine autoritäre Mutter, die ihr verbot, etwas von einem Fremden auf der Straße anzunehmen. Aber sie hatte es angenommen, dieses Gesicht einer Toten, und nun wollte sie nichts so sehr, als diese Gabe behalten zu dürfen.

Und da ihr eigener Körper ihr so fremd und unerbittlich schien, wandte sie ihre Bitten nach weiter oben, an eine Instanz, von der sie hoffte, dass sie gnädiger war als der Mensch, der sie war und in dem sie gleichzeitig steckte. Nachdem das Wunder passiert war, dass die Ärzte ein passendes Gesicht für sie aufgetrieben hatten, betete sie um das Wunder, dass dieses Gesicht wirklich zu dem ihren wurde. Sie betete darum, dass ihr Körper dieses Fremde akzeptierte und nicht bekämpfte, und dass sie auf eine Weise eins wurden, die in Vergessenheit geraten ließ, dass es je anders gewesen war.

Noch ein langer Weg, sagten die Ärzte.

Irgendwann sah sie sich im Spiegel und erschrak über das, was wie eine Maske an ihr hing. Sie erschrak, und zugleich war da ein Jubel in ihr, eine solche Freude, dass sie es selbst kaum fassen konnte.

Ein Gesicht. Und es heilte und es war immer noch da, ihres.

Es sieht vielleicht nicht schön aus, aber es ist ein Gesicht! Ein Gesicht!

Ihre Zimmergenossin war ein Mädchen Anfang zwanzig namens Sophie. Man hatte ihr einen Tumor mitten aus dem Gesicht entfernt und nun lag sie hier und wartete darauf, dass das schreckliche Loch, das in ihrem Gesicht entstanden war, geschlossen wurde. Lange Zeit lag sie nur da und starrte vor sich hin, aber irgendwann begann sie aufzutauen und zu sprechen und Caro, die nur nicken konnte, genoss es, dass jemand so vorbehaltlos auf sie einredete, ohne sich zu scheuen, sie anzusehen.

»Willst du nicht mal raus hier?«, fragte Sophie. Ihr Freund besuchte sie nicht und hin und wieder schimpfte sie wütend über ihn. »Wir könnten spazieren gehen. Ein bisschen in die Stadt oder in den Park.«

Caro hob hilflos die Hände, was bedeuten konnte: So?

Monster.

»Verschleiert«, schlug Sophie vor, als hätte sie schon lange über nichts anderes nachgedacht. »Du weißt schon. So wie strenggläubige Musliminnen. Na? Wie heißt das noch mal – Tschador?«

Caro nickte. Aufregung erfasste sie, es fühlte sich an wie ein verbotener Streich. Woher sollten sie so ein Gewand bekommen? Sophie lachte nur. »Bei Ebay kriegst du alles.« Sie führte ein paar Telefonate mit einer Freundin, die, soviel Caro mitbekam, den ganzen Tag nichts anderes tat, als Sachen zu bestellen. Nach wenigen Tagen wurde ein Paket gebracht.

»Das«, sagte Sophie zu Caro, »ist ein bodenlanger, schwarzer Tschador mit Ärmeln. Mit Stirnband, der am Hinterkopf gebunden wird. Stand so in der Beschreibung. Man sieht nur die Augen, alles andere ist hübsch versteckt. – Und wie ziehe ich das jetzt an?«

Sie zogen sich die dunklen Gewänder über, was nicht ganz einfach war, wenn man normalerweise Jeans trug. Es war wie Karneval und Geburtstagsfest in einem, als sie sich gegenüberstanden und lachten. Sophie lachte laut, Caro hustete, aber immerhin.

Sie schlichen über die Krankenhausflure. Caro war sich nicht sicher, ob sie sich nicht irgendwo hätten abmelden müssen, aber Sophie hatte nicht vor, irgendjemanden um Erlaubnis zu fragen.

»Ich frage nie um Erlaubnis, wenn ich etwas tue«, sagte sie. »Das wäre ja noch schöner. Und wie ist es bei dir?«

Die alte Caro hatte immer versucht, es allen recht zu machen. Die neue Caro hatte nichts zu verlieren. Sie musste weder zur

Arbeit gehen noch ihre Wohnung putzen oder das Auto tanken; hier war nichts, um das sie sich kümmern musste. Es tat unendlich gut, schwarz gewandet durch die Tür nach draußen zu treten. Durch das Tuch, das sie umwallte, wirkte alles irgendwie fremd und unerreichbar. Aber dennoch fühlte Caro sich zum ersten Mal seit langem wieder als Mensch, nicht nur als Patientin. Jetzt erst merkte sie, dass sie dort drinnen in der Klinik fast wieder zum Kind geworden war, über das andere entschieden, über das man redete, für das gewischt und gekocht wurde und dessen Schicksal andere in ihrer Hand hielten. Sogar für ihr Herz und ihre Seele waren die Psychologen verantwortlich, nicht sie selber. (Und konnte man wirklich einer Psychologin vertrauen, die sich anscheinend für die Wiedergeburt einer ägyptischen Königin hielt?)

Sie kicherten, während sie das Krankenhausgelände verließen und sich auf den Weg in Richtung Innenstadt machten.

»Vielleicht sollten wir lieber den Bus nehmen«, schlug Sophie vor. »Ich fühle mich etwas schlapp.«

Caro widersprach ihr nicht. Sie folgte ihr stumm überallhin, dieser schwarz eingehüllten Gestalt, die nicht zu übersehen war. Über die Blicke der Menschen hätte sie lachen können. Befremdete Blicke, aber keine entsetzten. Wenn sie gewusst hätten, was sich unter dem schwarzen Stoff verbarg! Keiner sah so genau hin, dass ihm ihre grauen Augen auffielen.

Im Bus schwieg Sophie, aber sobald sie wieder draußen waren, wurde sie wieder munter.

»Wie habe ich das vermisst! Einkaufen gehen. Essen gehen. Die Leute sehen.«

Der Duft einer Hähnchenbraterei ließ Caro fast vergessen, dass sie Vegetarierin war, aber sie kapitulierte vor der Unmöglichkeit, sich den Freuden knusprigen Fleisches hinzugeben.

Sophie schien zu merken, dass sie traurig war. »Was ist?«, fragte sie. »Bist du müde? Willst du zurück?«

Caro schüttelte den Kopf.

»Wir könnten auch ins Kino gehen.«

Zwei als schwarze Pinguine verkleidete Mädchen, die ins Kino gingen!

»Das ist meine Cousine«, erklärte Sophie, als sie die Karten bezahlte. »Sie spricht leider kein Wort Deutsch.«

Der junge Mann am Schalter fragte nicht, warum sie sich dann überhaupt den Film ansehen wollten. Er lächelte ihnen nur zu, aber dieses Lächeln sprach Bände. Was sind das denn für welche! Caro hätte gerne sein Gesicht gesehen, wenn sie ihm gezeigt hätte, was sich wirklich hinter dem schwarzen Stoff verbarg.

Im Kinosaal war es dunkel, so dunkel, dass Caro es wagte, ihren Schleier zu lösen, um besser atmen zu können. Aber sie hoffte, dass das wechselhafte Licht von der Leinwand ihre Entstellung nicht sichtbar machte. Was wäre das gewesen – wenn einer der Zuschauer, vielleicht einer der Dreizehnjährigen in der Reihe vor ihr, sich umdrehte und ihre Fratze sah und kreischend über die Bänke sprang? Innerlich lächelte sie bei der Vorstellung, was dann am nächsten Tag in der Zeitung stehen würde: Monster im Kino! Als fromme Moslems verkleidet gelangten zwei fürchterliche Ungeheuer in die Vorstellung! Panik in Kinosaal 2!

Lange bevor das Licht wieder anging, hob sie vorsichtig den Schleier wieder bis knapp unter ihre Augen.

Aber innerlich kicherte sie, als sie sich auf den Weg zurück zur Klinik machten. Es fühlte sich an, als wären sie aus dem Gefängnis ausgebrochen, zwei Strafgefangene, die reumütig zurückkehrten.

»Das sollten wir öfter machen«, fand Sophie.

Caro fühlte sich so aufgedreht, dass sie auch bereit gewesen wäre, eine Bank auszurauben. Das hier ist meine Cousine, sie spricht kein Wort, aber Sie sollten mal ihr Gesicht sehen ...

Es machte ihr nichts aus, die Strafpredigt über sich ergehen zu lassen. Sie fühlte sich nicht schuldig, sie ärgerte sich nur darüber, dass man sie behandelte wie ein Kind. Wenn sie hätte sprechen können, hätte sie sich gewehrt, so aber ließ sie einfach alles an sich abprallen. Auch Sophie machte sich nicht die Mühe, auf die Vorhaltungen zu antworten. Sie hob die Brauen und sah Caro an, lächelnd. Sie schauten sich beide an und fühlten sich wie zwei Verschwörerinnen. Auf einmal waren sie Freundinnen.

13

NILS LÄCHELTE. »HALLO, da bin ich wieder.« Maren lächelte. »Harald war ganz brav. Wie immer.«

Sie hatte Kaffee gemacht. Irgendwann hatte sich das zwischen ihnen eingespielt. Wenn er den Hund abends abholte, wartete eine Tasse Kaffee auf ihn. Irgendwann kamen ein paar belegte Brötchen dazu oder Kuchen. Maren war den ganzen Tag zu Hause, wenn sie nicht gerade mit den Hunden rausging. Ihr Leben, so war es Nils am Anfang vorgekommen, bestand aus Warten, aus nichts als Warten. Während sie auf ihren Ehemann wartete, der tage- und manchmal sogar wochenlang auf Geschäftsreisen unterwegs war, kümmerte Maren sich um die Wohnung und die Hunde. Bei einem ihrer immer länger dauernden Abholrituale erzählte sie ihm, dass sie gerne tagsüber gearbeitet hätte, aber einfach nichts fand. Sie hatte keine Ausbildung vorzuweisen, trotzdem schien sie weitaus mehr in dieser Realität verwurzelt als Caro, die von der Bühne geträumt hatte. Maren träumte nicht. Sie putzte ihre Wohnung, schrieb unermüdlich Bewerbungen und wartete auf ihren Ehemann. Harald war sehr glücklich bei ihr.

Nils kraulte seine Ohren. »Danke für den Kaffee.«

»Wie sieht es mit deiner Freundin aus?«

Er zuckte die Achseln. »Ja, geht so, wie immer.«

Er war noch nicht so weit, ihr von seiner Beziehung zu Caro zu erzählen, obwohl er mittlerweile so gut wie alles von Marens Ehe wusste.

Freundin. Das klang nach einer Frau, mit der er ausging. Ein hübsches Mädchen, das immerzu shoppen wollte oder ins Kino und das italienisches Essen liebte und romantische Spaziergänge. Das bedeutete »Freundin«, aber wenn es danach ging, war Caro schon längst nicht mehr seine Freundin. Caro lebte in einer Klinik, immer noch. Und je länger die Geschichte dauerte, um so ferner schien sie ihm. Er wartete und wartete, aber allmählich schien es ihm, dass er ganz umsonst wartete. Gut, er besuchte sie selten. Aber sie schien sich auch nicht besonders zu freuen, wenn sie ihn sah, obwohl sie doch wusste, welche Überwindung es jedes Mal für ihn bedeutete, ein Krankenhaus zu betreten. Die Klinik war ja auch nicht gerade nebenan; er musste zwei Stunden fahren, wenn er sie besuchen wollte.

»Komm, Harald.«

Aber sobald er mit dem Hund wieder in seiner Wohnung war, erfasste ihn die Sehnsucht nach Haralds Besitzerin. Er sah auf ihr Foto und wünschte sie sich zurück. Merkwürdigerweise dachte er dabei nicht an die Frau in der Klinik. Er dachte an jenes rothaarige Mädchen, das sich nicht entscheiden konnte, ob die größere Erfüllung darin lag, Schauspielerin zu sein oder als Sängerin auf der Bühne zu stehen. An dieses Mädchen, das hierhin und dorthin eilte, damit ihm bloß nichts entging. An dieses Mädchen, das mit zweiunddreißig längst hätte erwachsen sein sollen, eine Frau, die wusste, was sie wollte, statt immer noch zu träumen und alles auszuprobieren. Dieses wunderschöne Mädchen mit dem makellosen Gesicht, dessen Lächeln ihn jedes Mal verzauberte ... Dieses Gesicht, in dem ihr ganzes Wesen lag – Enttäuschung, Ärger, Freude, Überraschung, Liebe ... Ja, manchmal überlegte er tatsächlich, ob sie ihn damals geliebt hatte, richtig geliebt, so sehr, dass es gehalten hätte, dass sie nicht irgendwann gegangen wäre, um nur ja nichts zu verpassen. Aber das würde er nie erfahren.

Er dachte an sie, wie man an eine Tote denkt.

»Unsinn!«, sagte er laut zu sich selbst. »Was für ein Quatsch. Caro ist noch lange nicht tot.«

Harald hob erwartungsvoll den Kopf; er dachte, dass Nils zu ihm sprach. Sonst war ja auch niemand da.

Aber Nils fuhr fort, mit sich selbst zu sprechen. »Morgen besuche ich sie«, sagte er entschlossen. »Nein, morgen muss ich arbeiten ... Samstag. Diesen Samstag.«

Er hätte nicht sagen können, was ihn beunruhigte, aber da war irgendetwas, was geschah, heimlich, ohne dass er es benennen konnte. Hatte es etwas mit Maren zu tun, die ihn jeden Morgen mit einem Lächeln begrüßte, wenn er Harald brachte, und jeden Abend mit einer Tasse Kaffee erwartete? Dumpfe Ahnungen wälzten sich durch sein Gehirn.

Noch nie hatte seine Fahrt zu Caro so sehr einer Flucht geähnelt.

Sie gingen durch den Park. Die Frau an seiner Seite kam ihm fremd vor. Immer wieder blickte er sie verstohlen an, aber davon wurde es nicht besser.

»Was ist?«, fragte Caro. Sie konnte wieder sprechen, aber die Worte kamen sehr undeutlich über ihre unbeweglichen Lippen, mühsam und schwer verständlich.

»He«, sagte er, »du machst das prima.«

So sehr hatte er sich gewünscht, dass sie dieses neue Gesicht erhielt. Mehr als alles andere auf der Welt hatte er darauf gehofft, dass die Operation gelang und Caro wieder ein Gesicht hatte. Doch nun musste er sich eingestehen, dass er im Grunde auf etwas völlig anderes gehofft hatte: dass alles so werden würde wie vorher. Irgendwie hatte er geglaubt, dass dieses neue Gesicht sie wieder aussehen lassen würde wie früher. Wie dumm war er eigentlich gewesen? Natürlich war es nicht so und konnte es nicht so sein. Die Frau, nach der er sich sehnte, mit dem zauberhaften Lächeln, war verloren. Es gab keinen Weg, sie zurückzuholen. Auch die besten Chirurgen konnten ihr dieses Lächeln nicht zurückgeben.

Caro schien seine Verwirrung zu spüren. Sie blieb stehen. Ihr Gesicht verzog sich nicht, aber ihre Augen waren immer noch die alten Augen, die Augen der früheren Caro. Und diese grauen Augen waren voller Gefühl, froh und traurig zugleich. Beklemmung erfasste ihn. Plötzlich kam sie ihm wie eine Frau vor, die ihn über einen Schleier hinweg anblickt, nur dass ihr Schleier das neue Gesicht war.

»Ich kann bald nach Hause«, sagte sie. Es war ihre Stimme, aber nicht ihre Art zu sprechen, schnell und forsch, und dadurch wirkte es wie die Karikatur ihrer Stimme, ins unendlich Langsame verzerrt.

»Oh, das ist ja ... unglaublich. Wahnsinn, Caro, wirklich?«

Er versuchte, sich zu freuen. Aber sie war schon so lange eine Frau, die nur noch in seiner Phantasie existierte, dass er nicht so recht wusste, was er mit ihr anfangen sollte, wenn sie tatsächlich wieder da war. »Ähm, wann denn?«

»In ein, zwei Wochen.« Sie hatte Schwierigkeiten mit dem W. »Zei Ochen«, sagte sie.

»Das ist ja toll!« Er umarmte sie, weil es sich so gehörte, jemanden zu umarmen, der eine gute Nachricht überbringt. »In deiner Wohnung ist alles bereit, das weißt du ja. Harald wird sich freuen«, verkündete er.

Er sah in ihr Gesicht. Würde sie mit diesem Gesicht wirklich durch die Straßen gehen wollen? Es wirkte falsch, wie eine leblose Maske, hinter der die echte Caro sich versteckte. Aber gab es die echte Caro überhaupt noch?

Auch seine Fahrt zurück nach Hause glich einer Flucht.

Ihre Eltern holten sie ab. Caro saß schweigend im Wagen und starrte aus dem Fenster. So lange war es her, dass sie ein freier Mensch gewesen war ... Als wäre sie aus dem Gefängnis entlassen worden. Etwas mitgenommen, natürlich. Und nun, nach dieser langen Haftzeit, begierig auf das Leben in Freiheit und zugleich etwas furchtsam.

»Du bist ja so schweigsam«, sagte ihre Mutter.

Seit Sprechen zu einer mühevollen Aufgabe geworden war und sie um jeden Satz rang, war sie geizig geworden mit Worten. Und doch, immer noch steckte in ihr die Lust daran, sich mitzuteilen, über ihre Gefühle zu reden, und jeder Gedanke, der ihr durchs Hirn schoss, schrie danach, mitgeteilt zu werden.

»Ich habe alles genauso gelassen, wie du es hattest.« Das hatte sie schon mindestens hundert Mal erzählt, aber ihre Mutter musste es immer wieder sagen, wie eine Platte mit einem Sprung. So oft war sie in der Wohnung ihrer Tochter gewesen, dass es fast unmöglich schien, damit aufzuhören und sich nicht mehr um alles zu kümmern. Diese leere Wohnung, in der nur ein wenig gewischt und gelüftet werden musste. Die Pflanzen, die unter Caros wechselhafter Aufmerksamkeit gelitten hatten, waren aufgeblüht und wuchsen grün und gesund. Und doch hatte ihre Mutter immer das Gefühl, nicht genug zu tun und ihr nicht genug zu helfen.

»Sollen wir ... aber du wirst ja sehen, wie du zurecht kommst.«

Schon nach zwei Wochen Urlaub war es ein besonderes Gefühl, die eigene Wohnung zu betreten. Doch jetzt, nach Monaten Krankenhaus und Reha, kam ihr alles erstaunlich vertraut vor. Ihre Mutter hatte recht, sie hatte nichts verändert. Ungewöhnlich aufgeräumt war es vielleicht, so, wie ihre Wohnung immer hätte sein sollen, wie sie es aber nie hingekriegt hatte.

»Der Kühlschrank ist voll«, sagte ihr Vater und öffnete die Kühlschranktür, um seine Worte zu beweisen. »Vielleicht ...«

Sie sprachen nie aus, was sie noch zu tun bereit waren. Wollten sie eine Pizza kommen lassen oder boten sie sich an, zu kochen? Hofften sie, dass Caro sie noch einlud, mit ihnen zu essen?

»Ach, und Oma Milli würde sich freuen, wenn du sie demnächst mal besuchst. Sie wird nur noch eine kurze Zeit bei Tante Anna bleiben. Wir haben schon einen Platz im Altenheim in Aussicht.«

»Das ist nicht euer Ernst.«

Ihre Mutter seufzte. »Es ist wirklich gar nicht schlecht dort. ›Zu den Eichen.‹ Dort wird man sich gut um sie kümmern.«

Caro wusste zu gut, wie es war, wenn Fremde sich gut um einen kümmerten. Und im Gegensatz dazu dies hier – zu Hause zu sein.

Sie wanderte durch die Zimmer. Ihr Bad. Ihre Handtücher, ihre eigenen. Eine neue Zahnbürste sogar. Ihre Sachen. Ihr Bett, frisch bezogen. An alles war gedacht. Eine aktuelle Fernsehzeitung lag auf dem Wohnzimmertisch.

»Komm«, sagte der Vater und zog die Mutter am Arm zur Wohnungstür. »Lassen wir sie allein.«

»Aber ...« Und dann, wie nach einer plötzlichen Eingebung, nickte sie. »Ja. Ja, du hast recht.«

Ihre Umarmung zum Abschied war herzlich. Und beide weinten dabei, sogar ihr Vater, sogar ihm liefen Tränen über die Wangen.

»Willkommen daheim.«

Sie zogen die Tür sacht hinter sich zu. Caro bemerkte, als sie zum Fenster ging, um den Wagen abfahren zu sehen, dass ihr Hausschlüssel auf dem Tisch lag. Nun war dies wieder ihre eigene Wohnung.

Nun begann wieder ihr eigenes Leben.

Nils hatte Harald gebracht, und Harald war außer sich vor Freude. Auch Nils schien froh zu sein. Er lächelte unentwegt, als wäre irgendwo ein Fotograf versteckt, der jederzeit ein Foto schießen könnte.

Alles fühlte sich fremd an. Und das war falsch. Caro hatte sich gewünscht, dass sie durch diese Tür gehen würde und alles würde so sein wie früher, schlagartig. Es würde eine Rückkehr sein, so vollständig, als wäre sie aus einem Urlaub heimgekehrt und müsste nur ihre Koffer auspacken, um wieder da zu sein, voller frischer Ideen, aber alter Gefühle. Doch nun war ihr Kopf merkwürdig leer, ohne Ideen, und ihr Herz fühlte sich ebenfalls ausgeleert an, verwirrt und ohne die üblichen Leidenschaften, die sonst darin herumspukten. Sie saß da und wusste nicht so recht, was sie tun sollte oder was sie sagen sollte.

»Mensch, Caro ...«, begann Nils.

Harald schnüffelte in allen Ecken herum und kehrte wieder voller Tatendrang zu Caro zurück. Er wusste immer, was man tun sollte. Ohne zu zögern sprang er aufs Sofa und machte es sich, den Kopf auf Caros Schoß, bequem. Seine Augen beobachteten sie noch eine Weile, bevor er sie zufrieden schloss, um ein Nickerchen zu machen.

»Er liebt mich immer noch«, stellte Caro verwundert fest, und obwohl sie es nicht so gemeint hatte, klang es, als sei der Hund der Einzige, der dieses Kunststück fertigbrachte – sie zu lieben, obwohl sie sich so unvorteilhaft verändert hatte.

»Ich auch«, sagte Nils schließlich, aber er hatte zu lange mit diesem Satz gewartet, zu lange gezögert, bis er ihn über die Lippen brachte, so dass er mehr nach einer Entschuldigung klang als nach dem spontanen Ausbruch ehrlicher Gefühle.

Caro lächelte nicht darüber. In ihren stumpfsinnigen Zügen war nicht einmal ihre Empörung über die missglückte Liebeserklärung zu lesen. Ihr maskenhaftes Gesicht hing an ihrem Kopf, als hätte es jemand an ihr festgenagelt.

Sie sah fürchterlich aus.

Nils räusperte sich. »Ja, ähm ... Ich muss noch einen Artikel schreiben, bis morgen. Gute Nacht denn.«

Hätte er das jemals geglaubt, dass er nach monatelanger Abstinenz einfach so nach Hause fahren würde, ohne zumindest den Versuch gemacht zu haben, die Frau, mit der er zusammen war, ins Bett zu kriegen? Entweder, so hätte er früher gedacht, würden seine Gefühle erlöschen, wenn seine Freundin so lange fort war. Oder, wenn sie noch da sein sollten, würden sie gierig übereinander herfallen und versuchen, alles nachzuholen, was sie versäumt hatten. Aber stattdessen machte er sich aus dem Staub und versuchte es damit zu rechtfertigen, dass Caro sich in Ruhe wieder einleben sollte. Er gab ihr nicht einmal einen Abschiedskuss – wie denn und wohin denn? Auf dieses ... Gesicht?

»Gute Nacht«, sagte Caro.

Es wäre nicht so schlimm gewesen, wenn er nicht genau gewusst hätte, dass hinter dieser Fassade immer noch die alte Caro steckte, diese wunderbare, flippige, leidenschaftliche und zugleich verträumte Frau, die sein Herz gefesselt hatte. Wenn sie nicht da war, konnte er von ihr träumen, aber wenn er sie sah, wollte er den Blick abwenden, um sie nicht mehr ansehen zu müssen.

Als die Tür ins Schloss fiel, versuchte sie etwas zu fühlen. Aber da war nicht einmal Bedauern, nichts. Mechanisch streichelte ihre Hand über den Kopf des kleinen Hundes. Sie sah auf die Narben hinunter, die sich über ihren Unterarm zogen.

Ihr eigenes Gesicht konnte sie nicht sehen. Meistens war sie dankbar dafür. Trotzdem, wenn sie sich selbst vor dem Spiegel gegenüberstand, gab es ihr jedes Mal einen Stich.

»Oh Gott«, flüsterte sie. Sie fand keine Worte, um auszudrücken, was sie sich wünschte. Gib mir mein Leben zurück. Gib mir alles zurück, was mein war.

Aber war es das jemals gewesen? Caro sah sich in ihrem Wohnzimmer um, das ihre Mutter so liebevoll in Ordnung gehalten hatte. Ihr Blick fiel auf die üppig wachsenden Pflanzen. Das leuchtende Grün der Blätter. Das strahlende Weiß eines Alpenveilchens. Orchideen in Rosa und Orange. Es war ihr nie gelungen, auch nur eine Pflanze länger als ein paar Wochen am Leben zu erhalten, und nun kam sie hier in einen Dschungel zurück, üppig, fröhlich und lebendig.

Ihr Leben war schnell gewesen und sorglos, voller Pläne und Wünsche, voller Arbeit und Sport, voller Ehrgeiz und Tagträumerei. Sie hatte so fest an das alles geglaubt ... aber es war ihr nicht einmal gelungen, ein einziges billiges Veilchen zum Blühen zu bringen.

Caro saß auf dem Sofa und streichelte ihren Hund, bis ihre Hand schwer wurde.

14

DER GEREGELTE TAGESABLAUF der Klinik fehlte ihr. So lange hatte sie darunter gelitten, dass alles geregelt war und kein Freiraum blieb für spontane Einfälle, aber jetzt, da dieses Gerüst weggebrochen war, wusste sie nicht, was sie mit der endlosen Zahl der Stunden beginnen sollte. Ihre Therapie, mit der sie lernen sollte, ihre Mimik zu verbessern, war noch nicht zu Ende, aber sie sollte ambulant weiterlaufen; einige Stunden in der Woche in einer Praxis in der Nähe. Auf diese Stunden lebte sie zu. In der übrigen Zeit wusste sie nicht, was sie anfangen sollte.

Sie ging mit Harald spazieren, aber die Blicke der Passanten verfolgten sie. Die alte, trotzige Caro kam wieder zum Vorschein, die dachte: Die können mich mal, und einfach weiterging, ohne sich zu verstecken. Aber hinterher, zu Hause, weinte sie und konnte nicht damit aufhören.

Aus ihrem Koffer holte sie den Tschador, den Sophie ihr geschenkt hatte, und zog sich den Schleier über den Kopf. So verkleidet trat sie auf die Straße. Aber es war lange nicht so lustig wie der gemeinsame Ausflug mit ihrer Freundin. Jetzt erntete sie nicht weniger Blicke, aber sie prallten an ihr ab und berührten sie nicht. Sie fühlte sich lange nicht so nackt, sondern eher wie eine Betrügerin, weil sie vorgab, etwas zu sein, was sie nicht war. Es machte ihr keinen Spaß.

Caro verwünschte die Mode, die es einer Frau verwehrte, auf irgendeine Weise ihr Gesicht zu verstecken, wenn ihr danach war. Ein Hütchen mit einem Schleier hätte ja schon gereicht, aber ob sie es wollte oder nicht, sie war gezwungen, sich entweder schonungslos zu zeigen, selbst wenn sie nur Brötchen holen wollte, oder sie musste sich in das Gewand einer Muslimin hüllen.

Ein Tuch, vors Gesicht gebunden, machte sie ungünstigerweise zur Bankräuberin.

Eine Sturmhaube aus alten Motorradfahrerzeiten wirkte auch nicht viel anders und zerknautschte auch noch ihre Frisur.

Und ihr Gesicht, so wie es war? Wenn sie vor dem Spiegel stand, musste sie sich eingestehen, dass sie irgendwie behindert wirkte. Schließlich wählte sie einen dünnen, seidigen Schal, den sie so um ihr Gesicht schlang, dass nur die Augen herausschauten. Es war etwas seltsam, aber immer noch besser, als quasi nackt auf die Straße zu gehen. Jedes Mal, wenn sie Fremden ihr Gesicht zeigte, fühlte sie sich entblößt.

Aber Harald liebte sie noch immer. Ihre Eltern kamen zu Besuch, ihre Schwester. Nils' Besuche waren peinlich. Er war so bemüht, sich nichts anmerken zu lassen, aber es war nicht schwer, ihn zu durchschauen. Caro begann sich zu fragen, warum er überhaupt noch kam.

Sie hätte gerne gearbeitet, um sich abzulenken und um endlich wieder normalen Alltag zu erleben. Obwohl sie krankgeschrieben war, fühlte sie sich in der Lage zu arbeiten, warum auch nicht? Ihr Geist war ja nicht in Mitleidenschaft gezogen. Eines Tages fasste sie sich ein Herz und tauchte auf ihrer Arbeitsstelle auf. Sie hatte Kuchen gekauft und wollte ihre Kollegen überraschen und mit ihrem Chef besprechen, wann sie wieder anfangen sollte.

Natürlich hatte sie mit den Blicken gerechnet. Mit dem Getuschel. Mit dem nervösen Gelächter.

»Wie schön, dass du wieder da bist!«

»Gut siehst du aus.« Mussten sie gleich übertreiben? Aber sie sehnte sich so nach Menschen, nach ihren Menschen. Sie würden sich einfach an sie gewöhnen und dann ging es wieder weiter wie bisher.

Doch dann nahm ihr Chef sie beiseite. »Nett, dass du uns besuchst. Aber, ähm, wie lange wird es denn dauern, bis du wieder ganz hergestellt bist?«

»Das bin ich doch schon«, sagte sie.

»Tut mir leid, aber so ... Du musst verstehen, Caro, wir haben Kunden hier. Hier gehen die Leute ein und aus.«

»Ich kann wieder arbeiten«, versicherte sie. »Ich weiß das. Ich könnte doch im Büro sitzen. Niemand muss mich zu Gesicht bekommen.«

»Warum hast du es so eilig?«, fragte er zurück. »Warte doch noch eine Weile. Mach deine Therapie, bis ... bis es alles richtig funktioniert. Wir müssen einen guten Eindruck machen, das weißt du. Es geht nicht um die Kollegen hier, das weißt du doch. Aber die Kunden ...«

»Ja, ich verstehe schon. Ich kündige«, sagte sie, plötzlich heftiger, »das ist es doch, was du willst, oder? Mach dir keine Sorgen, ich kündige von selbst.«

Er wehrte hastig ab, aber sie war so wütend, dass sie ihm gar nicht zuhörte. Später erst, zu Hause, wurde ihr klar, was sie da getan hatte.

Sie war immer davon ausgegangen, dass sie hier weiterarbeiten würde. Sie konnten sie doch nicht entlassen, nicht aufgrund ihres Unfalls. Doch nun würde sie wahrscheinlich nie wieder eine andere Stelle finden.

Während sie weinte, fiel ihr plötzlich ein, dass Donnerstag war. Probenabend. Sie hatte vielleicht keine Arbeit mehr, aber wenigstens hatte sie eine Band.

Die Nebelraben waren mitten in der Probe. Als sie die Tür öffnete, hörte sie schon den Bass. Das war Anja, unverkennbar. Willem an der Gitarre. Jörg am Schlagzeug. Am Keyboard – war das wirklich Simon? Meine Güte, hatte der sich verbessert.

Die Stimme der Sängerin war ihr fremd. Als sie eintrat, erkannte sie, warum. Es war ein fremdes Mädchen, nein, nicht ganz fremd. War das nicht ...

»Toni?«

Die Spieler brachen ab, als sie eintrat.

»Kein Zutritt!«, rief Willem. »Wir proben gerade.«

»Hallo«, sagte sie und nahm ihren Schal ab.

Sie erkannten sie nicht sofort. Da war ein Zögern, eine merkwürdige Pause, bis Anja auf einmal fragte: »Caro? Bist du das, Caro?«

»Caro, wie sie leibt und lebt«, sagte Caro.

Sie ließ die Begrüßung über sich ergehen.

»Das, äh, das ist Toni. Meine Cousine Antonia«, stellte Willem vor.

»Ich weiß. Wir haben uns schon gesehen. Du warst ja oft genug dabei, Toni.« Sie schüttelte Tonis Hand und ignorierte das entsetzte Starren des Mädchens.

»Sie, ähm, sie singt jetzt für uns. Du nimmst uns das doch nicht übel, wir mussten weitermachen ...«

»Auf dem Band-Contest waren wir unter den ersten drei! Hast du das eigentlich mitgekriegt?«

»Du, wir sind gerade mitten in der Probe ...«

»Lasst euch nicht stören.«

Sie zog sich einen Stuhl heran und setzte sich.

Zögernd begannen die Nebelraben von neuem. Die junge Toni war nicht übel, musste Caro sich eingestehen. Sie hörte zu und hörte gleichzeitig in sich hinein – was sie fühlte, wenn ihre Band ohne sie zurechtkam. Da war eine leichte Genugtuung – ich singe doch besser als sie, sie trifft die hohen Töne nicht richtig, ha! Aber gleichzeitig war da dieses völlige Nichts, das sie schon in ihrer Wohnung gefühlt hatte – die völlige Abwesenheit von Gefühlen. Sie bedauerte, nicht in dieser Band zu singen, weil sie wusste, dass die alte Caro es bedauert hätte. Aber der neuen Caro, die aus ihrer Haft entlassen worden war, bedeutete es lange nicht so viel. Sie saß da und lauschte und versuchte vergebens, die alte Sehnsucht wieder zu fühlen: dass diese Musik ihr Leben war und das Stehen im Rampenlicht ihre einzig mögliche Zukunft. Sie hörte den Nebelraben zu und es war einfach eine Band, die Musik machte. So wie viele tausend andere. Manche würden Erfolg haben, die allermeisten eher nicht. Sie hörte zu, mit dem Abstand, den die vergangenen Monate aufgerissen hatten, und dachte ganz ungerührt: eher nicht.

Sie ging, bevor die Probe zu Ende war, und wanderte langsam die Straße hinunter. Sie fragte sich, wer sie jetzt überhaupt noch war, so ganz ohne Träume.

Zu ihrer Laienspielgruppe ging sie erst gar nicht hin. Was hatte eine Frau mit einem solchen Gesicht im Theater verloren? Die Märchenaufführung war längst vorbei und sie wollte gar nicht wissen, was jetzt geprobt wurde. Vielleicht ein klassisches Stück? Besser, es nicht zu wissen.

(Als ob da doch noch Gefühle waren, die verletzt werden konnten ...)

Caro saß da und fühlte sich uneingeschränkt einsam. Zunächst konnte sie es nicht benennen, denn es war ein Zustand, den sie nicht kannte. Sie war nie einsam gewesen. Manchmal allein, aber auch das selten. All die Kurse, ihre Arbeit, und an den Abenden und am Wochenende war Nils fast immer da gewesen. Im Krankenhaus hatte sie immer im Mittelpunkt der Aufmerksamkeit gestanden, alle hatten sich um sie gekümmert ... Was war eigentlich aus Sophie geworden? Sie hatten ihre Telefonnummern ausgetauscht, aber Caro hatte nie ernsthaft daran gedacht, sie wirklich anzurufen. Sie sehnte sich nach Freundschaft, aber es war merkwürdig; sie war nicht imstande, die Energie aufzubringen, auch nur ein Telefonat zu führen.

Sie hockte in ihrer Wohnung ... die Zeit verstrich ...

Als es klingelte, erschrak sie. Wer konnte das sein? Ihre Eltern kündigten sich immer vorher an und Nils besaß einen Schlüssel. Sie zögerte, ob sie ihren Schal umlegen sollte, entschied sich dann aber dagegen.

Es war Roswitha, die Tai-Bo-Lehrerin, diese beleibt wirkende Frau mit der umwerfenden Herzlichkeit.

»Caroline, Liebes, du bist wieder da!«

Roswitha schlang ungeniert die Arme um sie. Dann hielt sie Caro auf Armeslänge von sich fort und nickte.

»Wunderbar«, sagte sie. »Was heutzutage alles möglich ist! Ich hoffe, du magst was Süßes?«

Sie hatte einen Kuchen mitgebracht, einen Traum aus Quark und Sahne, der auf der Zunge zerging, denn »ich weiß ja nicht, ob du gerne an harten Sachen knabberst«.

Zu Caros Erstaunen schien Roswitha sich gleich nach dem ersten Blick an ihr Gesicht gewöhnt zu haben. Ohne weitere »unauffällige« Blicke, so wie die meisten, die ständig verstohlen nach ihr sahen, erzählte sie, von ihren diversen Sportgruppen und von diesem und jenem. Vielleicht redete sie etwas zu viel, aber, für dieses Wissen war Caro dankbar, nicht aus Nervosität, sondern weil sie immer viel redete. Schnell und eifrig und aus dem übergroßen Schatz ihres

Erlebens. Caro musste gar nicht viel sagen. Sie lehnte sich zurück und genoss den Kuchen.

Aber irgendwann hatte selbst Roswitha genug geredet. Sie brach plötzlich ab, mitten im Satz, und fragte: »Und wie geht es dir?«

»Tja«, sagte Caro. »Gut ist das falsche Wort. Und schlecht? Es ist mir schon schlechter gegangen in letzter Zeit.« Sie zögerte. »Ich hatte erwartet, dass es schneller geht.«

»Die Heilung?«

Caro nickte.

Roswitha blickte nachdenklich. »Dein Körper muss sich an dieses neue Gesicht gewöhnen. Du musst dich daran gewöhnen. Natürlich braucht das Zeit.« Sie betrachtete aufmerksam Caros Gesicht. »Und hast du dich je gefragt, was dieses Gesicht mitbringt, das du bekommen hast? Es ist ja nicht einfach eine Maske, es ist nichts Künstliches. Ein Teil von einem anderen Menschen. Irgendwo ist jemand gestorben und hat dir dieses Gesicht hinterlassen. Das ist dein Erbe, Caroline. Du hast das Wertvollste bekommen, was diese andere Frau irgendjemandem hätte geben können. Bis auf das Herz vielleicht, ja, das würde ich auch ziemlich weit oben auf der Liste ansiedeln ... Dieses Gesicht hat gelebt und gelacht und gefühlt ... Und was für ein schönes Gesicht!«

»Schön?«, fragte Caro. »Du bist die Erste, die das sagt.«

»Aber ja. Das hat dir wirklich keiner gesagt? Es muss eine sehr schöne Frau gewesen sein. Was für schöne Haut. Und diese Lippen! Du hast sie noch nicht ganz unter Kontrolle, aber lass dich doch nicht täuschen. Kind, was du da bekommen hast, ist herrlich. So eine schöne feine Nase, viel schöner als meine Knubbelkartoffel. Herrje, Caroline, es ist so schön!«

Caro lehnte sich verwirrt zurück. »Wirklich?«

Roswitha lachte. »So glaub mir doch! Sieh doch nicht immer das an, was noch nicht perfekt ist. Auch vorher war doch nicht alles immer nur vollkommen in deinem Leben, oder? Warum muss alles immer gleich sofort funktionieren?«

»Es dauert schon so lange«, klagte Caro. Auf einmal fühlte sie sich, obwohl Roswitha doch nur Aufmunterndes sagte, so weinerlich wie schon lange nicht mehr. »Ich versuche, normal zu leben, aber es geht nicht. Wie sie mich ansehen, wie ein Monster ... Es geht nicht.« Tränen quollen aus ihren Augen.

»Nana.« Roswitha hatte sofort ein Taschentuch bereit. »Ist ja gut, ist ja gut ... Heul dich ruhig aus, es ist alles in Ordnung.«

Als Caro sich beruhigt hatte, nahm Roswitha den Faden wieder auf.

»Weißt du etwas über sie? Haben sie dir gesagt, wer sie ist?«

»Das tun sie nie.« Caro schniefte. »So ein Geheimnis machen sie darum. Sie dürfen natürlich alles wissen, die Ärzte. Aber ich – wie ein kleines Kind wird man behandelt.« Ärgerlich ballte sie die Fäuste. »Ich würde so gerne wissen, wer sie war. Ob sie ... ob sie vielleicht ein kleines bisschen war wie ich?«

Roswitha nickte. »Du hast ihr Gesicht bekommen. Das ist Schicksal. Nichts geschieht einfach so.« Sie lachte, als sie Caros kritischen Blick auf sich spürte. »Hältst du mich für eine fromme Spinnerin? Nein, ich bin nicht fromm. Höchstens ein bisschen gläubig. Ich glaube nur eben, dass nichts ohne Grund geschieht und dass alles sich zusammenfügt, wie ein Puzzle, das wir nicht erkennen können, weil wir in diesen kleinen Teilen drinstecken. Gott ist die große Kraft, die alles zusammenhält und lenkt ... Und wenn wir ihm vertrauen, dann passt alles zusammen, dann trägt uns ein Strom aus Segen.«

Einer der Gründe, warum sie als Jugendliche der Kirche den Rücken gekehrt hatte, war, dass sie die Vorstellung eines Gottes mit langem, weißem Bart, der über allem thronte, unerträglich kitschig und mittelalterlich gefunden hatte. Ein Weihnachtsmann, der Gebote verkündete, strafte, belohnte und Wünsche erfüllte. Roswithas Worte rührten etwas in ihr an, als hätten sie eine Schublade aufgezogen, in der ihr inneres Wissen schlummerte. Dann trägt uns ein Strom aus Segen ...

»Und was ist mit mir?«, fragte sie, plötzlich heftig. »Dann war es Gottes Wille, dass das mit mir passiert, wie? Dann hat er das so geplant? Was ist mit Kriegen? Was ist mit Verbrechen und Blitzeinschlägen und Stürmen und ...«

Roswitha schüttelte den Kopf. »Du glaubst doch wohl nicht, dass ich auf all das eine Antwort habe?«

»Aber es klang eben noch so, als ob uns nichts Schlimmes passieren könnte, wenn wir nur mitspielen. Als ob alles gut ist, Friede, Freude, Eierkuchen. Das Schicksal hat gesprochen, blabla.« Sie konnte nicht verhindern, dass ihre Stimme aggressiv und herausfordernd klang, ja geradezu verächtlich. Wie hatte sie um ein Wunder gebetet! Doch jetzt, wo Roswitha davon sprach, dass es gut sein könnte, wollte sie nichts davon hören. Roswitha hatte nicht so gelitten wie sie, sie wusste nichts, gar nichts. Sie wusste nicht, wie es war, wenn man verstümmelt wurde und weiterleben musste und wenn das normale Leben, nach dem man sich so sehnte, einfach nicht kam. Wenn alle Träume zerbrachen und die Freunde, auf die man sich immer verlassen hatte, verlegen zur Seite sahen. Wenn ihre Band ohne sie sang. Wenn Nils kein Liebhaber mehr sein wollte, sondern nur noch ein netter Bekannter, der sich um ihren Hund kümmerte. Wie konnte Roswitha von einem Strom des Segens sprechen?

»Das habe ich nicht gesagt. Und ich sagte nicht, dass nicht Dinge passieren, die schlimm sind und uns wehtun. Ich gehöre nicht zu denen, die sagen, dass alles Böse irgendwie doch gut ist.«

»Das klang aber eben genauso!«

»Nein, ich sagte nur, dass sich alles zusammenfügt. Das ist für mich Glaube. Ich wüsste nicht, wie ich ohne dieses Vertrauen leben sollte. Und ich glaube, dass auch die dunklen Stunden ihren Platz in diesem Puzzle finden ... Dass wir, wenn wir hindurchgegangen sind und dachten, wir wären blind geworden, auf einmal merken, dass unsere Sicht klarer geworden ist.« Sie fand zu ihrem Lächeln zurück, und Caro fragte sich unwillkürlich, welche dunklen Stunden Roswitha durchgemacht hatte. »Wir sind hier nicht auf Urlaub, Caroline. Wir sind hier, um zu leben und zu lernen und zu erfahren, wer wir sind. Ja, und ich glaube, wir können nur glücklich sein, wenn wir diesen Glauben haben, dass nichts einfach so geschieht. Was wäre die Alternative? Dass wir völlig allein und ohne jeden Sinn durchs All kreisen? Durch Zufall entstanden, durch Zufälle bis hierhin gelangt und zufällig wieder ausgelöscht? Das ist mir unheimlich. Da glaube ich doch lieber daran, dass eine wohlwollende göttliche Kraft die Fäden zieht. Ich spreche von *Gott,* verstehst du? Ich glaube an seine Kraft, die unser Leben durchzieht und diese Welt trägt.«

Als Roswitha fort war, stellte Caro sich vor den Spiegel und betrachtete ihr Gesicht. Natürlich hatte sie auch vor ihrem Gespräch wissen wollen, wem es gehört hatte, und es hatte sie tief verletzt, dass ihre Ärzte mehr wussten als sie. Das Gesicht einer Toten. Es hatte, wenn sie sich erlaubte, ihren negativen Gefühlen nachzugeben, etwas Ekliges, Widernatürliches, als hätte man ihr ein Stück von einer Leiche an den Kopf genäht. Seit sie so viel allein war, kamen Gedanken und Gefühle zu ihr, die in der Geschäftigkeit der Klinik keinen Platz gehabt hatten. Monster ...

Aber Roswitha hatte gesagt: Du bist schön. Hätte Nils das nicht sagen müssen? Dass er auch immer so ehrlich war, so gnadenlos ehrlich, und dazu immer noch Heuchler genug, um weiterhin zu kommen, ohne die Miene zu verziehen, obwohl alles in ihm danach schrie, fortzubleiben ...

Du bist schön. Ein schönes Gesicht. Es ist Fügung, es musste so kommen. Es durfte keine andere Frau sein, es musste gerade sie sein, diese unbekannte Tote, diese Fremde, die ihr, der Entstellten, ihr kostbarstes Vermächtnis überlassen hatte. So intim ...

Mittlerweile wusste Caro, wie intim ein Gesicht war. Wenn sie sich nackt fühlte unter den entsetzten Blicken der anderen. Alles konnte man verstecken, den ganzen Körper, aber ihr Gesicht musste sie offenlegen, immer wieder, musste es den anderen Menschen hinhalten und sich damit verletzlich machen. Dieses fremde Gesicht. Was hätte diese andere Frau wohl gedacht, wenn sie es gewusst hätte, geahnt hätte? Hätte sie in ihrem Testament festgehalten, dass sie so etwas auf keinen Fall zulassen wollte? Dass niemand sich erlauben durfte, ihr Gesicht anzustarren, verächtlich oder erschrocken, während sie es nicht verteidigen konnte? Immer war es bewundert worden. Roswitha hatte gesagt, dass sie schön gewesen war. Bewundert und wahrscheinlich geliebt.

»Wer bist du?«, sagte Caro zu ihrem Spiegelbild. »Wer warst du?« Sie sah sich an und gleichzeitig die Fremde; eigentlich war es unerträglich. Tränen traten ihr in die Augen, die ihre eigenen, vertrauten Augen waren, aber das Gesicht darunter weinte nicht mit. Es verzog sich nur ein wenig, und dieser Anblick war für Caro so furchtbar, dass sie hemmungslos zu schluchzen begann. Sie war mit einer Fremden verbunden, aber gleichzeitig sehnte sie sich nur nach sich selbst.

15

»WIE GEHT ES Harald?«

Maren stand in der Tür, als Nils seine Wohnung aufschloss. Er blickte auf und nickte ihr zu. Dann fiel ihm auf, dass sie eine neue Frisur hatte; ihre jetzt blondierten Haare fielen in vielen Kringeln auf ihre Schultern.

Sie bemerkte seinen kritischen Blick. »Steht mir das überhaupt?«

»Klar, tut es.« Er nickte. Immer noch stand er an der Schwelle und hatte sich nicht gerührt.

»Willst du einen Kaffee?«, fragte sie. »Ich hab mich schon so daran gewöhnt, dass du den Kleinen um diese Zeit abholst, es fehlt mir richtig.«

Er zögerte erst, dann nickte er. Seine Wohnung war leer. Keine Freundin, nicht einmal ein Hund. Nichts verlockte ihn, den Fuß über die Schwelle zu heben.

»Eigentlich wollte ich noch zu Caro«, sagte er, als er an der Tasse Kaffee nippte, den Maren wie immer zu stark gemacht hatte. Irgendwie war alles, was sie tat, immer eine Spur zu viel. Die Haare sahen gut aus, aber dunkel hatten sie ihm eigentlich besser gefallen. Sie hatte sich geschminkt und etwas zu viel Make-up benutzt; man sah die Spuren der Creme auf ihrer Haut.

»Oh, wie schade. Ich hatte Baguettes belegt, zum Überbacken, ich wollte sie gerade in den Ofen schieben. Alleine schaffe ich das nie.«

Nils erklärte sich bereit, noch etwas länger zu bleiben und ihr beim Aufessen der Baguettes zu helfen. Alles, was er hier bei Maren zu essen bekam, war köstlich, wenn auch manchmal etwas zu stark gewürzt.

»Ist deine kleine Freundin denn immer noch nicht gesund?«

Gesund. War Caro gesund? Irgendwie schon. »Der geht es wieder gut«, sagte er lustlos. Maren fragte auch nicht weiter, sondern wechselte zu seiner Erleichterung das Thema. Sie waren bald so ins Gespräch vertieft, dass er die Uhr vergaß. Irgendwann war es einfach zu spät, um noch zu Caro zu fahren.

Hoffentlich hat sie nicht vergessen, mit dem Hund rauszugehen, dachte er noch, als er in seine eigene Wohnung zurückkehrte.

Caro hatte es nicht vergessen. Seit sie so wenig zu tun hatte, waren die Spaziergänge mit Harald wenigstens etwas Abwechslung. Sie schlang sich den Seidenschal ums Gesicht und machte sich auf den Weg nach draußen.

In letzter Zeit hatte sie versucht, sich aus ihrer düsteren Stimmung herauszuwinden und zu ihrem fröhlicheren Selbst zurückzufinden. Sie war allein, aber wenigstens wurde sie dann nicht angegafft. Ihr Entschluss, optimistischer zu sein, verlieh ihr ein wenig Auftrieb. Aber darunter war sie trauriger denn je.

Harald dagegen war glücklich. Er genoss es, mit seinem Frauchen draußen zu sein und hielt die Nase in den Wind. Er liebte Caro von ganzem Herzen, und sie fand Trost darin, dass er sich an ihrem Aussehen nicht störte. Die Fremden, die sich ihr näherten, bemerkte er zuerst und identifizierte sie sofort als Bedrohung. Wütend begann er zu kläffen.

»Was ist denn ...«

Caro hielt die Leine fest, und für einen Moment überfiel sie die Angst. Suchend blickte sie sich nach einem anderen Hund um, vielleicht einem großen Hund, einem Schäferhund, und deshalb achtete sie nicht sofort auf die zwei Menschen, die auf sie zukamen. Als sie sie bemerkte, waren sie schon dicht vor ihr.

»Frau März? Wir haben von Ihrer Geschichte gehört ...«

Ein Fotograf. Eine Reporterin mit einem Mikrofon. Blitzlicht flammte auf.

»Was?« Ihre Hand zuckte automatisch zu ihrem Schal und zog ihn höher.

»Würden Sie uns ein Interview geben?«

»Nein!«, rief sie und hastete zum Hauseingang. Ihre Hände zitterten so, dass sie die Schlüssel kaum halten konnte. Wie hatten sie sie gefunden?

Haralds Knurren und Bellen hielt die beiden auf Abstand, aber nur knapp. Sie waren so dicht hinter ihr, dass ihr der Schweiß ausbrach.

»Nur ein Interview, Frau März. Die Leute haben ein Anrecht auf Ihre Geschichte …«

Sie drehte in Panik den Schlüssel herum und schlüpfte ins Haus. Mit Harald im Arm hechtete sie die Stufen hoch. In der Wohnung knallte sie die Tür zu und lehnte sich aufschluchzend dagegen, dann eilte sie ans Fenster.

Die beiden waren immer noch da. Jetzt begannen sie, die Passanten zu befragen. Sie trat hastig zurück, als sie merkte, dass sie nach oben schauten. Wahrscheinlich wollten sie gerade das, sie am Fenster erwischen.

Ganz ruhig, sagte Caro zu sich selbst. Du wusstest, dass das passieren kann. Die Ärzte haben dich gewarnt, sie haben gesagt, dass das kaum zu umgehen sein würde … Dr. Gunther hatte versucht, sie zu einer Pressekonferenz zu überreden, um ihren Fall der Öffentlichkeit vorzustellen, aber Caro hatte sich hartnäckig geweigert. Caro wollte nie vor eine Fernsehkamera treten müssen und ihr mühsames Lächeln zeigen, das Ergebnis vieler Monate Training. Sie wollte nicht das Blitzlichtgewitter auf ihrer empfindlichen Haut aushalten müssen und ihr Bild dann in allen Zeitungen sehen und nirgends mehr hingehen können.

Vielleicht hatte Dr. Gunther gehofft, als ihr Arzt mit im Rampenlicht zu stehen, denn auf ihre Absage hin war er etwas missgestimmt gewesen.

»Dann gibt es eben eine Pressemitteilung ohne Sie«, hatte er gesagt. »Wir halten Ihren Namen natürlich da raus, wenn Sie darauf bestehen. Aber irgendwann kriegen die das heraus und dann werden sie sich wie eine Meute auf Sie stürzen. Wollen Sie den Zeitpunkt nicht lieber selbst bestimmen?«

Aber dies war ihr Gesicht. Dies war ihre eigene Geschichte, ihr privater Kummer und ihr innerstes Leid. Sie konnten nicht verlangen, dass sie dieses Gesicht zur Schau stellte. Dass ihr Stammeln im Fernsehen übertragen wurde, zur Belustigung und zum Entsetzen aller.

Das hier ging niemanden etwas an.

Mit klopfendem Herzen ging Caro in der Wohnung auf und ab und steckte Harald mit ihrer Nervosität an. Wie hatten sie es herausgefunden? Und wie wurde sie sie wieder los?

Die Zeitung. Wenigstens war es noch kein Fernsehteam gewesen. Nur die Zeitung.

Nils.

Ohne darüber nachzudenken, stürzte sie zum Telefon. Er war nicht da; sie stammelte ihre Nachricht auf seinen Anrufbeantworter. »Du mieses Schwein! Warum hast du das gemacht?« Sie weinte, die Worte erstarben auf ihrer Zunge, sie legte wieder auf.

Nie, nie würde sie sich so fotografieren lassen.

Aber sie interviewten jetzt die Nachbarn. Durch die Gardine konnte sie sehen, dass sie Frau Drohte von nebenan erwischt hatten. Die würde sie auch reinlassen, das war ja klar.

Caro fühlte sich wie ein Tier im Käfig, ein Tier im Zoo. Sie waren gekommen, um sie anzugaffen ...

Es klingelte. Caro schrak zusammen. Es war nicht schwer, sich auszumalen, wer vor der Tür stand.

»Frau März!«, klang Frau Drohtes forsche Stimme durch die Tür. »So machen Sie doch auf! Die Dame hier ist von der Presse!«

Sie rührte sich nicht. Harald bellte, aber sie kauerte sich zusammen und tat, als wäre sie nicht da. Sie rollte sich zu einer Kugel zusammen und stellte sich taub. Wenn sie schon ein Tier sein sollte, dann ein Igel, alle Stacheln aufgestellt, das weiche Innere vor allen Blicken und Angriffen verborgen.

Irgendwann gaben sie auf. Sie hörte keine Schritte mehr im Flur. Aber sie blieb liegen und rührte sich nicht, wie ein Tier, das sich immer noch tot stellt, auch wenn die Gefahr längst vorüber ist.

Dann wieder Schritte im Treppenhaus. Schritte bis vor ihre Tür. Und dann das Schaben eines Schlüssels im Schloss.

Als Nils ins Wohnzimmer trat, sprang sie auf.

»Was fällt dir ein, hier einfach hereinzukommen! Du hast mich erschreckt!«

Abwehrend hob er die Hände. »Ich ... Was ist denn los mit dir?«

»Was mit mir los ist? Das fragst gerade du? Lauern deine Freunde nicht immer noch im Flur?«

»Was? Welche Freunde? Wieso lauern?«

Sie warf ihm ihre ganze Angst und ihren Zorn ins Gesicht. »Die Presse war heute da. Deine Zeitung. Und jetzt sag nicht, dass du nichts davon weißt!«

Nils antwortete nicht sofort. Er sah sie lange an, irgendwie traurig, und schließlich sagte er: »Du musst mir glauben, Caro. Das wollte ich nicht. Aber irgendjemand hat unserem Redakteur einen Tipp gegeben. Ich konnte es ihnen nicht ausreden.«

Sie konnte es nicht fassen. »Das glaube ich einfach nicht! Du hast sie hier zu mir fahren lassen? Hast du ihnen vielleicht auch noch meine Adresse gegeben?«

»Caro, bitte. Was hätte ich denn tun sollen? Ich hab versucht, dich zu warnen, aber du warst nicht da.«

»Ich war mit Harald draußen.«

»Siehst du, ich konnte nicht ...«

»Und warum bist du nicht selbst hergekommen? Warum hast du dich nicht hier hingestellt und hast sie weggeschickt? Warum hast du ihnen nicht gesagt: He, das ist meine Freundin, die lasst gefälligst in Ruhe?«

»Weil es keinen Zweck hat«, sagte Nils düster. »Wenn unsere Leute es nicht tun, werden es andere machen. Und so kann ich wenigstens noch ein Auge drauf haben, was sie schreiben.«

Caro schluckte. »Was? Du lässt mich hier im Stich, weil sie mich sowieso irgendwann kriegen werden?« Sie starrte ihn an, als hätte sie ihn noch nie zuvor gesehen. Wer war dieser Mann, der einen Schlüssel zu ihrer Wohnung besaß?

»Gib mir meinen Schlüssel zurück«, forderte sie. »Aber schnell. Sonst komme ich hier eines Tages rein und die Reporter haben es sich schon auf dem Sofa gemütlich gemacht, während du ihnen Kaffee kochst, wie? Weil es sonst andere tun werden. Wie schön. Wie edel.«

Nils war verletzt. »Sieh es doch endlich ein, Caro. Besser meine Leute als irgendwer sonst.«

»Du hast mich verraten«, flüsterte sie.

»Nein! Habe ich nicht! Ich habe nie irgendjemandem von dir erzählt, Caro, ich schwör's.«

Sie ließ seine Worte eine Weile auf sich wirken.

»Du hast nie ... Das heißt, sie wissen nicht, wie wir zueinander stehen? Nicht einmal deine Kollegen wissen das?«

»Ich habe ihnen nie etwas gesagt«, versicherte Nils. »Wenn sie das erst erfahren ... dass ich ihnen so eine Geschichte vorenthalten habe ... dann bin ich ja gleich meinen Job los. Verstehst du, ich konnte ihnen nicht sagen: Lasst meine Freundin in Ruhe. Dann hätten sie sich auf mich gestürzt. Dann würde mein Chef verlangen, dass ich ihm die Story liefere. Dann ... Glaubst du, ich gehe mit so einer Geschichte hausieren?«

Caro konnte es immer noch nicht fassen. »Du hast ihnen nie etwas erzählt von uns?«

»Sie wissen nur, dass du einen Unfall hattest und lange krank warst. Ich liefere denen doch keine Details.«

»Es ist dir peinlich, nicht? Eine Freundin zu haben, die so aussieht wie ich. Gib zu, dass es dir peinlich ist!«

»Was willst du eigentlich? Erst beschuldigst du mich, dass ich dich verraten habe, und jetzt ist es dir auf einmal auch nicht recht, dass ich nichts gesagt habe. Wann entscheidest du dich endlich mal, wofür du mich hasst!«

Caro war wie benommen von ihrem Schmerz. Ein Abgrund tat sich auf; Nils' Versuche, sie zu beruhigen, machten es nur noch schlimmer. Es war, als stieße jedes seiner Worte sie in diese Schlucht, die plötzlich vor ihr gähnte. Sie war schon immer da gewesen, sie hatte es nur noch nicht erkannt.

Er hatte es gewusst. Er hatte gewusst, dass diese Reporter unterwegs waren, und er hatte sie nicht aufgehalten. Er hatte sich nicht vor sie gestellt. Er hatte sie nicht so verraten, wie sie anfangs gedacht hatte, aber verraten hatte er sie trotzdem. Lange hatte sie nicht gewusst, welche Art Mann sie sich wünschte, aber jetzt wusste sie es. Sie wollte jemanden, der für sie kämpfte, jemanden, der sich ohne Rücksicht auf Verluste für sie einsetzte, wenn es hart auf hart kam. Aber Nils tat lieber so, als hätte er eine normale Freundin mit einem normalen Gesicht und einem normalen Unfall, die ganz normal im Krankenhaus gelegen hatte. Normal krank.

»Raus hier!«, sagte sie, heiser vor Zorn. »Gib mir endlich den Schlüssel und dann verschwinde. Und pass auf, dass sie dich nicht sehen. Du könntest deinen Job verlieren, wenn bekannt wird, dass du die ganze Zeit so eine Wahnsinnsstory unter Verschluss gehalten hast. Du könntest deine Freunde verlieren, wenn sie erfahren, dass deine Freundin ein hässliches Ungeheuer ist. Meine Güte, wie peinlich! Wie schrecklich peinlich!«

Nils nestelte den Schlüssel vom Bund und legte ihn auf den Tisch. Er wandte sich zur Tür. Harald, der auf einen zweiten Spaziergang hoffte, sprang entzückt an seinen Beinen hoch. Er schenkte ihm nur einen kurzen Blick.

»Das hier ist echt peinlich«, sagte er mit Nachdruck. »Keine Ahnung, warum ich das so lange mitgemacht habe. Zeitverschwendung. Die reinste Zeitverschwendung.«

Er zog die Tür mit Schwung hinter sich zu.

»Ich will dich nie wiedersehen!«, rief Caro ihm noch nach, bevor sie heulend zusammenbrach.

Noch an diesem Abend packte sie ihre Sachen. Morgen früh, wenn die Zeitungsleute wiederkamen, wenn sie an der Tür darauf lauerten, dass sie herauskam, würde sie schon fort sein. Sie warf nur das Nötigste in ihren Koffer, um den Rest würden ihre Eltern sich kümmern. Eine Stunde lang hatte sie hin und her überlegt, wo sie hin sollte, wo sie sich verstecken konnte. Dann hatte die Lösung sich ihr präsentiert, elegant und einfach, wie alle guten Lösungen.

Sie hatte zum Telefon gegriffen und sich gefreut, die vertraute Stimme zu hören.

»Entschuldige, dass ich dich wecke.« Sie erzählte, dass man ihr auf den Fersen war. Knapp. Darüber heulen und Nils‘ Verrat beweinen konnte sie später immer noch.

»Ob du kommen kannst? Aber natürlich. Dann ... Mein Gott, Kind, hast du dir das auch gut überlegt?«

»Ich setz mich jetzt ins Auto, solange es dunkel ist.«

»Tu das, wir beziehen dir das Gästebett.«

»Nein, lasst nur. Das mach ich selber, wenn ich komme.«

Sie schlich die Treppe hinunter, im Nacken die Angst, die Reporter könnten immer noch hier irgendwo lauern. Aber das Haus war leer, die meisten schliefen schon. Am Wochenende wäre das anders gewesen. Na, wenigstens einmal ein wenig Glück. Am Straßenrand unter einer Laterne geparkt stand ihr Mini. Nils hatte ihn gerne benutzt, während sie fort gewesen war, wahrscheinlich hatte er auch dazu noch den Schlüssel. Nils. Sie wischte sich eine Träne aus den Augenwinkeln. Genug geweint.

Harald sprang aufgeregt in sein Transportkörbchen, das sie auf dem Beifahrersitz anschnallte.

»Dann wollen wir mal«, sagte sie.

Es war ein gutes Gefühl, in die Nacht hinein zu fliehen, fast wie damals, als sie und Sophie sich ins Kino geschlichen hatten. Irgendjemand wird es ja doch tun, hatte Nils gesagt.

Von wegen. Niemand würde sie interviewen, fotografieren oder gar filmen. Niemand. Sie war immer noch Caro, die selbst über ihr Leben bestimmte.

16

»ICH WERDE DICH finden«, flüsterte Jost. »Ich werde dein Gesicht wiedersehen.«

Er klammerte sich daran, wie an ein Rettungsseil. Dieser Gedanke, diese Zuversicht war es, die ihn über Wasser hielt. Er stand an Nataschas Grab. Die Kränze waren schon entfernt worden, wie aus Plätzchenteig ausgestanzt lag das Rechteck ihres Grabes vor ihm. Gerade Kanten aus dunkler Erde. Mutterboden, fiel ihm dazu ein, zugleich wunderte er sich über die fröhlichen Sommerblumen, die Greta gepflanzt hatte.

»Geliebte ...«, flüsterte er. »Meine Schöne.«

Er versuchte, sich ihren Schlaf da unten vorzustellen. Fern von ihm, in absoluter Einsamkeit. Dieser Ort der Stille, an dem sie in Gottes Hand zerfloss ... Wenn es denn Gottes Hand war. Wenn er sie denn festgehalten hatte.

Manchmal hob er den Kopf und sein Glaube war einfach weg. Wie fortgeblasen, völlig und unrettbar verschwunden. Er konnte nicht mehr fühlen, dass es so etwas oder so jemanden wie Gott gab. Natascha war tot und hier stand er und war am Leben und außer ihnen beiden gab es nichts. Eine Welt, die sich weiterdrehte, als wäre nichts geschehen. Ein Magen, der nach Essen verlangte, Kinder, die betreut werden mussten. Es ergab alles keinen Sinn.

Aber irgendwo – irgendwo, das war überall und nirgends zugleich – gab es eine Frau mit Nataschas Gesicht. Eine, die etwas Lebendiges an sich trug, nichts Totes, eine, die mit diesem über alles geliebten Gesicht umherspazierte und Natascha dadurch am Leben erhielt.

Alles, alles hätte er gegeben, um sie wiederzusehen. Nicht die Fremde, sondern Natascha, seine Natascha. Hier lag sie und dort, irgendwo ging sie und atmete und lächelte ...

Manchmal schloss er die Augen und sein Glaube war wieder da, und es war Gott, der die Welt in seinen Händen hielt, und Natascha war nicht verloren, sondern hatte nur den Wohnort gewechselt und war bei ihm und würde noch da sein, wenn er selbst irgendwann sterben musste.

Der Schmerz blieb derselbe. Er blieb, egal, ob der Glaube da war oder sich verflüchtigte. Es war wie mit seinen Kindern: Auch sie waren immer da, egal, ob er sich mit ihnen beschäftigte oder auf den Friedhof floh und dort reglos am Grab stand und sich unablässig fragte, wie Natascha bloß hier gelandet sein konnte. Sie hörten nicht auf, zu ihm zu gehören, seine Kinder, auch wenn er nicht die Kraft hatte, zu ihnen zu gehen und sich ihre Fragen anzuhören und ihre Hausaufgaben nachzusehen. So nahm auch der Schmerz keine Rücksicht darauf, ob er sich mit Glauben wappnete oder nicht, er blieb unerträglich.

Natascha. Er hatte die Ärzte bestürmt, ihm zu verraten, wer die Organspende bekommen hatte. Sie hatten nur die Köpfe geschüttelt: Wir dürfen leider nicht ... Er war – aber daran erinnerte er sich nur wie an einen Traum – ausfallend geworden und laut und hatte versucht, ins Büro zu gelangen und die Papiere durchzusehen oder im Computer danach zu forschen. Es war eine Information, auf die er ein Recht hatte. Als er ins Krankenhaus gegangen war, mit dem festen Vorsatz, nicht ohne den Namen und die Adresse der Empfängerin wieder hinauszugehen, hatte er geglaubt, dass es möglich war, mit gutem Zureden die Ärzte davon zu überzeugen, dass sein Anliegen gerecht und legitim war.

»Bitte, Herr Maler. Uns sind die Hände gebunden.«

Was redeten sie nur immer daher? Sie benahmen sich wie eine Regierungsbehörde, in die ein feindlicher Spion eingedrungen war. Das Schärfste war, dass sie es »zu seinem eigenen Besten« taten. Als wenn sie gewusst hätten, was das Beste für ihn war! Gehen Sie nach Hause, gehen Sie schlafen ... Ständig glaubten sie zu wissen, was er brauchte. Nur deshalb war Natascha letztendlich allein gestorben, ganz allein in ihrem weißen Bett, ohne dass er da gewesen wäre, um ihre Hand zu halten, um jeden Atemzug, den sie noch tat, bei ihr zu sein. Dann diese Spende. Es wird ein gutes Gefühl sein, jemandem geholfen zu haben. Als wüssten sie darüber Bescheid, was er fühlen würde! Er hatte dieser anderen Frau geholfen? Das bedeutete ihm nichts. Es bedeutete ihm nichts, wenn sie darauf verwiesen, dass diese Fremde ein Recht auf ihr Privatleben hatte. Seit wann lag Ärzten etwas am Privatleben der Patienten? Es war lächerlich.

Sein Entschluss, selbst nachzusehen, war, so musste er im Nachhinein zugeben, nicht gut durchdacht. Sein Zorn darüber, dass sie ihn daran hinderten und aus dem Krankenhaus hinausbeförderten, war gewaltig gewesen, aber die Furcht vor einer Anzeige hatte ihn letztendlich davon abgehalten, es noch einmal zu versuchen. Er hätte es von vornherein anders angehen sollen. Er hätte sich des Nachts hineinschleichen und heimlich suchen müssen. Dazu war es nun zu spät. Sobald ihn jemand dort sah, würden sie die Polizei rufen.

Die da oben, dachte er wütend. Es war meine Frau, meine Natascha, meine Tote. Was bilden die sich ein?

Es war ihm schließlich gelungen, sich zu beruhigen, als ihm einfiel, dass er den Namen der fremden Frau auch anders herausbekommen konnte. Eine Gesichtstransplantation. Das war etwas anderes als eine Herzverpflanzung oder eine gespendete Niere. Das war immer noch so selten, dass es eine Geschichte wert war. In der Zeitung hatte nur eine kurze Notiz gestanden. Einer zweiunddreißigjährigen Frau hatte man Nase, Wange und Mund einer Toten transplantiert. War das etwa alles? Er wartete auf weitere Berichte. Auf eine Fernsehsendung: »Wie mein neues Gesicht mein Leben veränderte.« Irgendetwas in der Art. »Meine neue Schönheit.« Oder: »Wer war diese Frau?«

Jost schaltete immer häufiger den Fernseher ein, in der Hoffnung, dass ihn irgendwann ihr Gesicht anlächeln würde. Er zappte von einem Kanal zum anderen, denn wenn er die eine Sendung schaute, verpasste er sie vielleicht auf einem anderen Sender. Er kaufte nicht mehr nur die Lokalzeitung, sondern nahm auch alle überregionalen Blätter mit, denn was wusste er, wo die fremde Frau wohnte? Während er Glückspilz fütterte, blätterte er hastig alle Zeitungen durch und dann wieder von vorne, damit er sichergehen konnte, dass er nichts übersehen hatte. Denn irgendwo musste doch etwas sein.

Sobald er von der Arbeit nach Hause kam, setzte er sich an den Computer und suchte nach Hinweisen. Er erwog sogar, selbst zur Zeitung zu gehen, mit Nataschas Foto in der Hand, und eine große Suchaktion zu starten: Wer hat dieses Gesicht gesehen?

Aber vor diesem letzten Schritt schrak er doch zurück. Dies war, als würde er der ganzen Welt verkünden: Natascha ist tot. Dann würden alle wissen, dass sie dort ohne ihr Gesicht im Grab lag.

Schließlich fing er an, Chiffre-Anzeigen aufzugeben. Wer hat am 23. Februar ein Gesicht transplantiert bekommen? Aber es meldete sich nur eine Frau, die eine Schönheits-OP hinter sich hatte und auf der Suche nach einem Mann war, der das Gleiche mit sich selbst hatte machen lassen.

»Jost?«

Überrascht hob er den Kopf. Es kam selten vor, dass seine Schwiegermutter ihn ansprach. Sie ignorierte ihn, wie sie ihn schon immer ignoriert hatte. Morgens kam sie und machte die Kinder für die Schule fertig, brachte Melissa in den Kindergarten, mittags kamen die Kinder zu ihr und blieben den Nachmittag über dort, bis sie abends dann nach oben zu ihm in die Wohnung liefen und er sie ins Bett brachte. Er hatte jeden Tag mehrere Stunden Zeit, um nach Nataschas Erbin zu suchen; wenn das Schwein nicht gewesen wäre, hätte er nicht einmal gemerkt, wie die Zeit verging.

»Jost?« Er war immer noch verwundert. Sie musste ihn abgepasst haben, als er über den Hof in den Garten ging, um Glückspilz kurz frische Luft schnappen zu lassen.

Greta wartete, bis sie endlich seine Aufmerksamkeit hatte. Was hat er sich bloß verändert, dachte sie. Sie war nie besonders begeistert von ihm gewesen, aber im Vergleich zu jetzt war er früher eigentlich ein recht netter Kerl gewesen. Er hatte manchmal draußen mit den Kindern auf dem Hof gespielt, er hatte Natascha im Haushalt unterstützt, war Einkaufen gefahren und hatte seine Familie sonntags zur Kirche begleitet, wie es sich gehörte.

Aber jetzt tat er gar nichts mehr. Er fuhr zwar zur Arbeit, aber wenn er sich dort so gehenließ wie zu Hause, konnte sie sich kaum vorstellen, dass er dort viel zustande brachte. Er hatte unglaublich stark abgenommen und wirkte krank und übernächtigt. Es war einerseits gut zu sehen, dass er um Natascha trauerte – hatte sie am Anfang nicht sogar gedacht, dass er gar nichts fühlte? – aber dass er es jetzt so übertrieb, konnte nicht richtig sein. Die Kinder kannten ihren Vater ja gar nicht mehr! Und dafür hatte er jetzt dieses Ferkel ständig bei sich. Er hatte es überallhin mit sich herumgetragen, solange es leicht genug dafür gewesen war. Mittlerweile begleitete es ihn wie ein Hund. Das war entschieden nicht normal. Eva hatte ihr erzählt, dass Glückspilz das Sofa angefressen hatte und dass kein Schuh im Flur herumliegen durfte, weil das Schwein ihn sonst zerbiss. Aber immerhin klappte die Sache mit der Katzentoilette.

»Jost«, sagte sie zum dritten Mal.

»Was ist denn?«, schnauzte er sie unwillig an. Wenn es nicht so wichtig gewesen wäre, hätte sie auf dem Absatz kehrtgemacht.

»Evas Lehrerin hat angerufen. Sie möchte ein Gespräch.«

»Dann geh du doch hin.« Wegen so etwas störte sie ihn?

»Nein, sie hat ausdrücklich nach dir verlangt.«

»Ich kann nicht«, sagte er knapp. »Wenn es etwas zu bereden gibt, kannst du das doch genauso.«

Greta schüttelte den Kopf. Was war nur los mit ihm?

»Noch etwas?«, fragte er gereizt.

Greta rang mit sich. »Solltest du nicht mal zum Arzt gehen, Jost? Du siehst fürchterlich aus.«

»Halt du dich da raus!«, blaffte er sie an. »Ich brauch keinen Arzt!«

Er ging an ihr vorbei, erfüllt von Zorn, und führte Glückspilz auf den ehemals so heiligen Rasen.

Greta beobachtete die Szene von weitem. Ihr Ärger, der eben noch hoch aufgekocht war, verebbte plötzlich, während sie zusah, wie dieser große, erwachsene Mann das Schweinchen streichelte und dazu aufforderte, das Gras zu probieren.

Jetzt ist er völlig verrückt geworden, dachte sie und wunderte sich darüber, wie gleichmütig sie diese Erkenntnis hinnahm. Er kann Nataschas Tod nicht verkraften und dreht völlig durch.

Ihre eigene Gelassenheit überraschte sie, während sie Jost beobachtete, und auf einmal fühlte sie Mitleid, ein Gefühl, das sie noch nie in Zusammenhang mit ihrem Schwiegersohn empfunden hatte.

Kopfschüttelnd ging sie zurück ins Haus und rief Evas Lehrerin an, um einen Gesprächstermin zu vereinbaren.

Man müsste, überlegte Jost, einen Teil des Ackers in eine Wiese verwandeln, wo die Schweine grasen könnten. Land war genug da, der größte Teil davon verpachtet. Sie brauchten die Flächen im Grunde nur, um die Gülle dort auszubringen. Aber wenn sie Weiden hatten, würde doch gar nicht mehr so viel Gülle anfallen?

Während das Ferkel auf dem Rasen herumtollte, ließ er seinen Blick über das weite Gelände hinter dem Haus schweifen. Er brauchte natürlich einen Zaun. Handwerkliches Geschick war noch nie seine Gabe gewesen, deshalb verwarf er seine erste Vorstellung gleich wieder, aus Brettern einen so großen Bereich einzuzäunen. Vielleicht würde ein Elektrozaun ja auch genügen? Er musste sich erkundigen. Langsam wurde es Zeit, dass wenigstens dieses eine Schwein draußen lebte. Er selbst nahm den Geruch gar nicht mehr wahr, aber sogar die Kinder rümpften die Nase, wenn sie abends nach Hause kamen.

»Papa«, hatte Luna am vergangenen Abend gesagt, »jetzt ist es doch genug gewachsen, oder? Kann es nicht zu seiner Mama zurück?«

Es gab ihm jedes Mal einen Stich, wenn sie »Mama« sagte; es wunderte ihn, dass sie dieses Wort überhaupt aussprechen konnte, ohne in Tränen auszubrechen. Mama. Mutter. Dass es noch Wesen gab, die eine Mutter hatten, schien absolut ungerecht.

Natürlich brauchte er den Stall trotzdem. Ferkel konnten nicht draußen zur Welt kommen, oder? Wahrscheinlich brauchten sie trotzdem ihre Wärmelampe und so eine Abferkelbucht. Aber dann, wenn sie etwas größer waren, so wie Glückspilz jetzt ... Oder würden sie sich erkälten? Glückspilz hatte sich jedenfalls noch nicht erkältet.

Alle Schweine sollten raus. Sie sollten ihre Nasen in den Wind halten und die Sonne auf ihrer Haut spüren. Sie sollten nicht länger in den Stall eingesperrt sein, ohne Tageslicht und Wind und Regen, ohne Erde und ohne Gras. Sie sollten hinaus ...

Jost stellte sich vor, wie die jungen Schweine draußen umherrennen würden, überwältigt von der Größe des Himmels über ihnen. Sie würden spielen wie Hunde. Sie würden glücklich sein, wenigstens eine kleine Weile, bevor sie sterben mussten.

Wenn er an den unvermeidlichen Tod dachte, krampfte sich alles in ihm zusammen. Warum hatte Gott, wenn es einen Gott gab – im Augenblick war sein Glaube so winzig, dass er ihn mit der Lupe suchen musste –, diese Welt so gemacht, dass es Sterben gab? Warum konnte nicht alles so bleiben, wie es war? Warum gab es das, Unfall und Krankheit und sogar das Töten gesunder Tiere? Alle Antworten, die er vielleicht einmal im Kindergottesdienst gehört hatte – merkwürdigerweise erinnerte er sich eher daran als an später gehörte Predigten – schienen wie verzweifelte Erklärungsversuche einer verzweifelten, leidenden Menschheit. Adam und Eva im Paradies und der Sündenfall ... Als hätte es jemals eine Zeit gegeben, am Anfang der Menschheit, in der alles sehr gut war. Eine goldene Zeit ohne Tränen.

Was für eine schöne Vorstellung, was für ein Traum. Ein Mann und eine Frau in einem Garten, die sich nicht davor fürchten mussten, jemals getrennt zu werden. Und sie hatten keine Ahnung von dem, was alles mit ihnen geschehen würde und welches Leid noch auf sie wartete.

So war auch sein Paradies gewesen. Es lag so kurz zurück, wie ein paar Schritte hinter der nächsten Tür. Dort, ein paar Wochen um die Ecke, würde Natascha sein und nachmittags, wenn er nach Hause kam, auf ihn warten. Und keiner von ihnen würde wissen, was ihnen bevorstand. Wenn sie da wäre... Wenn er sie noch einmal sehen könnte, einmal in seinem Leben. Wenigstens ihr Gesicht.

Dieses herrliche Leben, das sie zusammen gehabt hatten! Warum hatte er sich je Gedanken darüber gemacht, hier wegzuziehen? Warum hatte er sich Sorgen gemacht und Sehnsüchte gehegt, von einem eigenen Haus geträumt, statt einfach zu genießen, was er hatte? Bestimmt hatte es Natascha bedrückt, dass er immer von Flucht träumte. Die Ironie war, dass jetzt, wo Natascha nicht mehr da war, ein Umzug so unmöglich war wie nie zuvor. Dies waren nicht seine Eltern. Es war auch nicht sein Stall – oder doch? Auch wenn dies nicht der Ort war, an dem er jemals hatte leben wollen, konnte er nicht einfach seine drei Kinder nehmen und wegziehen. Er brauchte Greta, damit sie sich um die Mädchen kümmerte, wenn er nicht da war. Gerade jetzt, wo keine Natascha mehr zwischen ihnen vermittelte, brauchte er seine Schwiegereltern mehr als je zuvor.

»Komm, Glückspilz«, sagte er zu dem Schwein. »Genug Auslauf für heute.«

Auch die Schweine lebten in einem Paradies. Sie machten sich keine Sorgen. Sie ahnten nicht, was am Ende auf sie zukommen würde. Sie nahmen, was sie kriegen konnten, und dachten nicht weiter. Aber so war er nie gewesen. Und, er seufzte, Natascha auch nicht. Es gab keine Rückkehr in dieses Paradies, in dem man nichts Böses wusste.

Greta merkte genau, dass Jost ihr auswich. Sie wollte ihm gerne erzählen, was die Lehrerin ihr gesagt hatte – dass es wichtig war, dass Eva ihr seelisches Gleichgewicht wiedererlangte und dass sie dazu dringend Unterstützung benötigte. Aber Jost rannte quasi vor ihr davon; es war unmöglich, ein Gespräch mit ihm zu führen. Hubert kümmerte sich um die Schweinezucht, seit Natascha damals ins Krankenhaus gekommen war, aber er war auch nicht mehr der Jüngste, langsam wurde ihm alles zu schwer. Es konnte nicht sein, dass ein junger, gesunder Mann wie Jost nur für ein einziges Schwein sorgte, während ihr Mann unter der Arbeit zusammenbrach. Wie sollte das nur alles weitergehen? Wenn Jost so weitermachte, würde er vielleicht sogar entlassen werden, und wenn der Rückhalt durch sein Gehalt fehlte, was wurde dann aus dem Hof? Allerdings war Greta sich nicht einmal sicher, wie lange Jost überhaupt noch bereit sein würde, den Hof zu unterstützen. Was sollten sie nur tun? Die Schweine aufgeben? Wahrscheinlich bleibt uns nichts anderes übrig, dachte Greta. Sie fegte das Pflaster mit kurzen, ruckartigen Strichen und spürte ihre schmerzenden Gelenke.

Wir müssen alles aufgeben.

Die Tränen traten ihr in die Augen, während sie darüber nachdachte. Dieser Hof war ihr Leben, ihr Ein und Alles. Damals, als die Kinder klein waren, hatte sie nie daran gezweifelt, dass einer der Jungen ihn einmal übernehmen würde. Es war nicht nur ihr Leben, sondern das Leben von Generationen vor ihnen. Es war Tradition und Familie und all das, woran sie glaubte. Und nun war es mit Natascha gestorben.

Greta blieb stehen und putzte sich die Nase. Vor ihren Augen verschwamm alles, sie konnte das Pflaster kaum noch sehen.

Ach, Natascha ... Es war nicht richtig, wenn die Kinder vor den Eltern starben. Alles lief falsch ... Aber die Mädchen. Sie war so froh über diese drei hübschen kleinen Mädchen. In ihnen sah sie ihre Tochter, als sie klein gewesen war. Sie war auch so hübsch gewesen, so naseweiß, verspielt und schnell zu begeistern. Tierlieb. Trotz der Unterschiede zwischen Melissa, Eva und Luna waren diese Eigenschaften in ihnen allen vorhanden, wenn auch unterschiedlich stark ausgeprägt. Manchmal drückte sie sie an sich. Manchmal träumte sie davon, dass diese Kinder den Hof weiterführten. Aber sie waren zu klein; bis sie erwachsen waren, war längst alles verkauft. Würde man je neue Schweine kaufen, wenn diese erst fort waren? Ach, das waren die Träume einer alten Frau. Neulich hatte sie zu Hubert gesagt: Und wenn wir uns eine kleine Wohnung nehmen?

Sie schaffte es nicht mehr, alles sauber zu halten. Vor allem jetzt, wo sie sich um die Kinder kümmern musste, blieb neben dem Kochen, Abholen und Hausaufgaben beaufsichtigen kaum noch Zeit zum Putzen, und sie konnte einfach nicht mehr so schnell wie früher. Eine kleine Wohnung mit kleinen Zimmerchen. Dann brauchte auch Hubert nicht mehr so schwer zu arbeiten.

Wo?, hatte er gefragt.

Ich weiß nicht wo, hatte sie geantwortet. Irgendwo eben. Wo es Ärzte und Apotheken gibt. Wo man zu Fuß einkaufen kann.

Er fuhr immer vorsichtiger Auto, langsam, über das Lenkrad gebeugt. Einmal hatte er einem anderen Wagen die Vorfahrt genommen, zum Glück war nichts passiert, aber seitdem sah sie an jeder Kreuzung fast gleichzeitig nach allen Seiten, um ihn rechtzeitig zu warnen.

Hubert hatte nicht auf ihren Vorschlag geantwortet. Aber sein Gesicht war traurig gewesen und irgendwie leer. Einen alten Baum verpflanzt man nicht. Wie wahr.

Es hätte alles anders sein sollen. Natascha hätte da sein sollen. Oder einer der Söhne. Vielleicht, wenn sie wussten, wie es aussah, kamen sie zurück? Aber sie hatte sie ja auf der Beerdigung erlebt. Nein, von denen würde keiner zurückkommen.

Sie nahm das Fegen wieder auf. Langsam, Strich für Strich.

Ah, da kam er. Was wollte er jetzt schon wieder? Futter für sein Vieh holen?

»Jost«, sagte sie, »hallo«. Sie versuchte zu lächeln.

Er blickte zerstreut. »Was?«

»Jost, ich hab mit der Lehrerin, wegen Eva ...«

Er hörte ihr schon nicht mehr zu. So ging das wirklich nicht weiter!

»Jost!«, rief sie ihm ärgerlich nach. »Und wie es bei euch ausschaut! Kannst du nicht wenigstens mal wischen?«

Das hatte ihr schon lange auf der Zunge gelegen. Als Natascha noch im Krankenhaus war, als sie noch die Hoffnung gehabt hatte, sie könnte wiederkommen, hatte sie dort geputzt. Aber seit Jost mit seinem Ferkel dort hauste, hatte sie die Wohnung nicht mehr betreten. Wenn die Kinder nicht dort geschlafen hätten, hätte sie nichts gesagt. Bestimmt nicht, versicherte sie sich selbst. Aber so? Sie wurden noch krank, wenn das so weiterging. Sie versuchte, ihren Ärger hinunterzuschlucken, aber er lag ihr brennend auf der Zunge.

Auch Jost ärgerte sich. Was ging es sie an, ob seine Wohnung ihren Ansprüchen gerecht wurde? Gar nichts. Außer Vorhaltungen hatte sie ihm sowieso nichts zu sagen.

Missmutig stieg er die Treppen hoch. Sie waren dreckverschmiert, aber das war bei nassem Wetter eben so. Schon der Mai war verregnet gewesen und noch deutete nichts auf eine Besserung hin. Wenn er jedes bisschen Schmutz gleich wegputzte, tat er ja bald nichts anderes mehr. Und drinnen ... Er sah sich um. Der Staub flockte auf dem Fußboden, Fussel und undefinierbare Teilchen verzierten den Teppichboden, Reste von Glückspilz' angefressenem Spielzeug.

Als Natascha noch da gewesen war, hatte es nicht so ausgesehen. Nicht einmal, wenn die Kinder krank waren. Natascha hatte nie besonders viel geputzt, aber merkwürdigerweise war es trotzdem immer viel sauberer gewesen.

Er holte sich den Staubsauger aus dem Abstellraum und begann zu saugen. Eigentlich hatte er nur den gröbsten Schmutz im Eingangsbereich entfernen wollen, aber dann machte er die anderen Zimmer gleich mit. Im Vorbeigehen sah er den Staub auf den Regalen, den er vorher noch gar nicht bemerkt hatte. Wo waren noch mal die Lappen? Er brauchte eine Weile, bis er sie gefunden hatte, dann machte er sich an die Arbeit. Er wischte und wischte und vergaß dabei die Zeit. In der unteren Wohnung hörte er die Kinder rufen und lärmen, aber hier oben war es still. Der Wasserhahn tropfte. Hin und wieder begann der Kühlschrank zu brummen. Schließlich machte er Musik an, einfach das, was gerade im Radio kam. Jedes einzelne Figürchen hob er hoch, wischte darunter weg und putzte es gründlich ab. Natascha hatte ein Händchen für Dekoration. All diese niedlichen Sachen, an denen sie Freude gehabt hatte. Sie bedeuteten ihm nichts, und doch, während er jede Vase in die Hand nahm, jedes Gesteck, jede kleine Figur, war es ihm, als würde er das für sie tun.

Das Schlafzimmer nahm er sich als Letztes vor. Er wischte auch auf ihrem Nachttisch Staub. Er hob das Hochzeitsfoto hoch, das sie dort stehen hatte, und betrachtete das glückliche Paar auf dem Bild. Natascha lachte, er selbst sah etwas ernst aus. Er versuchte, sich daran zu erinnern, was er damals gefühlt hatte, ob er vielleicht Angst gehabt hatte, aber er wusste nur noch, bei welchem Fotografen sie damals gewesen waren und dass er sich gefreut hatte, als die ganze Fotografiererei endlich vorbei gewesen war.

Die Minuten verstrichen. Unten wurde es ruhiger, aber er nahm es gar nicht wahr. Er saß auf der Bettkante und starrte auf das Bild. Er sah es an, ohne sich zu rühren. Bis dass der Tod euch scheidet ...

Hieß das, sie waren jetzt geschieden? Aber so war es nicht. Immer noch gehörten sie zusammen, untrennbar, unauflösbar, immer noch, immer ... Wo du hingehst, da will ich auch hingehen ...

Abrupt zog er die Schublade ihres Nachttischchens auf, um das Bild darin zu versenken, um es nicht immerzu ansehen zu müssen. Er hatte die Hand schon ausgestreckt, als er auf einmal zögerte. Ein Notizbuch lag darin, mit rot gemustertem Papier bespannt. Nein, es fühlte sich an wie Stoff. Ihr Tagebuch. Er erinnerte sich daran, dass er Natascha manchmal gesehen hatte, wie sie darin schrieb.

Behutsam, geradezu ehrfürchtig, hob er es heraus. Das Foto war vergessen. Er blätterte in dem Buch – eng beschriebene Seiten in Nataschas feiner, ordentlicher Handschrift. Auf einmal packte ihn die Furcht. Was hatte sie dort geschrieben? Über ihr Leben? Welche Geheimnisse hatte sie dort festgehalten? Vielleicht war sie unglücklich gewesen. Vielleicht hatte sie sich ihren Kummer von der Seele geschrieben, dass es ihm nicht gelang, ihr das zu geben, was sie brauchte. Vielleicht ...

»Natascha«, flüsterte er.

Er suchte nach ihrer letzten Eintragung. Fassungslos starrte er auf das Datum: das war der Tag ihres Unfalls. Am Abend war sie verunglückt, und hier, irgendwann im Laufe des Tages, hatte sie noch schnell ihre Gedanken festgehalten. Die Schrift sah hastig aus, etwas verrutscht.

Natürlich, ihre Aufregung vor dem Konzert. Sie hatte sich Sorgen gemacht, dass sie einen Patzer machte. Und doch klang aus jedem Satz die Vorfreude durch, die Zuversicht, dass es gelingen, dass es ein einmaliges Erlebnis werden würde.

Er legte sich auf Nataschas Bett, auf ihr Kissen, er vergrub sein Gesicht hinein. Es roch staubig, ihr geliebter Duft war längst verflogen.

Vor der Schlafzimmertür quiekte das Schwein, aber er hörte es nicht. Er hielt das Buch an seine Brust gepresst, sein Herz schlug dagegen, lebendig, immer noch lebendig.

Nataschas Tagebuch.

»Danke«, flüsterte er, irgendwohin, vielleicht zur Schlafzimmerdecke, vielleicht an jenen Gott gerichtet, an den er im Moment fast wieder glauben konnte.

Hier hatte es gelegen, das Buch, die ganze Zeit über, und hatte auf ihn gewartet. Als hätte Natascha es für ihn geschrieben. Nicht für sich, sondern nur für ihn. Mit banger Erwartung schlug er die erste Seite auf und begann zu lesen.

Er hörte erst auf, als die Mädchen die Treppe hinaufstürmten und in die Wohnung einfielen wie eine Horde räuberischer Barbaren.

»Papa? Wo bist du? Papa!«

Hastig versteckte er das Tagebuch unter dem Kissen. Er spürte das kleine Lächeln auf seinem Gesicht, das dort irgendwie entstanden war, während er über Nataschas Alltag gelesen hatte, über ihre Auseinandersetzungen mit den Kindern oder mit ihren Eltern oder sogar auch mit ihm. Für eine Weile war er in ihre Welt eingetaucht, in ihre Art, die Dinge zu sehen und zu erleben, und er hatte sie begleitet durch eine Woche, in der alles drunter und drüber ging, während er sich eingestehen musste, dass er bestenfalls vage Erinnerungen an diese Zeit hatte, aber eher noch gar keine. Für ein, zwei Stunden war sie lebendig gewesen und er hatte sie von innen her sehen können, ihre Gefühle, ihre Erfahrungen, ihre Gedanken ... Fast jeder Eintrag endete damit, dass Natascha sich an Gott wandte und alles, was sie an Sorgen hatte, ihm zu Füßen legte. Zuerst hatte Jost sich über dieses Du gewundert und sich fast erschreckt, als wäre er es, den sie da plötzlich über diese unüberbrückbare Entfernung hin anredete. Dann wurde ihm klar, dass diese Bitten um Gesundheit für die Kinder und um Weisheit im Umgang mit ihrer Mutter unmöglich an ihn gerichtet sein konnten, und er lachte leise über sich selbst. Zugleich fühlte er den leisen Stich der Eifersucht, dass sie einem anderen all das anvertraut hatte statt ihm. Er hatte gewusst, wie wichtig ihr Glaube für sie war, aber er hatte sich nie klargemacht, dass das bedeutete, dass sie ihre innersten Empfindungen mit einer anderen Person teilte, auch wenn diese Person Gott war und nicht ein anderer Mensch. Trotzdem fühlte es sich ein bisschen so an, als wäre er nur einer von vielen in ihrem Leben gewesen. Durch ihren lebhaften Stil wurde er aber auch von diesen Gedanken abgelenkt und zurück in ihre Welt geführt, wo es darauf ankam, was sie dachte und fühlte, und nicht, wie er damit klarkam.

»Papa?«

Es fiel ihm schwer, sich wieder der Wirklichkeit zuzuwenden, in der Natascha fehlte. Dieser Wirklichkeit, in der er drei Kinder ins Bett bringen musste, die alle nicht besonders müde waren oder jedenfalls so taten, als wären sie es nicht. Manchmal hätte er am liebsten Greta zur Hilfe gerufen, aber er wagte es nicht. Ein einziges Mal hatte er sie angesprochen, als sie die Kinder nach oben brachte, aber sie hatte ihn eiskalt abblitzen lassen, und seitdem schickte sie die Kinder alleine in die obere Wohnung, als wollte sie auf jeden Fall vermeiden, dass sie ihnen auch noch beim Zähneputzen helfen und ihnen etwas vorlesen sollte.

Seufzend stand er auf und machte sich bereit für den Kampf.

Manchmal vergrub er sich in die Lektüre. Er versank darin und vergaß alles um sich herum. Dann wieder konnte er es nicht mehr aushalten, er schlug das Buch zu, gewaltsam, und musste nach draußen, unter den freien Himmel. Die Wolken zogen über ihn hinweg, eilig, alles entglitt ihm. Er stand da und starrte und wartete auf irgendetwas.

Oh Gott, danke für Jost. Ich liebe ihn so sehr ...

Er trank von diesen Worten, die er in der Nacht gelesen hatte. Es war, als hielten sie ihn am Leben. Dass Natascha ihm von dort, wo sie war, diese Liebesbeteuerung zukommen ließ, fühlte sich an wie ein Geschenk zum Hochzeitstag. Ein paar Stunden lang war er glücklich. Er war nicht mehr ein Witwer, der alles verloren hatte, sondern der Mann, den Natascha liebte. Alles war wieder möglich, sogar zu leben. Er sah in die Wolken über sich und es war für eine kurze Zeit möglich, wie sie weiterzufliegen und zu erkunden, was als nächstes auf dieser Erde passierte, was noch alles in diesem Leben geschehen könnte, Gutes wie Schlechtes. Überraschendes.

Natascha hatte Überraschungen geliebt.

Er wünschte sich, er hätte sie mehr damit erfreut, ihr mehr gegeben, viel mehr. Jeder Abend, an dem er übellaunig nach Hause gekommen war und wo sie vergebens versucht hatte, ihn aufzuheitern, lastete auf ihm. Über so vieles hatte er sich geärgert, sich von so vielen Kleinigkeiten ablenken lassen ...

Wieder fiel es wie ein Schatten über ihn, das Bewusstsein, dass es zu spät war, dass nichts mehr gutzumachen war, nichts mehr rückgängig. Sie war fort. Natascha.

Er blieb noch eine Weile stehen und atmete. Er hatte es sich angewöhnt, sehr früh aufzustehen – seit Nataschas Tod schlief er sowieso keine Nacht mehr durch – und mitzuerleben, wie die Sonne aufging, wie der neue Sommertag aus allen Poren der Erde zu kriechen schien. Die Luft war jetzt schon warm und roch nach Erde und Tieren. Der nahe Schweinestall war darin enthalten und die Äcker in der Umgebung. Greta kochte Kaffee – der verlockende Geruch waberte durch den Garten. Sein Magen rührte sich und ihm fiel ein, dass er noch nicht gefrühstückt hatte. Sofort nach dem Aufwachen hatte er weitergelesen, bis er es nicht mehr aushielt, ihr zu begegnen, die fort war.

Ein leichter Schauer fiel aus den Wolken, als hätten sie sich doch noch dazu entschlossen, hier in der Nähe zu bleiben und nicht vollständig weiterzuziehen. Er spürte die Tropfen auf seinem Gesicht. Auf einmal war ihm, als müsste etwas geschehen, etwas Besonderes, etwas Wichtiges. Und es kam ihm vor, als hätten sie beide ihr Gesicht in den Regen gehalten, er und Natascha, und als stünden sie beide da, still. Er wusste immer noch, dass sie tot war, aber für einen Augenblick fühlte es sich an, als wäre sie bei ihm.

Dass sie es nicht war, war um so schlimmer. Er fühlte, wie der Verlust ihn in die Knie zwang, und er vergaß Greta, die bestimmt gerade in diesem Moment aus dem Fenster sah, und ließ sich auf den feuchten Rasen hinunter. Die Zweige der Apfelbäume kreuzten den Himmel. Der Regen hatte den Duft aller Pflanzen entfacht und alles um ihn her roch schwer und süß.

»Ich vermisse sie so«, flüsterte er und ließ den lauen Regen über sein Gesicht perlen. »Oh Natascha, ich vermisse dich so.«

Als er aufstand, kam ihm plötzlich der Gedanke, dass er es vielleicht doch schaffen könnte, weiterzuleben. Greta hatte ihm oft genug gesagt, dass er sich zusammenreißen sollte, aber die Tage vergingen ohne sein Zutun, zu rasch, als dass er sie anhalten konnte. Die Zeit war wie eine Rolltreppe, die vor ihm in die Höhe rauschte, und er konnte seinen Fuß nicht auf die unterste Stufe setzen, weil sie jedes Mal bereits fort war, wenn er es versuchte. Doch obwohl sie so unaufhaltsam vorbeizogen, war jede Stunde so lang wie eine Woche, so lang wie zehn Minuten für ein Kind, das in den Keller gegangen ist, um ein Glas Marmelade zu holen, und dann macht jemand das Licht aus und die Tür zu. Manchmal fühlte er sich so, wie jemand, dem ein anderer einen gemeinen Streich gespielt hat – überrumpelt und zornig, während die Angst ihm die Waden hochkroch.

Ich werde damit aufhören, nach der Fremden zu suchen, dachte er. Ich werde wieder leben, so wie früher ... In einer halben Stunde musste er zur Arbeit fahren, und für diese dreißig Minuten würde er sich nicht an den Computer setzen, sondern – welch ungewohnter Gedanke – bei seinen Schwiegereltern klopfen und sie fragen, ob er eine Tasse Kaffee mit ihnen trinken konnte. Doch seine Füße stiegen bereits wieder die Treppe hoch, vorbei an den Zimmern der schlafenden Kinder (ein paar Minuten hatten sie noch), und schlugen bereits den Weg ein, den sie immer nahmen: zum Computer. Noch einmal, dachte er, schon halb entschlossen, noch einmal suche ich nach Meldungen ...

Als er sich auf den Drehstuhl setzte, erfasste ihn wie jedes Mal ein Brennen, sobald er sich im Internet befand, in diesem gigantischen Netzwerk, das unzählige Menschen verband. Vielleicht würde er diesmal auf einen Hinweis stoßen, vielleicht ...

Seine Hände sanken herab. Hatte er es denn je geglaubt? Oder hatte er denn je die Hoffnung aufgegeben?

Er hatte sie gefunden.

Der Artikel gab weniger her, als er gehofft hatte. Es war den Zeitungsleuten nicht gelungen, ein Foto von ihr zu schießen – da war nur eine Person, die, eine Kapuze über dem Haar, halb von hinten zu sehen war, wie ein flüchtiger Verbrecher, unscharf, als wäre es das Foto einer Überwachungskamera. Trotzdem begann er zu zittern, er hielt sich mit beiden Händen an der Tischplatte fest. Das war die Frau. Das war sie.

Ihm war, als wäre es Natascha selbst. Eine Fremde, und doch, und doch!

Auch der Text enthielt nicht die Informationen, nach denen er sich gesehnt hatte. Da stand nichts darüber, wie schön sie war, wie wunderhübsch, nichts darüber, wie glücklich sie war über dieses Gesicht, das Natascha gehört hatte und deshalb auch in gewisser Weise ihm. Nur ein reißerisch aufgemachter Bericht – »Dies ist die Frau mit dem neuen Gesicht! Wie vor einiger Zeit berichtet, wurde die 33-jährige Alexandra M. (Name von der Redaktion geändert) im Oktober letzten Jahres beim Hundeausführen das Opfer einer wilden Hundeattacke. Schwer verletzt ...« Er las die Geschichte einmal, zweimal, er konnte seine Augen nicht davon abwenden.

Alexandra? Oder wie auch immer sie hieß.

Die Gestalt im Kapuzenmantel, verschwommen, ein dunkler Fleck auf einem Foto. Aber das war sie, eine reale Person. Eine Fremde, der er sich so verbunden fühlte wie niemandem sonst. Und nun wusste er, wo sie wohnte. Jetzt endlich konnte er sich auf die Suche machen.

Jost stand auf. Er durchquerte mit raschen Schritten die Wohnung und war schon an der Haustür, als ihm einfiel, dass er keine Ahnung hatte, wie lange es dauern würde. Schnell packte er ein paar Sachen in seine Reisetasche, Zahnbürste, Wäsche zum Wechseln, zwei, drei Hemden. Wenn er sie traf, wollte er einen guten Eindruck machen. Oder würde sie sein wie Natascha? Würde es ihr nichts ausmachen, wie er aussah, weil er doch so vertraut war, so nah?

Jost blickte auf Glückspilz hinunter, die ihn erwartungsvoll ansah.

»Du musst wieder in den Stall«, sagte er. Er zögerte. Würden die anderen das Ferkel überhaupt akzeptieren, jetzt noch? Und wenn sein Schwiegervater es in die Hände bekam? »Oder noch besser, du kommst mit.«

Als er noch einmal hochgehen wollte, um seine Tasche zu holen, stolperte er fast über Greta, die neugierig zur Garage hinüberspähte.

»Äh, Jost, alles in Ordnung bei dir?«

»Ich muss kurz verreisen«, sagte er. Wie hätte er ihr von dem Aufruhr erzählen können, der in ihm tobte, von diesem inneren Jubel, von der Vorfreude und der Hoffnung?

Greta starrte ihn an. »Mit dem Schwein? Du musst doch zur Arbeit! Willst du, dass sie dich entlassen? Und die Kinder? Die müssen doch gleich zur Schule. Was sage ich denen?«

»Ich bin bald zurück«, versprach Jost. »Und ich hab gerade meinen Chef angerufen und mir ein paar Tage Urlaub genommen.« Er brachte ein beruhigendes Lächeln zustande, ein kleines nur, aber immerhin. Greta lächelte nicht zurück. Sie sah sehr besorgt aus, während sie zusah, wie ihr Schwiegersohn seine Sachen ins Auto packte.

»Lass wenigstens das Ferkel hier«, sagte sie.

»Damit Hubert es schlachtet, sobald ich vom Hof bin?«

Greta fühlte, wie sich alles in ihrem Inneren zusammenzog. »Ich passe darauf auf. Versprochen. Ehrlich, Jost, du kannst es ruhig hierlassen.«

Er zögerte. Er blickte auf das Schwein, das nervös den Kofferraum inspizierte und gerade damit beginnen wollte, die Gummimatte zu zerlegen. »Na gut«, sagte er schließlich, aber während er es aussprach, hatte er bereits das Gefühl, dass er es bereuen würde. Er half Glückspilz wieder aus dem Auto heraus.

»Sei schön brav«, murmelte er noch. Die alte Frau schüttelte den Kopf, als er aus der Garage fuhr und davonbrauste.

Er ist verrückt, dachte sie beklommen. Großer Gott, hoffentlich passiert ihm nichts Schlimmes.

17

NILS HATTE NICHT erwartet, dass Caro so einfach aus seinem Leben verschwinden würde. Sie waren schon so lange zusammen und obwohl am Ende aus ihrer Beziehung eine Art platonische Freundschaft geworden war, gehörte sie doch zu seinem Leben. Wenn nicht als Geliebte, die er begehrte, dann doch wenigstens als ein Mensch, mit dem ihn eine Art Verpflichtung verband. Jetzt, wo sie fort war, merkte er, dass es ihm fehlte, sich um ihre Angelegenheiten zu kümmern.

Harald war weg. Auch der Hund fehlte ihm, die Rituale, die sich eingeschlichen hatten zwischen ihnen: das Begrüßen, das Spazierengehen, das Wissen, dass er abends nicht allein in seiner Wohnung sein würde.

Maren war allerdings immer da.

Als er, noch benommen von seinem Streit mit Caro, nach Hause kam, sah er sie am Fenster. Ihre blonden Locken loderten um ihr Haupt wie die Korona der Sonne. Er wandte den Blick ab und ging auf die Tür zu, aber auf einmal zögerte er. Sobald er den Flur betrat, würde sie ihre Wohnungstür öffnen und ihn zu einem Kaffee hereinbitten. Oder, um diese Zeit, wohl eher zu einem Glas Wein. Er wollte nichts davon.

Auf dem Absatz machte er kehrt. Nur irgendwohin ... Er ging über die dunklen Bürgersteige, nein, er ging nicht, er trottete, schwerfällig, die Füße ließen sich kaum über die Kanten der Pflastersteine heben. Was ist nur mit mir los, wunderte er sich, um einige hundert Meter weiter festzustellen, dass er wohl traurig war. Und zornig, ja, das auch. Zornig auf Caro, die ihm Vorhaltungen gemacht hatte, zornig auf seine Kollegen von der Zeitung, die sie ausfindig gemacht hatten, und obwohl er den Gedanken nicht an sich heranlassen wollte, war da auch ein gut Teil Zorn auf sich selbst.

Er hatte dabeigesessen, als Petra von dem Anruf berichtet hatte. »Die Frau mit dem neuen Gesicht, ihr erinnert euch?« Eine dramatische Pause. »Sie wohnt hier in unserer Stadt.«

»Woher weißt du das?«, hatte Gregor gefragt, während Nils versucht hatte, sich unsichtbar zu machen.

»Das eben war ihr ehemaliger Chef. Er ist sich ganz sicher, er hat die Narben gesehen, es passt genau zu dem, was im Februar von der Klinik bekanntgegeben wurde.«

Hätte ich doch ... Aber was hätte er denn schon tun können? Was?

Es war nicht fair, wie sie mit ihm umgesprungen war, nachdem er so viel für sie getan hatte. Absolut nicht fair.

Im »Wilden Mann« bestellte er sich ein Bier. Er hatte keine Stammkneipe; eigentlich trank er nie allein. Wenn er mit Freunden unterwegs gewesen war, hatte er sich immer nach ihnen gerichtet, wohin man ging. Lange schien das jetzt her, sehr lange. Seit er mit Caro zusammen war, war er direkt häuslich geworden. Sie nicht, sie war nicht häuslich, sie war ja ständig unterwegs. Aber sie hatte ja auch andauernd irgendwelche Hobbys, bei denen er nur störte. Wie viele Abende hatte er damit verbracht, auf sie zu warten, während sie ihren Träumen nachjagte? Viel zu viele.

Während er sein Bier trank, fragte er sich, wie er von dem Nils, der er einmal gewesen war, zu diesem traurigen Abklatsch hatte werden können, zum Anhängsel einer Frau, die sich nicht um ihn scherte.

Weil sie so wunderschön war, flüsterte ihm seine innere Stimme zu, so schön, dass ein Wort von ihr dir das Herz aus der Brust reißen konnte.

Aber das ist sie nicht mehr, entgegnete er, und nun hat sie ihre Macht verloren. Nun sehe ich, wie sie wirklich ist: anmaßend und egoistisch und nur um sich selbst bemüht.

Die beiden Stimmen schienen einander zuzunicken, und trotzdem tat etwas in ihm weh, wie ein hauchdünner Riss in einem Glas, ein Riss durch die Wirklichkeit, wie sie sein sollte. In dem Gelächter, das hinter ihm aufbrandete, war er jemand, der plötzlich allein war. Nun, es war nicht das erste Mal.

»He, Nils! Nils, bist du das?«

Diesmal keine innere Stimme, sondern eine sehr reale. Frisch und munter, und sie kannte ihn offenbar. Er runzelte die Stirn. »Jana?«

»He, ist das lange her!«

Jana, groß, mit langen, braunen Haaren, umarmte ihn ungeniert. Dabei war sie es damals gewesen, die sich von ihm getrennt hatte, weil sie angeblich den Mann ihrer Träume gefunden hatte. Wie lange war das jetzt her? Zehn Jahre? Fünfzehn? Eine seiner ersten Freundinnen, das wusste er noch. Sie hatte es nicht lange mit ihm ausgehalten.

»Jana, du – hey, du bist ja erwachsen geworden!«

Es stand ihr, über dreißig zu sein. Sie wirkte reifer, nicht mehr so albern wie damals mit Anfang zwanzig.

»Unglaublich, dass ich dich ausgerechnet jetzt treffe«, teilte Jana ihm mit und setzte sich neben ihn. Sie winkte ihren Freundinnen zu, die lachend weiterzogen.

»Ausgerechnet jetzt?«, fragte er zurück und zwang sich zu einem munteren Lächeln.

»Nun, das ist eine längere Geschichte.« Sie wartete nicht darauf, dass er sie dazu aufforderte, zu erzählen. Sie strich sich das Haar aus dem Gesicht und begann einfach und er erfuhr die tragische Geschichte ihrer letzten Beziehung und das wenig ruhmreiche Ende und nickte dazu, aber von sich und Caro gab er nichts preis.

Vor zehn Jahren hätte er sie vielleicht gleich mit nach Hause genommen – sie schien auf Trost zu warten –, aber so war er nicht mehr. Vielleicht würde Caro morgen anrufen. Vielleicht fiel ihm noch etwas ein, wie er die Meute, die ihr auf den Fersen war, aufhalten konnte, ohne sie auf sich zu lenken, was genauso fatal war und weder ihm noch Caro irgendwie half.

Als er merkte, wie die Müdigkeit ihn überfiel, verabschiedete er sich höflich.

»Vielleicht rufst du mal an?«, fragte Jana und schrieb hastig Zahlen auf einen Zettel.

»Ja, vielleicht«, antwortete er. Seine Stimme klang so müde, wie er sich fühlte, aber diese fremd-vertraute Frau mit den langen Haaren lächelte, als hätte er es bereits fest versprochen.

In der Redaktion ging es drunter und drüber.

»Sie ist weg!«, heulte Gregor Moschinski, Chefredakteur und im Moment der vielleicht wütendste Mann in der Stadt.

»Wie, sie ist weg?«, fragte Nils. »Wer?«

»Diese Frau mit dem operierten Gesicht! Weg! Vom Erdboden verschluckt, in Luft aufgelöst!«

Nils heuchelte einen mittelschweren Schock. »Das gibt‘s doch nicht!«

»Sie hat sich verkrochen. In ihrer Wohnung ist sie nicht. Wir warten jetzt natürlich, aber …« Moschinski schüttelte den Kopf. »Wenn sie wieder auftaucht, bieten wir ihr einen guten Preis. Das hilft immer.«

Bei der nicht, dachte Nils.

Keinen Augenblick lang dachte er daran, Caro zu verraten. Abgesehen davon wusste ja nicht einmal er, wo sie sich versteckte. Bei ihren Eltern, vermutete er. Vielleicht auch bei ihrer Schwester. Aber von der Redaktion aus wollte er nicht dort anrufen. Das musste warten.

Vielleicht, dachte er, würde sie auch bei ihm anrufen. Und wenn sie bei ihm Unterschlupf suchte? Vielleicht hatte sie gestern darauf gewartet, dass er das anbot. Aber nein, Maren war viel zu neugierig. Die würde es ganz schnell rauskriegen, wenn er eine Frau in der Wohnung hatte.

»Ich hab‘s!« Petra, die Ehrgeizige, wie er sie insgeheim nannte, wedelte mit einem Zettel. »Von der Nachbarin, die Nummer der Eltern. Fragen wir doch die, wo ihre Tochter ist.«

»Die werden uns doch nichts sagen.«

»Wir müssen ihnen ja nicht auf die Nase binden, dass wir von der Presse sind! Wie wäre es, wenn ich mich als Sprechstundenhilfe ausgebe? Die einen wichtigen Termin verschieben muss?«

»Das will ich nicht gehört haben«, murmelte Gregor und grinste dabei.

Nils fühlte sein Herz hämmern. Nie trittst du für mich ein, hatte Caro geklagt. Du schämst dich meiner wohl, wie?

Jetzt, jetzt musste er etwas sagen ... Aber was? Es gab keinen Weg, um eine Frau wie Petra von dem abzuhalten, was sie sich vorgenommen hatte. Außer Mord vielleicht.

»Ich geh nach Hause«, sagte er matt, »mir ist nicht gut.«

Niemand hörte auf ihn. Während Petra mit Caros Mutter telefonierte, hörten alle gespannt zu. Aber er wollte nicht. Er wollte es nicht hören. Und immer noch saß er hier und ließ alles geschehen ... Aber was? Was hätte er denn tun sollen? Lasst mich das machen, ich red mit diesen Leuten? Es war nicht seine Story. Es war sowieso besser, wenn ihn niemand damit in Verbindung brachte.

»Du siehst etwas blass aus«, sagte Stefanie, die Volontärin, zu ihm. »Das ist dir wohl alles zu gruselig, wie?« Sie schnitt eine Grimasse. »Wessen Gesicht würdest du dir aussuchen, hm? Vielleicht das von unserem Obermacker? Ich würd' dir ja meines anbieten, aber ich glaube, das passt nicht zu deinem Kopf.«

Sie lächelte liebenswürdig.

»Haha, sehr witzig.« Diese Art Witze musste er sich jetzt ständig anhören, seit die Geschichte aufgekommen war. Nicht auszudenken, was sie mit ihm machen würden, wenn herauskam, dass er diese Frau, der das tatsächlich passiert war, kannte.

Petra legte den Hörer auf und machte ein enttäuschtes Gesicht. »Sie weiß nicht, wo ihre Tochter ist.«

»Wirklich nicht? Du warst wohl nicht überzeugend genug.«

»Ich hatte den Eindruck, sie weiß es wirklich nicht. Mir macht nicht so schnell jemand was vor.« Petra zuckte die Schultern. »Na ja, war 'nen Versuch wert. Vielleicht ist unser Vogel ja auch bloß kurz ausgeflogen und kommt heute Nachmittag wieder zurück.«

»Das glaube ich nicht«, sagte Nils leise. Er dachte an Caro, wie aufgebracht sie gewesen war. Nein, sie wird nicht zurückkommen, dachte er. Nicht Caro. Sie wird ihr Gesicht nicht in die Kamera halten. Da könnt ihr ihr noch so viel bieten ...

Er war stolz auf sie. Aber sein anderes Ich, sein professionelles Journalisten-Ich, dachte anders darüber. Sie kriegen sie ja doch, dachte er. Und ist es nicht würdevoller, das aufrecht zu tun, zu sagen, was man sagen will, und ihnen zu geben, was sie fordern, als auf der Flucht von ihnen erwischt zu werden?

Auf seinem Anrufbeantworter war keine Nachricht. Er hatte darauf gehofft, dass Caro sich bei ihm gemeldet hatte, um wenigstens ihm zu erklären, wo sie war, aber das hatte sie nicht getan. Danach rief er bei ihren Eltern an.

»Wo Caro ist?«, fragte Caros Mutter verwundert. »Warum fragen bloß alle nach ihr? Ich beginne mir wirklich Sorgen zu machen.«

»Ich glaube nicht, dass ihr etwas passiert ist«, versuchte er sie zu beruhigen. »Aber falls sie sich bei euch meldet, sag ihr, sie soll in Deckung bleiben. Und wer auch anruft, wimmelt ihn ab. Den Kontakt zu ihren Ärzten wird Caro schon selber aufrechterhalten.«

»Woher weißt du denn, dass die Klinik angerufen hat?«

»Das war nicht die Klinik.«

»Doch, war es. Wieso hätte sie es nicht sein sollen? Die Frau, mit der ich gesprochen habe, kannte genau die Namen der Ärzte, sie wusste alles.«

Na toll. Aber es nützte Petra nichts, wenn sie die Namen der behandelnden Ärzte kannte. Die durften keine Auskunft geben. Als ihm einfiel, dass es in einer Klinik leider auch genug Leute gab, die keinem Schweigegelöbnis unterstanden, seufzte er innerlich auf. Andere Patienten, Zimmergenossinnen ... Sie hatte nicht viel Kontakt gehabt, aber so abgeschottet wie ein Patient mit offener Tuberkulose war sie ja auch nicht gerade gewesen.

Wie man es auch drehte und wendete – die Chancen standen schlecht. Blieb nur zu hoffen, dass die Medien das Interesse wieder verloren, weil es einfach zu wenig gab, das man drucken oder senden konnte. Wenigstens war dies nicht der erste Fall. Und wenn sie Caro nicht vor die Kamera bekamen, was gab es dann großartig zu berichten? Die Menschen interessierten sich nicht für medizinische Dinge, wenn man diese nicht mit einer herzergreifenden Geschichte verbinden konnte.

Sie waren aber auch dazu in der Lage, etwas Geheimnisvolles so aufzubauschen, dass ganz Deutschland die Augen offen und nach der Frau mit dem neuen Gesicht Ausschau halten würde.

Er erklärte Caros Mutter kurz, dass die Zeitung die Geschichte aufgeschnappt hatte. Es konnte gut passieren, dass auch das Fernsehen bald auf den Zug aufspringen würde.

»Meine Güte«, stammelte sie.

Wie gut, dachte er, dass sie keinerlei Ambitionen hat, ins Fernsehen zu kommen. Es gab ja genug Leute, die bereit waren, ihre Großmutter zu verkaufen, wenn sie nur einmal ihren Auftritt bekamen. Eine Zeitlang hatte er geglaubt, dass auch Caro zu ihnen gehörte. Als er sie damals das erste Mal gesehen hatte – als er über ihre Band einen Artikel schreiben sollte –, war sie ihm von weitem unglaublich selbstbewusst und selbstdarstellerisch vorgekommen. Diese Frau geht über Leichen, um nach oben zu kommen, hatte er gedacht. Doch dann, bei dem Interview, war sie ganz anders gewesen, nicht eingebildet, nicht der Komet auf dem Weg in die höheren Sphären. Sondern so natürlich, so lebendig, so herzlich. Sie lachte über seine Fragen zu ihrer Person, denn sie wollte lieber über die Band als Ganzes reden, über ihre Musik, ihre Ziele. Schon damals hatte es sie gewundert, dass irgendjemand über sie als Mensch etwas erfahren wollte.

Mein Gott, dachte er, was bin ich verliebt gewesen.

Hals über Kopf, ohne Wiederkehr.

Er lauschte Margots Beteuerungen, dass sie niemanden etwas verraten würde. Sie versprach ihm auch, sich keine Sorgen zu machen – »aber natürlich macht man sich ja doch Gedanken, als Mutter« –, und verabschiedete sich.

Sie hatte nicht gewusst, dass Caro mit ihm gebrochen hatte. Oder er mit ihr? Und immer noch kümmerte er sich um ihre Angelegenheiten.

Verdammt, dachte er, ärgerlich auf sich selbst, kann ich es nicht einfach mal lassen? Aber es tat ihm fast leid, dass es nichts mehr zu tun gab. Er hatte nach ihr gefragt und ihre Eltern gewarnt. Ansonsten musste sie selbst wissen, was sie tat, ihn ging das nichts mehr an.

Er rief sich wieder ins Gedächtnis, wie sie ihn angeschrien hatte, wie sie dabei ausgesehen hatte. Denn merkwürdig, wenn sie fort war, begann er sich an sie zu erinnern, wie sie früher war. Ihr altes, ihr eigenes Gesicht. Wenn er »Caro« dachte, dachte er an die Frau auf dem Foto, diese schöne Frau mit dem Lächeln, das Herzen schmelzen ließ, nicht diese andere, fremde Frau, die eine

Maske aus Haut, umrahmt von roten Narben, vor sich her trug. Nicht diese.

Als es an seiner Tür klingelte, schrak er hoch. War sie doch zu ihm gekommen? Sein Herz schlug schneller, als die Freude in ihm aufwallte, aber ein Blick durch den Spion verriet ihm, dass es bloß Maren war.

»Nils?«, fragte sie hinter der Tür. »Bist du da?«

Er hatte die Hand schon auf der Klinke, aber wieder einmal zögerte er. Mit was für einer Ausrede konnte er sie abwimmeln? Auf einmal bedauerte er, dass Caro ihm den Schlüssel für ihre Wohnung abgenommen hatte. Dort hätte er sich gut vor seiner aufdringlichen Nachbarin verstecken können. Um dafür Petra in die Hände zu fallen, höchstwahrscheinlich.

Er öffnete die Tür nur einen Spaltbreit und blickte in Marens strahlendes Lächeln.

»Wusste ich's doch, dass du zu Hause bist. Hast du Lust, rüberzukommen? Ich hab gerade gekocht und es ist mal wieder zu viel für mich alleine. Die Hunde würden sich natürlich über die Reste freuen, aber ...«

In gewisser Hinsicht war es sogar ein verlockendes Angebot. Er würde in der warmen Küche sitzen und essen, während ihn einer der großen schwarzen Hunde dabei beobachtete. Maren würde ihn in eine lockere Unterhaltung verwickeln, bei der er seine Sorgen vergaß. All das klang gut und er musste sich eingestehen, dass er Lust darauf hatte.

»Es geht nicht«, sagte er. »Danke, aber ich bin schon verabredet.«

»Ach.« Sie überspielte ihre Enttäuschung mit reichlich guter Laune. »Na dann ein andermal.« Sie machte kehrt, drehte sich aber noch einmal um. »Deine Freundin? Geht es ihr denn jetzt besser?«

»Ja«, sagte er kurz, bevor er die Tür nachdenklich schloss. Nun musste er unbedingt entweder Besuch bekommen oder weggehen. Falls Maren merkte, dass er gelogen hatte, würde alles noch schlimmer.

Er holte sein Handy aus der Tasche und berührte dabei mit den Fingern ein Stück Papier. Janas Zettel.

Dass ich dich ausgerechnet jetzt treffe ...

Schicksal, dachte Nils. Das ist es wohl.

Während er die Nummer wählte, versuchte er, nicht an Caro zu denken, nicht daran, wie sie zu Beginn ihrer Beziehung unzählige Male miteinander telefoniert hatten. Oft hatten sie sich gar nicht viel zu sagen gehabt, nur das nächste Treffen ausgemacht.

Jana hatte an diesem Abend nichts vor. Frisch Getrennte hatten das selten. Kurz fragte er sich, ob sie ihn nicht vielleicht einfach als Lückenbüßer benutzte – oder er sie –, aber letztendlich war das nichts, worüber er sich den Kopf zerbrechen musste. Er wollte schließlich nur einen netten Abend mit ihr verbringen, mehr nicht.

Wie schön sie war. Wenn er in Janas Gesicht blickte, lenkte ihn nichts ab, hatte er nicht ständig das Gefühl, wegblicken zu müssen. Sie war einfach nur da und ließ sich anschauen.

Er hatte nicht gewusst, wie sehr er das vermisst hatte. Einfach jemanden anzublicken, jemandem ins Gesicht zu schauen, in die Augen und auf die Nase und den Mund, und darin den Menschen selbst zu sehen. Er beobachtete Janas Lippen, während sie sprach, und ihm fiel das Zusammenspiel ihres Mundes mit ihren braunen Augen auf. Wenn sie lächelte, bildeten sich unzählige Fältchen um ihre Augen. Früher hätte ihn das gestört, jetzt fand er das unheimlich sexy.

»Du starrst mich an«, sagte sie plötzlich.

»Nein«, beteuerte er, »gar nicht. Ich hab nur so vor mich hin geguckt.«

Sie lachte. »Ach, Nils, du bist noch genau wie früher!«

Er wusste nicht, ob das ein Kompliment sein sollte. Wahrscheinlich nicht. Aber das machte nichts. Es störte ihn nicht, was sie sagte, er hörte ihr ja sowieso kaum zu. Er wollte nur schauen, es nur genießen, jemandem gegenüberzusitzen, der heil war.

Er hatte nicht vor, sich jetzt schon wieder in eine Beziehung zu stürzen. Nein, bestimmt nicht. Erst musste genug Zeit vergehen, es war unklug, sich zu schnell auf eine neue Frau einzulassen. Aber andererseits war Jana keine Unbekannte. Es gelang ihnen mühelos, an alte Zeiten anzuknüpfen. Jana erzählte, was ihr in den vergangenen Jahren alles passiert, wer ihr alles begegnet war, und er hörte zu und betrachtete sie. Ihr Gesicht war länger als das von Caro, ihr Mund breiter, und die vielen Krähenfüße ließen sie auch älter aussehen. Aber sie war lebendig. Durch und durch. Während sie erzählte, bewegte sich ihr ganzes Gesicht.

»Du bist wunderschön«, sagte er leise.

Und sie lachte, natürlich, und hob gleichzeitig die Augenbrauen und fragte etwas irritiert: »Hörst du mir überhaupt zu?«

Es war unglaublich, was ein Gesicht alles konnte, wie beweglich es war. Ihr Haar schimmerte seidig. Sie hatte es schon immer so getragen, lang und offen.

»Genau wie früher«, sagte er.

»Was? Ach du meinst meine Haarfarbe? Nein, ich nehme jetzt einen etwas dunkleren Farbton. Steht mir besser, finde ich.«

Er wäre nie darauf gekommen. »Du hast sie damals schon gefärbt?«

»Ja klar.« Wieder bewegte sich ihr Gesicht, voller Verwunderung. Ihre Mundwinkel hoben sich und zogen sich gleichzeitig zurück, zu einem schiefen Lächeln, das zufrieden und dabei auch noch kokett aussah. Währenddessen leuchtete in ihren Augen Erstaunen und Belustigung auf.

Schließlich hörte Jana auf zu reden. »Du machst mich ja ganz nervös. Ach Nils, wir beide!« Sie sagte nicht, was sie mit diesem letzten Ausruf meinte, und er fragte nicht nach.

»War schön, dich wiederzusehen«, sagte er plump.

»Das nächste Mal musst du aber ein bisschen mehr von dir erzählen.«

»Glaub mir, da gibt es nicht viel zu erzählen.« Sie verpackte ihre Erlebnisse in eine Geschichte nach der anderen. Aber er hatte nur eine einzige Geschichte, die ihm auf der Zunge lag, und ausgerechnet diese Geschichte konnte er nicht erzählen. Trotzdem wollte er nicht, dass sie ging. Er wollte immer nur dasitzen und sie ansehen.

Als er Caros Foto ins oberste Schrankfach legte, zögerte er. Es war, als würde er einen Teil seines Lebens wegschließen, ein wichtiges Kapitel damit einfach so beenden. Er warf einen Blick auf das Foto, auf diese Frau, von der er einmal geglaubt hatte, sie könnte es sein, sie müsste es sogar sein, diese oder keine. Caro. Auf dem Bild wirkte sie so wunderbar und zugleich so fern, als wäre dieses Foto nicht von ihm gemacht worden, sondern irgendwie durch Zufall in seine Hände geraten, das Gesicht einer Unbekannten. Es war kaum zu glauben, dass er mit ihr gesprochen und mit ihr geschlafen und sie am Schluss verloren hatte. Eine Fremde. Ein Lächeln, das ihn in die Knie zwang. Und es war verloren, unwiederbringlich. Es gab nichts auf dieser ganzen Welt, was ihm diese Frau zurückgeben konnte.

Er schob den Rahmen unter seine T-Shirts, damit Jana ihn nicht fand. Er wusste, dass er das Bild wegwerfen musste, dass dies ein äußerst wichtiges Zeichen war, um das Ende einer Beziehung zu besiegeln. Aber er konnte nicht. Es forttun, als wäre es nie da gewesen ... Das war zu schwer.

Er hatte noch einmal versucht, Caro aufzuspüren, indem er ihre Eltern angerufen hatte. Zu ihnen zu fahren traute er sich nicht; nichts durfte ihn mit dieser Familie in Verbindung bringen. Die Presseleute hatten vorerst aufgegeben, aber er wusste nie, wer noch auf was lauerte; es war eine Geschichte, die jederzeit wieder aufgewärmt werden konnte. Caros Mutter hatte ihm eine Weile zugehört, aber dann hatte sie ihm klipp und klar gesagt, dass sie ihm keine Auskunft erteilen würde.

»Caro hat sich bei uns gemeldet«, erklärte sie ihm. »Aber sie hat mich gebeten, niemandem auch nur ein Sterbenswörtchen zu verraten. Und so werde ich es auch halten.«

»Aber ...«

»Nils«, sagte sie, »Caro weiß, wie sie dich erreichen kann, wenn ihr danach ist. Ich glaube, das muss reichen, nicht?«

Von seinen Kollegen wusste er, dass die Wohnung gekündigt worden war. Caros Eltern hatten die Möbel geholt, und Petra, die dem Möbelwagen erwartungsvoll nachgefahren war – sie hatte sich wie eine Detektivin gefühlt, erzählte sie später – war nur bis zu der Garage der Eltern gekommen, wo die Sachen gelagert wurden.

Es hatte sich angefühlt, als hätte jemand ohne sein Einverständnis seine eigene Wohnung ausgeräumt. Dieses Bett, in dem er auch so viele Nächte geschlafen hatte, die Küche, in der er gekocht, das Sofa, auf dem er gesessen hatte. Mit ihr. Dass sie diese gemeinsame Vergangenheit so radikal auslöschte, hatte mehr geschmerzt, als er sich selbst eingestehen wollte.

Es hatte keinen Zweck, sie zu suchen, das wusste er. Wie ihre Mutter schon gesagt hatte – Caro konnte ihn jederzeit erreichen, wenn ihr danach war. Aber sie tat es nicht, und irgendwann merkte er, dass er aufgehört hatte, darauf zu warten. Zu diesem Zeitpunkt wurde seine neubelebte Freundschaft mit Jana enger. Und auf einmal stellte er fest, dass er froh war. Froh darüber, eine gesunde, gutaussehende Freundin zu haben, mit der er sich ungeniert überall zeigen konnte. Die er zu seiner Familie mitnehmen konnte, ohne vor peinlichen Fragen zu medizinisch interessanten Themen Angst haben zu müssen. Es war ein Leben, das erfrischend leicht war. Merkwürdigerweise hatte er vergessen, wie leicht es alles sein konnte. Abends miteinander ins Bett zu gehen, morgens zu erwachen und eine Frau an seiner Seite zu haben. Jana brachte nichts in seiner Wohnung in Unordnung, wie Caro es zwangsläufig getan hätte, sondern hängte sogar die Handtücher sauber gefaltet auf. Es war so leicht, glücklich zu sein. Das Leben war nicht mehr gefüllt mit schwerwiegenden Sorgen über den möglichen Ausgang gewagter Operationen, es waren keine Arztbesuche und Pilgerfahrten ins Krankenhaus mehr nötig, kein Warten, keine bangen Fragen. Man arbeitete – und sein Chef bescheinigte ihm »neuen Schwung«, den er anscheinend eine Zeitlang bei ihm vermisst hatte –, kam nach Hause und wusste, dass man sich nachher mit dieser angenehm aussehenden, duftenden Frau treffen würde, die so viel redete. Ihr Haar würde im Licht schimmern und zu ihren braunen Augen passen.

Alles war gut. Alles wird gut, hatte er nicht darum gebetet, vor Monaten, gefleht und geweint, dass es gut werden möge? Und nun hatte er es, dieses sorglose Leben, in dem alles seinen Gang ging, hatte es wieder, wenn auch anders, als er es damals gemeint hatte. Maren lud ihn nicht mehr zum Kaffee ein, seit er eine neue Freundin hatte, und das war ein kleiner Wermutstropfen, denn er hatte auch diese Art von Freundschaft geschätzt, diese fürsorgliche Anteilnahme an seinem Leben. Auch Jana war fürsorglich, aber anders. Sie interessierte sich sehr für das, was er aß, und ob es auch gesund war, und schleppte Tabellen und Bücher an, die sie zu Rate zog, bevor sie auch nur einen Bissen anrührte.

Trotzdem war alles leicht, auch wenn sich dieses »trotzdem« so nach und nach einschlich. Es tat gut, nicht mehr allein zu sein, nicht mehr für alles zuständig zu sein. Nach und nach, so hatte Nils den Eindruck, fand er wieder zu sich selbst.

18

JOST KAM OHNE sein Schwein in die Stadt. Er hatte sich immer für einen Städter gehalten, selbst während der Jahre auf dem Land. Für jemanden, der eher hierher gehörte, wo das Leben pulsierte, als auf einen Schweinehof, wo er von seinen Schwiegereltern beobachtet wurde. Und doch kam es ihm vor, als seien Städte noch lauter und schmutziger geworden als früher, und auf eine seltsame, unerwartete Art fühlte er sich fremd.

Er wusste, dass seine Chancen nicht gut standen, mit nichts als einem Zeitungsartikel in der Hand. Am einfachsten wäre es natürlich gewesen, die Redaktion aufzusuchen und mit den Journalisten zu sprechen, die die Frau getroffen hatten, aber Jost hatte nicht vor, seine eigene Geschichte zu verkaufen. Es musste auch andere Wege geben, um zum Ziel zu kommen.

Während er über die Straßen ging, fühlte er, dass sie nah war. Er fühlte sich ihr so verbunden, dass er nicht anders konnte, als sie zu finden. Natascha. Diese Fremde trug ihr Gesicht und wenn er sie sah, würde es sein, als wenn er Natascha selbst gegenüberstünde. Sie war hier. Vielleicht traf er sie sogar – gut, in so einer großen Stadt war das unwahrscheinlich –, aber wenn er nur fest genug an sie dachte, würde sie ihm vielleicht über den Weg laufen. Und er würde sie erkennen, natürlich. Er würde sie sehen und wissen, dass es immer noch jemanden gab, der so war wie Natascha, der ihr Leben weiterführte. Was er ihr sagen würde, das wusste er selbst noch nicht. Was er tun würde. Vielleicht würde es sogar ausreichen, sie zu sehen, nur ein einziges Mal, und zu wissen, wofür Natascha gestorben war.

Langsam ging er an den Häuserreihen vorbei und blickte den Passanten in die Gesichter. Noch nie zuvor war ihm aufgefallen, was für schöne Gesichter die Menschen hatten. Kindergesichter, weich und rund. Die trotzigen Mienen der Teenager, gespickt von Piercings, mit Schaudern dachte er an die Narben in der schönen Haut. Nein, sie wussten nicht, was ein Gesicht wert war, und wenn sie Glück hatten, würden sie es niemals erfahren. Männer mit wichtigen Anliegen waren unterwegs, Frauen mit großen Taschen. Frauen mit Gesichtern, geschminkt oder ungeschminkt, faltig oder vollkommen glatt, mit ihren Freundinnen lachend oder düster vor sich hindämmernd.

»Glotz nicht so!«

Galt das ihm? Er erinnerte sich daran, dass es sich nicht gehörte, fremde Frauen anzustarren, dass sie es als Anmache missverstehen könnten. Schuldbewusst senkte er den Kopf, nur um den Blick gleich darauf wieder zu erheben. Was, wenn er sie verpasste, ausgerechnet jetzt, nur weil er gerade fortsah? Er konnte sich nicht erlauben, auch nur eine einzige Frau auszulassen. Irgendwo war sie, irgendwo ... Aber seit ihm bewusst geworden war, dass er auf die Leute komisch oder vielleicht sogar gefährlich wirkte, war es wie Diebstahl, in fremde Gesichter zu sehen. Wie ein Sakrileg, als wenn er das Innerste eines Menschen betrachtete, sein Heiligstes. Es war das Gesicht, das alles verriet – ob jemand in Gedanken war oder in Eile, ob glücklich oder traurig. Um ihn her war ein Meer von Schicksalen, von Gefühlen, von einem Leben, an dem er nicht teilhaben konnte. Aber *sie* nahm daran teil, sie war ein Teil davon.

Niemand schätzte es, angestarrt und abgeschätzt zu werden. Wie hätten sie wissen können, dass er nur auf der Suche war, wie einer, der ein Netz auswirft, um einen einzigen, einzigartigen Fisch zu fangen, den kostbarsten Fang der ganzen Welt?

Auf einmal, von irgendwoher, kam ihm eine Idee. Zum Glück hatte er einen Notizblock dabei. Auf einer leeren Seite machte er drei Spalten: Männer, Frauen, Kinder. Für jeden Passanten malte er einen kleinen Strich in die entsprechende Spalte. Das war schwerer, als er erwartet hatte, aber die genaue Zählung lag ohnehin nicht in seiner Absicht. Es ging nur darum, dass er, wenn er schrieb, weniger verdächtig wirkte. Er zählte die Passanten in der Fußgängerzone. Mehr nicht. Wenn ihn jemand darauf ansprechen sollte, brauchte er nur noch einen Auftraggeber, den er nennen konnte, in dessen Namen er in die Gesichter blickte. Ob Natascha das gebilligt hätte? Aber es war ihretwegen; in ihrem Namen kritzelte er einen Strich nach dem anderen aufs Papier, eine Armee von hingeworfenen Bleistifthäkchen und Punkten.

Aber niemand fragte ihn, was er da tat und warum. Die Leute waren jedoch, so schien es ihm, nicht mehr ganz so ärgerlich, wenn sie bemerkten, dass er offenbar eifrig über etwas Buch führte. Gezählt zu werden, schien ihnen weniger auszumachen, als grundlos angeblickt zu werden. Das hier, dachte er grimmig, während er den Stift über das Papier hüpfen ließ, ist meine Lizenz zum Gesichter-Anstarren.

Als der Abend anbrach und die Lichter der Stadt aufflammten, wurde ihm bewusst, wie müde und hungrig er war. Und noch hatte er nichts erreicht. Er hatte sich auf das Schicksal verlassen – oder auf Gott, aber Gott hatte die Frau, die er suchte, nicht zu ihm geführt. Wütend biss er die Zähne zusammen. Er hatte so darauf gehofft, dass es leicht sein würde, dass er ihr begegnete, hier in der Mitte der Stadt, wo alle zusammenkamen. Er würde hier stehen, genau hier, und den Blick heben und sie würde auf ihn zukommen, das Gesicht erhoben ...

Er blieb stehen und wartete. Jetzt musste sie kommen. Vielleicht war sie das – oder das ... Aber alle schritten an ihm vorbei, wie ein Fluss, der sich teilt, wenn ein Hindernis ihn dazu zwingt, und sie strömten vorbei, Menschen, unendlich viele Menschen. Er stand da und fühlte sich verloren. Paare. Familien. Freunde. Mütter mit Kindern. Alte Menschen. Ja, natürlich auch die Bettler, abgerissene Gestalten, die ihre Einsamkeit mit sich herumtrugen wie schweres Gepäck.

Ein Meer von Gesichtern. Es war merkwürdig, aber dadurch, dass er auf ein einziges Gesicht hoffte, wurden die anderen nicht blass und unbedeutend, nicht zu einer Menschenmenge, die ihn nichts anging, sondern zu kostbaren Wesen, von denen jedes dasjenige hätte sein können, das Nataschas Gesicht empfangen hatte. Wie eine mystische Erfahrung kam ein großes Gefühl über ihn, eine Liebe für jeden Einzelnen, der an ihm vorbeiging, für jeden, der es hätte sein können, für jede Frau, die vielleicht die Auserwählte war, die Nataschas Gesicht leben ließ.

»Wo ist sie, Gott?«, betete er leise, während die Menschen an ihm vorbeigingen, die meisten hastig, denn es wurde bereits dunkel und auf sie wartete ein Zuhause – Wärme und eine Mahlzeit und vielleicht sogar eine Familie. Während er die vielen Gestalten vorbeiziehen sah, waren sie etwas Besonderes, berührt von der Liebe Gottes. Dies war die Stadt, in der die Frau mit Nataschas Gesicht wohnte. Dies waren die Menschen, mit denen sie sich umgab, denen sie begegnete, beim Einkaufen, beim Gang zum Arzt oder zum Friseur oder sonst wohin, dies war ihr Leben. Es war wundervoll. Alle diese Menschen und diese Geschäfte und diese Straßen an diesem langen Sommerabend gehörten zu ihrem Leben und an diesem Tag auch zu seinem. Er fühlte sich eins mit der Welt.

Kurz danach kam freilich der Absturz. Er hatte das Gesicht nicht gefunden, obwohl er so fest daran geglaubt hatte. Klein und verloren fühlte er sich in dieser fremden Stadt; Hoffnungslosigkeit überfiel ihn wie eine kalte Dusche. Sein Magen meldete sich plötzlich und erinnerte ihn daran, dass er seit heute früh, als er so überstürzt aufgebrochen war, nichts mehr gegessen hatte.

Seine Füße waren so schwer, dass er sie kaum heben konnte, als er sich auf die Suche nach einem billigen Hotel machte.

Nachdem er das Zimmer bezahlt hatte – ganz so billig wie erhofft war es leider nicht, hier mitten in der Stadt –, ging er noch einmal auf die Straße, um ein Restaurant zu finden. Er war mittlerweile so hungrig, dass er bereit war, alles zu essen, was man ihm vorsetzte, nur schnell musste es gehen. Fastfood kam allerdings für ihn nicht in Frage. Die Abneigung dagegen hatte er mit Natascha geteilt, die auf selbstgekochtes Essen schwor. Ich will mich doch nicht vergiften. Damals hatte sie noch geglaubt, dass sie uralt werden könnte, wenn sie sich nur gesund ernährte und ausreichend an der frischen Luft war. Hätte ein Hamburger ihr geschadet? Nichts von dem, was sie getan hatte, hatte ihr ein einziges Jahr mehr schenken können.

Jost seufzte. Er hatte das erste Restaurant betreten, an dem er vorbeigekommen war, auch wenn das bedeutete, dass er etwas Chinesisches zu sich nehmen musste. Er bestellte Hähnchen süßsauer. Nicht sehr originell, aber es war das Erste, was ihm auf der Karte in die Augen sprang. Süß und sauer. Wie süß war das Leben mit Natascha gewesen, wie unglaublich wunderbar, der Himmel auf Erden. Ihr wunderschönes Gesicht. Ihre Wärme. Ihre Zuversicht. Ihr fester Glaube. Und dann das Saure. Macht sauer lustig?

Es brannte auf seiner Zunge und in seiner Kehle. Was hatte er da nur bestellt? Scharf? Tränen traten ihm in die Augen. Sehr scharf, oder war er das bloß nicht gewöhnt? Er war so selten mit Natascha essen gewesen. Sie hatte immer gesagt, dass sie sich nichts daraus machte. Aber er hätte es geliebt. Hier so mit ihr zu sitzen, ihr zuzuschauen, wie sie mit den Stäbchen kämpfte, um dann vielleicht doch lieber zur Gabel zu greifen. Sie hätten darüber lachen können. So viel hätten sie noch gemeinsam tun können, aber vor allem, grübelte er, hätten wir mehr lachen sollen ...

Als er in sein Zimmer zurückging, in dieses kleine, unpersönliche Hotelzimmer – gesichtslos, dachte er –, fühlte er sich so lange allein, bis er ihr Tagebuch aus seiner Reisetasche holte und weiterlas. Er legte sich ins Bett und las, bis ihm fast die Augen zufielen. Er las es zu Ende und nahm ihre Worte mit in den Schlaf: *Wie gerne würde ich jemanden retten. Irgendjemanden. Ich weiß nicht, woher dieses Bedürfnis über mich gekommen ist. Wie egoistisch, denke ich manchmal. Warum sollte ausgerechnet ich jemanden retten? Ist es nicht vermessen, zu erwarten, dass mein Leben irgendetwas ändern kann? Aber siehst du, Gott, du bist doch genauso. Auch du träumst davon, zu retten. Und wollte ich nicht sein wie du? Deshalb vergib mir alles Selbstsüchtige, das in diesem Wunsch liegt. Ich möchte nur sein wie du ...*

Er träumte von Natascha. Er träumte von ihr und alles war gut, aber als er am Morgen erwachte, hatte er seinen Traum vergessen.

Er musste die Sache anders angehen. Wenn Gott ihm die Fremde nicht über den Weg schickte, musste er sich etwas Besseres ausdenken. Er war nun mal kein Detektiv. Zum ersten Mal kam ihm der Gedanke, dass er die Unbekannte vielleicht längst gefunden haben könnte, wenn er eine Detektei mit der Suche beauftragt hätte. Irgendwie hätte ein Profi es vielleicht geschafft, an die Krankenhaus-Unterlagen heranzukommen. Wie teuer wäre das wohl gewesen? Er dachte an das Ersparte, das auf der Bank lag und auf die Entscheidung zu einem eigenen Haus wartete. Vielleicht war ihm dieses Geld zu heilig gewesen, um es einem anderen Zweck zuzuführen, so dass er gar nicht darauf gekommen war, einen Detektiv zu beauftragen, der sicher ein paar Tausend verlangt hätte.

Wenn ich es nicht selbst schaffe, dachte er entschlossen, kann ich das immer noch tun. Schließlich habe ich jetzt den Artikel. Ein Detektiv konnte sich auch an die Zeitung wenden, unter irgendeinem Vorwand, während er sich nicht zutraute, es mit Journalisten aufzunehmen, ohne sein besonderes Interesse an dem Fall zu verraten. Andererseits, wenn er sich eine gute Geschichte ausdachte ... Natascha hätte das nicht gutgeheißen. Sie hielt nichts von Lügen und Verstellen, bei ihr musste alles geradeheraus und offen geschehen. Soweit er es beurteilen konnte, hatte sie immer versucht, die Wahrheit zu leben, selbst wenn es ihr schwerfiel. Hatte er das nicht am Abend erst in ihrem Tagebuch gelesen? *Ich kann Jost einfach nicht vormachen, dass ich seinen Traum von einem eigenen Haus teile, obwohl ich weiß, wie viel ihm das bedeuten würde ... Aber ich merke immer wieder, dass ich gerne hier lebe, trotz allem ...*

Der Kaffee wurde kalt, während er den Zeitungsartikel hervorholte und noch einmal gründlich durchlas. Eine Hundeattacke. Es sollte doch möglich sein, dachte er, herauszufinden, wo das war.

Er winkte die Bedienung heran, die den Kaffee einschenkte, und legte den Artikel neben seinen Teller.

»Haben Sie das gelesen?«, fragte er.

Die Frau schaute ihn etwas merkwürdig an. »Sachen gibt's«, meinte sie nur, während sie ein paar Tropfen heißen Kaffee auf die kalte Brühe gab.

»Wissen Sie zufällig, wo das passiert ist? Ich meine, in welchem Stadtteil?«

Sie zuckte nur die Schultern.

Er hatte sich wohl doch mehr an das Landleben gewöhnt, als ihm bewusst war. Natürlich hätte in einem Dorf jeder diese Frage beantworten können. Die Frau, die ein neues Gesicht bekommen hat? Na klar, das war doch die Else, die Tochter von Gunther und Lore, die schon im Kindergarten immer auf die Nase gefallen ist ... Jeder würde es wissen. Jeder würde ihm, wenn ein Hund einen Menschen angefallen hatte, genau sagen können, wie es passiert war und wo und wann. Vielleicht würde er ein Dutzend unterschiedlicher Geschichten zu hören bekommen, aber irgendeine davon würde der Wahrheit recht nahe kommen.

Aber hier, in der Stadt, funktionierte das nicht so einfach.

So würde er nicht weiterkommen. Wie viele Menschen musste er fragen, bis sich irgendeiner überhaupt daran erinnerte, davon in der Zeitung gelesen zu haben? Vermutlich würden nur die Zeitungsleute selbst über die Geschichte Auskunft geben können.

Es half alles nichts. Er musste Zuflucht zu einer List nehmen, um das in Erfahrung zu bringen, was ihm am Herzen lag. Er war nicht durch halb Deutschland gefahren, um jetzt einfach aufzugeben. Er riss einen Zettel von seinem Notizblock ab, suchte nach dem Stift, der irgendwo in seiner Sakkotasche vergraben sein musste, und entwarf einen Plan.

Nils sah vom Bildschirm auf, als Steffi den Kopf in sein Büro steckte. »Ähm, weißt du, wo Petra ist?«

»Die ist auf Achse. Was ist denn?«

»Hier ist so ein Typ. Ein Herr Doktor irgendwas. Wegen einer Studie.«

»Was für eine Studie?«

Der Kopf zog sich zurück und erschien sofort wieder. »Über aggressive Hunde. Er interessiert sich für diesen Hundeüberfall. Du weißt schon, die Frau mit dem Gesicht.«

»Ich weiß«, sagte Nils und sein Herz setzte aus. Jedes Mal, wenn er nur daran dachte, reagierte sein Körper mit einer Heftigkeit, die er ihm nicht austreiben konnte.

Bevor er sie bitten konnte, den Besucher abzuwimmeln, öffnete Steffi die Tür ganz und ließ einen Mann in sein Büro. Er sah etwas verhärmt aus. Typ zerstreuter Professor, dachte Nils sofort.

»Tut mir leid, dass ich hier so unangemeldet hereinplatze. Mein Name ist Jost Maler.«

»Setzen Sie sich, Herr Doktor.«

»Nein, kein Doktor«, wehrte der Besucher schnell ab. »Ach, schön wär‘s. Ich schreibe gerade meine Doktorarbeit, das ist alles. Über Hunde. Aggressive Hunde und wie oft Menschen gebissen werden und so.«

»Aha.« Nils hätte Steffi gerne einen wütenden Blick zugeworfen, aber sie hatte sich bereits geschickterweise zurückgezogen.

»Und was kann ich für Sie tun?«, fragte er förmlich.

»Nun, ähm, mich interessiert natürlich dieser Fall hier.« Herr Maler schwenkte einen Ausdruck des Artikels vor seiner Nase hin und her. Nils konnte kaum etwas erkennen, aber er wusste zu gut, was dort stand. Jedes einzelne Wort. Er kannte sie auswendig.

»Die betreffende Person hat sich aus dem Blickfeld der Öffentlichkeit zurückgezogen«, sagte Nils und wunderte sich selbst über diesen steifen Satz, der ihm eigentlich gar nicht ähnlich sah. Aber es war einfacher, sich hinter formelhaften Phrasen zu verstecken, als sich eigene Lügen auszudenken.

»Dafür habe ich vollstes Verständnis«, versicherte der Doktorand. »In dem Artikel wurde erwähnt, dass die Frau einem Hundeangriff zum Opfer gefallen war. Das ist natürlich vor allem das, was mich interessiert. Gibt es noch etwas darüber in Ihrem Archiv? Wie das Ganze abgelaufen ist, was den Hund dazu gebracht hat, anzugreifen? War der Besitzer in der Nähe? Wie sehen die Gegebenheiten dort aus, ich meine die Straße, Häuser in der Nähe, vielleicht ein Wald oder ein Spielplatz? Das sind die Dinge, die für mich wichtig sind.«

Nils bemerkte, dass der Besucher schwitzte. Winzige Schweißtröpfchen standen ihm auf der Stirn, sein Gesicht war gerötet. Entweder war er außergewöhnlich schüchtern oder ihn machte die ganze Geschichte nervös. Vielleicht, überlegte Nils, hat er ja Angst vor Hunden und macht die ganze Sache nur, um sich damit auseinanderzusetzen? Vielleicht ist er ja selbst schon mal gebissen worden?

Ohne darüber nachzudenken, sprach er die Frage aus. »Wissen Sie, wie es ist?«, fragte er. »Wissen Sie, wie es sich anfühlt, wenn so ein Hund auf einen losgeht? Wenn man auf einmal zur Beute wird und so ein Tier einem an die Kehle springt? Können Sie sich vorstellen, was einem da durch den Kopf geht?«

»Nein«, antwortete Herr Maler und wurde bleich.

Nils fühlte, wie sein Herz wild hämmerte. Wie konnte dieser Mann es wagen, aus Caros Schicksal eine wissenschaftliche Studie zu machen? Wie konnte er es wagen, sie als einen Fall von vielen zu behandeln, als jemanden, der seiner Statistik diente? Nur mit Mühe versuchte er, den inneren Aufruhr, der wie ein Orkan in ihm losbrach, wieder einzudämmen.

»Nein«, wiederholte der Mann, »aber deshalb ist es mir auch so wichtig, mal mit einem der Opfer zu reden. Für die menschliche Seite, Sie verstehen.«

Stecken Sie sich Ihre menschliche Seite an den Hut, wollte Nils ausrufen, aber diesmal beherrschte er sich rechtzeitig. Schließlich wollte der Fremde ihm nichts Böses. Vielleicht würde seine Arbeit sogar helfen, ähnliche Fälle zu verhindern; kam es nicht sogar manchmal vor, dass Doktorarbeiten dazu dienten, die Wirklichkeit zu verbessern?

»Es war ein Schäferhund«, sagte er, »der anschließend verschwand und auch von der Polizei nicht wiedergefunden wurde. Höchstwahrscheinlich ist er zu seinem Besitzer zurückgekehrt und der hat sich gehütet, sich zu stellen. Falls Sie sich die Straße ansehen wollen: Der Vorfall fand in der Hubertusstraße statt, in der Höhe des türkischen Ladens. Kein Wald und kein Spielplatz, aber einige hundert Meter weiter sind die Wege, wo die Leute immer mit ihren Hunden Gassi gehen. Ich hoffe, ich habe Ihnen damit geholfen?«

Herr Maler nickte. Seine Hände zitterten, während er den Straßennamen auf einem zerknautschten Notizblock notierte.

»Sie war mit ihrem Hund unterwegs«, sagte Nils, seine Stimme bebte. »Der Schäferhund wollte ihren Papillon angreifen und sie hat ihn gerade in diesem Moment hochgehoben. Das ist dumm, wie Sie sicher denken werden. Sie hätte ihn sofort hochnehmen sollen, als sie den anderen Hund gesehen hat. Sie hat zu lange gezögert, und als er sie ansprang, hat sie sich so ungünstig weggedreht, dass er sie erwischt hat statt des Papillons. Vielleicht wäre überhaupt nichts passiert, wenn sie das nicht getan hätte. Aber bevor Sie in Ihrer Arbeit ihr die ganze Schuld zuschieben, sollten Sie bedenken, dass ein Papillon ein kleiner Hund ist, der gegen einen Schäferhund nicht die geringste Chance hat. Sie hat nicht nachgedacht. Sie hatte bestimmt nicht die Absicht, sich zu opfern. Aber in diesem Moment dachte sie nicht an die Gefahr. Sie wollte nur Harald retten, verstehen Sie? Sie hat einfach gehandelt, um ihn zu retten.«

Herr Maler schluckte. »Ja«, flüsterte er, er war noch eine Spur bleicher geworden.

Nils sah ihn an und wusste, dass es jetzt nichts mehr zu sagen gab.

»Danke«, sagte der Besucher und erhob sich. Sie reichten einander die Hand. Dann verließ er das Büro, und Nils sank in seinem Sessel zusammen und weinte in sein Taschentuch.

Er ließ sich von einem Taxi in die Hubertusstraße bringen. Die Häuser hier waren beige und orange gestrichen. Das türkische Geschäft war nicht zu übersehen: Kisten mit buntem Obst lagen draußen auf dem Gehweg.

Jost blieb davor stehen und drehte sich dann wieder zur Straße um. Von wo war der Hund gekommen? Von dort drüben? Dann hatte er sie und ihren kleinen Hund angefallen. Merkwürdig, dachte er. Er hatte manchmal darüber nachgedacht, warum diese Fremde wohl ein Gesicht benötigte. Als Erstes war ihm Krebs eingefallen. Ein entfernter Onkel von ihm hatte dadurch sein Kinn und einen Teil seines Halses eingebüßt; allerdings hatte er das nur von seiner Mutter erfahren und diesen Onkel nie gesehen. Seine Eltern hatten ihn damals mit diesem Beispiel eindringlich vor den Gefahren des Rauchens gewarnt.

Jost wäre nie auf die Idee gekommen, der Frau die Schuld dafür zu geben, was ihr passiert war. Immer musst du jemanden retten ... Natascha hätte dasselbe getan, das wusste er. Ob etwas sträflich dumm war, zeigte sich erst im Nachhinein. Wenn man handeln musste, konnte man nicht abwägen. Jemand wie er tat das zwar trotzdem, aber das führte oft dazu, dass er so lange überlegte, bis sich das Problem erledigt hatte. Aber so, spontan, in einer Situation, die sofortiges Handeln erforderte – Natascha hätte es getan. Schuld? War ein Mensch schuld, wenn er einem Tier in die Quere kam? Das Tier handelte nach seinen Instinkten. Und manche Menschen eben auch, Menschen wie Natascha.

Er wandte sich wieder dem Laden zu und trat kurz entschlossen ein.

»Ich schreibe eine Arbeit über Hunde ...« Noch während er sich vorstellte, hatte er plötzlich das Gefühl, sich nicht mehr verstellen zu müssen. Das hier waren Menschen, die, so dachte er, auch in ein Dorf gepasst hätten. Sie wussten Bescheid und man brauchte keinen Vorwand, um nach aufregenden Ereignissen zu fragen.

»Diese junge Frau«, sagte er, »die von dem Hund angegriffen wurde. Das war doch hier, nicht wahr?«

»Ja, ja.« Der Ladenbesitzer, ein schwergewichtiger Mann mit einem beeindruckenden Schnauzbart, erinnerte sich genau. Während er den Vorfall aus seiner Sicht schilderte, hörte Jost fassungslos zu. Er erfuhr nichts, was er nicht schon wusste, und dennoch bereitete ihm das Zuhören Qualen. Ihm war, als wäre es Natascha gewesen. Natascha, die zerfleischt auf der Erde lag. Natascha, die wusste, dass dies das Ende war, die ihren eigenen Tod auf sich zukommen sah und dann doch überlebte.

»Kannten Sie sie?«, fragte er. »Die junge Frau?«

»Sie ist immer mit ihrem kleinen Hund hier entlanggegangen«, erzählte der Mann. »So ein kleiner Hund mit großen Ohren. Die Kinder haben ihn manchmal gestreichelt, so ein bunter kleiner Hund.«

»Ein Papillon, nicht wahr?«

»Ja, genau. Sie hat den Kindern gesagt, dass er so hieß. Ein Papillon. Ein Schmetterlingshund. Harald. Sie wohnte da in dem beigen Haus mit dem Fahrradständer vor der Tür. Kam immer hier vorbei.« Er nickte. »Schöne junge Frau. Sehr schön. Mit roten Haaren. Kurz und rot. Und dazu dieser Hund. Jeder hat sie gesehen.«

»Kommt sie noch oft hier vorbei?«, fragte Jost hoffnungsvoll.

Der Verkäufer schüttelte den Kopf. »Die war lange weg. Ein halbes Jahr? Oder länger? Kann auch ein Dreivierteljahr gewesen sein. Dann war sie wieder da. Mit einem Schal vor dem Gesicht, aber den Hund, den hatte sie immer noch. Aber jetzt kommt sie nicht mehr. Nein, seit die Zeitungsleute hier waren, ist sie nicht mehr gekommen. Die ist ausgezogen.«

Jost bedankte sich. Er ging langsam, er ließ die Atmosphäre der Straße auf sich wirken. Das beigefarbene Haus. Davor blieb er stehen und sah daran hoch. Es war nicht zu glauben. Hier hatte er sie gefunden und sie war doch schon wieder fort, immer einen Schritt voraus. Er starrte auf die Namensschilder neben der Sprechanlage, eines davon war leer. Er hätte heulen können.

Eine dicke Frau schob sich an ihm vorbei und schloss schnaufend die Haustür auf.

»Entschuldigen Sie bitte«, begann er, »wissen Sie vielleicht, wo ...«

Sie unterbrach ihn, bevor er ausreden konnte. »Presse, wie? Nein, die ist fort, die Frau März.«

»Aha«, sagte er. »Ja, zu der wollte ich auch. Alexandra März, nicht?«

Sie warf ihm einen vernichtenden Blick zu. »Caroline«, sagte sie. »Caroline März.«

»Wie sieht sie aus?«, fragte er schnell, bevor die Nachbarin im Haus verschwinden konnte. »Wie sieht ihr Gesicht aus?«

»Das hab ich nie gesehen«, knurrte die Frau, offenbar enttäuscht, dass man ihr eine Frage stellte, die sie nicht beantworten konnte. »Sie hatte immer einen Schal davor.«

Das erschreckte ihn. War die Operation nicht gelungen? Warum hätte sie Nataschas wunderschönes Gesicht verstecken sollen?

Wie ein begossener Pudel blieb er stehen, alle anderen Fragen, die er hätte stellen können, verschwanden aus seinem Hirn. Er starrte ihr nach und fand sich auf einmal auf der Straße wieder, verloren.

19

NILS HÄTTE SICH am liebsten krankschreiben lassen. Es war ein merkwürdiger Abend gewesen. Jana hatte ihn ununterbrochen zugetextet, bis sie gemerkt hatte, dass er nicht zuhörte, und dann brach es voller Wut aus ihr heraus. »Was ist eigentlich los mit dir, Nils? Wo bist du? Hier bei mir jedenfalls nicht!«

Ihm war nichts eingefallen, was er ihr hätte sagen können. Der Besuch von Herrn Maler in der Redaktion hatte ihn völlig durcheinandergebracht. Hunde. Er sah nur noch Hunde vor sich. Schäferhunde. Und Harald. Ständig sah er Harald vor sich.

»Ich vermisse Harald«, sagte er schließlich. Er hatte es gar nicht aussprechen wollen, aber sie fixierte ihn dermaßen eindringlich, dass er schließlich nachgab.

»Was? Was für einen Harald?«

Sie starrte ihn an, als hätte er sich soeben als jemand vom anderen Ufer geoutet.

»Das ist ein Hund«, erklärte er.

»Ein Hund. Aha. Du vermisst also einen Hund.« Sie schüttelte ungeduldig den Kopf. »Was um Himmels willen für einen Hund? Ist er gestorben, oder was?«

»Der Hund meiner ... meiner Ex.«

»Ach.« Sie durchbohrte ihn mit ihren Blicken, als könnte sie so besser in sein Gehirn hineinschauen. »Aber deine Ex vermisst du nicht? Willst du das damit sagen? Oder vermisst du sie doch? Oder alle beide?«

Er mochte es nicht, verhört zu werden. Jana blickte auf ihn herunter, als wäre dies ein Tribunal. Es fehlte noch, dass sie die Stehlampe so drehte, dass sie ihn blendete. Gesteh! Aber was ging Jana das alles an? Was hatte sie mit Caro und Harald zu tun? Ging Jana überhaupt an, was er fühlte und was er dachte und wovon er träumte und wo er war? Er sah in ihr Gesicht und auf einmal bedeutete es ihm gar nichts, dass es heil war. Er hatte sich noch nie so gelangweilt wie in den letzten Wochen.

»Keine Antwort? Das wird ja immer schöner!« Wütend war Jana davongerauscht. Und er saß da und fühlte sich wie ein Idiot. Das hatte man also davon, wenn man eine ehrliche Antwort gab.

Ich vermisse Harald. Dieses kleine Tier, mit dem er zum Tierarzt geeilt war. Sein Herz raste, er fühlte das Blut an seinen Händen und auf seiner Hose. Stirb nicht, stirb nicht ... Was wird Caro sagen, wenn du stirbst ... Und die ganze Zeit der Gedanke an Caro, an den Krankenwagen, der mit heulenden Sirenen durch die Stadt raste. Oh Gott, oh Gott ... Stirb nicht.

Er schlief in dieser Nacht so schlecht, dass er morgens mit Kopfschmerzen erwachte. Jana war nicht zurückgekommen. Sie spielte beleidigt, zweifellos erwartete sie, dass er sie anrufen und sich entschuldigen würde. Höchstwahrscheinlich würde er es tun. So war es schon damals gewesen, als sie das erste Mal befreundet gewesen waren. Was auch passierte, immer war er schuld und musste sich entschuldigen. Langsam hatte er es satt.

Vielleicht war es doch besser, zur Arbeit zu gehen und sich abzulenken. Arbeiten half immer, gegen alles. So auch heute, er stürzte sich hinein und es ging ihm fast wieder gut. Als das Telefon klingelte, war er schon wieder bester Laune.

»Jost Maler. Sie erinnern sich an mich, denke ich.«

Nils war sofort wachsam. »Ja, natürlich.«

»Ich war heute in der Stadtbibliothek.« Aha, ein eifriger Student. »Ich habe die Zeitungsartikel durchgesehen, die damals zu dem Hundeangriff erschienen sind.«

»Und?«, fragte Nils vorsichtig.

»Ein Chihuahua«, sagte Herr Maler. »Da steht, es war ein Chihuahua.«

»Habe ich doch gesagt.«

»Nein, Sie sagten, es ist ein Papillon gewesen.«

»Tatsächlich? Tut mir leid, dann habe ich mich wohl geirrt. Wenn da stand, es war ein Chihuahua, wird es wohl so gewesen sein.«

Aber Herr Maler war nicht so schnell zufriedenzustellen. »Nein, Sie hatten ganz recht«, sagte er. »Es war tatsächlich ein Papillon. Ich habe im Internet nachgesehen. Die Beschreibung dieses Türken vom Obstladen stimmt haargenau. Chihuahuas sind kleiner. Es war ein Papillon.«

»Na schön.« Nils seufzte. »Dann war es eben ein Papillon.«

»Woher wussten Sie das?«

»Was?«, fragte Nils.

»Woher wussten Sie, dass es ein Papillon war?«

»Ich ... ich weiß nicht«, stammelte Nils. »Ich werde es wohl gelesen haben. Oder jemand hat es mal erwähnt.«

»Wer denn?«

»Ich weiß nicht! Himmel, ist es denn so wichtig?«

»Und woher wussten Sie, dass der Hund Harald hieß?«

Hatte er wirklich »Harald« gesagt? Nils begann zu schwitzen. Was war nur mit diesem Maler los, was interessierte ihn das alles bloß so?

»Ähm ...«

»Der Name des Hundes wird nirgends erwähnt.«

»Vielleicht hieß er ja auch nicht so. Habe ich das gesagt? Das ist mir wohl so rausgerutscht, weil ich einen Papillon kenne, der so heißt. Ja, das wird es sein. Deshalb bin ich wohl auf diese Rasse gekommen und auf den Namen. Tja ...«

»Er hieß so«, sagte Herr Maler unerbittlich. »Es war ein Papillon und er hieß so. Und sie kennen zufällig noch einen Papillon, der so heißt? Ich bitte Sie, Herr Wegener.«

»Worauf wollen Sie eigentlich hinaus?« Ich sollte auflegen, dachte Nils. Einfach auflegen. Aber dieser Mensch war hartnäckig. Wenn er es nicht schaffte, ihn am Telefon abzuwimmeln, würde er mit Sicherheit wieder persönlich hier aufkreuzen. Vielleicht, dachte Nils auf einmal, ist er gar kein Doktorand. Vielleicht ist er von einer anderen Zeitung oder vom Fernsehen und versucht, irgendwie an Caro heranzukommen. Die Geschichte von der Hunde-Studie war ihm sofort komisch vorgekommen.

»Ich habe den Eindruck, dass Sie den betreffenden Hund ganz genau kennen«, sagte Herr Maler. »Das heißt, Sie kennen auch die Frau. Frau Caroline März.«

Nils schnappte nach Luft. Ihren Namen hatte er also schon herausbekommen. Er hätte ihm nie die Straße verraten dürfen. Wenn dieser Mann so weitermachte, stand er bald bei Caros Eltern vor der Tür. Oder bei Caro selbst.

»Das sind nichts als Spekulationen«, sagte Nils kühl. »Darauf können Sie keine Story aufbauen. Sie haben überhaupt nichts in der Hand.«

»Eine Story? Ach, Sie meinen, ich bin von der Zeitung?« Herr Maler versuchte zu lachen.

»Und, sind Sie das? Oder arbeiten Sie tatsächlich an einer Doktorarbeit?«

»Wir könnten uns im China-Restaurant in der Mozartstraße treffen«, sagte der Fremde, der Nils langsam unheimlich wurde. »Der Goldene Drache. Wie wäre es mit heute Mittag?«

»Ich habe nie gesagt, dass ich sie kenne!«

»Schade. Dann kann ich Ihnen auch nicht zeigen, was ich mitgebracht habe.« Die Stimme am anderen Ende zögerte. »Ein Foto, das ich nur jemandem zeigen werde, der sie kennt. Ich hoffe, Sie kommen. Ich jedenfalls werde da sein.«

»Warten Sie, ich ...« Aber der rätselhafte Doktorand hatte schon aufgelegt.

Eigentlich konnte er mittags nicht einfach weg, aber er stöhnte so lange über seine Kopfschmerzen, bis Gregor ihn nach Hause schickte. Arbeiten konnte er jetzt sowieso nicht mehr. Er musste unbedingt herausfinden, was dieser Herr Maler eigentlich wollte. Ein trickreicher Journalist? Aber dazu war er eigentlich zu nervös gewesen. Journalisten schwitzten normalerweise nicht, wenn sie logen. Das war bestimmt kein Profi in diesem harten Geschäft. Aber was für ein Interesse konnte er dann an Caro und ihrem Schicksal haben?

Bevor Nils das Restaurant betrat, schaute er durchs Fenster. Ja, dort saß der Mann. Allein. Ein komischer Kerl, er wirkte tatsächlich ein wenig wie ein Student. Vielleicht stimmte es ja wirklich, dass er an einer Studie schrieb, vielleicht ging es ihm nur deshalb darum, irgendwie an ein Interview mit Caro zu kommen.

Zögernd betrat Nils das Restaurant über einen winzigen Fischteich und ließ sich von einer hübschen kleinen Chinesin an den Tisch des Fremden führen.

»Da bin ich«, sagte er und bemerkte sofort, wie aufgeregt der andere war. Seine Hand, die er Nils zur Begrüßung reichte, zitterte.

Nils setzte sich ihm gegenüber. Er vertraute seinem Instinkt – das war kein Spitzel von einer anderen Zeitung. Das war bestimmt auch niemand vom Fernsehen. Vielleicht konnte er es riskieren, seine Verbindung zu Caro zuzugeben. Vielleicht, obwohl alles in ihm davor zurückschrak.

Was wollten Sie mir zeigen? Die Frage brannte auf seiner Zunge, aber er schluckte sie wieder hinunter.

»Haben Sie schon bestellt?« Er musste es langsamer angehen. Der Mann war so nervös, dass er vielleicht Hals über Kopf davonrannte. Er wirkte so verschreckt wie ein Student bei der alles entscheidenden Prüfung. Aber was hatte er zu verlieren? Das war die Frage, die Nils jetzt wirklich zu interessieren begann. Was riskierte dieser Herr Maler? Was hatte er mit Caro zu tun?

»Nein, ich, äh ...«

Nils blätterte sich durch die Speisekarte, aber er beobachtete sein Gegenüber heimlich.

»Haben Sie gewählt?« Die Chinesin lächelte bezaubernd. Ihr Lächeln machte es zu einer besonderen Ehre, hier essen zu dürfen. Was ein Lächeln alles bewirkte ...

Die Träume sind zu nah, dachte Nils. Immer noch viel zu nah. Immer noch ist sie hier bei mir.

»Hähnchen süß-sauer«, sagte Herr Maler und starrte auf dieses wunderbare Lächeln, mit einem fast wehmütigen Ausdruck.

»Für mich auch.«

Dieser Mann hat viel geweint, dachte Nils, während er beobachtete, wie der andere an seinem Glas nippte. Er mochte Ende dreißig sein, sein Haar war bereits zum Teil ergraut. Zu alt für einen Studenten, aber wer konnte das schon mit Sicherheit sagen? Büromensch. Oder?

Während Nils darüber rätselte, welchem Beruf der Fremde wohl nachging, rang Jost mit sich. Er hatte Nataschas Foto in ihr Tagebuch gelegt, als er aufgebrochen war. Sollte er es diesem Reporter zeigen? Alles war so schwierig geworden. Ausgerechnet einer von der Zeitung! Selbst wenn er diese Caroline kannte, hieß das ja nicht, dass er die Geschichte nicht für sich ausschlachten würde.

»Sie hoffen auf eine Story, nicht?«, fragte er schließlich, schon fast resigniert. »Natürlich, das müssen Sie wohl. Ich bin nicht so naiv, dass ich mich auf ein Versprechen verlassen würde.«

»Was würden Sie denn wollen, das ich Ihnen verspreche?«

»Dass das hier unter uns bleibt?« Jost lachte leise. »So naiv bin ich auch wieder nicht.«

Er hat es sich anders überlegt, dachte Nils verwirrt, der immer noch nicht wusste, worum es ging. Doch dann griff der andere auf einmal in seine Tasche, kramte darin herum und legte ein Foto auf den Tisch.

»Kennen Sie diese Frau?«

Im ersten Schrecken dachte Nils, es würde ein Foto von Caro sein. Aber das stimmte nicht. Es war eine fremde Frau, eine Frau, die er noch nie gesehen hatte. Sie war sehr schön, sie hätte Schauspielerin sein können oder ein Model. Glänzende dunkelblonde Haare fielen ihr über die Schultern. Vom Typ her ähnelte sie fast ein wenig Caro.

Er sah auf und begegnete Josts geradezu gierigem Blick, der sich schlagartig in Enttäuschung verwandelte.

»Das Gesicht sagt Ihnen nichts«, stellte er fest.

Das Gesicht. Merkwürdig, jetzt, wo er es so nannte ... Nils warf noch einmal einen Blick darauf und konzentrierte sich nicht mehr auf den Gesamteindruck, sondern auf die Details. Die Nase, diese Lippen ... Ja, sie ähnelte Caro, seiner verlorenen Caro, wie sie früher gewesen war. Und der jetzigen? War ihm diese Nase nicht vertraut, die Kontur des Mundes? Nils erschrak. Konnte es wirklich sein? Aber das würde alles erklären. Warum dieser Fremde so aufgewühlt war. Warum er auf dieses Foto starrte, als gelte es sein Leben ...

»Mein Gott«, entfuhr es ihm. »Wie haben Sie uns gefunden?«

Je länger Nils das Bild betrachtete, um so vertrauter schien es ihm. Die Frau war wunderschön. Aber, das wurde ihm erst nach längerem Hinsehen bewusst, diese Schönheit lag weniger an der Ebenmäßigkeit der Züge. Es waren vielmehr die strahlenden Augen, die ihr Gesicht so anziehend machten, diese Augen und das warme Lächeln. Sie war schön, weil sie lebte und weil sie lachte und weil sie ein Glück ausstrahlte, das auf den Betrachter übergriff. Und – war es nicht merkwürdig? – in diesem Moment erkannte er, dass auch Caro nicht so hübsch gewesen war, wie er immer geglaubt hatte. Er erinnerte sich daran, wie er einmal vor seinem Bruder von ihrer unglaublichen Schönheit geschwärmt hatte und wie dieser nüchtern erwidert hatte: Nun ja, das ist Ansichtssache.

Auch bei Caro waren es ihre Augen und ihr Lächeln, ihr Wesen, das ihr Gesicht verwandelte. Zum ersten Mal seit dem Unfall fragte er sich, ob sie wirklich so viel verloren hatte, wie er glaubte.

»Das ist Natascha«, sagte Jost. »Meine Frau.« Tränen glitzerten in seinen Augen. Und er fragte vorsichtig: »Sieht sie jetzt so aus – ich meine, Caroline?«

»Caro«, sagte Nils leise.

»Ihre ...?«

»Meine Freundin.« Er hatte es bereits ausgesprochen, als er sich daran erinnerte, dass sie sich getrennt hatten. Sie hatte ihn hinausgeworfen aus ihrem Leben, konnte man sagen. Er dachte an Jana und was sie wohl dazu sagen würde, aber Jana war für ihn nichts als ein blasser Schatten, der in seiner Wohnung auftauchte und wieder verschwand. »Oh mein Gott«, hörte er sich sagen. Er hatte nie darüber nachgedacht, von wem das fremde Gesicht kam, jedenfalls nicht ausführlich. Es war ihm immer wie etwas Fürchterliches, Fremdes vorgekommen, etwas, das Caros wahres Gesicht verdeckte, so als wäre ihre eigene Schönheit immer noch irgendwie darunter. Natürlich, damals, als es um die Transplantation gegangen war, hatte er es anders gesehen, als Hoffnung, dass alles wieder gut werden könnte. Doch später war es einfach nur erschreckend gewesen – eine Masse fremder Haut, eine Art Monstrosität in oder anstelle von Caros Gesicht. Wenn er das hier gewusst hätte ...

»Natascha«, wiederholte er. Und dann, als ihm einfiel, dass sie ja gestorben war, »mein Beileid. Mein aufrichtiges Beileid.«

»Sie ist neunundzwanzig geworden«, sagte Jost. »Wir haben drei Kinder. Alles Mädchen. Eva, Luna und Melissa. Wäre es möglich, dass ich Ihre – Ihre Freundin einmal treffen könnte? Es würde mir so viel bedeuten.«

»Ich halte das für keine gute Idee.« Wieder war es aus ihm herausgeplatzt, ohne dass er vorher darüber nachgedacht hatte, was er sagen wollte. Aber dieser Mann hatte dieses Foto. Er hatte eine Frau vor Augen, die wunderschön war. Wie würde er es verkraften, wenn er Caros maskenhaftes Gesicht sah, aus dem alle Schönheit gewichen war? »Sie, ich meine ...«

»Die Operation ist doch nicht misslungen?«, fragte Jost erschrocken.

Nils schüttelte schnell den Kopf. »Nein, es ist alles gut gegangen. Nur, verstehen Sie, es geht nicht so schnell. Es dauert lange, bis die Muskeln richtig funktionieren, bis sie damit umgehen kann ... Es ist ein langer Prozess.« Während er sprach, klagte er sich selbst an. Bist du nicht genauso? Auch du hast keine Geduld. Auch du wolltest ihr keine Zeit geben. Es sollte perfekt sein, sofort. Sie sollte dich ansehen und lächeln ...

Er senkte den Kopf und stöhnte leise.

Die hübsche Chinesin brachte das Essen und Jost räumte hastig Nataschas Foto wieder fort. Sie warteten, bis die Bedienung gegangen war, dann sagte er: »Verstehen Sie mich nicht falsch, aber ich würde sie trotzdem gerne sehen. Wissen Sie, es war mein einziger Trost, dass Nataschas Tod nicht umsonst war. Dass sie damit jemandem helfen konnte. Sie wollte immer alle retten, das war ihr innigster Wunsch. Irgendjemanden zu retten. Ich bin sicher, sie wäre damit einverstanden gewesen, dass es Ihre Caro ist. Meinen Sie nicht doch, dass es ginge? Ich kann ja ihre Scheu vor den Medien nachvollziehen, aber in meinem Fall ...«

»Ich weiß nicht, wo sie ist«, sagte Nils leise.

»Aber ...«

»Wir haben uns getrennt«, sagte er. »Und ich weiß nicht, wo sie ist. Ich kann Sie nicht zu ihr bringen. Aber ich kann Ihnen etwas anderes zeigen. Betrachten Sie sich als eingeladen.«

Sie widmeten sich dem Essen, ohne viel Appetit. Das Süße und das Saure – es war, als würden sie das Leben selbst zu sich nehmen. Die Schärfe brannte in ihrem Mund. Man konnte sich in das Gefühl hineinsteigern, innerlich zu verbrennen, bis einem Tränen in die Augen stiegen. Man konnte es aber auch genießen. Eine der Merkwürdigkeiten des Lebens, dachte Nils. Dass man es genießen kann, wenn es schmerzt.

»Kommen Sie, Sie können bei mir mitfahren.«

Nils hatte auf einmal keinen größeren Wunsch, als nach Hause zu fahren und Caros Foto aus dem Schrank zu holen. Er hätte es bei sich tragen müssen, niemals hätte er es verstecken dürfen. Während Jost auf dem Sofa Platz nahm, kramte Nils unter Haufen von T-Shirts und Pullovern nach dem Bild.

»Hier«, sagte er schließlich. »Caro.« Er legte das Foto neben Nataschas Bild, das Jost auf das Couchtischchen gelegt hatte.

Caro und Natascha.

Sie hätten Schwestern sein können. Aber ihr Schicksal war enger verknüpft, intensiver. Wenn Natascha noch leben würde, dachte Jost, hätten sie vielleicht Freundinnen sein können. Obwohl Caro wiederum auch ganz anders war – vielleicht hätten sie sich ja auch nicht ausstehen können? Aber Natascha war eigentlich zu allen freundlich gewesen.

»Erzählen Sie mir von Caro«, bat er.

Und es war, als hätte Nils schon seit Monaten auf diese Frage gewartet. Endlich über sie sprechen zu dürfen. Über diese Frau, die ihn faszinierte und aufregte, über die er sich ärgerte und die er dann wieder bewunderte, eine Frau, von der er nicht loskam.

»Sie hat in einer Band gesungen?« Jost lächelte auf einmal. »Das hätte Natascha gefallen. Natascha liebte es, zu singen, obwohl sie nicht gerne im Mittelpunkt der Aufmerksamkeit stand. Sie war nicht schüchtern, aber es war ihr doch unangenehm. Deshalb hat sie es auch abgelehnt, ein Solo in ihrem Chor zu übernehmen. Sie wollte lieber irgendwo hinten stehen und einfach mitmachen.«

»Caro hätte das Solo übernommen«, sagte Nils. »Am besten alle Soli, damit ja niemand ihr die Show stehlen kann. Aber jetzt ... nun, sie kann nicht mehr singen.« Er hatte sich nie gefragt, wie schwer es für Caro sein mochte, auf all das zu verzichten, was sie immer so gerne getan hatte. Sie war jemand, der sich ausdrücken musste – ihre Gefühle, ihre Gedanken, alles, was in ihr war, ungeordnet und chaotisch, eine Fülle an verschiedenen Träumen und Sehnsüchten und Leidenschaften.

Jost schwieg dazu und Nils fiel fast zu spät ein, dass auch Natascha nie mehr singen würde. Er hatte darüber getrauert, dass er die Caro verloren hatte, die er liebte, die Caro, die ihm gefiel, aber was war das gegen Josts Leid? Caro lebte. Sie lebte und er hatte sie im Stich gelassen.

»Ich kann Caros Eltern anrufen«, schlug er vor, »und ihnen sagen, dass Sie hier sind. Ihre Eltern könnten es ihr erzählen und dann kann sie selbst entscheiden, ob sie sich mit Ihnen treffen will.«

Jost nickte, aber Nils hatte kein Glück. Bei März Senior hob niemand ab. Er versuchte es noch einige Male, dann probierte er es bei ihrer Schwester. Doch Maja klang frostig, sobald sie hörte, wer dran war. Ihre Eltern seien im Urlaub. Und ob sie Caro etwas ausrichten könne? Das hätte er wohl gerne, wie?

Bevor er Jost überhaupt erwähnen konnte, hatte sie schon aufgelegt. Schuldbewusst drehte er sich zu seinem Besucher um.

»Tja, anscheinend bin ich in der Familie nicht besonders beliebt.«

Was hatte Caro ihnen erzählt? Dass er die Schuld daran trug, dass die Presse auf sie aufmerksam geworden war? Dafür konnte er doch wirklich nichts!

»Ich werde morgen wieder nach Hause fahren«, sagte Jost. Die Enttäuschung war ihm anzumerken. Er hatte sich mehr erhofft. Und doch war es ein Trost, Caros Bild zu sehen, zu wissen, wem Natascha geholfen hatte. Zu wissen, dass seine Entscheidung damals im Krankenhaus doch richtig gewesen war. Er sah diese andere junge Frau an und dadurch, dass sie nicht länger irgendeine anonyme Person war, sondern ein Mensch aus Fleisch und Blut, wurde ihm leichter zumute. Dafür. Das war der Sinn. Es linderte den Schmerz nicht wirklich, und doch bedeutete es Trost. Natürlich blieb die Frage – warum Natascha? Warum musste sie sterben und warum durfte diese Caro weiterleben? Eine Frau, die dumm genug gewesen war, sich das Gesicht zerbeißen zu lassen?

»Vielleicht wird sie irgendwann doch wieder singen können«, sagte er. »Ihre Caro.«

»Und vielleicht singt Ihre Natascha schon«, meinte Nils. »Mit den Engeln.« Während er es aussprach, kam es ihm plötzlich kitschig vor, sich einen Himmel vorzustellen, in dem alle mit Harfen und Geigen herumsaßen und sangen. Aber Jost nickte.

»Ja«, sagte er. »Sie singt. Der Ort der Stille ist ein Ort des Gesangs.«

»Nun ja«, meinte Nils unsicher, »wenigstens haben Sie die Kinder, als Trost. Ähneln sie ihrer Mutter sehr?«

Jost kam nicht dazu, zu antworten. Sie hatten nicht gemerkt, wie die Zeit vergangen war. Plötzlich stand Jana im Wohnzimmer und blickte irritiert von einem zum anderen.

»Was ist denn hier los?«

»Das, ähm, das ist Jost Maler. Der Mann von der Frau, die, äh …«

Wie sollte er das erklären? Zu Caro zu stehen und sie zu verraten war irgendwie dasselbe.

Jana schaute auf die Fotos und hob fragend die Brauen. Doch Nils hatte keine Lust, ihr irgendetwas zu erklären. Dies war eine persönliche Angelegenheit, etwas, das nur ihn und Caro anging. Er und Caro und Jost und Natascha – eine Schicksalsgemeinschaft, an der kein Außenstehender teilhatte. Und Jana stand da und war nichts als eine Außenstehende. In ihrem Gesicht zeichnete sich Ärger ab. Sie verschwand in der Küche und schloss die Tür hinter sich.

»Ich sollte besser gehen«, sagte Jost und stand auf.

»Wenn sich etwas ergibt, wenn ich erfahre, wo Caro ist und mit ihr gesprochen habe – ich werde Sie anrufen«, versprach Nils. Er zögerte. »Darf ich das Foto behalten? Oder könnten Sie mir eine Kopie davon machen?«

»Natürlich. Ich werde Ihnen eine schicken.« Da war dieses Einverständnis zwischen ihnen. Die Ärzte hatten ihnen den Kontakt verwehrt, aber sie hatten es trotzdem geschafft, sich zu finden. Und sie fanden Trost darin, mehr, als Nils für möglich gehalten hatte. Wenn ich das gewusst hätte, dachte er auf einmal, hätte ich die Suche längst selbst aufgenommen. Es wäre wahrscheinlich gar nicht mal so schwer gewesen. Er hätte nach Personen forschen müssen, die zu dem fraglichen Zeitpunkt gestorben waren. So viele Frauen in dem Alter waren es bestimmt nicht.

»Danke«, sagte er. »Wissen Sie, jetzt kann ich es wieder als Geschenk betrachten, was Caro widerfahren ist. Nicht nur als Verlust, sondern auch als Geschenk.« Er grinste plötzlich. »Dann viel Glück bei Ihrer Hunde-Studie.«

Jost lachte. »Das war doch eine gute Idee, nicht?«

»Aber wenn Petra da gewesen wäre – das ist die Kollegin, die den Artikel geschrieben hat –, hätten Sie mich trotzdem nie getroffen. Ist Ihnen eigentlich klar, was für ein Glück Sie hatten?«

Jost lächelte bescheiden. »Ja«, sagte er, »das ist so ähnlich, als wenn ich mich mitten in die Fußgängerzone gestellt hätte und darauf gewartet hätte, dass die Frau, die wie Natascha aussieht, vorbeikommt.«

20

ALS JOST GEGANGEN war, fühlte Nils sich plötzlich einsam, unerhört einsam. Es war, als fiele er in ein tiefes Loch. Dass Jana in der Wohnung war, hatte er völlig vergessen. Erst als sie wutentbrannt aus der Küche gerauscht kam, erinnerte er sich daran.

Er sah sie an und konnte nichts fühlen. Ihr Gesicht war glatt und ebenmäßig. Sie hatte die Fältchen überschminkt und wirkte dadurch hübscher, als sie eigentlich war. Aber wer war sie überhaupt? Auf einmal hatte er das Gefühl, sie gar nicht zu kennen.

»Und wann erfahre ich, was hier eigentlich läuft? Wer war der Kerl? Mit dem du dir da Fotos von Frauen anschaust?« Sie funkelte ihn an.

»Ein alter Freund«, log er. »Er hat mir nur Fotos seiner Familie gezeigt.«

»Und warum konntest du mich ihm nicht vorstellen?«

Er hatte keine Antwort. Er wusste ja nicht einmal, warum er ihr nicht die Wahrheit sagen konnte. Caro. War es nicht endlich Zeit, dieses Kapitel abzuschließen?

Sie flüchteten sich in belanglose Gespräche, während sie zu Abend aßen. Als sie danach vor dem Fernseher saßen, fragte er sich, wo der Elan hingeraten war, mit dem sie doch sonst immer aufgebrochen waren, um zusammen etwas zu unternehmen. Hier sitzen wir wie ein altes Ehepaar, das sich nichts mehr zu sagen hat, dachte er und fühlte sich unendlich gelangweilt.

Auch im Bett war Flaute. Irgendwie hatte er das Gefühl, mit ihr schlafen zu müssen, weil sie schließlich seine Freundin war, aber er hatte überhaupt keine Lust dazu. Frustriert schlief er schließlich ein.

»Caro.«

Er erwachte davon, dass Jana ihn leicht schüttelte. »Nils? Sprichst du im Schlaf?«

Es war schon fast Zeit zum Aufstehen. Diese Zeit, in der man es genießen konnte, noch ein Weilchen im warmen Bett bleiben zu dürfen, noch eine Minute und noch eine Minute …

»Was habe ich denn gesagt?«

»Caro«, sagte sie. »Du meinst doch wohl nicht diesen fürchterlichen Kaffee? Meine Eltern trinken den immer.« Sie blickte ihn merkwürdig an. »Kannst du mir verraten, warum du von Caro träumst?«

Er konnte sich an nichts Konkretes erinnern. Ja, er hatte von ihr geträumt, aber was? Etwas war noch in ihm, wie ein Duft oder ein vages Gefühl, als sei sie eben noch bei ihm gewesen …

»Ich frage mich manchmal wirklich, was in dir vorgeht«, sagte Jana. »Warum erzählst du es mir nicht? Erzähl mir deinen Traum.«

»Ähm …«

»Du kannst mir nicht einmal einen Traum erzählen, der von Kaffee handelt? Was ist denn?«

»Es ging nicht um Kaffee. Caro ist kein – Kaffee.«

Sie wartete, dass er ihr mehr erzählte. »Dann war es wohl deine Ex.« Er hatte Jana nichts über Caro erzählt, aber immerhin hatte sie den Namen seiner Verflossenen herausbekommen. Natürlich wusste sie, was dieser Name ihm bedeutete und dass es dabei keineswegs um Kaffee ging.

Ex. Er konnte es nicht haben, wenn sie das so sagte. Caro war nicht seine »Ex«. Dieses Wort fand er einfach fürchterlich. Caro war viel mehr als das. Vielleicht hatte er von ihr geträumt, weil er mit Jost so viel über sie gesprochen hatte. Sie war da, bei ihm, und er hatte wieder dieses vertraute Gefühl: Wenn er die Augen öffnete, würde sie neben ihm liegen. Caro und niemand sonst. Denn keiner anderen Frau gehörte dieser Platz.

»Ich sehe in dein Gesicht«, sagte Jana langsam, »und habe das Gefühl, dich gar nicht zu kennen. Du denkst also immer noch an sie, Nils? Und was mache ich dann hier?«

»Was?«

Sie nahm Caros Platz ein. Es war falsch, es war schon immer falsch gewesen. Ein Fehler, ein einziger Fehler! Er war innerlich so aufgewühlt, dass er entweder schweigen oder alles sagen musste. Aber bevor er damit beginnen konnte, brach Janas Zorn über ihn herein.

»Wieso träumst du von Caro! Und warum kannst du mir nicht erzählen, was du geträumt hast? Was hast du denn noch für Geheimnisse? Nie sagst du mir irgendwas! Du stellst mich ja nicht mal deinen Gästen vor! Du bist genauso wie damals, weißt du noch! Du hast dich kein bisschen verändert! Du erwartest nur immer alles von anderen!«

Das war so ungerecht, dass es ihm jetzt tatsächlich die Sprache verschlug. Aber Jana war noch nicht fertig.

»Was willst du überhaupt von mir! Ich bedeute dir doch gar nichts! Da war es ja mit Michael noch besser!« Michael war ihr letzter Freund, den Jana verlassen hatte, weil er von ihr erwartet hatte, ständig hinter ihm her aufzuräumen. Sie hatte zu Beginn ihrer Beziehung empört davon erzählt, aber Nils hatte immer sehr darauf geachtet, alles ordentlich zu hinterlassen. Wo war das Problem? Sie kannte ihn nicht? Er hatte das Gefühl, dass es genau umgekehrt war. Er kannte sie nicht.

Ich kenne dich nicht, dachte er. Ich habe dich noch nie gekannt. Ich habe nie verstanden, warum du damals gegangen bist. Er erinnerte sich noch dunkel daran, wie sehr er darunter gelitten hatte. Später dann, als er durch verschiedene Freunde Geschichten darüber hörte, wie anspruchsvoll Jana war und dass im Grunde niemand es ihr recht machen konnte, war er fast froh gewesen, sie los zu sein. Es hatte ihm aber auch einen Stich gegeben. Ich bin nicht perfekt genug für sie. Und sie liebt mich nicht genug, um darüber hinwegsehen zu können ... Auf einmal wunderte er sich darüber, dass er jetzt, bei ihrem Neuanfang, hatte glauben können, dass sie ihn lieben würde.

»Natürlich«, sagte er, »natürlich bin ich noch derselbe. Was hast du denn gedacht?«

»Nun, das sehe ich jetzt ein.« Jana schluckte. »Anscheinend war es ein Fehler, es noch mal zu versuchen.«

Er schwieg.

Sie war schon aus dem Bett gesprungen und suchte ihre Sachen zusammen. Hastig zog sie sich an. Der Anblick war verlockend. Er war ein kompletter Idiot gewesen, aber zumindest war es verständlich.

»Siehst du, genau das meine ich!«, rief sie aus. »Warum kämpfst du nicht um mich? Warum flehst du mich nicht an, dazubleiben? Warum bemühst du dich nicht ein bisschen um mich? Es ist dir völlig egal. Ob ich bleibe oder gehe – es ist dir scheißegal. Du brauchst niemanden, Nils. Du liebst niemanden, nur dich selbst.«

Sie tat ihm so unrecht, dass es ihn fast hintenüber warf. Und doch war da eine Wahrheit, war da etwas, das sich herausschälte, ein Wissen, eine Erkenntnis ... Warum kämpfst du nicht für mich? Warum lässt du mich einfach gehen ...

Aber, verteidigte er sich, ich habe doch versucht, dich zu erreichen. Ich habe deine Eltern angerufen, mehrmals sogar ...

Wie hatte er je annehmen können, dass das genügte?

»Hörst du mir überhaupt zu?« Jana schrie ihn so laut an, dass es in seinen Ohren schmerzte. »Ich rede mit dir!«

Nicht einmal streiten konnte er sich richtig. Es gab nichts, was er ihrem Ausbruch hätte entgegensetzen können. Er sah sie an und erinnerte sich an den Satz, den sie ihm vorgehalten hatte: Ich kenne dich nicht ...

Hatte er es laut ausgesprochen? Oder erinnerte sie sich gerade jetzt ebenfalls daran? »Wer bist du, Nils? Und hat dich jemals interessiert, wer ich bin? Hast du dich je bemüht, es festzustellen? Wolltest du es überhaupt jemals herausfinden? Ach Nils, ich habe es wirklich versucht. Aber wenn du mich nicht an dich heranlässt, was soll ich dann hier? Ich stelle mir eine Beziehung anders vor.«

Und er schwieg. Zu allem. Jana kam ihm fremd vor, ein Schatten, der durch seine Wohnung geisterte. Vor kurzem noch war es gewesen, als könnte sie ihm alles geben, was er brauchte, und er hatte es genossen. Dass er vergessen hatte, ihr etwas zurückzugeben, war ihm nicht aufgefallen. Es gab nur eins, was er ihr hätte geben können, nur eine Geschichte, die er hätte erzählen können – seine Geschichte mit Caro. Aber diese Geschichte gehörte nicht alleine ihm, und deshalb hatte er alle diese vielen Worte, die Caro gehörten, nicht mit Jana teilen können.

Es stimmte. Er hatte ihr nichts zu geben.

Sie weinte und wischte wutentbrannt über ihr Gesicht, entschlossen, sich nicht noch verletzlicher zu machen, als sie es ohnehin schon war.

»Haben dir diese vergangenen Monate überhaupt irgendetwas bedeutet?«, fragte sie leise. »Nils?«

»Ja«, sagte er schnell. Sie nickte. Sie beide hatten gehört, dass die Antwort etwas zu schnell gekommen war.

»Nun gut. Dann gehe ich. Ich wünsche dir alles Gute.«

Wieder wartete sie. Immer noch schien sie zu hoffen, dass er versuchte sie zurückzuhalten, den Riss zu kitten, ihr seine Liebe zu versichern, so dass sie dort weitermachen konnten, wo sie aufgehört hatten. Vielleicht wäre sie doch damit zufrieden gewesen. Einen Moment lang war er sogar fast bereit, es zu tun, zu sagen: Jetzt warte doch mal, Jana. Lass uns ruhig drüber reden. Schließlich war es schön mit ihr gewesen. Nicht allein zu sein. Zu wissen, dass sie da sein würde, dass sie zu ihm gehörte. Aber trotz ihrer gemeinsamen Zeit kam sie ihm vor wie eine Fremde. Wie eine alte Bekannte, die zugleich fremd war. Er hatte nie ernsthaft versucht, hinter dieses ebenmäßige Gesicht zu blicken.

Er hatte Jana nie geliebt.

Und deshalb ließ er sie gehen und bemitleidete sich selbst – nicht, weil er sie verlor, sondern weil die Frau, die er wirklich liebte, längst für ihn verloren war.

»Ich liebe dich, Caro«, sagte er zu ihrem Foto. Jetzt, wo Jana fort war, konnte er es offen auf dem Tisch liegen lassen. Ich liebe dich. Er wusste, dass er sie geliebt hatte, vor dem Unfall und auch noch danach. Aber es war leicht, sie zu lieben, wenn sie nicht da war. Es war leicht, eine Erinnerung zu lieben und zu verklären, wenn kein lebendiger Mensch mit einem mehrfach operierten Kopf in der Wohnung herumlief und seine schlechte Laune an einem ausließ. Er hatte seine Liebe zu Caro gefunden und festgestellt, dass er nicht von ihr loskam. Dass sie die einzige Frau war, für die all das, was Jana ihm vorgeworfen hatte, nicht galt.

Kenne ich dich überhaupt? Kennst du mich denn?

Caro war die Einzige, die er kannte, denn sie war die Einzige, die er liebte. Er war klug genug, um zu erkennen, dass die Langeweile in der Beziehung zu Jana, die sich nach der kurzen heißen Phase unweigerlich eingeschlichen hatte, eigentlich nichts damit zu tun hatte, wie Jana war, sondern nur damit, was sie ihm bedeutete. Er war selbst schuld daran, dass er alles fade und bedeutungslos gefunden hatte und Schwierigkeiten damit gehabt hatte, sie wahrzunehmen. Das lag alles nur an ihm, an seinen Gefühlen, die er fest unter Verschluss hielt, weil sie mit Caro verbunden waren. Er hatte alles weggeschlossen, so wie er ihr Foto in seinem Schrank versteckt hatte. Er hatte es nicht weggeworfen, weil er nichts von dem losgeworden war, was ihn mit ihr verband. Es war alles immer noch da.

Liebe.

Und so wurde aus Nils, der das Alleinsein hasste, jemand, der sich aus Liebe dazu entschied. Frauen lächelten von allen Seiten. Auch Maren grüßte ihn wieder erwartungsvoll. Aber merkwürdigerweise fürchtete er sich nicht mehr vor ihr.

Ihre Einladung, mit ihm Tee zu trinken – natürlich war ihr Mann gerade wieder auf Reisen –, nahm er gerne an. Er saß an ihrem Tisch und fühlte die Blicke der Hunde auf sich, intensiver noch als Marens Blicke.

»Ist wohl nicht so gut gelaufen mit dieser Jana? Hab ich gleich gesehen, dass die nicht zu dir passt.«

Früher hätte er sich darüber geärgert, dass jemand es wagte, einen solchen Kommentar abzugeben. Jetzt nickte er nur. »Nein, es lag an mir«, sagte er ehrlich. »Ich war nicht bereit für eine neue Beziehung.«

Maren nickte. »Wegen dieser Frau, die ständig im Krankenhaus ist?«

Er stimmte zu. »Ja«, sagte er, »wegen genau dieser Frau.«

»Aha«, meinte Maren. »Du liebst sie also immer noch. Tja, da kann man nichts machen.« Auf einmal lächelte sie. »Wie süß.«

»Was ist daran süß?«

»Dass du es endlich gemerkt hast.«

»Äh, wieso ...?« Er wusste nicht so recht, worauf sie hinauswollte.

»Natürlich liebst du sie immer noch. Mann, du bist ihr so treu, das muss einfach Liebe sein.« Sie prostete ihm mit der Teetasse zu.

»Aber sie ist fort«, sagte er traurig.

»Ach, was für ein Unsinn«, widersprach sie. »Niemand ist fort. Solange er noch lebt. Oder etwa nicht?«

So hatte er es noch gar nicht betrachtet. Ob sie das auch auf ihren Ehemann bezog, wagte er allerdings nicht zu fragen.

21

AN DIESEM ABEND, als er sich von Nils verabschiedet hatte und mit der Straßenbahn in die Innenstadt zurückgefahren war, hatte Jost lange mit seinem Neid auf diesen Mann kämpfen müssen, der seine wunderschöne Freundin immer noch hatte. Dass sie sich vor ihm versteckte, war unerheblich; wenn ihm wirklich etwas an ihr lag, würde er sie schon wiederfinden. Er glaubte keinen einzigen Moment daran, dass Nataschas Gesicht diese Caro weniger hübsch oder gar weniger wertvoll machen könnte. Sie hatte ein Teil der Frau bekommen, die er liebte. Alles hätte er dafür gegeben, sie zu sehen.

Während er in seinem kargen Zimmer auf dem Bett saß und an die beiden Frauen dachte, an Natascha und Caro, überwältigte ihn der Wunsch, dass es umgekehrt sein möchte. Dass Natascha lebte und Caro diejenige war, die begraben in der Erde lag. Er weinte, während dieser Wunsch in ihm tobte, die übermächtige Sehnsucht, Natascha wieder bei sich zu haben.

Wenigstens haben Sie Ihre Töchter. Ähneln sie ihrer Mutter sehr?

Er wich dieser Frage aus, solange er konnte. Er wich ihr aus, indem er an Natascha dachte, ihr Tagebuch an sein Herz drückte, sich ausmalte, wie es gewesen wäre, wenn sie sich gemeinsam die Stadt hätten ansehen können. Vielleicht hätte Natascha Lust gehabt, ein bisschen einkaufen zu gehen; sobald sie ein Teil gefunden hatte, das ihr gefiel, war ihr Bedarf an Shoppen schon gestillt. Sie würden essen gehen. Süß und sauer und scharf, wie das Leben …

Er hatte Nataschas Gesicht nicht gefunden. Irgendwo lebte diese fremde Frau, die mit ihrem kleinen Hund durch die Straßen ging, die in einer Band gesungen hatte und das Scheinwerferlicht der Bühne liebte. Eine zarte Frau mit einer starken Stimme.

Und doch war sie es, die bedürftig gewesen war. Sie und nicht Natascha. Und Natascha war es gewesen, die ihr Leben in Gottes Hand gelegt hatte.

»Oh Gott«, stöhnte er. »Oh Gott.«

Der Schmerz verging nicht. Er hatte erwartet, dass alles leichter werden würde, wenn er die andere Frau sah. Wenn er Nataschas Gesicht sah. Aber der Schmerz war immer noch da, er war nicht leichter geworden, im Gegenteil. Diese Wellen der Traurigkeit, die ihn immer wieder überrollten, waren im Laufe der Monate nicht viel flacher geworden. Vielleicht kamen sie etwas seltener, vielleicht waren die Täler dazwischen, diese Phasen, in denen er einfach nur funktionierte und gar nichts fühlen konnte, breiter geworden. Aber die Sturmflut, die ihn jetzt zu Boden zwang, war in ihrer Stärke kaum auszuhalten. Er hatte nichts, was er diesem übermächtigen Gefühl entgegensetzen konnte. Die Welle ging über ihn hinweg und da war nur der Verlust. Er konnte nichts anderes fühlen, nichts anderes wahrnehmen, nichts glauben und nichts hoffen, nur den Verlust. Dass Natascha tot war und er nicht.

Es gab nichts, was das heilen konnte. Er wünschte sich zu sterben.

Er hielt sich dem Gefühl hin, bis es langsam verebbte. Gedanken stiegen wieder in ihm auf, sie klagten an und diskutierten. Wo ist jetzt der Sinn? Wo ist die Heilung? Du dachtest, dass du ihr Gesicht weggegeben hast, würde es leichter machen, sinnvoller ... Aber jetzt hast du Caros Foto gesehen und du kannst es nicht fassen, dass diese Frau lebt und Natascha nicht. Als würde das eine das andere bedingen: dass Natascha sterben musste, weil Caro unbedingt ihren Hund retten wollte. Dass Natascha sterben musste, weil sie in ihr Tagebuch schrieb: Es ist mein größter Wunsch, jemanden zu retten. Dass Natascha sterben musste, weil sie Caro ein wenig ähnlich sah ...

Unsinn. Er sprach zu seinen aufgescheuchten Gedanken, als müsste er eine Herde wilder Pferde in die Koppel treiben. Beruhigt euch. Das ist Unsinn, das weiß ich doch. Natascha starb, weil es glatt war. Und Caro durfte ein neues Leben beginnen. Caro ist nicht die Ursache, Caro ist der Sinn ...

Langsam beruhigte er sich. Und ihm schien, dass er es nicht selbst war, der mit sich argumentierte, sondern eine andere Stimme, eine größere, weisere, wissendere Stimme. Eine Stimme, die ihm zuzuraunen schien: Sei still. Ganz ruhig. Beruhige dich. Ich liebe dich.

Er hatte sich beim Trauern so verausgabt, dass er keine Worte mehr hatte. Er konnte nicht widersprechen. Und er wusste, wessen Stimme es war, er kannte sie. Er hatte sie sein ganzes Leben lang gekannt. Und nun, da er keine Worte mehr hatte, hörte er zu und hielt es aus: Ich liebe dich. Jost, ich liebe dich so sehr ...

Er schloss die Augen und hörte zu.

Durch das Toben und Schreien in ihm war er an einen Ort gelangt, an dem es still war. Es war, als wäre er durch den Sturm in sein Zentrum gelangt, das Auge des Hurrikans, dorthin, wo eine Stille ihn umfing, die von dem Lärm draußen wusste, ohne davon hinweggerissen zu werden.

Es war wie ein Wunder. Es war ein Wunder. Plötzlich, in diesem fremden Zimmer in dieser fremden Stadt, überkam ihn ein neues Gefühl und es war groß und mächtig und strahlend und zugleich tief und dunkel – wie eine Höhle, die ihn umgab und doch so weit war wie der ganze Himmel. Er legte sein Herz hinein und seine Traurigkeit und seine Sehnsucht. Sein ganzes Leben legte er hinein. Und ihm war, als wäre Gott selbst da, in dieser Stille. Er war da, und Jost war es, als sänke er in einen tiefen Teich, an dessen Grund Gott ihn mit ausgebreiteten Armen umfing. Und während er das noch dachte, erkannte er, dass es anders war: Gott war dieses Wasser, das ihn umgab, Gott war alles und umgab ihn von allen Seiten. Nur er selbst war da, er und Gott.

Ich liebe dich ...

»Ich vermisse sie so schrecklich«, flüsterte er. »Du verstehst das, nicht wahr? Ich weiß nicht, wie ich ohne sie leben soll.«

Es gab keine Antwort. Es gab keinen Plan, dem er hätte folgen können, keine Zusage, dass sein Schmerz vergehen würde. Es gab nur dies: eine höhere und zugleich tiefere Dunkelheit, diese geheimnisvolle Dunkelheit und die Verheißung von Licht. Nur diese eine Zusage: Ich liebe dich ...

Gott ließ sich nicht in die Karten schauen. Aber er war da.

Mehr würde er nicht bekommen, das begriff Jost, aber das Erstaunliche an diesem Ort war, dass es genügte. Hier, wo er seine verlorene Liebe Gott zu Füßen legte, begegnete ihm eine andere Liebe, die einzige Liebe, die wirklich verlässlich war, die ihn niemals im Stich lassen würde, die durch nichts bedroht war, nicht einmal durch den Tod.

Er hatte Nataschas Ort der Stille gefunden.

Am Morgen erfasste ihn die Sehnsucht, nach Hause zu kommen ... Jetzt musste er zurück.

Ihn überkam auf einmal eine unglaubliche Eile. Er hätte kaum sagen können, wonach ihn mehr verlangte – nach dem Gefühl von Heimat, davon, die Tür zuzumachen und bei sich selbst zu sein, den Mief des unpersönlichen Hotelzimmers aus seinen Kleidern zu schütteln, oder nach seinen Töchtern. Während er auf der Autobahn fuhr, kam noch etwas anderes zu dieser Sehnsucht dazu, ein Gefühl, das ebenfalls erstaunlich war: Er hatte Angst um sein Schwein. Das war nicht wirklich überraschend, nachdem er sich so lange darum gekümmert hatte. Überraschend war eher der Gedanke: mein Schwein. Bis jetzt war Glückspilz für ihn immer Nataschas Schwein gewesen, ihr Projekt, ihre Herzensaufgabe. Die Familie und der Stall, das war ihr Leben und ihr Beruf. Das war alles, was Natascha geliebt hatte. Das beides und das Singen. Doch jetzt, unverhofft, war es auf einmal sein Schwein, um das er fürchtete, und er trat aufs Gaspedal, um nicht zu spät zu kommen. Was war, wenn Hubert es bereits verkauft hatte, zusammen mit den anderen? Wann sollte der Transporter kommen?

Er ärgerte sich über sich selber. Warum wusste er solche Dinge nicht? Das waren seine Schweine, das war sein Stall! Er konnte nicht zulassen, dass sie dort gegen seinen Willen mit seinen Schweinen etwas machten, was er nicht guthieß.

Schweine gehörten an die Luft, an die Sonne. Er stellte sich wieder vor, wie sie auf die Weide trotteten. Wie sie die Erde durchwühlten und sich im Schlamm wälzten. So musste es sein. Er wusste genau, wie Glückspilz sich das Leben vorstellte. Kein steriler Stall, sondern Gras und Erde und eine Schutzhütte und Regen und Wind ...

Er wusste gar nichts. Und es war seine eigene Schuld, da er sich nie darum gekümmert hatte. Er hatte nie zugehört. Aber jetzt ...

Doch dann, während er sich schon ausmalte, wie er alles in einen Bio-Hof umwandelte, überkam ihn zugleich die Sehnsucht nach seinem Büro und den Kollegen und dem Computer, und er kannte sich gut genug, um zu wissen, dass er die Schweine doch wieder Hubert überlassen würde.

Auf dem Hof war es still. Er hatte gehofft, dass ihm die Kinder entgegenlaufen würden, die Arme ausgebreitet: Papa! Aber dann fiel ihm ein, dass ein ganz normaler Wochentag war. Freitag? Natürlich waren sie noch in der Schule. Er sah auf die Uhr; bald Mittagszeit. Wahrscheinlich würden sie jeden Moment kommen.

Er öffnete die Stalltür und schritt die Reihen der Boxen ab. Der Geruch schlug ihm entgegen, aber nach ein paar Schritten hatte er sich daran gewöhnt. Die Sauen beäugten ihn, da waren die kleinen Ferkel ... Und hier die größeren Ferkel, bei denen hätte sie eigentlich sein müssen. Wo war Glückspilz?

Schon fast in Panik stürzte er den Gang entlang, einmal, zweimal, und hielt nach seinem Schwein Ausschau. Hatte Hubert wirklich ...? Hatte er es getan, obwohl Greta versprochen hatte, auf Glückspilz aufzupassen?

Er rannte eilig nach draußen und stand schon fast vor der Haustür, als sein Blick auf den Rasen fiel.

Sie hatten einen behelfsmäßigen Zaun gebaut, in dem das Ferkel sich befand – auf Gretas längst nicht mehr wie gewohnt gepflegtem Rasen! Mit raschen Schritten ging Jost auf sein Tier zu, das ihn freudig begrüßte.

Seine Erleichterung war so groß, dass er fast geweint hätte. »Du lebst! Glückspilz, du bist wirklich ein Glückspilz!«

»Jost, endlich!« Greta war aus dem Haus gekommen. »Wir haben uns solche Sorgen gemacht!«

Er drehte sich zu ihr um. Auf einmal fiel ihm auf, wie alt sie geworden war. Viel älter nach Nataschas Tod, als wären von irgendwoher ein paar zusätzliche Jahre auf sie gefallen.

»Die Mädchen ...«

»Was ist mit den Mädchen?«, fragte er alarmiert.

»Sie haben ständig gefragt, wo du bist. Und ich wusste es ja nicht, ich habe versucht, ihnen irgendwas zu erzählen ... Sie hatten solche Angst, dass du nicht wiederkommst. Ach Jost, wie kannst du ihnen nur so einen Schrecken einjagen!«

Er ließ alles über sich ergehen, was sie ihm vorwarf. Und es stimmte, es stimmte alles. Er hatte nicht nachgedacht, er hatte einfach gehandelt. Er hatte vergessen, dass es auf dieser Welt mehr gab als sein Leid, mehr als ihn und Natascha. War es nicht das, was er sich immer gewünscht hatte? Ich und Natascha, nur wir beide. Aber die Welt um ihn her war groß, und er war hineingeflochten in ein Netz von Beziehungen und Verantwortlichkeiten, aus dem er nicht entkommen konnte. Doch zugleich war es auch ein Netz, das ihn hielt.

»Ich kann nicht mehr«, sagte Greta, nicht als Vorwurf, einfach als simple Feststellung, und auf einmal war ihm klar, dass er mit seiner hastigen Abfahrt das Netz zerrissen hatte. Nun war es an ihm, es wieder zu flicken.

»Es tut mir leid«, sagte er ehrlich. »Es war wichtig, aber nun bin ich wieder da. Jetzt bin ich auch wieder für die Mädchen da. Kommen sie gleich?«

Greta nickte. »Ja, aber bevor sie kommen, muss ich mit dir reden. Wir müssen dringend mit dir reden, Hubert und ich.«

Er folgte ihr gehorsam in die untere Wohnung. Schon lange war er nicht mehr da gewesen und wie ein Fremder setzte er sich auf das geblümte Sofa vor der dunklen Schrankwand.

Einsam saß er da, während seine Schwiegermutter ihren Mann holte. Er fühlte sich seltsam dabei, wie ein ungezogener Schüler, der auf den Rektor wartet. Er ließ seinen Blick durch den Raum wandern. Im offenen Schrankfach standen immer noch die Beileidskarten, weiß mit schwarzem Rand, und zogen seine Blicke auf sich. Alles sah viel düsterer und staubiger aus, als er es vom letzten Mal her kannte. Über allem lag eine Traurigkeit, die ihn bedrückte. Diese alten Dinge, die seit Jahrzehnten am gleichen Platz standen, uralte Möbel und Bilder, Tapeten und Teppiche, die er längst ausgewechselt hätte ... Und dazwischen die Spielsachen seiner Kinder, ein paar Bücher, die den Mädchen gehörten, Hörspielkassetten, Stifte. Unter dem Tisch hockte ein Stoffhase.

Greta zog Hubert hinter sich her. Er sträubte sich nicht, aber er sah aus wie jemand, der lieber woanders gewesen wäre.

»Wir haben lange darüber gesprochen«, sagte Greta. Sie stieß Hubert an, aber Hubert schwieg, sein Blick irrte durch das Zimmer und blieb an nichts Bestimmtem hängen. Jost konnte spüren, wie unangenehm ihm das Ganze war, und er begann sich zu fragen, was ihn hier erwartete. War der Schlachter bestellt? Hatten sie Glückspilz verschont, weil sie zu einem Spanferkel werden sollte?

»Es geht nicht mehr so weiter«, ergriff Greta schließlich das Wort, nachdem sie vergebens versucht hatte, Hubert zum Sprechen zu animieren. »Versteh uns nicht falsch. Wir lieben die Kinder, aber es ist mir einfach zu viel. Ich bin eben nicht mehr die Jüngste. Ich kann ihnen die Mutter nicht ersetzen. Du musst sie erziehen, nicht wir alte Leute.«

»Was willst du damit sagen?«, fragte er.

»Du könntest sie an einer Ganztagsschule anmelden. Auch für Melissa gibt es nachmittags eine Betreuung, ich hab mich erkundigt. Sie könnte auch im Kindergarten essen. Es wird mir einfach alles zu viel.« Sie schien Angst zu haben, er könnte ihre Worte missverstehen, und fügte schnell hinzu: »Ich bin gerne bereit, hin und wieder auf sie aufzupassen. Das ist wirklich kein Problem. Solange sie noch gerne zu ihrer Oma kommen ... Aber du bist ihr Vater, Jost.«

»Ich weiß«, sagte er leise. Er wollte zu ihren Vorschlägen noch nichts sagen. Waren es denn überhaupt Vorschläge? Sie würde die drei Kinder nicht mehr den ganzen Tag betreuen. Und er wusste, dass er nie das Recht gehabt hatte, ihre Zeit einfach so selbstverständlich in Beschlag zu nehmen. Er wusste das nur zu gut.

Komisch, dachte er. Er hatte nie erwartet, dass er jemals eine Ganztagsschule benötigen könnte. Als Natascha sich damals dafür eingesetzt hatte, war ihm dies nur wie ein weiterer ihrer vielen Versuche vorgekommen, die Welt zu verbessern.

»Und wir werden die Schweine aufgeben«, sagte Greta. Hubert blickte bei ihren Worten zu Boden, eine stumme Geste der Verweigerung. »Es geht nicht mehr. Es war Nataschas Arbeit. Wir sind zu alt dafür.«

»Ich könnte …«, setzte Hubert an, aber sie unterbrach ihn. »Die Schweine kommen weg. Es ist Zeit, dass wir uns zur Ruhe setzen. Und«, sie atmete tief durch, »ich halte es auch für das Beste, wenn ihr woanders hinziehen würdet. Das wolltest du doch schon immer. Ich kann es nicht mit ansehen …« Sie putzte sich die Nase. Was sie nicht mit ansehen konnte, sagte sie nicht. Aber das brauchte sie auch nicht. Er wusste Bescheid. Er war es. Sie konnte nicht mit ansehen, wie er sich gehen ließ. Wie er verschwand und Tage später plötzlich wieder auftauchte. Wie er ein Schwein in seiner Küche hielt. Er konnte das verstehen, und trotzdem fühlte er sich verraten.

»Ihr wollt mich also loswerden«, brach es aus ihm heraus, bevor er die Worte zurückhalten konnte.

Greta blickte ihm trotzig entgegen. »Wir hatten nie viel gemeinsam, das weißt du. Und wenn man in einem Haus lebt … Ich bin zu alt dafür. Ich dachte, ich kann es aushalten, aber ich kann nicht.«

Eine Weile sagte er gar nichts. Er war entlassen. Es fühlte sich an, als hätten sie ihn mit einem Eimer kalten Wassers übergossen. Ein Schock, aber zugleich spürte er, dass er lebte. Es war, als ob die kalten Tropfen sein Gesicht hinunterliefen. Jetzt war er wach. Und er wusste, was er sagen konnte. So viel war da, was ihm in der Kehle brannte, so viele Worte, heiß und verletzend wie Feuer.

Woran lag es denn, dass wir uns nie verstanden haben? Wer hat mich denn ignoriert? Wer hat denn so getan, als wäre ich nicht gut genug für eure wundervolle Natascha? Wer war es denn, der mich nie hier haben wollte? Ihr habt schon immer dafür gesorgt, dass ich mich wie ein Fremder hier fühle …

All das war da, aber er schluckte es hinunter. Er fühlte, wie es in seinem Magen brannte, und wartete eine Weile ab. Dann erst sprach er: »Ich werde darüber nachdenken.« Er stand auf. »Die Kinder kommen gleich von der Schule. Ich muss noch kochen.«

»Nein«, rief Greta schnell, »ich meinte doch nur … Sie können selbstverständlich heute noch hier bei mir essen. Ich muss nur schnell noch Melissa holen.«

»Das mache ich«, sagte Jost. »Du brauchst dich nicht darum zu kümmern, Mutter.« Es war das erste Mal, dass er sie Mutter nannte, aber sie schien es nicht einmal zu merken.

»Jost«, sagte sie unglücklich, »wir haben doch nicht gemeint ...«

»Doch«, sagte er ruhig, »ich weiß genau, was ihr gemeint habt. Und ihr habt ja recht.«

Der Weg zur Tür kam ihm länger vor als ein paar Meter. Ich bin schon immer ein Fremder hier gewesen, schon immer. Es ist nie besser geworden ...

Vielleicht hoffte er, dass sie ihn zurückriefen, um ihm zu versichern, dass das alles ein Irrtum war. Irgendeine Art von Test, um herauszufinden, ob er sie brauchte. Oder ob er sie gar liebte. Der Test war gelungen. Jetzt, wo sie ihn vor die Tür setzen wollten, war dies auf einmal sein Zuhause. Das einzig vorstellbare Zuhause, das er hatte.

»Papa!«

Er kam zu spät zum Kindergarten, Melissa war die Letzte, die abgeholt wurde. Als sie auf ihn zulief, sah er in ihr frisches, rundes Gesicht. Ihre Erleichterung, dass er endlich da war, beschämte ihn. Als sie auf ihrem kleinen Fahrrad saß und über die wackeligen Steine des Bürgersteigs fuhr, fröhlich und ohne die Angst vor einem Sturz, erfasste ihn tiefe Zärtlichkeit.

Luna und Eva waren schon da. Ihre Schulsachen verstopften den Flur – Mäntel und Schuhe lagen herum, und nur durch einen eleganten Sprung über eine Sporttasche konnte er sich vor dem unvermeidlichen Stolpern retten. »Könnt ihr eure Sachen nicht aufräumen!«

Luna sah zu ihm auf, eine steile Zornesfalte über der Nasenwurzel. »Nö. Bist du endlich wieder da?« »Ja«, sagte er. »Ja, ich bin da.«

22

ER HATTE GEWUSST, dass es nicht leicht sein würde, drei Kinder allein zu erziehen. Selbst als Natascha noch lebte, hatte er das gewusst, wenn er müde nach Hause kam und froh war, dass die Mädchen mit ihren Anliegen meistens zu ihr gingen. Ich kapier meine Hausaufgaben nicht. Ich hab Hunger. Spielst du mit mir?

Es war nicht wie in den Filmen, wenn die Frau aus dem Haus verschwindet und der Mann sich dem Haushalt und der Kindererziehung widmen muss und dabei vor lauter Tolpatschigkeit nichts auf die Reihe bekommt. Er wusste, dass seine eigenen Fehlversuche weit weniger amüsant sein würden. Er konnte kochen – ein wenig. Er wusste, wie man putzte – so einigermaßen. Er kannte diese Kinder sehr gut, auch wenn er sie in den vergangenen Wochen aus den Augen verloren hatte. Obwohl Greta ihn mit ihrer Ankündigung erschreckt hatte, war es möglich, das alles zu schaffen.

Wovon er gar keine Ahnung hatte, war der Stall. Es klang so vernünftig, die Schweinehaltung aufzugeben. Wenn sie auch noch umzogen, würde ihr Leben viel konfliktfreier werden. Die Mädchen würden ihre Großeltern vermissen, aber er würde sich endlich frei fühlen. Aufatmen und neu beginnen.

Nachdem sie gegessen hatten – Nudeln waren schnell gemacht –, ging er nach draußen und besuchte Glückspilz. Das Schwein war gewachsen. Wenn er es betrachtete, war es immer noch das kleine Ferkel, das die Flasche gebraucht hatte, um zu überleben, aber es war mittlerweile so groß, dass es diesen behelfsmäßigen Zaun mühelos überwinden konnte, wenn es wollte. Es würde natürlich geschlachtet werden, wenn die Schweine wegkamen. Wie hätte er, wenn er sich eine Wohnung suchte, ein Schwein mitnehmen können? Vielleicht konnte er es bei einem Bauern unterbringen und es dort regelmäßig besuchen ... Jost lächelte unwillkürlich. In welchem Film war er denn? In der Wirklichkeit besuchte man keine Schweine auf Bauernhöfen. In der Wirklichkeit wurden Schweine gezüchtet, um sie zu schlachten und zu essen, das war ihre Bestimmung. Zeit, sich damit abzufinden.

Er hatte die Zeitung durchgeblättert und sich dem Wohnungsmarkt gewidmet. Wie viele Zimmer brauchten sie? Drei, vier? Zwei der Mädchen konnten sich ein Zimmer teilen, fand er. Ein ganzes Haus wollte er gar nicht mehr, nicht ohne Natascha. Eine Wohnung reichte vollkommen aus, vielleicht im Erdgeschoss, mit Gartennutzung, mit Platz für die Kinder zum Spielen.

Er ging die Angebote durch und griff kurz entschlossen zum Telefon. Energie durchströmte ihn. Ein neues Leben. Es war, als hätte seine Fahrt und die Begegnung mit Nils etwas Neues in ihm entfesselt, eine Art trotziger Zuversicht ... Oder war es Greta, die ihm diesen Schubs gegeben hatte, als wäre er ein Nesthocker im Hotel Mama, der endlich die Aufforderung erhalten hatte, sich ein eigenes Leben aufzubauen? Ja, es war Zeit zu gehen. Die Mädchen zu nehmen und sich etwas Eigenes zu suchen.

Er vereinbarte einen Besichtigungstermin für den Abend. Als er den Hörer auflegte, blickte er in Lunas erschrockenes Gesicht.

»Was für eine Wohnung, Papa?«

»Ich möchte mir da etwas anschauen ...« Er wollte das Entsetzen in ihrem Gesicht nicht sehen und es noch weniger an sich heranlassen. »Es wird schön«, versprach er, »bestimmt. Nur wir, du und Eva und Melissa und ich.«

Sie glaubte ihm nicht. Obwohl doch noch gar nichts feststand, starrte sie ihn an, als hätte er davon gesprochen, sie zu verkaufen oder einem anderen schrecklichen Schicksal auszuliefern.

»Ihr dürft mitkommen«, sagte er. »Ich möchte mir nur etwas ansehen.«

»Ich will nicht mitkommen!«

Jost seufzte. »Na gut, dann nicht.« Es war sowieso seine Entscheidung. Falsch. Es war Gretas Entscheidung. Er hatte keine Wahl; wenn sie ihn und die Kinder hier raushaben wollte, bitte.

Als er sich die Schuhe anzog, war ihm wohl bewusst, dass er die Kinder nur deshalb hier lassen konnte, weil immer jemand im Haus war. Er war so daran gewöhnt, dass er kommen und gehen konnte, wie er wollte. Auch dies würde eine gewaltige Umstellung werden.

Die Wohnung war, wie er bereits am Telefon erfahren hatte, tatsächlich nicht weit entfernt, eine Einliegerwohnung in einem zweistöckigen weißen Haus. Der Vorgarten war ordentlich bepflanzt, mit sorgfältig gestutztem Rasen. Für wilde Kinder nicht unbedingt geeignet.

»Tag, kommen Sie rein. Hier, die Treppe hoch ...«

Es war gar nicht so viel anders als zu Hause. Auch hier musste man im Flur, der den Vermietern gehörte, die Treppe hinauf und stand dann mitten in der Wohnung. Das Wohnzimmer war groß und hatte gewaltige Fensterscheiben, die nach Westen gingen und einen Blick auf die Obstbäume im Garten boten. Er stellte sich vor, dass hier das Sofa stehen würde, da der Fernseher ...

»Hier ist das Schlafzimmer.«

Es war fast zu klein für das große Doppelbett. Aber wozu brauchte er ein Doppelbett? Er konnte es verkaufen. Oder sollte er es behalten, für den Fall, dass irgendwann eine neue Frau in sein Leben trat? Noch konnte er sich nicht vorstellen, dass dies jemals der Fall sein würde. Allein der noch so flüchtige Gedanke daran fühlte sich an wie Verrat.

Die Küche war lang und schmal und zu klein, um darin zu essen. Wenn man das angrenzende Zimmer als Esszimmer benutzte ... Aber dann fehlte ein Kinderzimmer. Jost runzelte die Stirn, während er überlegte. Es war kaum vorstellbar, hier zu leben, hier in der Fremde.

»Ich muss darüber nachdenken«, sagte er beim Abschied. »Mir vielleicht noch ein paar Häuser ansehen.«

Er fuhr nach Hause, in seinem Inneren das dumpfe Gefühl von Verlust. Erleichtert bog er auf den Hof ab, wo die hohen Bäume ihn begrüßten. Wie ein Portal, das ihn immer wieder hindurchließ, in dieses Leben, das seins war.

Während er über das peinlich sauber gefegte Pflaster ging, horchte er auf den Aufruhr in seinem Inneren.

Ein neuer Anfang.

Aber dies ist mein Zuhause. Unser Zuhause. Das Zuhause der Mädchen. Es wäre nicht fair, ihnen auch das noch zu nehmen.

Du hast keine Wahl. Es ist Gretas Entscheidung und sie hat bereits entschieden.

Ich will diese neue Wohnung nicht.

Dann schau dir eine andere an. Irgendwann kommt die Erleuchtung: Hier will ich bleiben, diese ist es.

Das bezweifle ich.

Er blieb vor dem Haus stehen und sah an der Fassade hoch. Sie war vergraut, man müsste die Außenwände mal wieder streichen. Das Dach könnte auch ausgebessert werden. Die Tür hat schon Natascha nicht gefallen. Man könnte eine schöne neue Tür einsetzen. Oder einen neuen Eingang zu unserer Wohnung bauen, eine Außentreppe, so dass wir nicht immer durch ihren Flur müssten ...

Greta hat bereits entschieden, dachte er, erinnerte er sich, sagte er sich immer wieder vor: Sie hat bereits gesagt, was sie will.

Aber konnte sie ihn einfach so rausschmeißen? Er und Natascha hatten die obere Wohnung mit ihrem Geld ausgebaut, mit viel Geld.

Es bringt nichts, hier zu bleiben, dachte er müde, wenn Greta uns nicht will. Was wäre das für ein Leben, immer im Streit ... Sie wollte uns noch nie. Was nützt es, wenn wir rein rechtlich hier bleiben könnten und sie uns das Leben zur Hölle macht?

Er drehte sich um, wo Glückspilz auf der Wiese lag. Die kleine Sau sprang sofort auf, als sie ihn sah.

»He, du. Schwein.«

So war es schon immer, dachte er. Greta wollte uns nicht. Nein, sie wollte mich nicht. Und doch sind wir geblieben ... So schlimm war es eigentlich gar nicht. Über ihm rauschten die großen Eichen. Er war so an dieses Geräusch gewöhnt, an ihre Blätter auf dem Hof, den ewigen Kampf mit dem Dreck, den sie unbekümmert fallen ließen. Und doch, wenn jemand mit der Säge angekommen wäre, um ihn von dieser Arbeit zu befreien, hätte er sich nicht vor die Bäume gestellt, die Arme ausgebreitet, und versucht, sie zu retten? Hoffnungsloser Romantiker. Deine Bäume. Dein Hof. Deine Schweine.

Er sah zum Stall hinüber. Was würden sie mit den Gebäuden machen? Leer stehen lassen? Ein Geisterhof, dachte er. Leer. Es wird alles leer sein. Greta und Hubert werden hier wohnen, inmitten der Überbleibsel ihrer Träume, inmitten der Hülle, die übrig blieb, wenn alles gestorben war. Leere Ställe. Ein riesiges, fast leeres Haus, bewohnt von zwei alten Leuten. Alles war mit Natascha gestorben, die ganze Zukunft, und nicht nur die, auch die Vergangenheit, die Tradition, all die vielen Generationen von Bauern, sie endeten hier. Hier an diesem Punkt, an dem er jetzt stand.

Er öffnete die Stalltür und ging hinein. Die Tiere sahen ihn an mit ihren komischen kleinen Augen. So viele Tiere. Ihnen war es natürlich egal, wo sie lebten, bei welchem Landwirt. Ob sie Natascha vermissten? Mit ihrer warmen Stimme, mit ihrer Geduld, mit ihrem Anspruch, jeden zu retten?

Er wusste nicht, wie lange er hier stand und sich alles besah.

Auf einmal begannen die Schweine alle gleichzeitig zu schreien. Jost drehte sich um – Hubert, natürlich. Sie wussten genau, von wem sie ihr Futter bekamen; wie immer, wenn sie den alten Mann sahen, stimmten sie ihr ohrenbetäubendes Gebrüll an.

»Jost.«

Hubert nickte ihm zu. Verwundert, aber nicht sehr. Als wäre es normal, dass er sich in Schweineställen aufhielt, er, der Büromensch. Auf einmal war es normal. Alles war anders geworden, verrückter, alles Undenkbare war möglich. Jetzt, wo die Zukunft gestorben war, waren alle Arten von Zukunft möglich. Hierbleiben oder wegziehen, verkaufen oder nicht ...

Er merkte, dass er laut dachte. »Und wenn wir nicht verkaufen?«

Sein Schwiegervater hob die Brauen. »Du hast Greta gehört.«

»Aber Greta hat das nicht zu entscheiden«, sagte Jost. Er wunderte sich selbst über diesen Satz. Greta hatte immer alles entschieden. Sogar Natascha hatte sich gebeugt, unter den starken Willen ihrer Mutter. Allerdings nicht immer; sie hatte ihn trotzdem geheiratet. Aber sie hatte ihren Berufswunsch aufgegeben, sie war hier wohnen geblieben ... Weil Greta es so wollte? Jost fasste Hubert etwas genauer ins Auge. Er war alt geworden in den letzten Monaten. Viel älter. Sein Gang war der eines sehr alten Mannes. Und doch ...

»Du würdest sie gern behalten, hab ich recht?«

Hubert antwortete nicht. Er grunzte etwas und schlurfte weiter.

»Weißt du, warum ich gesagt habe, dass es nicht Gretas Entscheidung ist?«, fragte er durch den Lärm.

Hubert hob nur die Brauen.

»Es sind gar nicht eure Schweine«, sagte er. »Es sind meine.«

Jetzt weiteten sich Huberts Augen. Er sah überrascht aus und zugleich verwirrt und gekränkt. »Es waren Nataschas Schweine«, sagte er. »Und jetzt kommen sie eben weg.«

Die Tiere hatten sich beruhigt. Sie fraßen, so dass man wieder reden konnte. Ihr Schmatzen hatte etwas Befriedigendes an sich. Es tat gut, Tiere zu füttern, das wusste er, seit er sich um Glückspilz kümmerte.

»Es sind meine«, sagte Jost. So lange war ihm dieser Gedanke durch den Kopf gegangen, seit seiner Fahrt auf der Autobahn. Es hatte lange gedauert, bis das, was er schon seit Jahren wusste, den Weg in seinen Kopf und in sein Herz gefunden hatte. Es waren Nataschas Schweine gewesen – nicht nur, weil sie sich darum kümmerte. Ihre Eltern hatten ihr den Hof bereits zu Lebzeiten überschrieben. Es waren auch rechtlich ihre Ställe und ihre Tiere. Das alles hatte Natascha gehört. Und deshalb gehörte es jetzt ihm. Ihm und den Kindern.

»Es sind meine Schweine«, wiederholte er und wartete auf das, was Hubert sagen würde.

»Ach.« Hubert war nie ein Freund vieler Worte gewesen. Aber sein »Ach« sprach Bände. Es klang zugleich bitter und vorwurfsvoll, und Jost konnte seine Verachtung förmlich spüren – du, der Stadtmensch, der Computermensch, erhebst Anspruch auf all das hier?

»Könnte man«, Josts Mund war trocken, »ich meine, könnte man daraus nicht etwas machen? Die Weiden draußen. Wir könnten

Zäune bauen. Wir könnten kleine Hütten aufstellen. Wir könnten Bio-Fleisch produzieren. Du weißt schon. Draußen. Grünfutter.«

Hubert musterte ihn aus zusammengekniffenen Augen. »Was?«

Er machte es ihm wirklich nicht leicht. »Ich kann diese Ställe nicht ausstehen«, sagte Jost ehrlich. Es war eine Erleichterung, es endlich auszusprechen. »Vielleicht findest du mich naiv und romantisch, aber ich weiß, dass Natascha das auf längere Sicht auch wollte. Eine andere Art von Schweinehaltung. Nichts Neumodisches, sondern eher so wie früher.« Er hoffte, dass er damit das Herz des alten Mannes erreichte. »Verstehst du? Ein Hof, so wie früher.«

»Das rentiert sich nicht«, knurrte der Alte.

»Ich habe noch einiges auf der Bank«, sagte Jost. »Und wir müssten ja nicht nur davon leben. Ich werde weiterhin arbeiten. Aber vielleicht kann ich die Stundenzahl reduzieren. Es wäre, damit – damit das hier bleibt. Die Tiere. Der Hof. Damit es alles bleibt.«

Hubert verzog keine Miene. »Du kannst sie auch in den Ställen lassen, damit es so bleibt.«

»Das will ich aber nicht«, widersprach Jost. »Ich will sie draußen haben.«

Hubert schwieg. Vielleicht dachte er nach, vielleicht tat er auch nur so. Jost fühlte, wie sein Herz heftig klopfte. Sie wussten beide, worum es ging. Dies war ihrer beider Zuhause. Es war ihrer aller Zuhause. Sie konnten sich entscheiden, ob es eine leere Hülle werden würde, ein toter Hof, oder etwas Neues.

»Es müssen nicht viele Schweine sein«, sagte Jost. »Wir könnten ihre Zahl reduzieren. Es wäre einfach ein Nebenverdienst.« Hubert wusste selbst, dass es in den letzten Jahren auch nie mehr gewesen war.

Als sein Schwiegervater nickte, fiel ihm ein Stein vom Herzen. Aber nicht nur. Vielleicht, dachte er, wäre es besser, dies alles hier loszuwerden und tatsächlich neu anzufangen, ohne Nataschas Schatten an jeder Ecke. Aber obwohl er die Kraft in sich fühlte, sich mit diesen neuen Sachen zu beschäftigen, hatte er nicht die

Kraft, sich mit den Kindern etwas ganz Neues aufzubauen, ohne Natascha. Er wollte dieses Zuhause nicht verlieren.

»Wir müssen es Greta sagen.« Er schrak davor zurück, vor dem, was sie sagen würde, wenn er ihren Willen einfach so missachtete und seine eigene Vorstellung von Zukunft durchsetzte. Er blickte Hubert an und kam sich vor wie ein Verschwörer.

»Bist du sicher, dass du das wirklich willst?«, fragte der alte Mann.

»Mit dir zusammen wird es gehen«, sagte Jost. Und sah Hubert lächeln, das erste Mal seit Nataschas Tod.

23

CARO LIEBTE DEN Garten. Sie konnte es sich auf einer Liege bequem machen, Harald auf dem Bauch, und lesen. Wenn er ihr zu schwer wurde, gab sie ihm einen Schubs und er sprang ins Gras und beobachtete die Vögel. Mit ihm Gassi zu gehen bedeutete, das Gartentor zu öffnen und den Feldweg entlangzuspazieren. Vereinzelt standen hier ein paar Häuser, aber sie begegnete selten jemandem. Es bestand nicht der Bedarf, sich zu verhüllen. Sie hielt ihr Gesicht in den scharfen Sommerwind, der übers Feld wehte.

Sie ging lange. Wenn sie ging, begann das Karussell aus Gedanken, das sich immerzu in ihrem Kopf drehte, langsamer zu kreisen. Am Anfang des Weges, wenn auf einmal nichts für ihre Hände zu tun war und niemand außer dem Hund da war, zu dem sie sprechen konnte, türmte sich alles vor ihr auf, ein riesiger Berg an Sorgen und Bitterkeit. Aber wenn sie ein paar Schritte gegangen war und den Wind spürte, wurde es besser. Mit jedem Schritt wurde ihr leichter, es war, als würde der Wind alles wegpusten, als wäre ihr Kummer über ihr Leben etwas, das nicht fester an ihr haftete als die Samen einer Pusteblume.

Wind gab es hier immer. Selbst jetzt im Sommer fegte er über die offenen Felder, ungebremst von Bäumen oder Häusern, die hier nur sporadisch aus der Leere ragten, als hätte ein Kind ein paar Legosteine auf den Teppichboden fallen lassen.

Für eine ganze Stadt hatten diesem Kind jedenfalls die Steine gefehlt.

Am Anfang war Caro die Leere hier nahezu unerträglich vorgekommen. Hier draußen war die pure Einsamkeit. Hier draußen war niemand. Es entsprach der Enttäuschung über ihr ganzes Leben. Das Nichts. Alle ihre Träume waren gescheitert, alles, was sie sich aufgebaut hatte, verloren. Es passte gut, dass sie hier im Nichts gelandet war. Etwas weiter draußen sah sie ein paar Rehe; schlank und zierlich verharrten sie und schienen zu ihr hinüberzustarren. Sie konnte nicht genau erkennen, ob die Tiere sie tatsächlich als störend empfanden, jedenfalls ergriffen sie nicht die Flucht. Sie war zu weit weg, um ihnen Angst zu machen. So kam sie sich vor – zu weit entfernt von allem. Es machte keinen Unterschied mehr, dass es sie gab, für niemanden.

Wenn sie sich dann lange genug in ihr Selbstmitleid hineingesteigert hatte, wurde ihr bewusst, dass sie schon viel zu lange weg war. Schließlich wurde sie gebraucht. An manchen Tagen fühlte es sich an wie ein Stachel, dass sie nur von zwei alten Frauen gebraucht wurde. An anderen, wenn das eigene Bedauern unterging in der frischen Luft und der Lust zu atmen und der Sonne auf ihrer Haut, war es gut so.

Manchmal musste sie sich zu diesen einsamen Spaziergängen überwinden, aber Oma Milli bestand darauf, dass frische Luft ihr guttun würde. Außerdem hatte sie schließlich den Hund und hier gab es niemanden mehr, der ihr die Verantwortung abnahm. Auch im Haus gab es immer etwas zu tun. Tante Anna war halb blind und ließ es sich trotzdem nicht nehmen, Staub zu wischen und zu saugen. Sie war eine muntere kleine Person, die von Caro überlistet werden musste, wenn diese der Meinung war, dass ihre Arbeit nicht gut genug war. Ihr zu sagen, dass sie sogar den gröbsten Schmutz übersah, war undenkbar, sie war zart besaitet und musste mit größter Vorsicht behandelt werden. Oma Milli hatte keine Scheu, ihr die Meinung zu geigen, aber sie war schließlich Tante Annas Schwester und nicht bloß deren Großnichte.

Es war nicht nur das Putzen und das Kochen. Auch Oma Milli selbst musste versorgt werden. Sie war zu schwach, um sich alleine zu waschen oder anzuziehen, aber ihr Lebenswille war ungebrochen. Sie ließ sich von Caro helfen und zu ihrem Sessel führen, wo sie jedoch nie lange saß. Immer musste sie aufstehen und keuchend durch die Wohnung wandern, was die arme Tante Anna ganz nervös machte. Es war nicht so einfach mit diesen beiden Schwestern, wie Caro sich das vorgestellt hatte. Und doch tat es gut.

»Du kannst ruhig mal raus«, sagte Oma Milli. »Du brauchst nicht die ganze Zeit hier bei mir zu sitzen.«

»Ich will aber.«

»Dann spiel mir was vor.«

»Auf dem Klavier?« Zögernd setzte Caro sich an das Instrument. Sie hatte ein paar Jahre Unterricht gehabt, bevor sie sich fürs Singen entschieden hatte. Eigentlich hatte sie nur aufgehört, weil sie ihre strenge Lehrerin, eine Ungarin der alten Schule, nicht ausstehen konnte. Ihr Lieblingswort war »Disziplin« und Caro gehörte zu denen, die nie die vorgeschriebene Zeit zum Üben durchhielten.

Ihre Finger drückten vorsichtig die weißen Tasten. Harald bellte erschrocken auf. Sie lächelte unwillkürlich, während ihre Hände hierhin und dorthin sprangen. Sie merkte gar nicht, was sie spielte, so lange war es her, dass sie an einem Klavier gesessen hatte.

»›Für Elise‹«, sagte Oma Milli. »Das musstest du immer üben, als du angefangen hast, weißt du noch?«

»Für Elise.« Ihre Finger konnten es noch, es war wie Fahrrad fahren, eins der Dinge, die man nie verlernte. Wenn sie jedoch geglaubt hatte, dass das auf schwierigere Stücke, die sie damals gespielt hatte, ebenfalls zutraf, musste sie schnell feststellen, dass es nicht ganz so einfach war.

»Ich würde so gerne singen«, seufzte Oma Milli, »aber ich kann gar nicht mehr.«

»Ich kann singen«, versicherte Tante Anna und begann mit hoher, zittriger Stimme ein Lied, das Caro bekannt vorkam. Dennoch brauchte sie eine Weile, um es einzuordnen.

»Das ist aber ein Weihnachtslied!«, protestierte sie. »Macht hoch die Tür ... Wir haben Sommer, huhu, schau doch mal nach draußen, Tante Anna!«

»Na und?«, fragte Tante Anna beleidigt. »Das ist eben das Erste, das mir eingefallen ist.«

»Sing du doch was, Linchen«, schlug Oma Milli vor.

Caro erschrak. Sie konnte nicht mehr singen. Sie hatte nicht mehr gesungen, seit es passiert war. Und doch, mit diesen glatten weißen Tasten unter den Fingern brach eine Sehnsucht nach Musik in ihr auf, danach, den Mund zu öffnen und es herauszulassen, alles ...

»Ich kann nicht«, sagte sie leise.

Sie klappte den Deckel wieder zu, ihre Tränen tropften auf ihre Finger. Wie gut, dass Tante Anna es nicht sehen konnte. Sie hatte sich endlich an ein Lied erinnert, dass zur Jahreszeit passte, und begann fröhlich mit »Das Wandern ist des Müllers Lust ...«

»Linchen ...«

Caro floh in ihr Zimmer.

Aber das Klavier stand jeden Tag im Wohnzimmer. Jeden Tag, wenn sie nach unten kam, stand es da. Sie schlich drum herum wie eine Katze um einen Vogelkäfig. Es war wie ein besonders schöner, verbotener Vogel, ein Kanarienvogel, einer, der den ganzen Tag sang. Er konnte nicht anders als singen. Er war dafür geboren, er öffnete den Schnabel und ließ es heraus und seine Stimme versüßte den Tag.

Ihre Stimme war nie süß gewesen. Die Nebelraben hatten nichts von Süßlichkeit gehalten und doch hatten sie ihre Emotionen gefeiert. Das Wilde, das Trotzige, das Aufrührerische, das Anklagende.

Hier, in Tante Annas Haus, vor dem schlichten braunen Klavier, das seit Jahrzehnten nicht mehr gestimmt worden war, kamen Caro trotzige Schreie seltsam überholt vor, etwas, das vielleicht einem Teenager gut zu Gesicht stand. Sie horchte in sich hinein und fand keine Wut. Warum nicht?, fragte sie sich, während sie über den mit Leder bezogenen Klavierschemel strich – sie tat es, als würde sie einen Hund streicheln –, warum nicht? Sie musste irgendwo da sein, die Wut. Diese entsetzliche Wut darüber, was aus ihrem Leben geworden war und aus ihren Träumen und aus ihrer Liebe.

Aber in ihr war nichts, was sie hätte singen können. Da war nur die Leere der Felder, der Wind, der alles fortblies. Nicht genug für ein Lied.

Sie spielte Für Elise. Sie hätte selbst nicht sagen können, wie sie plötzlich auf diesen Hocker kam und wer den Deckel hochgeklappt hatte und wer ihre Finger in Gang gesetzt hatte. Sie musste es selbst gewesen sein. So viele Lieder riefen ... Aber die Nebelraben hatten eine neue Sängerin. Sie brauchten sie nicht mehr. Sie wollten sie nicht mehr. Du wirst nie mehr auf der Bühne stehen und dort sein, wer du bist ...

»Vermisst du es?«, fragte Oma Milli, ohne zu sagen, was sie meinte.

»Wen?«, fragte Caro zurück. »Was? Mein Leben? Meinen Job? Meine Wohnung? Oder mein Gesicht?«

Bei diesen alten Frauen fühlte sie sich nicht hässlich. Sie waren eine Gemeinschaft von Menschen, deren Leben fast vorbei war. Sie fühlte sich dazugehörig, weil auch sie im Nichts angelangt war. Etwas zu vermissen hieß, dass man von etwas träumte, das man einmal besessen hatte – vielleicht in der Hoffnung, es wiederzubekommen. Irgendwann. Wenn das Leben nur lang genug dauerte.

»Manchmal schaue ich in den Spiegel und frage mich, wo das junge Mädchen geblieben ist, das ich einmal war. Hier, in mir drin, bin ich immer noch dieselbe. Und im Spiegel sehe ich eine alte Frau.«

»Ich auch«, behauptete Tante Anna, obwohl das glatt gelogen sein musste. Caro bezweifelte, dass sie überhaupt irgendetwas im Spiegel sah. »Wenn man jung ist, denkt man, es müsste immer so weitergehen. Das Leben müsste immer schöner und schöner werden. Aber auf einmal sieht man in den Spiegel und man hat Falten und graue Haare. Die Knochen tun einem weh. Man bekommt alle Krankheiten, von denen man jemals gelesen hat.«

Caro lachte. »So schlimm ist es nun auch wieder nicht, oder? Ich meine, es geht euch doch noch ganz gut. Ihr seid zu Hause. Ihr seid noch, ich meine ...«

»Sie meint, wir sind noch bei Verstand«, erklärte Tante Anna. Caro wusste nicht so recht, ob sie wieder beleidigt war oder nicht.

»Und wir sind immer noch dankbar für alles«, sagte Oma Milli. »Für diese Jahre, die Gott uns schenkt, auch wenn es nicht immer leicht ist.«

Sie atmete schwer, wie immer, wenn sie zu viel gesprochen hatte.

»Dankbar?«, fragte Caro und wunderte sich über die plötzliche Heftigkeit in ihrer Stimme. »Meinst du das ernst? Du bist dankbar für alles?«

»Aber ja«, meinte Oma Milli und wollte noch mehr sagen, aber Caro unterbrach sie.

»Du bist so schwach, dass du eigentlich in ein Pflegeheim gehörst! Du kannst ja nicht mal alleine vor die Tür! Du kannst nicht mehr singen. Du ringst nach Atem, wenn du mehr als drei Sätze sprichst. Du kannst nicht dankbar sein!«

Tante Anna schnaufte leise. Oma Milli antwortete nicht sofort. Schließlich öffnete sie den Mund, und Caro fürchtete sich auf einmal vor dem, was kommen würde. Vielleicht – geh doch, wenn du das alles hier so schrecklich findest? Aber es würde ihr guttun, hier rausgeschmissen zu werden. Genau das fehlte doch noch zu ihrem Glück. Alle hatten sie hinausgeworfen aus ihrem Leben, warum sollten Oma Milli und Tante Anna nicht zu demselben Schluss kommen?

»Sprich nicht mit mir über deine Wut«, sagte sie leise. »Sprich mit *ihm.*«

»Ich bin nicht wütend!«

Während sie es herausschrie, kam ihr dieser Satz zugleich falsch vor, als sei es nicht in Wahrheit ihr eigener. Sie war wütend, weil man in einer solchen Situation wütend zu sein hatte. Was sonst? Wütend auf das Leben und auf Gott, wütend auf ihre Freunde und auf Nils und überhaupt auf alles.

»Du bist wütend, weil ich dankbar bin.«

»Na und?«, gab Caro zurück. »Muss ich deswegen auch dankbar sein?«

Das war die Frage. Und niemand konnte sie ihr beantworten, nur sie selbst. Wütend oder dankbar.

»Ich bin jetzt fünfundachtzig Jahre alt«, sagte Oma Milli. »Und es liegt an mir, wie das bisschen Zeit, das ich noch habe, aussieht. Soll ich mit Gott hadern, weil ich krank bin? Es ist normal, krank zu sein. Alle Menschen sind irgendwann einmal krank. So ist das Leben nun mal. Das Leben ist nicht, dass alles immer schöner und schöner wird. Jedenfalls nicht so, wie du vielleicht denkst. Es wird schöner und schöner, aber anders, als man glaubt, wenn man jung ist.«

»Das stimmt«, kicherte Tante Anna. »Man lernt, sich über alles zu freuen, und wenn‘s ein gelungener Stuhlgang ist.«

Die beiden anderen sahen sie an, und sie musste diese Blicke wohl gespürt haben, denn schlagartig verstummte sie und war beleidigt.

»Was mir passiert ist, ist nicht normal«, sagte Caro, ebenfalls gekränkt. »Das ist nicht dasselbe. Du bist alt und ich bin gerade erst Anfang dreißig.«

»Glaubst du etwa, Schmerzen tun weniger weh, wenn man achtzig ist?«

»Das ist nicht fair!«, wehrte sie sich. »Ich habe noch so viel vor mir ... Aber – mit diesem Gesicht?«

Jetzt war es heraus. Als wäre es jemals um etwas anderes gegangen. Wie soll ich leben – mit diesem Gesicht?

Wut oder Dankbarkeit. Es war eine Wahl, die sich unmöglich treffen ließ. Sie war wütend, sie hatte wütend zu sein. Alle, denen das Leben übel mitgespielt hatte, waren wütend. Vor allem, wenn sie jung waren. Alte Leute hatten nicht das Recht, sich über ihre Krankheiten und Gebrechen aufzuregen. Im Alter war es normal, nicht mehr schön zu sein, sondern hässlich. Ein anderes Gesicht zu haben und sogar einen anderen Körper, weil einen alles im Stich ließ, die Kraft und womöglich der Verstand und, wenn man Pech hatte, auch die eigene Familie.

So hatte sie das immer gesehen.

Oma Millis Lächeln war wunderschön.

»Du bist immer noch hübsch, Caro.«

»Bin ich nicht!«

»Nein, weil du in den Spiegel blickst und erwartest, dich hässlich zu finden.«

»Wie sieht sie denn aus?«, erkundigte sich Tante Anna.

»Sie sieht aus, wie ihre Stimme klingt«, antwortete Oma Milli.

»Dann muss sie wunderschön sein. Jung und frisch und voller Leben und Energie.«

Caro hätte fast laut aufgelacht. Voller Leben und Energie? Sie fühlte sich alt und resigniert. Und müde. Ihre Oma zu betreuen war anstrengender, als sie gedacht hatte. Sie wünschte sich, einmal richtig auszuschlafen, sich bedienen zu lassen, aber die Vorstellung, dass die beiden alten Damen sich um sie kümmerten, nur weil sie ein neues Gesicht hatte, stimmte sie unwillkürlich heiter. Sie wehrte sich dagegen, denn schließlich hatte sie das Recht, sich schlecht zu fühlen. Sie hatte so viel durchgemacht. Sie war so lange im Krankenhaus gewesen. Alle hatten sie angestarrt. Alle hatten sie verraten.

Aber Tatsache war, dass sie trotzdem voller Leben und Energie war. Jung und frisch und tatendurstig.

»Ich spiele euch jetzt etwas auf dem Klavier vor«, verkündete sie.

»Doch nicht schon wieder ›Für Elise‹?«, meckerte Tante Anna.

»Doch. Ich kann nichts anderes.« Sie spielte das Stück tapfer durch. Einmal, zweimal. Die Vorstellung, Tante Anna damit zu ärgern, machte ihr Spaß. Immerhin hatten die beiden alten Damen sie immer wieder zum Spielen gedrängt.

»Da müssten irgendwo noch Noten sein. In dem Schrank da. Glaube ich.« Tante Anna kramte in einem Fach herum und ließ Zettel, Briefe und verstaubte Pralinenschachteln zu Boden segeln.

Irgendjemand müsste hier mal gründlich saubermachen, dachte Caro. Unauffällig, wenn sie es nicht merkt. Ob ich das wohl sein werde, dieser Irgendjemand?

»Lass mich mal.«

Es waren tatsächlich Noten da, ein ganzer Stapel Hefte.

Die beiden Schwestern saßen in ihren Sesseln und machten verzückte Gesichter, während ihre junge Mitbewohnerin sich durch die Musik der alten Meister kämpfte.

Zwischendurch fiel ihr auf, dass sie vergessen hatte, nach ihrer Wut zu fragen.

Beten lag ihr nicht. Oma Milli und Tante Anna sprachen vor jeder Mahlzeit ein Tischgebet.

»Komm, Herr Jesus, sei du unser Gast, und segne, was du uns bescheret hast.« Caro kannte dieses Gebet in- und auswendig; bei jedem ihrer Besuche früher bei der Oma wurde es gebetet, so routiniert, dass sie manchmal nicht mehr wusste, ob sie ihren Spruch schon aufgesagt hatten oder nicht. Für Caro war dies mehr wie ein Ritual, wie etwas, das getan wurde, weil es schon immer so gewesen war, das die Gegenwart in der Vergangenheit verankerte. Dankbarkeit. Es war ein Reizwort, ein Wort, das sie nicht hören mochte, ein Gefühl, das sie nicht fühlen wollte. Wie konnte man für das Essen dankbar sein, das man selber gekocht hatte, während andere, viel wichtigere Dinge – ein Gesicht zum Beispiel – einem einfach so verlorengehen konnten?

Sie sagte es laut. »Warum dankst du für das Essen? Du weißt ja nicht einmal, ob es schmecken wird.« Sie sagte: »Man kann auch innerlich dankbar sein.« Warum musste es immer laut gesagt werden? Wenn Gott Gebete hörte, konnte man es genauso gut denken. Es war nichts als ein überkommenes Ritual, ein Gedicht, das seinen Sinn längst verloren hatte. Komm, Herr Jesus ...

Tante Anna lächelte verschmitzt. »Besser, wir danken vorher. Nachher, wenn wir es probiert haben, sieht die Sache vielleicht ganz anders aus.«

»He, so schlecht koche ich auch wieder nicht!«

»Vielleicht ist das ja ein besserer Grund zum Danken. Dass du hin und wieder etwas Essbares auf den Tisch bringst. Das ist immerhin ein Fortschritt. Am Anfang dachte ich schon, du wolltest uns vergiften, um mein Haus zu erben.«

Tante Anna war unglaublich. Caro starrte sie an, aber die alte Dame stellte sich blind und tat so, als wäre nichts.

»Hast du das gehört, Oma?«, fragte Caro.

»Du hast wirklich enorme Fortschritte gemacht«, versicherte Oma Milli. Sie zwinkerte Caro zu. »Ich denke mal, du würdest jetzt auch ohne diesen ganzen Tiefkühlkram nicht verhungern.«

»Häm«, murmelte Tante Anna.

»Was?«

»Du musst ihr noch beibringen, wie man deine Mandarinen-Schmand-Torte macht. Wir dürfen nicht sterben, ohne dieses Rezept der Nachwelt zu hinterlassen.«

»Ich weiß nicht.« Oma Milli machte ein bedenkliches Gesicht. »Ich fürchte, die Torte ist noch zu kompliziert für sie. Vielleicht sollten wir mit dem Streuselkuchen beginnen. Allerdings, der ist aus Hefeteig ... Ob sie es wohl schafft, den Teig lange genug zu bearbeiten?«

»Keine Ahnung. Sind ihre Hände sehr zart? Oder kann sie zupacken?«

Caro versteckte ihre Hände schnell unterm Tisch. »Ich kann zupacken«, versicherte sie.

»Ein Glück«, meinte Oma Milli. »Dann pack auch zu.«

Sie musste nicht dazu sagen, was sie meinte. Da ist dein Leben. Nimm es. Ergreif es. Lebe es. Krankheit ist normal. Hässlichwerden gehört dazu. Alles wird immer schöner und schöner.

Sie stand vor dem Spiegel und blickte hinein. Jedes Mal war es merkwürdig, sich selbst zu sehen, diese Fremde. Wenn sie sich nicht selbst sah, wenn sie vergaß, wie die anderen sie sahen, fühlte sie sich mittlerweile nicht viel anders als früher. Sie hatte sich an diesen Zustand gewöhnt, daran, dass ihre Hand bei einem nahenden Hoch schmerzte – gemeinsam mit den alten Damen versuchte sie sich in der treffendsten Wetterprognose, im Wettstreit darüber, wessen Zipperlein die genaueste Auskunft gab – und dass die Haut auf ihrem Gesicht immer zu spannen schien. Sie hatte sich so daran gewöhnt, dass sie gar nicht richtig gemerkt hatte, wann es aufhörte.

Sie blickte in den Spiegel und sah sich. Sich, wie sie jetzt aussah. So sehr war sie daran gewöhnt, Hässlichkeit zu erblicken, dass es ihr schwerfiel, dieses Gesicht unvoreingenommen anzuschauen. Dieses Gesicht. Ihr Gesicht. Ihr Herz krampfte sich nicht mehr zusammen, wenn sie statt der Caro, an die sie seit zweiunddreißig Jahren gewöhnt war, eine andere, neue Caro sah.

Oma Milli hatte gelacht, als sie ihr gegenüber diesen Gedanken geäußert hatte. »Du kennst dein Gesicht seit zweiunddreißig Jahren? Mädchen, wie stellst du dir das vor? Hast du vergessen, dass du ständig ein neues Gesicht im Spiegel gesehen hast? Die Veränderung ging nur so langsam vor sich, dass du es nicht bemerkt hast. Oder glaubst du, ich habe auch immer schon so ausgesehen?«

Caro betrachtete ihre Oma liebevoll. Sie war geschrumpft und saß nach vorne gebeugt in ihrem Sessel. Die Hände, von blauen Adern durchzogen, von braunen Flecken übersät, lagen gefaltet über der Decke, die Caro immer über ihre Knie zog, damit sie nicht fror.

Das Leben ist Veränderung.

Ich kann das nicht akzeptieren, wollte sie sagen. Ich bin nicht der Typ Mensch, der das einfach so kann. Meine Träume. Verstehst du nicht, meine Träume ... Sie klammerte sich an diesen Gedanken, an ihre alten Wünsche und Ziele, aber seltsam, wie sang- und klanglos diese Sehnsüchte verschwunden waren. Auf einer Bühne stehen? Sie dachte darüber nach, während sie Klavier spielte, und wunderte sich darüber, wie wenig ihr das bedeutete. Die Musik war da, in diesem Klavier. Sie war nicht irgendwo hoch oben auf einer Bühne im Scheinwerferlicht. Sie war genau hier.

Sing ruhig.

Sie öffnete den Mund. Aber jedes Mal, wenn sie es versuchen wollte, kamen ihr die Tränen. Und doch war das Lied bereits da. Von irgendwoher kamen Worte: Ich bin bei dir. Ich bin bei dir ... Sie ertappte sich dabei, wie sie die Melodie summte, wie sie am Klavier saß und ihre Finger nach diesem Lied suchten und auch dieses neue Lied in dem Klavier fanden. Ich bin bei dir ... Wie kam sie darauf? Sie hätte es nicht sagen können. Sie versuchte auch nicht, einen vollständigen Text daraus zu machen, Strophen, Refrain. Sie summte die Melodie und hörte in sich die Worte: Ich bin bei dir. Und während sie am Klavier saß und das Lied sich unter ihren Fingern entfaltete, während sie im Hintergrund Oma Milli und Tante Anna hörte, die laut darüber stritten, wie noch mal der Schwager ihres verstorbenen Cousins hieß – »du weißt schon, der so gut Schuhe reparieren konnte« –, merkte sie plötzlich, dass sie glücklich war.

Wie schwer es war. Unerwartet schwer, sich das einzugestehen: Ich bin glücklich. Trotz allem, was ihr passiert war. Es war unerhört.

Caro fühlte, wie ihre neuen Lippen sich zu einem Lächeln verzogen. Seit Monaten hatte sie sich dazu verpflichtet gefühlt, wütend zu sein. So wie alle. Jeder, den sie traf, schien so zu empfinden und es auch von ihr zu erwarten. Wie konnte das passieren? So ein Unglück. So eine hübsche junge Frau. Alles aus. In den Augen ihrer Eltern hatte sie es gesehen, Mitleid und Entsetzen. Für sie war es fast wie eine persönliche Beleidigung, dass die Gene, die sie ihrer Tochter mitgegeben hatten und denen sie ihr angenehmes Äußeres verdankte, nun nicht mehr zählten. Ihre Schwester hatte ihre Kinder von Caro ferngehalten. Man will sie ja nicht erschrecken. Dass einem ein Hund das Gesicht abbeißen kann? Das ist Horror, können wir bitte über etwas anderes reden?

Es war gewesen, als würde sie überall, wo sie hinkam, Wut und Entsetzen mitbringen und Mitleid und Bedauern auslösen. Sie hatte es satt. Sie wollte endlich ganz normal leben. Sie wollte endlich wieder glücklich sein dürfen!

Ihre Hände tanzten über die Tasten. Ich bin bei dir. Ich bin bei dir.

Nicht länger Wut. Hier und jetzt, dachte sie, nahm sie sich vor, streife ich sie ab. Ich will dieses Glück, das in mir liegt wie ein Keim, wie ein Samenkorn. Es wird wachsen, es wird wieder wachsen und grünen ...

Sie wollte singen. Sie wollte ihren Mund öffnen und singen, aber sie konnte nicht. Noch nicht.

Ich bin bei dir.

24

BEIM AUFRÄUMEN VON Tante Annas heiligen Schrankfächern – in Ehren gehalten seit mehreren Jahrzehnten – fand sie einen wunderschönen Block Zeichenpapier. Und Stifte. Erstklassige Stifte, keine billigen aus dem Kaufhaus. Caro war überrascht. Sollte die gute Tante Anna etwa früher künstlerische Ambitionen gehabt haben? Tatsächlich entdeckte Caro sogar eine Mappe mit etwas muffig riechenden Zeichnungen. Sie waren gar nicht schlecht – Porträts verschiedener Leute, die sie nicht kannte. Auf einem jedoch schien Oma Milli zu sein, eine jüngere, strahlend lächelnde Oma Milli. Eine Weile erwog sie, Tante Anna darauf anzusprechen, dann entschied sie, dass es unfair war, die fast blinde Frau daran zu erinnern, was sie früher alles gekonnt hatte. Aber sie zeigte ihrer Oma die Bilder.

»Ja, das war ich. Vor – fünfzig Jahren? Oder sechzig? Ja, Anna konnte schon immer gut zeichnen. Und du auch, nicht?«, fügte sie hinzu.

Hast du nicht Kunst studiert? Caro wartete auf die Frage, aber sie kam nicht. Natürlich wusste Oma Milli auch darüber Bescheid.

Kunst. Singen. Theater.

Sie hatte sich nie wirklich für eins davon entscheiden können. Während des Studiums hatte die Musik sie gelockt, von ihren Bildern fortgeführt in ein Land, in dem man seine Gefühle auf eine ganz andere Art und Weise zeigen konnte. Und während sie noch gesungen hatte, hatte das Theater angefangen, sie zu faszinieren.

»Deine Mutter hat immer gesagt, wie begabt du bist.«

»Tja.« Was gab es dazu zu sagen? Wessen Erwartungen hatte sie denn nicht enttäuscht? »Ich konnte mich nie so richtig entscheiden. Zeichnen. Singen. Sogar mit Schauspielern habe ich es versucht.«

»Vielleicht«, überlegte Oma Milli, denn wirklich gut kannte sie sich damit nicht aus, »ist das ja auch etwas Gutes.«

»Wie kann es etwas Gutes sein, wenn man sich nicht entscheiden kann?«

»Musst du vielleicht auch gar nicht. Vielleicht musst du nur einfach etwas haben, womit du deine Gefühle ausdrücken kannst, egal, was es ist. Alle Ausdrucksmöglichkeiten stehen dir zu Verfügung.«

»Meinst du? Und deshalb habe ich Aschenputtel gespielt?«

»Du hast bestimmt wunderbar gespielt.«

»Es war leider das falsche Märchen«, sagte Caro. »Ich war Aschenputtel, aber ich hätte ›Die Schöne und das Biest‹ spielen sollen.«

»Ach«, meinte Oma Milli. »Du willst wohl dein Leben spielen, wie? Nicht das schmutzige Mädchen, das mit dem Prinzen tanzen will, sondern das Ungeheuer, das hinter seiner Hässlichkeit ein schönes Herz verbirgt. So siehst du dich also? Als eine Prinzessin, die geliebt werden will, geliebt werden muss, um erlöst zu werden?«

»Vielleicht«, gab Caro verlegen zu.

»Darüber haben wir nie gesprochen«, sagte Oma Milli. »Was mit deinem jungen Mann ist. Vermisst du ihn?«

Vermissen? Sie sehnte sich nach ihm, mit allen Fasern ihres Körpers. Am Anfang, als sie Hals über Kopf hergekommen war, hatte sie sich noch einreden können, dass sie froh war, ihn loszusein. Solange sie ihre Wut kultiviert hatte, war genügend Wut für Nils da gewesen. Jetzt war nur noch das Bedauern da, darüber, dass er sie nicht mehr gewollt hatte. Auch wenn er etwas anderes gesagt hatte. Sie hatte genau gespürt, wie unangenehm ihm alles geworden war.

»Weißt du, Oma«, sagte sie, »ich habe alles verloren. Ich habe meine Wohnung aufgegeben, meinen Job, meine Band, meine Hobbys. Das Einzige, was ich mitgebracht habe, ist mein Hund. Was macht es für einen Unterschied, ob ich auch noch meinen Freund verloren habe?«

Ich bin bei dir.

Woher kamen diese Worte, die aus ihrem Inneren aufstiegen? Wie ein Flüstern im Dunkeln. Ich bin hier.

»Wer bin ich?«, fragte sie. »Ich meine, wer bin ich, hinter meinem Äußeren? Wenn man sich wirklich liebt, müsste es dann nicht egal sein?«

»Ja, wer bist du. Ich kann dich sehen. Tante Anna kann dich nur hören. Was davon bist du mehr?«

»Es sind immer noch meine Gefühle. Meine Gedanken. Alles bin ich. Wieso konnte er das nicht sehen? Es ist immer noch mein Herz.«

Die Schöne und das Biest. Wer ist dazu in der Lage, das Ungeheuer zu lieben? Wer kann hinter die Masken blicken, die schönen und die hässlichen?

Oma Milli hätte sagen können: Ich wüsste nur einen. Einer liebt dich immer, einer blickt durch alle deine Schichten, die du um dich legst, bis in das hinein, was du bist. Mit mehr Liebe, als du dir vorstellen kannst, mit mehr Liebe, als du überhaupt fühlen kannst. Einer sieht immer nur dich.

Aber sie sagte es nicht. Sie schaute ihre Enkelin an und sagte nur: »Bist du das denn? Das Ungeheuer?«

Die Frau im Spiegel war nicht hässlich. Sie war nicht einmal mehr richtig fremd. Man gewöhnte sich an sie, man kämmte ihr die Haare, man putzte ihr die Zähne. Irgendwann war es keine Überraschung mehr, sie im Spiegel zu sehen.

Der Stift glitt über das Papier. Gesichter. Ihr fiel nichts anderes ein, als Gesichter zu zeichnen, neue und immer wieder andere und immer wieder dieselben. Augen. Nasen. Münder. Schatten. Haar, das in die Stirn fiel.

Sie war schon lange nicht mehr beim Friseur gewesen und ihr Haar war gewachsen und fiel ihr locker über die Brauen. Sie gab den Gesichtern auf dem Papier die unterschiedlichsten Frisuren. Es war nicht so, dass sie sich gezeichnet hätte, und doch war etwas von ihr in allen diesen Porträts. Oma Milli. Tante Anna. Sie holte das Fotoalbum hervor und fand ihre Eltern, zwanzig Jahre jünger, mit anderen Gesichtern als heute. Sie zeichnete auch sie. Gesichter. Es gab nichts anderes.

Sie zerriss die Blätter in feine Stückchen. Sie rührte Kleister an.

»Was tust du denn da?«, fragte Oma Milli verwundert.

»Masken.«

Sie malte Gesichter und zerriss sie und machte Masken daraus. Weiße Masken, bunte Masken, große und kleine. Masken mit Augenlöchern, Masken, die sich wie eine Wand vor das Gesicht legten. Sie hängte sie an die Wand, ins Treppenhaus, wo Tante Anna mehrmals erschrak, weil es ihr vorkam, als stünde dort jemand, wo etwas Bleiches, Rundes schimmerte.

»Warum tust du das?«

»Gesichter in Masken verwandeln?« Caro lachte leise. »Weil es mir gut tut. Vielleicht, weil wir alle unser Herz hinter unserem Gesicht verstecken.«

Alle Ausdrucksmittel standen ihr zu Verfügung. Sie hatte es endlich begriffen. Sie musste sich nicht entscheiden.

Sie spielte Klavier und notierte sich die Noten auf dem Zeichenpapier, das sie bereitgelegt hatte. Ein richtiges Lied entstand; staunend sah sie zu. Es war gar nicht mal schlecht.

Und die Masken. Sie holte sie wieder von der Wand, sie fing an, sie zu bemalen. Im Wohnzimmer, nein im ganzen Haus, roch es nach Farbe.

Tante Anna rümpfte beleidigt die Nase. »Was wir alten Leute wollen, spielt ja heutzutage gar keine Rolle mehr.«

»Und jetzt?«, fragte Oma Milli.

»Wie, und jetzt?«, fragte Caro zurück.

»Machst du dein Studium zu Ende?«

Entscheidungsfreudiger war sie nicht geworden. »Ich weiß nicht. Ich meine, warum sollte ich? Es geht mir gut hier. Und ich bin zufrieden mit euch beiden hier.«

»Auf Dauer ist das kein Leben für eine junge Frau«, sagte Oma Milli. »Und du weißt das.«

»Aber ...«

»Lass es dir nicht einfallen, auf unseren Tod zu warten, bevor du gehst.«

»Nein, ich ... Aber du willst doch auch nicht ins Pflegeheim, Oma.«

»Wer wartet hier auf unseren Tod?« Tante Anna kam empört ins Zimmer gerauscht. »Wir sollen sterben? Wir sollen ins Heim? Wer sagt das? Du, Caro? Schäm dich!«

»Ich habe Linchen gerade gesagt, dass sie irgendwann darüber nachdenken soll, wieder in ihr normales Leben zurückzukehren.«

Caro stand auf. »Ach, ich habe ganz vergessen, die Geranien zu gießen!« Sie floh aus dem Zimmer.

Es war nicht gelogen gewesen. Draußen knallte die Sonne auf die Fensterbänke. Tante Anna legte großen Wert darauf, dass die Balkonkästen und Kübel auf der Terrasse und vor der Haustür üppig mit Blumen bestückt waren, auch wenn sie selbst wenig davon hatte. Während Caro die schlappen Blumen mit Wasser versorgte und Harald Spatzen jagte, dachte sie über den angekündigten Rauswurf nach. Aber sie wollte noch nicht weg. Sie fühlte sich hier sicher, vor Blicken, vor Entscheidungen, vor allem, was auf sie noch zukommen mochte. Außerdem – wohin sollte sie zurückkehren?

Während der Sommer ins Land ging und einem kalten, stürmischen Herbst Platz machte, wurden ihre Masken immer kunstvoller. Sie beklebte sie mit Federn und Steinchen, sie nähte sie aus Stoff. Aus dickem Samt, der sich weich an die Gesichtshaut schmiegte, kuschelig. Aus Seide, kühl und knitterig. Aus Filz. Schlicht und geheimnisvoll. Masken.

Wer sind wir? Wir hinter unseren Gesichtern.

Sie sah in den Spiegel und sah sich selbst hinter dem fremden Gesicht. Nein, wieso fremd?

Sie sah sich im Spiegel.

Sie hatte Oma Milli und Tante Anna das Foto nicht gezeigt. Es war ihr Geheimnis, ihr Schatz, es war etwas, das nur sie und diese Frau anging. Natascha.

Ihre Mutter hatte angerufen. »Ich weiß, du wolltest eigentlich nicht, dass wir dich besuchen ...«

»Ja?«, hatte sie gefragt.

»Aber ich möchte Oma sehen. Und wir haben hier etwas für dich.«

»Was ist es denn?« Ihre Neugier erwachte.

»Ein Brief. Von Nils. Er hat uns gebeten, dir das zu geben.«

»Ach, Nils. Eigentlich will ich nicht ...« Zu dem Zeitpunkt war sie noch fest davon überzeugt, dass sie Nils nicht brauchte und nie wieder etwas von ihm hören wollte. Doch ihre Neugier siegte natürlich. Sie war gespannt auf das, was er ihr zu sagen hatte.

Ihre Eltern kamen und sie fürchtete sich vor der Begrüßung, vor der ersten Begegnung, davor, dass sie ihr ins Gesicht sahen. Einige Wochen waren ins Land gegangen; Caro war dankbar gewesen, dass sie ihren Wunsch, nicht besucht zu werden, akzeptiert hatten.

Harald brach das Eis. Er freute sich lautstark und drehte sich vor lauter Begeisterung im Kreis. Caro musste lachen und auf einmal war das Ganze gar nicht mehr so furchtbar.

Ihre Mutter schaute sie an, voll und unverhohlen und Tränen traten ihr in die Augen. »Caro!«

Ihr Vater sprach es aus: »Gut siehst du aus.«

Sie wollte nichts über ihr Aussehen hören. Während ihre Eltern die beiden alten Tanten begrüßten, kochte sie Kaffee und stellte Kuchen auf den Tisch, wie eine ordentliche Hausfrau. Sie hielt sich während des Gesprächs zurück. Saß in einem Sessel und hörte zu, was es zu berichten gab, von ihrer Schwester, den Kindern, von Leuten, die sie kannte oder auch nicht kannte.

»Gib ihr doch endlich den Brief«, sagte ihr Vater plötzlich.

Ihre Mutter öffnete ihre geräumige Handtasche und zog einen braunen Umschlag hervor. »Das hat er für dich abgegeben.«

»Persönlich?«, fragte sie. Sie fühlte die Blicke ihrer Eltern auf ihrem Gesicht, immer wieder huschten ihre Augen zu ihr. »Habt ihr mit ihm gesprochen? Habt ihr ihm gesagt, wo ich bin?«

»Natürlich nicht.«

»Dann ist es ja gut.«

Sie wartete auf noch mehr Informationen. Hatte Nils vielleicht noch etwas gesagt? Über sich, über sie, worüber auch immer? Wie hatte er gewirkt? War er glücklich? Aber alle diese Fragen schluckte sie herunter. Sie nahm den Brief und ging damit in die Küche. Sie musste allein sein, wenn sie ihn öffnete, wenn sie las, was immer Nils auch geschrieben hatte. Vielleicht entschuldigte er sich? Sie wusste nicht, was sie tun würde, wenn er darum bat, sie zu sehen.

Aber nichts davon stand in dem Brief. Er war nur kurz, und aus dem Umschlag fiel ein Foto, das sie im ersten Moment, bevor sie es länger betrachtete, für Nils' neue Freundin hielt. Das kann doch nicht wahr sein, dachte sie erschrocken, dass er mir das Bild seiner Neuen schickt? Das hätte ich ihm nie zugetraut!

Sie hob das Foto vom Küchenboden auf. Es war genau Nils' Typ – ein hübsches Gesicht, lange, dunkelblonde Haare, ein sympathisches Lächeln. Doch dann, allmählich, noch bevor sie den Brief gelesen hatte, dämmerte es ihr. Da war etwas Vertrautes...

Hastig überflog sie den beiliegenden Zettel in Nils' undeutlicher Handschrift, die sie aber genauso mühelos entziffern konnte wie noch vor einem halben Jahr. (Waren sie schon so lange auseinander? Eigentlich unglaublich.)

Natascha. So hieß sie. So hatte sie geheißen. In kurzen Sätzen schilderte Nils den Besuch des Mannes namens Jost, der auf der Suche nach der Frau gewesen war, die Nataschas Gesicht bekommen hatte.

Er schrieb nichts darüber, wie es ihm ging, ob er in einer Beziehung lebte, ob er sie vermisste. Er schickte ihr nur das Foto und die Erklärung dafür, woher er es hatte. Mehr nicht.

Auf einmal stand ihre Mutter in der Küche. Sie hatte nicht gemerkt, wie viel Zeit verstrichen war, wie lange sie hier schon am Küchentisch saß und alles andere vergessen hatte.

»Alles in Ordnung? Caro?«

Sie nickte. Sie merkte nicht, dass sie weinte.

»Was schreibt er denn? Hat er dich beleidigt?«

»Nein.« Sie schüttelte den Kopf, unfähig zu sprechen. Sie schob das Foto zur Seite, damit ihre Tränen nicht darauf fielen. Auf dieses wunderschöne Gesicht einer Frau, die nicht mehr lebte.

»Sie hat gerne gesungen, schreibt er«, flüsterte sie schließlich. »Gospels. Das war ihr Leben, verstehst du? Das Singen.«

Ihre Mutter schaute lange auf Nataschas Foto. »Unglaublich«, murmelte sie. »Wie ähnlich sie dir sieht. Sie könnte deine Schwester sein.«

»Findest du?«

»Caro«, sagte ihre Mutter. »Warum versteckst du dich hier? Du siehst gut aus.«

»Die Muskeln ... Ach Mama, das kannst du nicht verstehen.«

»Du lächelst. Als ich dich das letzte Mal gesehen habe, konntest du das noch nicht.«

»Es ist Nataschas Lächeln«, sagte Caro.

Ihre Mutter schüttelte nur den Kopf. »Es ist dein Lächeln, Liebes. Nur deins.«

Später, als ihre Eltern gegangen waren, als sie die Tassen und Teller abräumte, kam Tante Anna zu ihr. »Jetzt ist aber Schluss damit!«, rief sie aus.

»Womit?«, fragte Caro erschrocken.

»Dass wir nie Besuch kriegen, weil du es nicht willst! Ich will aber Besuch haben! Solange ich noch lebe, will ich Besuch!«

»Ja, ja«, stammelte Caro.

»War es denn so furchtbar, dass sie da waren?«

»Nein ...« Für einen Augenblick hatte sie vergessen, warum sie überhaupt darum gebeten hatte, dass niemand herkam. Natürlich, fiel ihr wieder ein, ich hatte die Befürchtung, dass die Presse sich an ihre Fersen heftet und ihnen heimlich folgt. Oder Nils, was wohl dasselbe wäre.

Aber er hatte Nataschas Foto nicht der Presse gegeben. Er hatte es ihr geschickt; wenn er es veröffentlicht hätte, hätte sie davon gelesen, da war sie sicher.

Es war keine Entschuldigung. Es war vielmehr der Beweis, dass er sie nie verraten hatte. Wenn jemand sich entschuldigen musste, dann war sie das wohl.

Mist.

Tante Anna war noch nicht fertig. »Warum lädtst du nicht mal ein paar junge Leute ein?« Sie meinte damit natürlich, dass sie dabei sein wollte. Tante Anna wollte immer dabei sein, sie hasste es, wenn es im Haus still war. Ein Haus hatte gefüllt zu sein mit Menschen, die lachten und sich unterhielten, Klavier spielten, kochten und aßen und miteinander lebten. Oder wenigstens zu Besuch kamen.

»Ja«, sagte sie, »sicher«, aber nachher saß sie lange da und überlegte, wen sie hätte einladen können. Sie hatte diesen Abend damit verbringen wollen, ein bisschen zu heulen und sich über Nils zu beschweren, der ihr nicht einmal einen anständigen Brief schreiben konnte. Sie wollte das Foto betrachten und gleich auch über Natascha weinen, weil sie so hübsch war und sterben musste, und gleichzeitig konnte sie auch noch über ihr eigenes Schicksal weinen. Es gab so viel zu beweinen, aber Tante Anna wünschte sich Besuch, nein, sie verlangte Besuch, und statt zu heulen saß Caro da und malte Strichmännchen auf den Zettel, auf dem die künftigen Besucher notiert werden sollten.

Der Stift kratzte über das Papier. Gesichter. Nataschas Gesicht. Die Grafitmine schabte über die ebene weiße Fläche. Natascha. Und dann, wenn man die Augen veränderte und die Wangenknochen etwas anpasste und die Gesichtsform leicht veränderte ...

Wen malte sie da? Natascha? Sich selbst? Die Gesichter verschmolzen. Eine Frau, die gerne sang.

Ich könnte, dachte Caro auf einmal, vielleicht auch mal Gospels singen. Das hatte etwas. Die Musik ihrer Band kam ihr im Rückblick zu kindisch vor, zu simpel, zu laut. Aus der Entfernung hatte sie einen Großteil ihres Zaubers eingebüßt. Das erste Lied, das ihr in den Sinn kam, war *Swing low, sweet chariot.* Wann hatte sie das das letzte Mal gesungen? In der Schule, irgendwann im Schulchor, vielleicht in der achten Klasse? *Coming for to carry me home ...*

Sie summte leise, während sie malte.

Noch ein anderes Gesicht entstand plötzlich: Sophie. Und noch eins: Roswitha.

Warum Tante Anna nicht doch mal mit Besuch erfreuen?

Die Tür zu öffnen war immer das Schlimmste. Caro wappnete sich innerlich gegen die Blicke und Bemerkungen. Aber dann, als sie nur Positives zu hören bekam, fühlte sie, wie etwas in ihr zu leuchten begann.

»Caroline! Wie hübsch du geworden bist!«

Roswitha umarmte sie kräftig. Auch Tante Anna, die sich vorsichtig näherte, wurde von ihren fleischigen Armen umschlungen und an den üppigen Busen gepresst. Selbst Oma Milli entging diesem Schicksal nicht, doch die zerbrechliche Frau, die an ihrem Stock durch die Wohnung wanderte – dies war einer der Tage, an denen sie es keine zehn Minuten in ihrem Sessel aushielt –, wurde nur ganz kurz und zärtlich an Roswithas Herz gedrückt. Oma Milli war entzückt. Sie liebte Küsse und Umarmungen über alles.

»Wie schön, dass Caroline so viel von euch lernen darf!«

Na gut, sie hatte gewusst, dass es nicht nur ihr Besuch sein würde. Tante Anna hatte sich zwei Tage lang darauf gefreut und Caro dazu gezwungen, Oma Millis Streuselkuchen zu backen. Nicht nur heute, sondern, damit es auch richtig gelang, ganze drei Mal, jeden Tag einen, damit er auch ja genau so wurde, wie er werden sollte. Die Unmengen an Kuchen wurden eingefroren.

»Für meine Beerdigung«, sagte Oma Milli fröhlich, während Caro der staunenden Roswitha, die man zur Freude aller nicht lange zum Essen überreden musste, ein Stück Kuchen nach dem anderen auf den Teller häufte.

»Drei Bleche. Die kann man dann zu meiner Beerdigung auftauen.«

»Oma! Du wirst noch lange bei uns bleiben!«

Roswitha lächelte. »Deine Oma ist eine sehr weise Frau, Caroline.«

»Siehst du, Linchen.« Oma Milli nickte zufrieden.

»Caro wollte den Hund damit füttern«, verriet Tante Anna. In ihrer Stimme schwang Empörung mit, dabei war sie es, die Harald regelmäßig mit Leckerbissen köderte, bis er sie so innig liebte, dass Caro manchmal fast eifersüchtig wurde. »Sie wollte den Kuchen an den Hund verfüttern, statt ihn für die Beerdigung einzufrieren!«

Roswitha lachte, und da sie sehr laut und sehr lange lachen konnte, war Tante Anna so glücklich wie schon lange nicht mehr. So musste es sein. Ein Haus voller Gelächter. Keine deprimierten Menschen, die herumschlichen und heimlich Tränen vergossen. Caro konnte es nahezu spüren, wie eine heimliche Verschwörung, an der sich alle beteiligten, die sie kannte: Die Zeit der Tränen und des Selbstmitleids ist vorbei. Du siehst gut aus, glaub es endlich!

Obwohl sie dabeisaß, schien das Gespräch auch ohne sie anregend zu verlaufen. Oma Milli und Roswitha waren sich einig, dass Caro ausziehen und ihr eigenes Leben leben sollte. Tante Anna brummte irgendetwas, das wie Zustimmung klang oder klingen sollte, aber Caro kannte sie mittlerweile besser.

»Nun ja«, sagte Tante Anna, »es ist ja auch langweilig mit uns Alten. So ist es halt. Wir sind alt und sie ist jung. So ist es nun mal.«

»Im Gegenteil!«, rief Caro schnell. »Es ist überhaupt nicht langweilig! Ich war noch nie so zufrieden!« Sie hatte es gesagt, um Tante Annas ausbrechendem Beleidigtsein vorzubeugen, aber während sie es aussprach, wusste sie, dass es stimmte.

»Es ist aber nicht richtig«, meinte Oma Milli. »Dass du mich hier pflegst – wie lange willst du das machen? Noch kann ich ja einiges alleine, aber was willst du tun, wenn es schlimmer wird? Würdest du nachts aufstehen, um mich im Bett zu drehen? Alle zwei Stunden?«

»Wenn es sein muss«, versprach Caro.

Roswitha blickte sie aufmerksam an. »Du bist erwachsen geworden«, sagte sie anerkennend. Caro, mittlerweile immerhin dreiunddreißig, nahm es trotzdem als Kompliment.

»Findest du?«, widersprach Oma Milli. »Sie traut sich ja noch nicht mal, Kinder zu haben. Das soll erwachsen sein?«

»Was? Ich ...«

»Sie wollen immer wie Kinder bleiben, diese jungen Leute. Nur Spaß, Spaß, Spaß.« Tante Anna schimpfte für ihr Leben gern über die Generation, die zu wenig Kinder in die Welt setzte und stattdessen lieber Hunde hielt.

»Aber ...«

»Einen Mann braucht sie natürlich auch. Aber sie haben ja alle Angst vor dem Heiraten.«

Caro hatte das Gefühl, dass sie für dieses Gespräch nicht gebraucht wurde. Sie hätte sich am liebsten davongestohlen, aber tapfer blieb sie sitzen. Durch all den Ärger darüber, dass über sie gesprochen wurde wie über ein Kind, das auf einem Stuhl danebensaß und sich alles anhören musste, fühlte sie auf einmal eine

Wärme, die sie durchflutete. Geborgenheit. Liebe. Tante Anna hatte recht: Ein Haus wie dieses musste von Lachen und Reden erfüllt sein, von Stimmen, von Gesang. Noch vor kurzem hätte sie diese Unterhaltung fürchterlich gefunden: Tante Anna war unmöglich. Oma Milli war so weise, dass sie davon überzeugt war, zu jeder Frage die richtige Antwort zu haben. Roswitha, von ihrer eigenen Herzlichkeit überwältigt, schien jeden, einschließlich Caro, bis ins Innerste zu kennen.

Sie meinten es gut. Diese Tatsache, wenn man sie denn einmal begriffen hatte, war wie ein Eimer Wasser, das ihren aufflackernden Ärger kurz und schmerzlos auslöschte. Hier gab es keinen Verrat, nur unterschiedliche Meinungen, mit denen sie leben konnte, auch wenn sie sich dagegen verwahren musste, dass andere über ihr Leben bestimmen wollten. Diese Frauen, alle drei, trugen keine Masken.

25

SIE HATTE SO etwas noch nie gemacht. Von alleine wäre sie gar nicht auf die Idee gekommen, ihre Masken auszustellen. Sophie war es gewesen, die, sobald sie das Haus betreten und sich umgesehen hatte, ausrief: »Das kannst du doch nicht hier verstecken! Das ist toll!«

Ein merkwürdiges Gefühl war es doch. Jetzt, nachdem sie alle Ambitionen aufgegeben hatte, im Scheinwerferlicht einer Bühne zu stehen und die Aufmerksamkeit auf sich zu ziehen, wieder diesen Schritt zu tun: ihre innersten Gefühle fremden Menschen zu zeigen. Es war nichts Großes – nur ihre Masken, die doch eigentlich dazu hätten geeignet sein sollen, sich dahinter zu verstecken. Stattdessen fühlte sie sich, als würde sie ihr Innerstes öffentlich ausbreiten und darbieten.

Die Leiterin der Stadtbücherei, mit der sie die Ausstellung abgesprochen hatte, hatte am Telefon so freundlich geklungen, und als sie sie von Angesicht zu Angesicht traf, war sie überrascht, dass diese Frau so durchschnittlich und fade aussah. Auch sie schien eine Maske über ihrer Schönheit zu tragen. Sie schüttelten sich die Hand.

»Ich freue mich auf Ihre Kunst, Frau März.«

Kein Zögern, kein Starren. Die feinen Narben, die sich über ihr Gesicht zogen, waren tatsächlich fast unsichtbar, wenn sie sich schminkte. Ihre Gesichtsmuskeln gehorchten ihr, oder noch besser, ihren Gefühlen, wieder fast so wie früher. Falls ein Unterschied bestand, hatte sie sich so daran gewöhnt, dass sie es selbst nicht mehr merkte. Anscheinend merkten es auch die anderen nicht. Die Büchereileiterin jedenfalls benahm sich, als hätte sie es mit einem ganz normalen Menschen zu tun, mit einer Künstlerin, die, falls sie denn etwas Besonderes an sich hatte, dies jedenfalls ihrer Kunst verdankte und nicht einer außergewöhnlichen Gesichtsoperation.

»Hier, an diese Stellwände könnten wir einige hängen. Und diese aufwändigen mit den Federn kommen in die Vitrinen, ist Ihnen das recht?«

Caro nickte. Sie war immer noch überwältigt davon, dass die Frau nichts merkte. Wie war es möglich, dass das hier Realität war? Es fühlte sich an wie ein Traum. Sie stand nicht auf der Bühne und sang, sie schob ihre Masken ins Licht. Nicht sich selbst. Nur die vielen bunten Masken. Feine, zerbrechlich wirkende Masken. Verzierte, mit Glassplittern besetzte Masken, in die sie viele Stunden Arbeit gesteckt hatte. Das Kochen hatte sie in dieser Zeit vernachlässigt, aber nicht einmal Tante Anna hatte sich beschwert. Sie konnte nicht anders. Die Dinge schienen unter ihren Händen zu wachsen. Sie entstanden fast von selbst und Caro brauchte nur zu tun, was getan werden musste. Sie zertrümmerte Flaschen und klebte die Scherben auf. Die Innenseite der Maske war bestückt mit scharfen, schneidenden Splittern. Sie musste so hängen, dass man es sah – von außen das niedlich bemalte Gesicht, von innen das, was einen unwillkürlich erschauern ließ.

»Was mag es einen kosten, so eine Maske aufzusetzen«, flüsterte die Büchereileiterin, für einen Moment nur Betrachterin, fasziniert und entsetzt zugleich.

Während Caro die Masken gemacht hatte, hatte sie nicht darüber nachgedacht, ob das Kunst war. Ob es irgendetwas mit Kunst zu tun hatte. Sie hatte sie gemacht, weil sie gemacht werden wollten – Masken, die dazu bestimmt waren, Gesichter zu verdecken, und es doch nie tun würden. Kein Mensch würde sie sich vors Gesicht binden. Die Leute würden sie nur betrachten und damit nichts verdecken, sondern vielleicht – einige Menschen, aber das reichte Caro schon – etwas aufdecken.

Wie fühlte man sich, wenn man sein wahres Gesicht ins Licht hielt und alle es sahen? Was für ein Gesicht würde es sein? Verletzt von der Maske, die, scherbenbestückt, nach außen hin heile Welt spielte? Caro war überwältigt von dem, was sie da geschaffen hatte, auf eine Weise berührt, die sie nicht erwartet hatte.

»Wollen Sie den Menschen etwas dazu sagen?«, fragte die Leiterin. »Vielleicht, wie Sie dazu gekommen sind?«

»Nein«, sagte Caro. »Ich möchte gar nichts dazu sagen.« Sie wollte keine bedeutsamen Worte darüber verlieren. Sie wollte überhaupt nicht vor den Menschen stehen und etwas sagen, während alle Blicke auf ihrem Gesicht ruhten.

Sie war nur neugierig, wie andere darauf reagierten.

»Kennen Sie Rilke?«, fragte die Büchereileiterin. »Im Malte. Diese Stelle, wo er durch die Stadt geht und eine Frau am Straßenrand sitzen sieht, das Gesicht in den Händen, als hätte sie es abgenommen.«

Caro schluckte. »Ja«, sagte sie. »Das habe ich schon irgendwann mal gelesen.«

»Und er schaut lieber auf das Gesicht, das in den Händen liegt. Lieber das, als den Kopf ohne Gesicht anzuschauen. Daran muss ich denken, wenn ich diese Glassplitter sehe. Ob so ein Gesicht von innen aussieht?«

»Nein«, meinte Caro. »So sehen nur die Masken von innen aus. Das Gesicht von innen sieht aus wie unser Herz. Nichts, wovor man sich fürchten müsste.«

Es war ein so schöner Satz, schade, dass er nicht von ihr stammte. Tante Anna hatte ihn gesagt, nachdem Caro ihr erlaubt hatte, die Masken zu berühren, da sie sie schon nicht richtig erkennen konnte. »Vorsichtig«, hatte sie gemahnt, »nicht, dass du dich noch schneidest.«

Es dauerte erstaunlich lange, alle Masken so anzubringen, dass man sie gut betrachten konnte. Die Leiterin nickte zufrieden.

»Das wird die Leute überraschen.«

»Ich bin so eine Art Maskenbildnerin«, sagte Caro laut, ebenfalls überrascht. »Wer hätte das je gedacht?«

Sie war gerade zur Tür herein, als das Telefon klingelte.

»Ja?«

»Bist du das, Caro?«, fragte eine Stimme, die sie kannte.

»Nils?«

»Ich liebe dich«, sagte er und klang dabei sehr ernst.

»Was?« Sie war so überrascht, dass sie gar nichts mehr denken konnte.

»Ich liebe dich«, wiederholte er. »Es ist mir ganz egal, wie du aussiehst.«

»Wir haben uns über ein halbes Jahr nicht gesehen!«

»Ich weiß«, erwiderte er. »Das war viel zu lange.«

Nils schwitzte, während er den Hörer in der Hand hielt. Es war wirklich ihre Stimme. Er hatte sie gefunden. Aber noch während er seine Liebeserklärung hinausposaunte, beschlichen ihn plötzlich Zweifel. Was, wenn sie ihm noch böse war? Nachdem er ihr das Foto geschickt hatte, hatte er so lange auf ein Zeichen von ihr gewartet, auf eine kleine Nachricht, die ihm signalisierte, dass er ihr noch etwas bedeutete. Aber nichts war gekommen.

Dann, wie eine Eingebung, dachte er an Jost. An Jost, der sich auf den Weg gemacht hatte, nur weil er darauf vertraute, dass Gott oder das Schicksal oder beide dafür sorgen würde, dass er die Frau fand, die er suchte. Plötzlich fühlte Nils sich schuldig. Hatte er denn je ernsthaft nach Caro gesucht? Recht schnell hatte er sich von ihren Eltern abservieren lassen, er hatte sofort resigniert aufgegeben, so dass er gleich den Spruch »Ich werde sie nie finden« über sein Bett hätte hängen können. Jost dagegen war davon ausgegangen, dass alles miteinander zusammenhing und dass Menschen, die etwas verband, sich begegnen würden. Dass er Caro trotzdem nicht gefunden hatte, spielte in Nils' Überlegungen keine Rolle, denn immerhin war Jost so nahe an sie herangekommen wie nur irgend möglich.

Alles wird gut. Hatte er sich nicht eine Zeitlang daran geklammert, daran, dass sie nicht nur unbedeutende Gestalten auf einem kreisenden Planeten waren, sondern dass jemand sie in der Hand hielt, mit einem göttlichen Herzen voller Liebe ... Schenk ihr ein Gesicht, bitte, bitte, lass die Ärzte eine Spenderin finden ... Und es war geschehen. Lass es alles klappen, oh bitte! Und es hatte geklappt. Ein Gebet nach dem anderen hatte er in den Himmel geworfen, aber dass sie alle erhört worden waren, hatte er nicht gemerkt, nicht wahrgenommen, zu sehr schon auf das nächste Problem fixiert.

Alles wird gut. Einer ist da, der es gut macht ...

Nils atmete tief durch. »Na schön«, sagte er laut. »Nehmen wir an, Gott, du könntest dafür sorgen, dass ich sie finde ...« Es hörte sich nicht richtig an. »Nein. Du kannst dafür sorgen, denn du weißt ja, wo sie ist. Und wenn wir zusammengehören, dann lass mich bitte ...« Auch wieder falsch, so halbherzig und zögerlich ... Warum konnte er nicht wie Jost ins Auto springen und einfach drauflosfahren, von einer Zuversicht erfüllt, die für Außenstehende vielleicht an Wahnsinn grenzte, von innen jedoch nichts anderes war als Vertrauen? »Wir gehören zusammen.« Es tat gut, es laut zu sagen. »Ich weiß schon lange, wir gehören zusammen, Caro und ich. Lass mich sie finden, Gott, bitte.«

Er sah sich im Zimmer um, als hätte sich dadurch, dass er gebetet hatte, schon irgendetwas sichtbar verändern müssen. »Ach ja, Amen.«

Wo sollte er anfangen? Er wollte losstürmen, aber wohin?

Bei ihren Eltern war sie nicht, auch nicht bei ihrer Schwester. Und die hielten alle dicht. Ihre Oma war im Pflegeheim. Wo sonst konnte sie sein? Wenn sie sich irgendwo ein Zimmer genommen hatte, würde er sie nie aufspüren.

Moment. Ihre Eltern schweigen beharrlich, aber was war mit ihrer Oma? Er hatte noch gar nicht versucht, sie zu befragen. Caro würde sie bestimmt besuchen und die alte Dame wusste mit Sicherheit, wo sie war. Wenn er all seinen Charme herauskehrte, würde sie es ihm vielleicht verraten.

Nils meinte sich zu erinnern, dass Caro ihm erzählt hatte, Oma Milli sollte ins Seniorenheim »Zu den Eichen« kommen. Als er dort anrief, teilte man ihm jedoch mit, eine Bewohnerin dieses Namens hätten sie noch nie gehabt. Etwas verwundert telefonierte Nils alle Altenheime durch.

Nichts.

Oma Milli war nicht im Heim. Entweder war sie in einer anderen Stadt gelandet, oder sie war nie dorthin gekommen. Auf jeden Fall würde ihre Schwester wissen, wo sie war; Caros Eltern, so fürchtete er, würden ihm diese Information nicht geben.

Nils setzte sich auf und stieß mit dem Knie gegen den Tisch. Was, wenn Oma Milli nie das Haus ihrer Schwester verlassen hatte? Wenn ... Aber im Grunde war es egal. Oma Milli würde ihm verraten, wo Caro steckte, und die Schwester würde ihm mitteilen, wo Oma Milli geblieben war. Also musste er zuerst diese Tante finden. Wo war das noch gewesen? Irgendwo am Stadtrand. Weit draußen. Jetzt brauchte er nur noch den Namen dieser Schwester. Anna, wenn er sich recht erinnerte. Anna und wie weiter? Woher, um alles in der Welt, sollte er den Nachnamen von Oma Millis Schwester hernehmen?

Aber vielleicht brauchte er den ja gar nicht. Wozu gab es das Internet? Wozu gab es so hilfreiche Seiten wie meinestadt.de?

Nils setzte sich an den Computer. Wie viele Annas wohnten wohl in dieser Stadt? So viele konnten es auch wieder nicht sein, denn mit Sicherheit ließen die meisten Familien ihren Anschluss immer noch auf den Namen des Mannes laufen. Zuversichtlich gab er den Namen »Anna« als Suchbegriff ein. Als die Zahl der Treffer erschien, fielen ihm fast die Augen aus dem Kopf. 379 Annas? Er stöhnte auf. Warum konnte diese Tante nicht irgendwie anders heißen, Klothilde oder ... Nein, er hatte jetzt Besseres zu tun, als sich seltene Namen zu überlegen.

Zuerst strich er die Annas aus der Liste, die in der Innenstadt lebten. Dann blieben immer noch genug übrig, um stundenlang damit beschäftigt zu sein, eine nach der anderen anzurufen.

Zwischendurch packte ihn die Angst, was er sagen sollte, wenn er sie erreichte. Wenn Caros Oma in der Zwischenzeit gestorben wäre, wäre ihm die Todesanzeige aufgefallen. Aber vielleicht lag sie irgendwo im Krankenhaus und war unansprechbar, vielleicht ... Probleme türmten sich vor ihm auf.

Und dann hörte er Caros Stimme. Sie selbst. Und voller Angst, sie könnte wieder auflegen, platzte er mit allem heraus, was er ihr eigentlich erst später bei einem romantischen Abendessen hatte sagen wollen.

»Ich liebe dich. Wir gehören zusammen. Alles wird gut.«

Ihre Stimme klang vorsichtig. Aber er war ein Mann mit einer Mission. Er hatte keine Wahl, als weiterzumachen. Für müde Floskeln war keine Zeit.

»Ich vermisse dich schrecklich«, sagte er. »Ohne dich ist es alles nicht dasselbe. Bitte, Caro, ich stelle dich auch allen meinen Freunden vor ...«

Sein Herz machte einen Sprung, als sie ihm gnädigerweise erlaubte, sie zu besuchen.

Zuerst war da nur Harald, der aus der Tür herausgeschossen kam und ihn mit seiner ganzen Liebe begrüßte. Dann hob er den Blick und sah Caro.

Er hatte sich innerlich dagegen gewappnet. Er wusste ja, dass es leichter war, sie aus der Ferne zu lieben und sich nach ihr zu sehnen, als sie tatsächlich dazuhaben. Er hatte das Bild noch vor Augen, ihr entstelltes Gesicht und dann die neue Haut darüber, wie eine Maske, ein Albtraum ... Aber es musste ihm egal sein. Er vertraute seinem Herzen, dass es egal war.

Doch dies war eine neue Caro. Sie ähnelte der alten Caro und zugleich ähnelte sie der Natascha, die er nur von ihrem Foto her kannte. Ihr Gesicht war anders als früher, aber nicht so viel, wie er erwartet hatte. Sie war gleichzeitig fremd und vertraut.

»Ich kann nicht glauben, wie schön du bist. Wie wunderschön.«

Sie wusste nicht, was sie sagen sollte. Sie lächelte.

Wenn er nicht gewusst hätte, wer sie war, wenn er sie nicht bereits erkannt hätte, hätte dieses Lächeln gereicht. Dieses Caro-Lächeln, das sein Herz schmelzen ließ. Wie schon immer.

»Willst du nicht reinkommen?«

Sie zog ihn ins Haus, wo Tante Anna unauffällig im Flur herumlungerte, um eventuell eine Umarmung abzubekommen.

»Das ist Tante Anna. Meine Großtante. Und hier im Wohnzimmer ist meine Oma. – Oma?«

Oma Milli war nicht in ihrem Sessel und auch nicht zwischen Wohn- und Esszimmer unterwegs. Auf der Toilette war sie mit Sicherheit auch nicht, sonst hätte sie doch Caro Bescheid gegeben, dass sie ihr half – hätte sie doch?

»Wo ist Oma Milli? Tante Anna, wo ist Oma? Hast du Oma gesehen?«

Tante Anna kam ins Wohnzimmer geschlurft. »Ich habe deine Oma schon sehr lange nicht mehr gesehen, Caro. Wie du eigentlich wissen solltest«, sagte Tante Anna beleidigt.

Ein ungutes Gefühl beschlich Caro. Es blieb ihr keine andere Wahl, als Nils erst einmal stehen zu lassen und sich auf die Suche nach ihrer Oma zu machen.

Harald fand sie im Garten. Irgendwie war es ihr gelungen, die Schwelle der Terrassentür nach draußen zu überwinden und die Stufen zum Rasen hinunterzusteigen. »Oma! Oma Milli!«

Die alte Dame wandte sich ihr zu. Einen fürchterlichen Moment lang hatte Caro das Gefühl, dass sie sie nicht erkannte. Sie starrte an ihr vorbei zum Haus.

»Ich wollte Äpfel pflücken.«

Es war Winter. Die Äpfel waren längst alle abgeerntet, über ihnen ragten die kahlen Zweige des Apfelbaumes in den blassblauen Himmel. »Ja, Oma«, sagte Caro. »Komm, wir gehen rein. Wir pflücken sie später, die Äpfel.«

Es war wie damals im Krankenhaus, als sie Oma Milli besucht hatte. Für einen Moment erfasste sie Entsetzen – darüber, wie Schwäche und Krankheit und Alter einem Menschen zusetzen konnten. Sie hielt ihre Oma fest am Arm, während sie sie zurück ins Haus führte, aber zugleich war ihr, als könnte sie sie nicht festhalten, nicht wirklich. Es war das erste Mal, dass ihr Oma Milli verwirrt vorkam, und auf einmal legte sich Angst um ihr Herz.

Oma Milli lächelte, zugleich von Verwirrung und Weisheit durchdrungen. »Wir könnten Apfelkuchen machen. Und ihn einfrieren, so wie den Streuselkuchen.«

»Ja, Oma, aber sie sind noch nicht so weit.«

Kälte durchdrang sie, sie schauderte, von einer Angst ergriffen, die sie nicht benennen wollte. Noch nicht. Oh bitte, noch nicht. Nicht noch mehr Kuchen für die Beerdigung …

»Du backst den besten Kuchen der Welt«, hörte sie sich sagen. »Komm. Das ist Nils, siehst du?«

»Dann wird er den Apfelkuchen essen?«

Tante Anna jammerte leise, als Caro Oma Milli zu ihrem Sessel führte. Sie umklammerte die Hand ihrer Schwester.

»Lass mich nicht allein, Milli«, beschwor sie sie, ihre Stimme kaum mehr als ein Flüstern. »Lass mich bitte nicht allein.«

Sie gingen zusammen den Feldweg zwischen den Äckern und Wiesen entlang. Harald, immer noch ganz außer sich vor Glück, hüpfte um sie herum und brachte Nils alles, was ihm wie ein interessantes Geschenk vorkam. Nils lachte. Er warf Caro einen Seitenblick zu. Er hatte ihr soeben die Geschichte mit Jana erzählt. Jetzt noch zu hoffen, dass sie einfach da weitermachten, wo sie aufgehört hatten, war vielleicht etwas viel verlangt.

Er blieb stehen. »Caro ...«

»Ich weiß jetzt, dass du mich nicht an die Zeitung verraten hast«, sagte sie. »Tut mir leid, was ich da alles gesagt habe.«

Er nickte. Er wartete auf das Aber.

Sie hielt ihr Gesicht in den Wind. Sie fühlte ihn über ihre Haut streichen, zärtlich, kitzelnd, kühl. Nils streckte die Hand aus und berührte vorsichtig ihre Wange, ihre Haut. Sie erschauerte.

»Du kannst das fühlen?«, fragte er.

»Ja«, sagte sie. »Ich fühle alles.«

Es gab noch so viel zu sagen, zu bereden, zu klären. Aber Nils vergaß alles. Er beugte sich vor und küsste sie auf die Lippen. »Und das, fühlst du das auch?«

»Ja«, flüsterte sie.

Sie standen am Straßenrand und küssten sich. Pech für Tante Anna, dachte Caro, dass sie das durchs Fenster nicht sehen kann.

Ich liebe dich. Sie konnte es noch nicht sagen, noch nicht. Aber sie spürte es mit jeder Faser ihres Körpers. Sie fühlte seinen Atem auf ihrer Haut.

Der Schöne und das Biest. Vielleicht werde ich doch noch erlöst, dachte sie. Aber zugleich wusste sie, dass dies hier nur einer von vielen Schritten auf dem Weg zur Heilung war, weder der Beginn noch das Finale.

»Glaubst du mir das?«, fragte er leise.

»Ja«, sagte sie. »Weil du es mir am Telefon gesagt hast, bevor du mich gesehen hast.«

»Dann habe ich ja Glück gehabt.«

Glück?, dachte er, während er sie an sich drückte, so fest er konnte.

Alles wird gut. Siehst du? Alles wird gut.

26

EINE WOCHE SPÄTER, als sie gerade von einem Treffen mit Nils nach Hause kam, stand der Notarztwagen an der Straße. Ihr Herz, eben noch jubelnd, stand fast still. Nicht jetzt, dachte sie. Oh bitte, bitte, nicht jetzt.

Sie sah zu, wie man Oma Milli aus dem Haus trug, winzig und bleich. Sie hatte keinen Blick für Caro. Das Einzige, was zählte, war das Atmen. Verloren stand Tante Anna an der Haustür und weinte.

Zwei Tage lag Oma Milli noch im Krankenhaus. Zwei Tage lang saß Caro an ihrem Bett und hielt ihre Hand. Manchmal löste ihre Mutter sie ab. Dann fuhr sie nach Hause zu Tante Anna und erzählte ihr alles, was sie wusste, was die Ärzte gesagt hatten. Schon wieder eine Lungenentzündung. Hatte sie sich im Garten unter dem Apfelbaum verkühlt? Es gab keine Antwort. Es gab nur die Gewissheit, dass es nicht mehr lange dauern würde.

»Jetzt wird es zu Weihnachten keine Torte geben«, sagte Tante Anna unter Tränen.

»Hast du Angst?«, flüsterte Caro, am Bettrand sitzend. »Hast du Angst, Oma?«

Oma Milli konnte nicht mehr antworten. Sie lag da und atmete und hörte vielleicht zu, vielleicht auch nicht. »Nimm das mit«, hatte Tante Anna streng befohlen und Caro eine Bibel in die Hand gedrückt. Sie wusste nicht, was ihre Oma gerne gehört hätte. Sie schlug das dicke Buch dort auf, wo ein Lesezeichen zwischen den Seiten klemmte, und stieß auf den dreiundzwanzigsten Psalm.

»Und ob ich schon wanderte im finsteren Tal, du bist bei mir, dein Stecken und Stab trösten mich…«

Du bist bei mir. Sie kannte diese Worte. Sie sprangen ihr ins Auge und von da direkt ins Herz.

Ich bin bei dir …

Sie streichelte die Hand ihrer Großmutter. Zärtlich und traurig zugleich.

»Hab keine Angst«, flüsterte sie. »Hab keine Angst im Dunkeln. Er ist da, das weißt du doch, nicht? Du hast es immer gewusst. Er ist bei dir.«

Hinter der Fensterscheibe begann es zu schneien, sacht, mit großen, schweren Flocken. Als Caro nach Hause fuhr, glitzerten die Straßen weiß.

Am nächsten Tag, frühmorgens, als es draußen noch still und dunkel war, kam der Anruf vom Krankenhaus.

Immer wieder ertappte Jost sich dabei, dass er in den Gesichtern seiner Töchter nach Nataschas Gesicht suchte. Manchmal blitzte die Ähnlichkeit auf – in einem Lächeln, einem Stirnrunzeln, manchmal lachte Melissa und sah dabei aus wie Natascha auf einem Kinderfoto. Lunas Trotz erinnerte ihn hin und wieder an Nataschas Kampfgeist. Evas verträumtes Gesicht, wenn sie ihre Nase in ein Buch steckte, ließ ihn daran denken, wie konzentriert Natascha sich über eine Aufgabe gebeugt hatte, wie sie ganz darin aufgegangen war, ob es nun ein Buch war oder das Füttern der Schweine. Er sah seine Kinder an und suchte Natascha und fand sie – Bruchstücke von ihr, als wäre ihr Leben ein Bild gewesen, das zerschlagen worden war und das er nun wie ein Mosaik zusammensetzen musste. Es war das, was von ihr geblieben war. Die Kinder und seine Erinnerungen.

Auf dem Hof stand Greta und schippte Schnee, langsam und gleichmäßig. Er wusste nicht, ob sie ihn gesehen hatte. Ihre Augen waren nicht mehr so gut, vielleicht nahm sie ihn auch gar nicht wahr. Vielleicht tat sie aber auch nur so.

»Tag, Mutter«, sagte er zu ihr.

Sie runzelte missbilligend die Stirn. »Die Treppe ist voller Schlammspuren.«

Er nahm es als Gruß. »Wische ich später weg. Tschüss.«

Dass er es später machen würde, war recht unwahrscheinlich. Wenn er Glück hatte, würde sie es nicht merken. Leider merkte sie aber immer alles.

Bevor er ins Haus ging, öffnete er den Briefkasten und nahm die Post mit nach oben. Lange saß er am Küchentisch und starrte auf den Brief, auf dem in unbekannter Handschrift seine Adresse stand. Es war ein großer Umschlag und er fürchtete sich vor dem, was er enthalten mochte.

Der Absender war eine Caro März.

Jost atmete tief durch, als er den Brief schließlich öffnete und einige eng beschriebene Bögen Briefpapier und ein Foto auf den Tisch gleiten ließ.

»Wer bist du, Caro?«

War es drei Wochen her, vielleicht vier? Oma Milli hatte in ihrem Sessel gesessen, war dann mühsam mit Hilfe ihres Krückstocks aufgestanden und lief im Wohnzimmer herum. Caro saß am Klavier und suchte nach dem Lied, das aus ihrem Kopf und ihrem Herzen hinauswollte, das sich in ihre Finger ergoss und wie ein kleines Boot auf den Wellen tanzte. Nein, eher wie ein Fisch, den man fangen wollte und der einem immer wieder entschlüpfte. Es war schwieriger, ein Lied aufzuschreiben, als sie gedacht hätte.

»Was?«, fragte sie zerstreut.

»Wer du bist, Caro, frage ich dich«, sagte Oma Milli.

»Wie meinst du das denn?«

Ihre Oma blieb stehen. »Bist du die Frau, die ihr Gesicht verloren hat? Bist du nur das? Wer bist du, wenn du an dich denkst?«

Die Frau, die ihr Gesicht verloren hat. Die Caro, die verlorengegangen ist, unwiederbringlich. Aber sie zögerte mit der Antwort.

»Ich ... ich weiß nicht.«

»Das solltest du aber. Wer bist du? Ist das wirklich alles, was du sein willst?« Da war sie wieder, diese Frage. »Willst du wütend sein oder dich endlich zur Dankbarkeit durchringen? Ist es wirklich so schwer, dem Zorn abzuschwören?« Oma Milli baute sich vor ihr auf. Sie konnte kaum stehen, aber trotzdem wirkte sie größer als je zuvor, durchdrungen von ihrer großen Weisheit. Manchmal kam es Caro so vor, als würde sie sich etwas zu viel auf diese Weisheit einbilden, aber natürlich sagte sie das nicht und überließ es Tante Anna, Oma Millis Weisheit hin und wieder auszubremsen.

»Lass das Kind in Ruhe, Milli!«, ertönte es aus der Küche.

Oma Milli lächelte nur. »Nun, Caro?«

Sie konnte diese Frage nicht sofort beantworten, und Oma Milli hatte nicht darauf bestanden, dass sie die Antwort zu hören bekam. Sie hatte es einfach Caro überlassen, was sie für eine Antwort für sich finden würde.

Die Dankbarkeit war wie ein Vogel, der vor ihr herflog, der sich nicht fangen ließ. Sie konnte ihn sehen, aber nicht fangen. Doch er war da und sang. Sie hatte Oma Milli und Tante Anna kennengelernt. Sie hatte die wahren Gesichter vieler Menschen gesehen; manch einer hatte sie überrascht oder auch enttäuscht. Es war, und das dachte Caro mit plötzlichem Erstaunen, ein gutes Jahr.

Trotz allem.

Sie sah in den Spiegel und fand darin nicht Natascha oder Nataschas Gesicht. Und merkwürdig, erst in dem Moment, als es ihr eigenes Gesicht war, als sie sich selbst sehen konnte, kam die Dankbarkeit. Erst jetzt war Nataschas Gabe wirklich bei ihr angekommen.

Sie setzte sich an den Schreibtisch und schrieb einen Brief an Jost, an Nataschas Familie. Wie ein Rausch kam es über sie, wie ein Lied, das gesungen werden musste, wie ein Sturm, der sie mitriss.

Danke.

»Und jetzt?«, fragte Nils. »Hast du dich entschieden, was du tun wirst?«

»Ich bleibe bei Tante Anna.«

»Aber ...« Er hatte so darauf gehofft, dass sie bei ihm einzog. Oder dass sie sich gemeinsam eine größere Wohnung nahmen.

»Nicht die ganze Woche. Ich dachte, dass ich immer für ein paar Tage herfahre und den Haushalt in Ordnung bringe und ihr Gesellschaft leiste. Es ist nicht so, dass ich mich dazu verpflichtet fühle. Es ist nur ...«

Nils nickte. »Ja, ich verstehe.«

»Aber ich vermisse die Stadt mittlerweile schon. Ich will wieder unter Leute kommen. Na ja, es wird dauern, bis ich einen Job gefunden habe. Ich will irgendetwas halbtags machen, damit ich noch genug Zeit habe für alles andere.«

»Für was denn zum Beispiel?«

»Für meine Kunst, zum Klavierspielen ... Für dich ...«

»Wenigstens komme ich in deiner Liste vor.«

»Ich weiß nur noch nicht, ob sich eine Wohnung lohnt. Wenn ich die halbe Zeit sowieso bei Tante Anna bin. Sie will mich zwar finanziell unterstützen, aber reich ist sie auch nicht.«

»Ich wüsste da was. Zieh doch zu mir.«

»Bist du sicher?« Sie lehnte sich an ihn. »Du weißt, wie unordentlich ich bin.«

»Ich dachte, bei Tante Anna hast du das Putzen gelernt.«

»Sie ist fast blind. Sie kann leider nicht kontrollieren, was ich so mache.«

»Ach ja. Schade. Aber kochen kannst du doch jetzt.«

»Alte Leute essen sowieso alles. Tante Anna meint jedenfalls, ich würde mit diesem Grundsatz kochen.«

»Hm. Da gibt es wohl nur einen Grund, warum ich dich in meine Wohnung lasse.«

»Und der wäre?« Sie lachte ihn an.

»Ich kann dir nicht widerstehen«, vertraute er ihr an. Er blickte in ihr Gesicht, in ihre leuchtenden Augen. Ihr Gesicht verriet ihm alles, was sie fühlte, was sie dachte. Und ihr Lächeln ließ sein Herz schmelzen.

»Was siehst du?«, fragte sie.

»Dich«, antwortete er. »Dich, Caro. Nur dich. Sonst nichts.«

* * *

NACHWORT …

Im April 2006 trat die Französin Isabelle Dinoire an die Öffentlichkeit und präsentierte den Journalisten ihr neues Gesicht, das sie einer Gesichtstransplantation verdankte. Im Vorjahr hatte sie durch den Biss ihres eigenen Hundes Lippen, Nase und Kinn verloren. Isabelle Dinoire erlangte Sprache und Mimik zurück.

Im selben Jahr wurden dem chinesischen Bauern Li Guoxing in Xian eine neue Wange, Oberlippe, Nase und Augenbraue transplantiert, nachdem er zuvor durch den Angriff eines Bären entstellt worden war.

Im Januar 2007 erhielt ein 27-jähriger Mann in Val-de-Marne nahe Paris ebenfalls Teile eines Gesichtes. Ihm wurden eine neue Nase, ein neues Kinn und eine neue Wangenpartie transplantiert.

Der Roman hat mit diesen wirklichen Fällen nichts zu tun; er verdankt ihnen höchstens die Einsicht, dass derartige Transplantationen nicht länger Science Fiction sind.

… UND DANK

Bedanken möchte ich mich bei Dr. med. Irena Klassen (übrigens nicht mit mir verwandt) für die medizinische Beratung und unser Gespräch über angreifende Hunde.

Ein herzliches Dankeschön an Claudia Felber für die Einblicke in die Schweinezucht!

Meinen Eltern – danke fürs unermüdliche Korrekturlesen.

Nicht zuletzt danke ich meinem Verleger David Neufeld für den Anstoß zu diesem Roman und für die Ermutigung zwischendurch.

Lena Klassen